中国式離婚

王海鴒 著

南雲智
徳泉方庵 訳

論創社

中国式離婚　目次

第一章

勤めを終えて自転車で帰宅途中の林小楓（リンシャオフォン）の耳に、さっと吹いてきた風に乗って通行人の言葉が飛び込んできた。「俺、三十になったら、もうこの世とおさらばだな……」

林小楓は思わず声の方を見やった。

双子のような二人の若い警官がそこにはいた。背が高く肩幅があって腰は細く、その細い腰をきつく締めた革のベルトが上半身の服を押し上げているせいか、いかつく見え、どこか人を威圧するような趣があった。林小楓はちょっと笑みを浮かべたが、そこには若き日を通り過ぎた者の寛容と侮蔑が込められていた。彼女は話していた人間の誠実さを少しも疑ってはいない。そして同じように少しも疑っていないのは、天災や人災でもない限り、この人物が三十歳を過ぎても生きているだろうということだった。

林小楓、三十五歳。この年になれば、年齢の意味が相対的なものだということぐらいわかってきている。二十歳の眼の不自由な人と三十歳のＩＴ関係のエリートとを比較して年齢を基準に優劣は決められないだろう。

孔子様は三十にして立つと言ったけれど、どのようにすると〝立つ〟なのか、孔子様は言わなかったし、〝立つ〟と〝自立〟では意味が違うだろう。

林小楓（リンシャオフォン）は中学校の国語教師、夫の宋建平（ソンジエンピン）は大きな病院の外科医である。二人の給料を合わせれば月に六千元ほどになるので、二DKのマンションだって二人の両親の退職金を当てにしなくとも購入できたし、家族三人がレストランで食事をしたり、タクシーに乗ったりしても家計に響くということはない。昔の標準なら、いやおそらく十年前の標準でも、まちがいなく豊かな家庭に数えられるだろう。かつて鄧小平が南方地域を視察したときに言った〝ある程度裕福な暮らし向きを目指す〟暮らし向きとは、たぶん、せいぜいこの程度だったにちがいない。それにしても誰がこんな早さで中国が発展すると考えただろうか。新しい〝インテリ資本家〟が雨後の竹の子のように現れて、別荘に住み、ＢＭＷやベンツを乗り回し、ブランド品を身につけて、健康食品だけを口にしている。それでもこんなのは驚くに足りず、たかが物質的な豊かさだけでは、大衆を圧倒させるまでにはいかないのだ。改革開放が始まったばかりの頃のあの無教養な成金たちは、いつも他人から〝金の使い方を知らない〟と馬鹿にされていたではないか。しかし、中国経済が世界経済の軌道に近づき、その軌道に乗ったとき、インテリ資本家はあっという間に成金を蹴散らし、あこがれの眼差しを注がれるようになった。知識、文化、頭脳、能力を兼ね備え、中国経済に巨大な貢献をすると同時に、急速に自分たちをも豊かにしていった。金持ちになるにはそれなりの理由があるし、大金持ちになると葡萄が食べられなくても、わざわざあの葡萄は酸っぱいだなんて言わないし、手の届かない高い所に成っている葡萄を仰ぎ見ながら、せいぜい仕方ないと言うぐらいだろう。

林小楓は学部卒で、宋建平は修士号を持っている。つまり二人ともインテリ資本家となる基本条件を備えていた。しかし、なぜか二人の進歩水準はいつまでたっても世の中の高水準に比べると数歩は遅れていた。その程度の遅れなどたいした開きでないはずなのに、永遠に追いつけないように感じている。それはまるでインターネット上の用語のようで、二人が豚肉を食べられるようになると、よそでは活きのいい海鮮料理を口にし始めていたし、二人が海鮮料理を食べられるようになると、よそでは健康食品の自然食を食べ始めていた。もしも彼らがその優秀な一群の一員に決してなれないというなら、それはそれでよかった。道路清掃夫や農民のように上など見ようとせずに、じっと静かにしていられただろうから。ところが可能性は〝ある〟のに、追いつくことが〝できない〟とき、彼らは苦痛を感じずにはいられなくなる。よそ様の別荘には、寝る、食べる、くつろぐ、接客するといったスペースがそれぞれの用途によって区切られていて、おまけに日光浴、サウナ室やフィットネスルームにインターネットルームまで備えているところがあった。それに比べると、彼らの家はまるで歴史の遺物のようだった。二つの部屋、息子の寝る小部屋と二人が寝る部屋、ホールといっても手狭で、どうにか通路として使えるだけで、ダイニングテーブルは夫婦の部屋にまで侵入してきていた。人を招くときには夫婦の部屋と残り二部屋をつなげて使わなければならない。家にある車と言えば、それは自転車だった。息子は三輪車、大人は自転車である。全国を見渡せば、なんと言っても自転車に乗っている人が一番多いのだから標準的だった。でも、ぱりっとしたスーツを着込んで自転車に乗れるだろうか。かりにそんな格好で自転車で大通りを走ったら、それこそ物笑いの種になるだけだ。タクシーだって体裁が悪いというのに。

　林小楓（リンシャオフォン）はそれらの何もかもを宋建平（ソンジエンピン）の考え方のせいにしていた。彼女は夫に強く失望し、それがますます膨らんできていた。建平に能力がないわけではない。在学時代の成績は抜群で、病院配属後の仕事ぶりも申し分なく、英語は特に抜きんでていた。英語の医学雑誌を読むスピードはまるでネイティブのようで、いくつかの外資系私立病院からの引き抜きの話もあるほどだった。しかし、彼には公務員の身を捨てて、妻と息子のために背水の陣を布いて、果敢に打って出る度胸がなかった。彼はＩＱ（知能指数）は高いが、ＥＱ（感性指数）は低いという類の人間だった。いろいろな資料によると、成功するにはＥＱの方がＩＱより重要だという。

　建平（ジェンピン）はまだ帰宅していなかった。また緊急外科手術が入ったのかもしれない。息子がアニメを見られるようにテレビをセットしてから、小楓（シャオフォン）は食事カードを持って公共食堂に向かった。彼らの住まいは病院敷地内の住宅棟にあって、食堂、ミニスーパー、幼稚園など一通りの施設はすべて揃っていた。食堂では今日はアヒルのガラを、一個一元五角で売っていて、外よりずっと安かった。アヒルのガラをとろ火で煮込み、スープが乳白色になったら塩を少しと鶏ガラの素を入れて、みじん切りにした香菜を乗せると実にいい味になる。アヒルのガラを売るショーケースの前にはたくさんの人が蛇行して並んでいた。小楓の前には皮膚が薄くて、しわくちゃな紙を思わせる茶色い斑点がびっしり浮き出ている、かなり年いった老人がアヒルのガラスープを飲めば元気が出るとばかりに、並んでいた。老人はこの病院の院長だった人で、何科だったかはっきりしないが、確か趙（ジャオ）さんといったはずだった。小楓が結婚してこの病院内に住み始めて、ばったり出会ったとき、趙院長だよ、と建平が彼女に紹介したことがあった。老人は「昔のことさ」と言い添え、それからちょっと間をおいて「もう少しでアカデミー会員になるところだったがね」とつけ加え、無念さと悔しさがその口ぶりからは伺えたものだった。

　元病院長の番になった。ショーケースの向こうにいる真っ赤な頬の若い女の子がてきぱきとアヒルのガラを一つつかんでビニール袋に入れた。「一元五角です！」

　元病院長はそれを受け取りながら、もう片方の手でカードを差し出そうとして、途中で引っ込め
「大きさに関係なく一元五角？……こりゃ不合理だわい」と言った。

　小楓（シャオフォン）は思わず元病院長の袋のなかのそれに眼をやった。確かにかなり小ぶりだった。若い女の子が故意でないのは、選ぶ余裕などないことからもはっきりしていた。老人がカードを出さないので、多少イライラして、「それじゃ、どうしたら合理的なんですか？」

「量りたまえ」

「たった一元五角のものを？……」

「たとえ一元五角でもだ。物にはすべて価値があるはずだ」

「わかりました！　要するにお客さんに渡したのが小さいから気にくわないだけでしょ。もしも大きかったら、お客さん、こんなこと言わないはずだわ！」

「お、おまえのような小娘には道理というものがわからんらしいな！」

「何が道理よ。お客さんの話のどこに道理があるっていうの？」

　目の前でけんかが始まろうとしているのを見て、小楓が慌ててあいだに入って女の子に言った。

「あなたは来たばかりだから知らないのでしょうけれど、こちらは私たちの元病院長さんよ」

　そっぽを向いてしまった娘の眼の白い部分だけがやけに目立っている。それは青みがかっていて一点の汚れもない。若さがこのような白眼を保たせているのだろう。「私は売るだけ、その人が誰だろうと関係ないわ！」

「じゃ、私にそれを下さいな」小楓は自分のカードを渡して「院長先生には別のを差しあげて」と

言った。

女の子がもうそれ以上何も言わず、元病院長も何も言わなかったら一件落着だった。だが老人にとってはすでに我慢の限界を超えていた。老人は自尊心を保とうとするかのように「いや、これは大きさの問題ではない。原則問題なのだ！」と小楓（シャオフォン）のカードを持つ手をさえぎった。

「そういうことなら、話がわかるわ」女の子は少し顔をほころばせた。「これは確かに原則問題よ。だからお客さんはこのことを調理人に言えばいいのよ。お客さんいつもよね、食べ物を持って行くとき、ビニール袋は一枚なのに二枚使って、それに何枚もの紙ナプキンで食べ物を包んでさ！　それ、全部タダだけど、食堂はお金を払っているのよ。もしもみんながお客さんのように国のモノは俺のモノってやったら、うちの食堂なんか、店閉めなきゃなんないわ」彼女がよどみなく、早口でまくし立てた。

うしろ指を指されることなく生きてきた元病院長だけに、彼女の言葉に激しい怒りを露わにした。老人の唇がぶるぶると震え、声も震えていた。「わ、わしが……国のモノを自分のモノにしただと？　おまえ、いまの自分の言葉に責任を取れ！」

娘は落ち着き払ってためらうことなく、頷きながら言ってのけた。「ええ、責任、取りますよ！」

老人はたぶん口では負けてしまうので、手振りもまじえて対抗しようとしたようだったが、いかんせん両手はふさがっていて、アヒルのガラを持ったまま手を振り上げるしかなかった。だが年を取りすぎていたのと、あまりの怒りから振り上げた腕がぶるぶると震え、ガラを支えきれなかったらしい。急に腕から力が抜けて、もう片方の手に持っていたアルミ鍋と一緒に地面に落としてしまった。けたたましい音が響いたとたん、元病院長が小楓の大腿部に頭をこすりつけるようにして、くたくたと倒れ込んできた。不気味なほど頭髪が豊かで温もりがあった。小楓（シャオフォン）は無意識にあとずさりするだけで、とっさに何をすべきか考える余裕を失っていると、いち早くうしろから二人が駆け寄って救急処置を始めた。一人は両手を重ねて手慣れた感じで心臓マッサージをし、もう一人は老人の上着とズボンのポケットを手早くまさぐって小さな薬瓶を取り出し、その中の二粒を病人の口に押し込もうとした。しかし、歯をくいしばって薬が入らないとわかると、あっさりあきらめ、口移しの人工呼吸を始めた……。

　通報を受けた病院の救急車が素早く来たが、老人の心臓はすでに停止していた。ほぼ同時に老人の連れ合いが慌てふためいて駆けつけてきた。共に暮らして数十年、ほんの三十分前まで彼女に話しかけ、笑いかけていた夫の変わり果てた姿に、彼女は声もなく気を失い、一緒に救急車に乗せられた。救急車が猛スピードで走り去ると、幾重もの人垣が崩れ、次第に散っていったが、小楓は呆然と同じ場所に立ちつくしていた。身体が言うことを聞かず、生まれて初めて生から死への瞬間を目にした彼女は、命の脆さ、死のあっけなさ、生と死の無常、儚さなどから激しい衝撃に見舞われていた。

　背中から腕を強く引っ張られた小楓が機械的に振り向くと、涙でぐしょぐしょになった血の気が失せた顔があった。その顔はぎこちなく、大きく見開かれた怯えるような眼は血走っていた。「私のせいじゃない、そうでしょう、私、あのお爺さんに触ってなんかいないわ！」相手はこう言うと、まるで水に落ちた人間が自分を助けてくれそうな相手にしがみつくように両手で林小楓（リンシャオフォン）の腕をきつく摑んだ。「今度のことでは、おばさんが一番よくわかっている。最初から最後までずっと見ていたんだから。私、わざとなんかじゃない、私の証人になってください！」事のきっかけを作ったあの娘だった。青色がかった白眼も、真っ赤なほっぺも、恐いもの知らずで他人を小馬鹿にしたような先ほどの顔はすっかり影をひそめて、まるで別人のようだった。

小楓（シャオフォン）が家に戻ると、建平（ジェンピン）が食事を作っていた。彼は台所に立つのが好きで、かなりの腕前だった。彼はいつも前日の夜までに翌日の夕食の献立をきちんと考えておき、当日、仕事が終わると病院の敷地内に露店が出ていれば、帰りがけに料理の材料になるチンゲン菜やトマト、蓮根など必要な量だけを買うので、毎回新鮮な食材を口にすることができた。

小楓は建平に声をかけず、そのままリビングルームに行き、ダイニングテーブルの椅子に座り込んだ。トマトの卵炒めとチンゲン菜炒めがテーブルには並び、赤と緑がとても鮮やかだったが、小楓にはまったく食欲がなかった。そればかりか、この時間になると決まって胸に湧き起こり始める、いやな思いが次第に胸の隙間を埋め尽くしてきていた。

彼女は建平が作る料理は好きだった。しかし、料理を作るこの男が彼女の夫であることには我慢ならなかった。夫が料理作りなどに嬉々としてすっかり満足しているのがいやだったのだ。男なら、一家の主なら、もっと大きな志や目標を持って、家族にもっと多くの恩恵と利益をもたらすべきではないのか。

建平が両手で土鍋を持って小走りにやって来て、「敷きもの！」と声を高めて言った。小楓は一瞬、身を硬くしたが腕を伸ばしてテーブルの中ほどにあった竹製の丸い敷きものを引き寄せた。建平は土鍋を置くと、無言のまま大げさに指に息を吹きかけながら、密かに彼女がどう反応するか窺った。嬉しそうに土鍋のふたを取って、それから驚きの声を上げて味見をしてくれることを期待していたのだが、まるで目に入っていないようだった。

建平(ジェンピン)がようやくおかしいと気がつき、「どうしたんだい?」と声をかけた。

小楓(シャオフォン)が夫をじっと見つめ「趙(ジャオ)院長さんが亡くなったの……」と言った。

小楓が趙院長が死んだ場所に建平を伴ってきた。夕闇があたりをおおい、にぎやかだったショーケースの前もひっそりとして、清掃員が飛び散った食材や踏みつけられたアヒルのガラとアルミ鍋を箒で掃き寄せ、ちりとりに入れている。やがて清掃員も立ち去り、地面には小さな油のシミが汚らしく残っていた。テレビの「ニュース放送」開始の音楽がどこからか流れてきている。どこかの家で人が亡くなっても、他の家ではいつもの生活があるのだ。建平は地面の油のシミを見つめながら茫然としていた。彼が卒業してこの病院に配属されたのは、趙院長の推薦のおかげだった。

「もう、たくさんだわ。こんな生活、本当にいや」しばらくしてから小楓がうめくように言った。

建平が思わず眉根にシワを寄せた。「家に戻ろう!」

小楓は動こうとせず、建平の横顔を見つめた。「聞きたくないってわけでしょ……ねえ、建平、前に私が話しても耳を貸さなかったけれど、今日のこの生々しい事が目の前で起きても、それでも聞かないつもり? あなたたちの老病院長を見なさいよ、しっかり見てよ。これが一生よ。平の医師、主治医、主任医師、院長、定年、そして死。死ぬまでの毎日だって、アヒルのガラの大きさをあれこれ計算しなければいけないのよ。ねえ、ここにいて何かいいことがある? どんな将来、どんな希望、どんな期待が持てるの? そうね、確かに名声は悪くないかもしれない。でもどんなに有名になっても何になるの。今の世の中、お金がなかったら何もかもがゼロと同じだわ! いくつかの外資系病院があなたに声を掛けてきているのに、あなたは無視。こんなオンボロ病院にいつまでもしがみついていて、あなたが何を考えているのか、私にはさっぱりわからない！」

「どうしてよそに移ったらうんと金が稼げるってわかる？」

「移らなくてどうして稼げないってわかるの？」

「もしも稼ぐことができなかったら？　こっちも辞めて両方ともパーさ。今はなんと言われようと……」

「なんと言われようと、あなたのひと月二、三千元の給料じゃ、わが家は火の車だわ！」

「どこかと比較するからだろう、上を見ればキリがないよ……」

「下には下がある……そうよ、あなたのその考え方が嫌いなの。いつも下ばっかり見て、平凡、怠惰、消極的な自分に安住して、競争する勇気なんてこれっぽっちもなし。ちょっとでも試してみる勇気もないんだから。建平（ジエンピン）、ねえ、あなた、わかってる？　こんな調子だったら、数十年後にはあなたは間違いなく第二の趙（ジャオ）院長よ。彼こそあなたの明日、未来、あなたの鏡だわ！」

「それは違うね」建平が冷たく笑った。「ぼくの明日、未来は絶対に彼とは違うよ。ぼくっていう人間は院長なんかにはならないからさ、これだけは覚えておいて」建平は小楓（シャオフォン）に一瞥をくれると、その場からゆっくり離れて行った。

　妻から尻を叩かれたことのない亭主などいるのだろうか。妻たちの心情は理解できるが、その発想はいかにも女性のものだ。人生の最高の位置は他人の上に立ち、他人を動かす大きな力を持ち、お付きの者をたくさん従えることだろうか？　平穏な生活のどこが悪いのだろう？　人間には上下の分け隔てなどありはしない。区別があるだけで〝人には人の考え方あり〟というに過ぎない。こんなこと言っても始まらないが、女性たちの考え方は典型的な〝隣の芝生は美しい〟式なのだ。他所に移ればまちがいなく実入りが良くなるなんて考えているのだろうか。それは明らかに錯覚で、錯覚の根っこには成功した人はいつでも自分の成功だけを吹聴して、成功するにはそれなりの失敗があったことなど話さないからだ。しかも失敗した人は極力自分の失敗を隠そうとするし、なかには何食わぬ顔で、嬉々として成功したふりをする者さえいる。残念ながら、女性たちにそれを認識させるのは極めて難しく、彼女たちの欠点の一つは、あっさり信じ、うわっつらだけで盲目的に楽観視することだ。直線的思考だけで、逆方向からも、うしろを振り返ることもできない。毎年、なぜあれほど多くの新卒の学生や修士、博士号を持った、表面的には文句なしの連中が必死になって建平(ジェンピン)のいる病院に入り込もうとするのか。

　同僚たちとの何げない雑談からも、どの家も似たり寄ったりの様子を知った建平は、小楓(シャオフォン)のくだらないおしゃべりは適当に聞き流すことにしていた。それにしても結婚前は彼女が聞き役だったのに、結婚後はすっかり逆転していた。彼女の愚にもつかない話を聞くのも夫の役割なのかもしれないが、今回のこの話はいつものように、いつの間にか忘れられていかないばかりか、澱のように重く沈んでいる気配が感じられた。

　外科医である建平の重大な過ちは、生から死への瞬間を多く見ているのに、セックスでの初体験の感覚を完全に忘れてしまっていることだった。それは二人のセックスにも影響し、直線的に登りつめようとする建平に、今も小楓が突然、彼の身体を押しのけて「建平、見て。私、老けた?……本当のこと言って!」と訊いてきた。

「老けた？　どこが！　君は相変わらず若いし、きれいだよ。変わっていない」

　やがて彼の声は次第に小さく、細く、ぶっきらぼうになり、多少の軽薄さを込めて応じるのだった。しかし、頭ではいかに早く欲求を満足させて、早く眠りにつくか、そればかり考えていた。明日も病院では手術があるのだからと。結婚してかれこれ十年にもなれば、夫婦のセックスは男にとって性欲を処理するためでしかない。だが女は男と違うし、特に国文学を学んだ女は違うということは十分わかっているつもりだった。彼女たちは〝情〟をことさら大切にし、そのうえ、情がなければ欲望を持つべきではないとさえ考える節があった。それに気がついてからの建平（ジエンピン）は、性欲が大きくなり始めると、相手をその気にさせるためにできるだけ感情を表に出すようにした。原理はその手の女が客を刺激して一気に最高潮にのぼらせ、早くいかせるための喘ぎ声だった。

　建平の返事と、その答え方は彼女への擦り寄り、協調で、明らかにテクニックだった。建平は小楓（シャオフォン）の問いかけは一種の甘えで、ある種のムードを醸し出すためと取っていたが、そうではなかった。建平が答えて頂上に登りつめようとすると小楓がなおも言った。「笑わないでよ！……あのとき、あの娘、私になんて言ったと思う？」

「いつの、どの娘さ？」

「あの日よ、趙（ジャオ）院長が亡くなったあの日、アヒルのガラを売っていたあの娘」

「ああ。なんて言ったの？」建平は適当に返事をしながら、焦れていた。

「お・ば・さん！」小楓は、歯の間から押し出すように言った。三十過ぎの女性が二十歳前後の者からおばさんと呼ばれたら、確かに気分は良くないだろう。「あの娘だって二十を超えているのよ、なのに私をおばさんって呼ぶなんて」

「それが相手を立てることだと思ったのさ。田舎者で、わかっていないんだよ」建平（ジエンピン）はほとんどこらえきれなくなっていたが、それでも彼女を慰めるしかなかった。「今日、食料品を売っていた爺さん、歯がすっかりなくなっていたけれど、ぼくのことを、兄さんって呼んだよ。君なんか何て呼ばれるんだろうな？」

「本当は他人から言われるまでもなく、自分でもわかっているのよ」小楓（シャオフォン）は仰向いて身じろぎもしない。建平の動きに少しも合わせようとせず、建平の顔の上にある天井を見つめたまま、考え込んでいる。「三十五を過ぎて四十になったら、はっきり言って年寄りよね？　本当に年寄りよ。私はイヤ、一生がこんな平々凡々に過ぎてゆくなんて、そう、あの趙（ジャオ）院長のように……」

いまの言葉で建平はたちまち萎えてしまい、小楓の上に重ねていた身体をずらすと黙って妻の布団から出て、自分の布団に潜り込んだ。

小楓がようやく気がついて、建平を引っ張った。「怒った？　ごめん、もう言わないから、来て」

「もういいよ、寝よう！」建平は腕を引っ込めると小楓に背中を見せるように身体の向きを変えた。

「何、それ！」小楓は小馬鹿にしたように言うと、当てつけるように寝返りを打った。

夫婦は背中を向けあったまま、部屋に静寂が訪れた。

週末の夜に電話が鳴った。たまたま小楓は洗面所で息子の身体を洗っているところで、電話に出たのは建平だった。「もしもし、林小楓（リンシャオフォン）さんはいらっしゃいますか」電話から伝わる男の声はゆったりとして、べたべたするような甘さがあった。

その声の質やアクセントが外国の紳士の声として使われる、よく知られた声優にそっくりだった。

建平（ジェンピン）はひたすら我慢をして「どちら様？」と訊くのが精一杯だった。たとえ疑念が生じても、表面上は鷹揚に構えなければならない。それが教養人というものだが、建平は次の言葉を言い出すより早く受話器を置いて、洗面所の方に向かって声をかけていた。「君に電話だ！」

小楓（シャオフォン）が小走りにやって来て、濡れた手で受話器を取ると、相手を急かせるような口ぶりで「もしもし」と言った。ところが、その様子が一変し、驚喜、興奮に包まれていくのがわかった。手が濡れていることも忘れたかのようにきつく受話器を握り直し、耳にしっかりつけ、声もうわずっている。「高飛（ガオフェイ）なの！　どこにいるの？……そう！……本当！……すばらしいわ！」まるで少女のようにはしゃいだ声を上げている。

建平が冷ややかに見ていると、それに小楓が気づき、建平の方に目をやって、洗面所にすぐ行くように合図した。息子がたらいに入ったままだったからである。

建平は仕方なく洗面所に向かうと息子の身体を洗い始めた。六歳の子どもはちょうど口が達者になる時期で、恐竜のこと、テレビゲームのこと、幼稚園の友だちのこと、話は止めどがなく、声まで大きいため、高飛からの電話が気になって、わざわざ洗面所のドアを開けておいたのに、建平には何も聞き取れなかった。高飛は小楓の同級生で、初恋の相手だった。詩を書いていて、小楓からありがたくも彼の詩を聞かされて、褒めたこともあった。「私の歌声が真夜中に、あなたのもとにそっと届く。静寂に包まれた小さな林で、恋する私はあなたを待ち続ける……」

建平は医学が専門で、国文の学生の詩についてあれこれ批評するつもりはなかったが、詩から伺える男の薄っぺらな渇望など取るに足りないことはわかっていた。哀れにもあの男の渇望は実現することはなかった。もちろん男が渇望したのは結婚ではなく他のものだったわけで、男は「他のもの」も手に入れられず、建平（ジェンピン）が小楓（シャオフォン）の「初めての男」となったのだった。

　二人は結婚前、すでに肉体関係を結んでいた。建平から求めたのだが、小楓にはなんのためらいもなかった。その時は燃えるような情念に身を任せたものの、彼女のためらいのなさに、やはり一抹の疑念と不快感が湧いたのも事実だったが、彼はすぐさまそれを打ち消した。彼女を愛していればこそ彼女のすべてを受け入れ、彼女の過去をすべて包み込もうとしたからである。彼女は処女だった。それを知った建平は感動のあまり自分を見失って、疑っていたことをつい口をすべらしてしまった。小楓は腹を立て、愛しているのは自分ではないのかと迫り、愛しているならすべてのわだかまりをなくして欲しいと言った。結局、彼は多くの言葉を費やして説明する羽目になった。またその時、国文学を学んでいる女子学生の感情があまりにも過敏で、鋭いことを教えられたのだった。

　勤めてからのことだが、国慶節に病院でパーティーが開かれ、カラオケになったとき、配属されてきたばかりの研修医が非常に感情を込めてシューベルトのセレナーデを歌ったことがあった。そのとき建平は詩人・高飛（ガオフェイ）が恋人に献げた詩が舶来品で、シューベルトのセレナーデの歌詞であることを初めて知ったのだった。この発見は彼を興奮させずにはおかなかった。帰宅するや小楓の耳に入れ、わざと腹立たしげに「盗品を愛する人に贈るなんて、高飛っていうヤツ、恥ずかしくないのかね」と言った。ところが「普通なんじゃないの。仏前に借り花をあげるし、どこが悪いの」それが小楓から返ってきた言葉だった。あっさりと言いたいことを見破られてしまった建平は、たった一言で蹴散らされてしまい、気持ちが萎えていくのがわかった。

　高飛からの電話で、小楓が翌日の十二時半からの同窓会に出席することになった。ちょうど小楓の弟の林小軍（リンシャオジュン）が帰省して、当当（ダンダン）を連れて両親の家に行くことになっていた。偵察連隊長だった義理の弟は日頃から鍛錬していて、そのへんの男が束になってかかっても彼の相手ではなく、当当（ダンダン）はいたく彼を尊敬していた。それだけに何日も前からこのおじちゃんに会うのを楽しみにしていたのだが、建平（ジェンピン）だけでは二の足を踏んだ。彼の実家ではなかったし、しっくりいっていなかったからである。おじちゃんに会えないと知れば、当当ががっかりするのは目に見えていたので、建平は小楓（シャオフォン）が少し早めに家を出て、子どもを実家に届けて出かけたらどうかと言ってみた。すると小楓は烈火のごとく怒り出し、肌触りのよいコットンパジャマの胸元を片手でかき合わせながら「私にわざとやらせて同窓会に出させようとしているのね」となじった。建平はたかが同窓会に出るだけで、支度に午前中いっぱいかかるのかと言ってやりたかったが、どうせ耳を貸さないばかりか、彼女の文句をさらに聞くはめになるので言葉を呑み込むしかなかった。結局、建平が息子の面倒を見ることになってしまった。

ヘアーサロンは他に客がいないせいか、美容師は実にのんびりと小楓の髪の毛に手を入れていて、真面目に仕事をしているのかと疑わせるほどだった。まさか彼女をサクラにしてヘアーサロンの不景気を隠すつもりではないのだろうが、彼女の時間は限られていた。半日で髪をセットし、化粧をし、服を買わなければならないのだ。大学卒業後、同級生とは十数年ぶりの再会だけに、誰もが相手の現状をしっかり見届けようとしているのだから、彼女としてはみっともない格好だけは見せたくなかった。ようやく美容院が終わると、彼女はすぐさまブティックに駆け込んだ。店内の品揃えは多かったが、彼女が気に入った服はどうにも手が届かず、買える金額の服は彼女が気に入らず、結局、買わずに家に帰るしかなかった。建平が子どもを連れて出かけていて家は空っぽだった。

彼女はクローゼットにある服であれこれ組み合わせを考え始めた。まだ二十歳を出たばかりの娘だったら幾通りの組み合わせもできるだろう。キュート、奇抜、エレガント、清純質朴といったどんな服装でもぴったり決まって、うならせる自信もあった。でも三十歳をとうに過ぎてしまった女にとってはその選択肢はあまりにも少なく、厳密に言えば選択肢は、エレガントの一つしかなかった。でも自分はそれを持ち合わせているのだろうか。というのも物質的と精神的なものが融合してこそ、このエレガントは発揮されるからだった。結局、二組のスーツを組み合わせて着るしかなく、それは　中国式ショットタイプの黄色味がかったシュロの花をあしらった上着に、ダークブラウンのマキシ、そして白いバックと白い靴の組み合わせだった。身につけて鏡を見ると、なかなかのもので、エレガントの味わいを醸し出している。鏡の自分を見つめながら小楓（シャオフォン）はこう自問せずにはいられなかった。「あなたはこんなに大騒ぎしているけれど、いったいなぜなの？　同窓会だから？　それとも初恋の相手だから？」かつての甘い夢を味わいたいわけではないけれど、でも初恋が美しくて永久不変であることを望んでいるのは確かだった。

エレガントを身にまとった小楓は家を出ると、タクシーをつかまえた。彼女の団地の門からホテルまで、二路線のバスがあったが、わずか三つの停留所でも座ることなどできなかったし、ホテルの入り口でかつてのクラスメートたちが待っていないという保証はなかったからである。バスから降りてホテルの入り口まで歩いていく姿など、みんなに見られるなんて絶対に耐えられなかった。人間には時として生活そのものが面子に関わることもあるのだ。だからこそ彼女がこれほど多くのエネルギー、時間、金、おまけに感情までも注ぎ込んでいることに彼女自身、気がついていなかったし、目的も完全に同窓会のためだけではなかった。そして小楓が招かれたのも彼女だったからでは決してなかった。

　同窓会出席者は男四人、女四人の八人だった。人数も性別もどうやらよくよく考えられたものらしかったが、小楓（シャオフォン）はその場に足を踏み入れたとたん来たことを悔やんだ。なによりも高飛（ガオフェイ）が彼女に対してよそよそしく、まるで初対面といった感じで、あの頃、執拗に尻を追いかけ回した姿など微塵もなく、例の詩やラブレターもそれだけだったようだ。仲間が昔のことをからかっても彼はすっかり忘れているようで、何のことだというように認めようとしなかった。彼に満ち足りた想いをさせる妻がいるからこそ、若いときの彼の審美眼など荒唐無稽で、くだらないと思わせているのだろう。でも問題はそれではなかった。彼があの頃、見向きもしなかったデブの女子学生に対する態度にあった。その気配りたるやお見事と言うしかなく、その優しさを気取られないようにしながら、ほとんど他のことなど眼中にないようだった。デブの女子学生は当時よりもさらにみっともなく――もちろん誰もが当時とは比べようもなかったが――彼女に限れば横幅が昔の比ではなかった。すでに中年の域に入った女性の同級生と比べてもさらに太っていて、服を通してへその窪みがはっきりわかるほどだった。高飛だけでなく正常な感覚を持った男性なら、そのスタイルを良しとするはずがないのに、高飛が彼女を良しとするのはなぜか？

　小楓の直感に誤りはなかった。高飛が今回の集まりを計画したのは、紛れもなくデブの元女子学生のためで、小楓も含めてその他はお飾りに過ぎなかった。デブの女子学生は美形からは遠く、成績も良くなかった。しかし運は彼女に味方し、権勢を誇る男に嫁ぎ、最近、ある重要な事項を彼女の夫が握ることになり、文学を捨て商売に手を染めた高飛には重大事だった。彼女の夫を個人的に直接招待したいのはやまやまだったが、商売では一歩ずつ、地道に足場を固めていくことが肝要だった。いきなり本題に入ろうものなら必ず警戒され、事はうまく運ばないどころか、惨憺たる結果になりかねないのを高飛(ガオフェイ)は知っていた。彼女だけを招待するのもまずく、高級官僚夫人として利権に絡むかもしれない招待には決して応じるはずがなかった。打つ手がなくなっていた高飛は二人のクラスメートが北京に出張してくるのを知って、〝同窓会〟の一手がひらめき、大手を振ってデブの元女子学生を招待できると踏んだのである。予想通り彼女からはすんなり出席の返事があった。夫である高級官僚本人も十数年ぶりに初めて開かれる同窓会出席には反対しにくく、利害など絡まない学生時代を十分わかっていたにちがいない。

　高飛は当時、女子学生の間では白馬の王子で、なんでもデブの女子学生も分不相応に、美しい王女になる夢を見る権利はあるとばかりに、彼に熱を上げていたらしい。もちろん高飛からは、はなから無視されていたけれど。しかし今、高飛は「もしもこのデブが昔の想いをまだ密かに抱いているなら、勇んでこの身を投げ出し、ありとあらゆる手段で、たとえ美人局であろうとやるぞ、すべては事業のために」と自分に言い聞かせていた。

　食事が終わるとお楽しみ会となった。二人の元男子学生は大きな声で歌い、残りの元男子学生二人は元女子学生二人とホールでダンスを始めた。その一人が高飛だった。彼の腕に抱かれているのは特別に腕が長くなければとてもその腕を回しきれないデブだった。

　小楓(シャオフォン)はテーブルのそばの椅子に腰を下ろしたままで、もう一人テーブルから離れまいとしているのが彭雪(ポンシュエ)だった。小楓は思考が停止していたからで、彭雪は貪欲に食べることに集中していたからだった。彼女はクラスメートとのつき合いが下手で、結婚もうまくいかず、また自分でもうまくやろうとせず、大学が実施した就職試験でも惨めな結果となった。希望とかけ離れた就職口には面子をつぶされたと感じ、結局、家でぶらぶらしているらしかった。そのため他人の生活ぶりへの関心は暇なだけに実に旺盛で、クラスメート全員について何かしらの情報を摑んでいた。

ホールでは高飛（ガオフェイ）が自分の胸に顔を埋めているデブにそっと囁いていて、二人の髪の毛が触れ合い、唇は相手の耳にぴったりついている。小楓（シャオフォン）はジッと無表情で見つめていた。彼女は帰るタイミングをずっと計っているのだが、適当な口実が見つからず、彭雪（ポンシュエ）はひっきりなしに食べ、飲み続け、まるで息をつくのも忘れているようだった。口に絶え間なく詰め込みながら「何が同窓会よ、何が出張で来京したクラスメートのために一席設けるよ。成り上がった商売人の高飛が、こんなくだらない事に自分の金を出すはずないじゃない。同窓会にかこつけてあの高級官僚夫人に近づくためじゃないの。高飛はね、彼女の後押しが得られたら、うんと儲けられるはずなのよ！」と言った。

小楓は驚きとともにすべての不可解さがいっぺんに解け、彭雪の方に首をねじって「それじゃ彼はなぜ私たちにも声を掛けたのかしら」と訊いた。

「もっともらしくするためじゃない。そうじゃなかったら高級官僚の奥様が出てこられると思う？小楓、あなたも私も高飛の道具、お飾り、奥様の引き立て役なのよ。そんなことぐらい、わかってるじゃない」

「わかってて、なぜ来たの？」

「来なかったら、なんにもならないじゃない。だって美味しいものを食べようと思っているんだから」彼女は蟹の甲羅をはずそうと手をしきりに動かしながら、口では「すみません、オレンジジュースをお願い。搾り立てのよ」とメイドに注文し、「あのね、私、仕事を辞めちゃったの。うちの亭主もダメでさ、まったく根性ないいんだから！　あの子はいい相手を見つけたものよ。これで美人だったらね……」と、はす向かいの小楓（シャオフォン）に目を走らせて、「でも相手をまちがえるとどうにもならないし、資源の無駄ってわけよ」と言いつのった。

その時、ホールでは高飛（ガオフェイ）がデブと黙ったまま、ぴったりと身体を寄せ合っていて、もう言葉など必要としない世界に入っているようだった。彭雪（ポンシュエ）はそれを見て思わず笑い出し、「ねっ、小楓……」返事がないので振り返って見ると、小楓の席は空っぽだった。


小楓が帰って来たとき、建平（ジェンピン）はサッカーの試合を見ていたが、エジプトのピラミッドは誰が造ったのと訊いたかと思うと、夕べ見た夢の話をしたりと当当（ダンダン）がそばにいたため、ずっと集中できずにいた。小楓の帰宅で当当が歓声を上げて離れていき、建平はようやくほっとした。じきに小楓が部屋に入ってきたが、当当は彼女の服を手当たり次第引っ張っては変形ロボットトランスフォーマーを見せることに夢中で、母親の顔など見ようともしない。

「ちょっと当当、ママに先に服を着替えさせて」小楓はぐっとこらえて言った。

建平はテレビから目を離さずに、小楓の言葉を引き継ぐように、「そうだよ。ママの新しい服が汚れちゃうぞ」とそれが小楓への「お帰り」のつもりで言った。だが、返事がないので顔を向けて、ようやく気づいた。「あれっ、服を買わなかったの？」

「ええ」この言葉が返ってきたときには建平の顔は小楓を見ていない。

「どうしてさ？」

「お金がなかったわ」

建平は初めて彼女の顔色に気がついた。「気分がすぐれないようだけれど、どうしたんだ？」

小楓（シャオフォン）は黙々と服を着替えている。建平（ジェンピン）は様子がわからないまま、とってつけたように言い始めた。「がっかりしたんだろう？　何か期待すべきじゃなかったんだよ。言っておきたかったんだけれど、あんまり張り切っていたもんだから。宋（ソン）家には、初恋で忘れてならないのは初恋の相手ではなく、青春の入り口に立った時の胸の鼓動であり、純粋な青春への思い出である。聡明な者は永遠に初恋の相手には会うな、そうでなければ相手の老いた凡庸な姿にそれまで抱いていた美が徹底的に打ち砕かれてしまう、という言葉が残されているんだ」

　小楓は押し黙っていたが、彼女が必死に耐えているのがよく見て取れた。やがてそれも限界にきて、クローゼットの扉を叩きつけるように閉めるや建平に顔を向けた。「建平、それ違うわよ！　彼、老け込んでもいないし凡庸でもなかったわ！　スマートで車も家も持っていて、息子は重点小学校に入っていて、ピアノは九級に合格して、ドイツでの交流会にまで行っていて……」

「嘘に決まってるじゃないか。男ってほら吹きたがるからな」

「それじゃあなたはなんでほらを吹かないわけ。男でしょ？」

「ほらの一つも吹きたいけれど、そう簡単じゃないさ」

「それならほらを吹いて、私に聞かせてみてよ。嘘だろうと、おおぼらだろうと構わないわ！　あなた、できないでしょ！　ほらを吹く勇気さえないのは、責任がかぶさってくるのが怖いからなのよ！　でも本当のところはあなたの事なんか関係ないの。一生の半分が過ぎてしまった私は、これから何を生き甲斐にしたらいいっていうの？　でも当当（ダンダン）には私たちのようなうだつの上がらない一生を送らせたくないけれど、もう手遅れよ、私たちがあの子をダメにしてしまったわ……」

「ぼくらがもうダメにしたって？　何をダメにしたんだ、あの子はまだ六歳にもなってないじゃないか」建平（ジェンピン）も怒りを抑えていただけに、腹が立ってきた。

「ピ、ア、ノよ！……幼稚園の先生が当当（ダンダン）には音楽の才能があるって言ってくれて、三歳の時からピアノを買うって言ってるのに、買おうともしないで。一レッスン料二百元のほかにピアノ調律費や資料代、私たちじゃ買えても続かないわね」

建平が小馬鹿にしたように笑った。「君ってずいぶん遠回りした言い方をするね」

小楓（シャオフォン）はその意味がわからなかったのか「えっ、何のこと？」と言った。

建平は身体を横にしたまま小楓を見やり、間延びした物言いで、「例の高飛（ガオフェイ）が得意満面に仕事の成功ぶりだけじゃなく、家庭も実にうまくいっていると言ったもんだから、ショックを受けたんだろう？」

小楓の怒りが爆発した。「建平、あなたってそれでも人間！」

建平は鷹揚に受けとめ、真面目くさって「ぼくはまちがいなく人間ですよ」と言うと、小楓がわめきちらした。「最低ね！」

建平の顔から笑みがサッと消え、相手の顔を睨みつけながら、思わず握りこぶしを作っていた。小楓は少しもひるまず、胸を突き出し、そのこぶしを受けとめるような格好をした。一瞬の静寂のあと建平は目線を下に向け、闘志は瞬く間に萎えていた。そこには背を丸めた一人の男がいた。彼はのろのろと背中を向けると玄関に足を向けた。ところが相手はまだ闘志満々で、彼の横をすり抜けると行く手を阻んだ。

「どうしようもなくなると、またまたとんずらってわけね。今日こそきちんと話をつけるまでそうはさせないから！」

建平（ジェンピン）が黙って彼女を隅に押しやると、またもや彼女が突っかかってきて、必死にドアを押さえた。しかし、女の力ではどうにもならず、あっさりと建平に押しやられ、その隙に建平はドアを開けて外に出ると、思いっきりドアを閉めた。ところがそのとき、小楓（シャオフォン）がまた追ってきて、片手をドアの枠に掛けたことに建平はまったく気がつかなかった。ドアを強く閉めたのだから、当然「バーン」という大きな音が次には聞こえるはずだった。ところが大きな音の替わりに小楓の異様な金切り声が耳に飛び込んできたとき、建平の方もドアを閉めた際のおかしな感覚にぎょっとなった。振り返った建平が慌てふためいて「えっ、どうしたんだ?……手を挟んだ? どんな具合なんだ、ほら見せて!」

彼女が押さえている右手をどけてみると、左手の甲が血まみれになっていた。

第二章

偵察連隊中隊長の林小軍(リンシャオジュン)は、そろそろ帰隊しなければならない。二十日間の休暇中、何をしたわけでもないのに、あっという間に過ぎていた。林小軍ががっしりとした精悍な肉体を持ち、戦闘能力に長けた武骨な男であることは誰もが認め、性格も率直で磊落だった。ところが恋愛となると、からっきしダメで、女性よりも気弱な面があるため、入隊したその年、ホームシックで危うく脱走兵になりかけた。両親は電話でのやりとりから小軍のせっぱ詰まった気持ちを察知して、慌てて姉の小楓(シャオフォン)を部隊に行かせ、説得に当たらせたほどだった。

弟より八歳年上の姉は、幼い頃から半ば親のようで、両親が舞台俳優のため休日が一般人とは逆だったので、舞台に立つ夜や休祭日には、いつも姉が小軍の面倒を見ていた。幼稚園まで迎えに行き、食事をさせ、添い寝までしてやり、おねしょをした時などは自分の寝ていた方に弟を寝かせ、彼女はおねしょで濡れた所で寝たこともあった。

部隊に駆けつけた姉は、最初はなんとか言い聞かせ、納得させようとしたが、それがムダだとわかると怒り出して、「あんたの好きにしたら。どうせ大きくなったら、誰もあんたを束縛することなんかできないんだから。でもね、これだけは覚えておきなさいよ。もしもあんたが脱走兵なんかになったら、もう私の弟でもなんでもないからね。私の弟はそんな情けない人間じゃないのよ」この一言が小軍（シャオジュン）の退路を断つことになった。結局、脱走の目的が家族に会いたい一心からで、自分の行動が家族を苦しめるとなれば、もはや脱走の意味がなくなってしまう。こうして小軍は部隊に留まり、翌年には将校育成学校に合格し、その三年後には抜群の成績で卒業すると、それからは小隊長、副中隊長、そして中隊長ととんとん拍子に昇進を遂げてきていた。

　小軍が帰隊する日は土曜日で、十一時十五分発の列車だった。定年後、シニアの「長征組歌合唱団」に加わっていた両親は、あいにくその日の夜、舞台があって、午前中はリハーサルが入っていて、見送りは姉一家の役目となった。義兄の建平（ジェンピン）が小軍のトランクを持ち、小軍はカバンを持ち、もう片方の手で甥の当当（ダンダン）を抱いている。姉は何度も当当を下ろして、と声をかけ、カバンを代わりに持つと言っても小軍は聞かなかった。口数も少なく、時たま眼に痛いほどの白い包帯が巻かれている姉の左手にちらっと眼をやる以外は、ずっと前を見つめている。

「おじちゃん、ぼく言い忘れたことがあるんだ」当当が突然、何かを思い出したように言った。すごく大事なことなのに、なんで忘れたのか当当は自分でも不思議だった。当当は何でもおじちゃんに話したかった。おじちゃんは当当にとって英雄で、アイドルだった。今まで映画やテレビ以外でおじちゃんほどすごい人を見たことがないからだ。映画やテレビのヒーローは全部ニセモノで、ただそのように演じているだけ。俳優の孫である当当にはすでにお見通しだった。お爺ちゃんがテレビでカンフーの達人をやって技を使うと、すごい風が巻き起こり、敵が何十人にもいっぺんにかかっても、目にもとまらぬ早さでみんなやっつけてしまう。でも本当のお爺ちゃんは、当当と少し遊んだだけで、もう息が苦しそうになってしまうからだ。でもおじちゃんは本物のヒーローだ。おじちゃんのもの凄さは、話だけでなく当当（ダンダン）は自分の目で見たことがあった。あの時のことは、今でも思い出すだけで息が止まるほどドキドキしてしまう。

　あれはぼくがもっと小さくておじちゃんが帰ってきていて、ぼくを連れて遊びに出かけたときのことだった。ぼくが物を盗ろうとしている人を見つけたので、それをおじちゃんに教えると、おじちゃんがその人を叱りつけたので、盗るのをしぶしぶあきらめたようだった。ところが泥棒は一人ではなく三人で、そいつらは、ぼくらのあとにピタッとついて、どこまでも追ってきた。その時、ぼくはおじちゃんに抱ッこされてうしろを向いていたので、そいつらがずっと追ってくるのがはっきりわかっていた。すごく怖かった。でも、おじちゃんは心配しなくていいよと言いながら、ぼくを抱っこしたままずんずん歩いていって振り返ろうとはしなかった。そして人けのない所までやって来ると、そいつらはぼくらを取り囲んで、襲ってきた。ぼくは本能的に顔をおじちゃんの胸に埋めていた。あの時はすごく怖かったので、そのあとに起こったことが見られなかったのを今でもすごく後悔している。「バーン、バシッ、ダーン」音だけが耳元に飛び込んできていて、それから、そいつらの一人が「こいつはポリ公だ！……逃げろ」と悲鳴のような叫び声を上げたので、ぼくはもう大丈夫だと思った。目を開けると、そいつらが逃げていくところで、一人は二人に抱えられるようにして、足をひきずっていた。そいつらがまだそれほど遠くまで逃げ去っていなかったので、誤りを訂正するチャンスがぼくに与えられた。「ぼくのおじちゃんはお巡りさんじゃない！　偵察連の中隊長さ！」ぼくはそいつらの背中に向かって大声で言った。本当はあの時、おじちゃんはまだ中隊長じゃなくて、副中隊長だったけれど、悪い奴らにそんな正確に説明する必要なんかなかった。

「言い忘れたというのは何かな?」話したいことがあると言ったので、おじちゃんはすぐぼくの方を向いた。おじちゃんはどんな事でもぼくのことはいつもなおざりにはしない。

「幼稚園でお昼寝の時間に李南方(リーナンファン)がずっとぼくのズボンを引っ張っていたんだ。ぼくはすっかり眠ってしまっていたのに、それでもまだ引っ張っていたんだ。だから、ぼくさ、南方の顔を蹴ってやったの。そしたら南方がぼくの足に噛みついたんだ。足の親指を噛み続けて放さないものだから、ぼく泣いちゃったんだよ」当当(ダンダン)はそう言いながら、また悔しさがこみ上げてきたようだ。

「そういうことか」中隊長は話を聞いたとたん真剣な面持ちでちょっと考えてからこう言った。

「でもね、当当、今度のことはこんなふうに考えたらどうかな。当当が南方の顔を蹴って誰が損したと思う? 南方だよ。それに南方は当当の足の指を噛んだけれど誰が損したと思う? やっぱり南方さ」

当当は目を輝かせると、急に嬉しくなった。「ぼくの足ものすごく臭かったんだ」

「そうさ! 臭くて死にそうだったはずだよ!」

「臭くって、何日もご飯を食べられなかったね!」

小軍(シャオジュン)はこらえきれずに大笑いしてしまい、建平(ジェンピン)も小楓(シャオフォン)も笑っている。当当も大人が笑っているのにつられて笑ってしまい、名状しがたい幸福感にひたっていた。

乗車の時間が近づいてきていた。

「当当、おじちゃん、もう行くからね」それを聞いたとたん当当の目からひとすじ涙がこぼれ落ち、細い腕を小軍の首にしっかり巻きつけた。小軍は大きな親指で小さな顔の涙を拭き取った。「おや、男っていうのは血は流しても涙は流さないものだぞ！　さあ、おじちゃんのために笑って！」

当当（ダンダン）は涙を流しながらも一所懸命笑おうとしている。その涙で濡れた顔に浮かべた作り笑いが小軍（シャオジュン）の目頭を熱くさせたため、当当を小楓（シャオフォン）の胸に押しつけると、気づかれないようにくるりと背中を向けて義兄が持つトランクを受け取り、そのまま義兄を引っ張るようにして言った。「ちょっと義兄さん、一言、言うことがあるので」

少し離れたところへ来ると小軍が無表情のまま言った。「義兄さんもご存じのように、ぼくは姉が大好きです。ぼくらの感情はその辺の姉と弟とは違っていて、姉も同じだと思っています。両親も姉を愛しています。母が言うには、その姉の小指を傷つけたことなんて、親でさえなかったそうです……」

「あれはわざとじゃない、たまたまだったんだよ」

「もしわざとだったら、義兄さんはここにはいられなかったでしょうね！　義兄さん、今回だけですよ。もしもまたあったら、ぼくは……」小軍はちょっと言葉を切ってから「絶対許しません！」と言った。


見送りからの帰り、建平（ジェンピン）は寝ている当当を抱いて黙りこくっている。小楓も敢えて何も言おうとしない。バス停まで来ると、小楓が路線案内板を見ながら建平に聞いた。「家に帰る？　それとも母の所に行く？」

返事がないので、彼女が振り向いた。「あなたに聞いているのよ！」

建平はそれでも返事をしない。

小楓（シャオフォン）はようやく夫がずっと無言であることに気づいた。今の今までまったく気がつかないでいた。夫婦も十年近くになれば、会話がなくても当たり前になっている。ようやく小楓は「あなた、どうしたの？」と訊いた。

「ぼくを脅すなんて、どういうことなんだ、ぼくを脅すなんて……」建平（ジェンピン）がぶつぶつと脈絡なくつぶやいている。

小楓は建平がさらに言うのだろうとちょっと待っていたが、待ちきれずに「あなた、何を言っているの？」と訊いた。

「しらばっくれないで欲しいな！」

「しらばっくれる？　何、それ！」

建平がついに怒りをぶちまけた。「君は弟に何を言ったんだ？」小楓には何のことか、さっぱり飲み込めないでいると、建平がさらに言った。「君の手のけがのことだよ！」

そんなことでというように「何を言ったと言われても、事実を説明しただけよ……小軍（シャオジュン）があなたに何か言ったの？」小楓が思わず笑い出した。

建平は小楓を無視するようにつぶやいた。「絶対許さないだと――ああ、許してくれなくて結構！　許してくれようがくれまいが関係ないね！　ただ腕っぷしが強いというだけじゃないか。おあいにくさまってもんさ。二百年遅かったたよ。二百年前だったら豪傑になって風雲児になれたかもな。でも今は法律の世の中さ。科学の時代、文明の時代だよ。腕っぷしだけじゃ、ヘッ、ただの暴力軍人さ！」

そういうことだったのか。だが小楓にしてみれば面白くなかった。「建平、言いたいことがあるなら、直接本人に言ったらどうなの。陰でこそこそするのはみっともないわよ」

「みっともない？　あいつと一緒にしないで欲しいな」

小楓（シャオフォン）は軽蔑したように「フン」と言うとそっぽを向いてしまった。建平（ジェンピン）は彼女の顔の正面に回って行き、たたみかけるように言った。「フンとは何だ、フンとは……君に訊いているんだよ、フン！とは何だ？」

小楓は天を仰ぐようにして「何よ、私にばっかり八つ当たりして。強い相手には何も言えないくせに。意気地なし！　弱虫！」

ちょうどその時バスがきて、小楓は「私、母のところへ行くわ！」と言い捨てると、建平の意向など無視して、さっさとバスに乗り込んでしまい、建平がぐずぐずしている間にバスは発車してしまった。一人取り残された建平は息子を抱いたまま、こみ上げてくる怒りをどうすることもできなかった。


肖莉（シャオリー）が訪ねてきた。

建平が家に戻って、ようやく息子をベッドに寝かせつけたばかりだった。当当（ダンダン）はずっと寝ていたので、建平の腕はすっかり痺れてしまっていたが、息子が目を覚ますのを恐れて、靴も脱がせずにベッドに下ろしたのだった。六歳の息子はちょうど親につきまとう時期で、もし起きてしまったら、建平はその日、静かに過ごすことを諦めるしかなかっただろう。肖莉がドアのベルを鳴らしたのは、ちょうどそんなときだった。ベルが鳴ったとたん、当当が目を覚ましてしまい、建平のすべての苦労は一瞬にして泡と消えてしまった。

肖莉（シャオリー）は隣の住人で、ドアが向かい合っている。建平（ジェンピン）と同じ病院の耳鼻咽喉科に勤めていて、隣人、かつ同僚ではあったが、つき合いはほとんどなかった。その必要もなかったし、きっかけもなかったのでお互い相手のことはあまり知らなかった。建平の肖莉に関する情報は確かに少なく、年齢が妻と同じくらいで、性格もまあまあらしく、人とのトラブルやいさかいといった類も耳にしたことがないといった程度だった。確かなことは肖莉が単に綺麗というのではなく、美しいということだった。建平は肖莉に会って初めて、女性には〝綺麗〟と〝美しい〟の違いがあるのを教えられた。〝綺麗〟は生まれつきで、備わったものであり遺伝にもよるが、〝美しい〟はさらに後天的な要素も必要で、話し方や立ち居振る舞いが落ち着いていて、優雅などもその要件といえた。

肖莉はどうしても出かけなければならなくなり、娘の妞妞（ニュウニュウ）の面倒をしばらく見て欲しいと頼みに来たのだった。建平は快く引き受けた。むしろ内心では喜んでいて、子ども同士遊び相手になれるし、建平も子どもの世話から多少は解放されると読んだからだった。

さほど時間はかからないと言っていたが、肖莉は夕食の時間になっても戻ってこなかった。建平が料理をリビングルームに運んでいくと、子どもたちはダイニングテーブルで絵を描いていた。妞妞は小さい人を一人描いて、これはママ、もっと小さい人を描いて、これは妞妞、それから煙突のついた家を描いて、妞妞とママの家だと言った。

当当（ダンダン）は少し考え込んでから、それじゃ、パパは？　と訊くと、ママとパパは離婚したのと妞妞が言った。

建平はひどく驚いた。離婚した？　いつ？　同じ病院に勤め、隣同士ながら何も気がつかなかった。建平がもう少し詳しく妞妞に聞きたくて、どう聞いたものかと考えているところに肖莉が顔を見せた。建平（ジェンピン）が気になって彼女を見ると、明らかに顔を洗ったばかりで、泣いたあとの痕跡は洗い落とせてない。目が充血し、まぶたも赤く腫れていた。

その夜、小楓（シャオフォン）は帰ってこなかった。息子を寝かしつけたあと、建平はベッドに入ったものの、なかなか寝つかれなかった。小楓が帰宅しないからではない。夫といさかいが生じると、すぐ実家に帰ってしまうのは女に共通した欠点で、都会だろうが田舎だろうが、教養の有無にも関係なく、女は皆同じ。だから建平はもうすっかり慣れっこになっていて、寝つかれない原因は肖莉（シャオリー）だった。

はっきりしているのは、肖莉の「ちょっと用事がある」とは、しばらく一人で居たい、一人で泣きたいという意味だったわけで、無理からぬことかもしれない。精神的な傷は言うまでもなく、四十歳近くの女性なら仕事も子どもの面倒も見なければならず、他人事ながら気になった。おしどり夫婦でいつも一緒と言われていたのに、あまりにもあっさり別れてしまうなんて、おそらくきっかけは夫の方で、新しい女性でもできたにちがいない。金はあるはずなのだから。

肖莉の夫、いや、元夫は国営企業に勤めていたが、改革開放の波に乗って退職し、商売を始めるとこれが大当たりして、一年も経たずに高級外車のホンダを買うほどになっていた。ある時期、夫婦で家を購入しようと物件を物色しているという話も耳にしたことがあった。こういった類の「情報」は、すべて小楓からで、その彼女の意図は隣人を成功モデルとして目標にし、建平の尻をたたくことにあった。こうして肖莉こそ小楓のあるべき生活の目標となっていたのだが、建平にとっては肖莉の夫の存在はこれまで精神的な障害となっていた。それが小楓の目標が崩れて建平の障害が消えたわけで、彼の感情が多少高ぶるのは仕方ないのかもしれない。

建平は小楓の実家に電話をして、彼女の理想、目標とする肖莉家の事情について伝えたかったが、なんだか他人の不幸を喜ぶようで思いとどまった。一方、密かに自分で自分の傷口から流れ出る血を舐めて、苦痛を鎮めようとしている肖莉（シャオリー）を見てしまった建平（ジェンピン）に肖莉への同情が湧いてきているのも確かだった。必要なら、いや可能なら建平は喜んで手をさしのべるつもりになっていたが、建平からは言い出せなかった。彼女の自尊心を傷つけてしまう恐れがあるからで、しかしまた、肖莉がそれほどに自尊心の強い女性だとわかると、建平におのずと尊敬の念が湧いて、それだけに守ってやりたい衝動に駆られ始めていった。

小楓（シャオフォン）はあれから連絡なしで、翌日も同じだった。建平はそれをいいことに放っておいた。以前は夫婦喧嘩のたびに建平が頭を下げて丸く収めていたが、いつの間にか、彼女はそれが当たり前と思うようになっていた。女房とはバネのようなもので、夫が下手に出ると、もっと増長するらしく、建平はほとほといやになっていた。特に義弟のあの理不尽な脅しは、火に油を注ぐように建平の反発心を一気に燃えたたせてしまった。今度こそ絶対にこちらからは頭を下げない、二度と彼女の思い通りにはさせないと建平は固く決めていた。

午前中、当直の看護婦から建平担当の患者が急に激しい腹痛を起こしたと電話が入った。当当（ダンダン）を肖莉に預かってもらうしかなかった。胃潰瘍のその患者が突然、激しい腹痛に襲われたとなると、胃穿孔の可能性があって、そうならすぐ手術をしなければならず、帰宅時間の見当をつけるのが難しかった。それだけに当当のことを先ず、解決しなければならなかった。肖莉に頼むのは建平としてもためらいがなかったわけではない。昨日、助けたばかりなのに、もう今日には助けを求めるなんて、「借り」を早く「返せ」と言っているようなもので、あまりにも姑息な人間と思われかねない。でも肖莉でないとすれば小楓しかなく、建平はいずれも意に添わないまま、迷った末に肖莉に頼むことにした。

　幸い病人は胃穿孔ではなく、食事の内容が違っていたのと精神的な過度の緊張から来る腹痛だった。手際よく処置した建平（ジエンピン）は、病室でしばらく様子を見ていたが、もう大丈夫と判断して家に戻ると、すでに午後一時だった。肖莉（シャオリー）の家は空っぽで彼女の携帯にかけると、紫竹院公園の児童遊園地にいるという。

　遊園地では当当（ダンダン）と妞妞（ニュウニュウ）が夢中になって遊んでいた。ブランコや平均台に乗ったり、コンクリートのジャングルを出たり入ったりしている。肖莉は近くに腰を下ろしていて、子どもたちの様子を見ているのだろうと建平は思った。ところがそばまで行くと、彼女の目は焦点が合っておらず、物思いに沈んでその目には何も映っていないらしいことに気づかされた。自分の世界に閉じこもっていたためか、建平がそばに現れて肖莉は飛び上がるほどに驚いた。すぐに平静さを取り戻した肖莉は、挨拶をして腰を下ろすと、夢中で遊んでいる子どもたちに嬉しそうな目を向けた。建平には肖莉の事情がわかっていながらも何も言い出せずにいた。並んで腰を下ろしながら話の糸口を捜していると、肖莉が先に口を開いた。

「奥さん、まだ戻ってこられないの？」建平は何も言えなかった。

　肖莉が笑った。「迎えに行ってあげたらいかが？」

「今度はもう迎えに行かないことにしたんです。がまん比べかな。どっちが最後までがまんできるか。何かっていうとすぐ実家に帰ってしまうんで。田舎者なもので……自分がいないと地球が回らないと勘違いしているみたいでね。いなくてもぼくは生活できるし、もっと快適にだってできるというのに。こんなやり口でぼくを追いつめようなんて、何様だと思っているんでしょうね。彼女はアメリカじゃないし、ぼくだってイラクじゃないのに。ぼくを追いつめることなんてできないですよ！」

「宋（ソン）さん、おやめなさいって。なんだか男らしくないわ。そんなに目くじら立てることないと思います。女が何を求めてるかって言えば、言葉、やさしい一言よ。その一言を言ってあげたら、あとはあなたの好きなように彼女を動かせばいいのよ！　それぐらいどうってことないじゃありませんか、絶対、損はしないわ」

建平（ジェンピン）は首を大きく横に振った。「今回はこれまでとは違うんです。肖莉（シャオリー）さん、あなたには事情がよく飲み込めないだろうけれど、一言で片づくような問題じゃないんです。今回のは原則の問題です。なんでぼくが彼女の言いなりにならなければいけないんですか？　なんで自分の趣味や自分の人生を持ってはいけないんですか？」

「彼女だって当当（ダンダン）のため、この家のためにやってるんじゃありませんか？」

「当当はいい子だし、この家だって何も問題ない。食べ物も着る物も心配ないし」

「宋さん」肖莉は首を振って笑い出した。「いまわかったんだけれど、宋さんて、どうしようもなく依怙地になってしまうところがあるのね」

建平も笑った。「やはり見破られてしまった。なるべくなら少しずつ気がついて欲しかったな。見破られていくほどに欠点が増えてしまうから」

肖莉は建平を見つめながらおかしそうにしているが、黙っている。

「あれっ、この沈黙は何？」

「言えません。言ったら、宋さんが舞い上がってしまうかもしれないから。あっ、妞妞（ニュウニュウ）！」

肖莉（シャオリー）が慌てて子どもが遊んでいる方へ駆けだして行った。妞妞（ニュウニュウ）が転んだのだ。手の皮を大きくすりむいて手当が必要になり、肖莉が子どもと帰ってしまったため、二人の話はそこまでになった。

　妞妞があのタイミングで転ばなくてもよかっただろうに、でもむしろよかったのかもしれないと建平（ジェンピン）は思った。雲を摑むようで曖昧模糊としているだけに、想像の美しい空間を与えてくれることになったからである。いつも妻から痛い思いをさせられている男にとって、女性から認められるのはことのほか嬉しく、その女性が高い教養を身につけている場合は特に貴重だった。

　夫婦の冷戦は一週間近く続いた。

　この間、建平は仕事と息子の世話で目が回るほど忙しく、小楓（シャオフォン）も息子のこと、家のことで気がかりが重なっていた。二人とも辛い思いをしているのにどちらも自分から折れようとはしないまま、林（リン）家に突発事件が起きなかったら、この冷戦はいつまで続いたかわからなかった。

　小楓の山東省にいる叔母が危篤という知らせが突然、入った。

　電話は家族が夕飯を食べ終わって、小楓が台所で後かたづけをし、両親は居間でテレビを見ながらおしゃべりをしているときだった。結婚してそろそろ四十年という二人だが、話題には事欠かないらしく、とぎれることなく、こと細かにゆったりと味わうようにおしゃべりしていて、結婚して十年も経たないのにもう会話がなくなってしまっている小楓夫婦とはあまりにも対照的だった。

「この役者の名前はなんというの？」テレビを見ながら妻に聞いている。

「よく見る顔なんだけれど、名前ね？」妻は眉根を寄せているが、思い出せないらしい。

「こいつ、これでも役者かね。演技がなってないよ。その人物になりきれないんじゃ大根役者さ。

ほら、苦しみの表現じゃ眉をしかめるだけ、喜びの表現じゃ口を横に広げるだけ。これじゃ、二つの表情を順繰りに見せているだけだよ。いやあ、ひどいね、とても見ちゃいられない」

「でも、かっこ良くて、ハンサムよ」

「そう、確かにハンサムはハンサムだ。例の〝目にしびれる〟だな」

「私、〝目にしびれ〟させられるなら、それでいいと思うわ。役者は人に見られるんですから。ハンサムなら顔を、演技派なら演技を見せればいいのよ」

「顔も演技もという役者はいないもんかね？」

「少ないわね。そんな役者はめったにいないわ。奇跡みたいなものよ。この道の者なら誰だってわかっていることだわ。役者はね、ハンサムな人が演技もうまいとは限らない。かっこ良くない人が演技はうまいことが多いのよ」

小楓（シャオフォン）が果物を持って入ってきたのはそのときで、彼女は父親にちょっと目をやってから、話に加わるように、「なんでなの、お母さん？」と訊いた。

「なんでって」母親は両手を広げて、「当たり前でしょう。顔も良くないは、演技もダメだったら、どうやってこの世界で生きていくの？　今のはやりの言葉で言えば、どうやって〝目にしびれる〟なんてことができるのよ？……小楓、あなたは知らないと思うけれど、かつて女優の中で、私の容貌がいちばん平均的だったのよ」

「おい、おい、またいい加減なことを言って！」父親が横目で母親を睨んだ。

「お父さんね……」母親はそれを無視するように小楓に目を向けたまま、「男優の中でいちばんハンサムだったわよ」と言った。

小楓（シャオフォン）が思わず大笑いをした。母親も笑いながら立ち上がると、「お父さん、ちょっと散歩に出ませんか」と声をかけ、それから思いついたように小楓に、「私たちと一緒に出るのよ、自分の荷物も持ってね。私たちがついでに送るから」と言った。

小楓の表情が急に曇り、母親の表情も厳しくなっている。部屋に緊張が走り、やがて母親が口を開いた。「小楓、一つだけ聞くけれど、あなたはまだ彼と一緒に暮らすつもりがあるの？　暮らすつもりがあるなら、相手の欠点ばかりあげつらうのはおやめなさい。それに、いつも相手を自分に従わせようとすることもね。一緒に住んで、食べて、寝て、四六時中、顔をあわせて、それでも自分なりの習慣があって、好みがあって、主張や理想があって、なのにお互い譲り合う気持ちがなく、いつでも自己中心になっていたら、わざわざ不愉快を求めているようなものだわ。あなたが不愉快なら、彼だって不愉快よ。彼が面白くなければ、あなたはもっと面白くないはず。そんな毎日だったら、生活を続けるのはもう無理ね。小楓、あなたは本当にいい子だけれど、あまりにも寛容さが足りないわ」

小楓は冷静さを失い、「私がまだ寛容じゃないって言うの」と、けがをした手を振った。「手をこんなにされても、私、何か言った？　何も言わなかったじゃない。ほかの人だったら、誰だって大騒ぎするはずだわ。それなのにもっと寛容になれだなんて！……お母さん、私に良かれと思って言っているのはわかるけれど、でも、今のは少し無責任で、原則性がないと思う」

「夫婦の間にたいした原則なんてあるもんですか」

「夫婦だって十人十色だわ。世の中の夫婦はみんな自分たちと同じだと思ってるの。若い頃から同じ劇団に所属して、同じ仕事をして、共通の趣味を持って、話も通じるし……」

「あなたの言い方だと、まるで同僚でなければ夫婦になれないみたいじゃないの。私たちの劇団じゃわかりにくいから、あなたの学校で同僚同士で結婚して、離婚した夫婦がいない？　何を言ってるの！　わけのわからないこと言って絡んできて！」

母親が怒ったのを見て、小楓（シャオフォン）はもうそれ以上言わずに部屋を出て行った。母親が心臓病であるだけに、逆らって刺激することはできなかった。

叔母危篤の電話はそのときだった。電話に出た父親の顔色がにわかに変わり、受話器を置いた父親は言葉がのどに絡まるようにして妻に言った。「彼女、重体だそうだ……今回はもうダメかもしれないって……小楓に一目会いたがっている……」

かりに第三者がその場にいたら、この〝彼女〟と父親が兄と妹の関係でないのはすぐわかったにちがいない。この〝彼女〟は父親の愛人だった。当時、父親は共産党の指示で毛沢東（モウタクトウ）思想宣伝隊の指導員として、ある農村の人民公社へ赴き、彼女は地元の宣伝隊の隊員だった。若くて孤独な男女は枯れ草に火が燃え移るように互いに激しく惹かれ合い、結ばれた。彼女は何も要求しなかったし、彼もずっと一緒にいるという約束をしなかった。このような男女の結びつきは、空間的、時間的、距離的な隔たりが生じて終わりを迎える。だが不幸にも、二人の忘我の境地の肉欲の交わりが彼女に妊娠という現実をつきつけた。中絶に安全な方法は一つとしてなかった。妻のいる男と未婚の女、この二人の関係が露見したら、あの社会主義建設初期の倫理道徳がいちばん重視された時代だけに、空恐ろしい災厄から逃れられないことは誰の目にも明らかだった。二人の焦りと恐怖を尻目に胎児はどんどん大きくなって、もはや隠せないほどになったとき、彼は覚悟を決めてすべてを妻に告白したのだった。これはあらゆる方法の中でいちばん安全な方法だったと、彼は今でもそう思っている。彼の直感は間違っていなかった。細心にして綿密、穏当な手配をした妻は、誰にも気づかれないまま彼女の出産を助け、密かに故郷へ帰らせ、生まれた赤子は林（リン）家に残された。赤子は妻の子となり、実母の彼女が「叔母」となった。赤子は女の子で、「林小楓（リンシャオフォン）」と名付けられた。

　山東省の叔母を見舞いに行くと知らされた小楓は、二の足を踏んでいる。目の前にはあまりにも多くのことが重なり過ぎていた。生徒たちの期末試験が控えていて、おまけに彼女はクラス担任だった。当当（ダンダン）の小学校への入学が間近で、入学前の教育クラスに申し込みをしたばかりでもあった。心臓病の母親を家に一人で置いておくのも気がかりだった。もっともこれらはすべて表向きの理由で、彼女にしてみれば、遠く離れた叔母に僅かでも肉親の情が湧かないのが何よりも大きかった。年に一度会うか会わないかで、会ってもせいぜい挨拶程度の会話しかなかった。父の妹なら父親一人でもいいわけで、こんな大変な時期にすべてを放り出して、わざわざ義理を果たすために自分まで見舞いに行く必要性が感じられなかった。しかし、母親は父親の体調が思わしくないので、一人では心配だと、どうあっても小楓にも行かせようとした。

　小楓は折れるしかなく、そうなると建平（ジェンピン）に伝えなければならず、それは夫婦の冷戦終結を意味した。理由は何であれ、小楓の方から和解の意が示されたので、建平はすぐに応じた。小楓が山東に行ってしまってからは、建平はどんなに忙しくても朝と夜、義母への二回の電話を欠かさず、昼休みには必ず食料品を買って届けていた。彼の家からは自転車で片道二十分、しかもいちばん暑い時間帯だっただけに、ほんの数日で彼はすっかり日に焼けてしまい、痩せてしまっていた。そんなある日、玄関を出たところでばったり肖莉（シャオリー）と顔を合わせたときなど、彼女があ然とするほどだった。

「義母様へのボランティアで張り切っているのね」肖莉が笑みを浮かべながら小声で訊いた。

「まぁ、そんなもんでしょう」建平（ジェンピン）も笑っている。

「それがいいわ。婿は義母の半分の息子ですからね」

「そうですね、半分の息子として、ひたすらご奉仕ですよ」

「効果はあって？」

「ぼくはもう彼女を許したんです」

「さすがね」二人は楽しそうに言葉を交わしながらマンションを出た。二人の子どもは一足早くマンションを出ている。日曜日、肖莉（シャオリー）は妞妞（ニュウニュウ）とバレーのレッスンに出かけ、建平は当当（ダンダン）と公園へ遊びに行くつもりでいた。ところが、子どもたちは顔を合わせると、一人っ子で普段寂しい思いをしているからか、一緒にいると言って離れようとしない。結局、建平父子が肖莉母娘のバレーのレッスンにつき合い、そのあとどこかへ遊びに行くことになった。


肖莉は単なる付き添いではなく、肖莉自身もレッスンを受けることを建平は教室に着いてから初めて知った。娘は同じような年齢の子どもたちと、肖莉は別の教室でやはり年齢の近い母親たちとレッスンを受けるのである。

建平にとって初めて目にするものだった。母親クラスの中年女性たちは、体型は実にさまざまで音楽と先生の声にしたがって前後左右に移動したり、手をついたり足をあげたりして真剣そのもの。自分の目で見ない限り、その風景は滑稽で、少なくとも調和が取れていないと映るかもしれない。だがその場で見ている建平は、美はなにも青春の独占物ではなく、「美」にもタイプがあることに気づかされた。彼女たちが老いの入り口にいるからこそ、その真剣さと執着心に非常に感動を覚え、生活や人生に対する一種の自信と楽観的な「美」を発散していた。

肖莉(シャオリー)は奥さんたちの中でトップクラスだった。身体的にも、ダンスそのものも。特に踊っている際には、すべてを忘れたような陶然とした表情になっている。

建平(ジェンピン)は入り口に立って、肖莉という女性に対して一種の感動と驚きと多少の戸惑いのなかで、じっと見ていた。人生の激変、そして強烈な衝撃を受けたのに、それでも生活のリズムを守り、きちんと毎日を過ごせるとは。その冷静さ、意志の強さはまるで何かに強いられているかのようでもあり、感情が欠如しているのではないかと思ってしまうほどだった。

母親クラスはキッズクラスより二十分ほど早く終わったので、肖莉と建平がキッズクラスに向かうと、基本レッスン終了後の調整ダンス「ボルガ」を踊っていた。

「先生によると、妞妞(ニュウニュウ)はこのクラスでいちばんダンスの感覚がいいんですって」娘に注ぐ肖莉の目には満ち足りた喜びが溢れている。

「すばらしいお母さんがいるからね」

「ご冗談を、本人の前でそんなこと言わないで」

「いや、ぼくは正直に言ったまでで、肖莉さん、あなたは……」建平は言葉を選びながら「強い……」と言った。

肖莉は言葉を呑み込んでしまい、ピアノによる「ボルガ」だけが部屋に響き渡っている。

「舞踊心理治療法って聞いたことがあって？　欧米にはかなり前からあって、その項目も細かくて、婚姻・家族というのもあるの」

建平は一瞬びっくりして、呆けたように彼女を見つめた。

肖莉はその目を建平から子どもの方に向け、ピアノの音を耳にしながら静かな口調で言葉を継いだ。「中国にも入っているらしくって、私も当たってみたけれどわからなかったわ。でもおそらくは前向きになって、プラス思考でマイナス部分と戦うということでしょう……」

　ずっと理解できないでいた彼女のある部分がいともあっさりと氷解するや、いつしか彼女への尊敬と守ってあげたいという気持ちが建平（ジェンピン）に湧いてきていた。

　帰りに建平は当たり障りのない話からいきなり気になっていたことを単刀直入に訊いた。

「ご主人はなぜ離婚を望んだの？」

　肖莉（シャオリー）はまるで待ってましたというように「離婚を望んだのは私の方よ」と応じた。

「えっ？」建平にはあまりにも意外で、思わず肖莉の顔をのぞき込んだ。

　肖莉によると、彼女が出張から戻り、ベッドに女の髪の毛が一本あるのに気がついたのがきっかけだったという。長いワインレッドの髪で肖莉の短く、染めたことがない黒色とは明らかに違っていた。理由を訊くと、君には関係ないという返事が返ってきたので、肖莉はこの男の肉体も精神もすでに自分のものではないと悟ったという。ところが夫は離婚を望まなかった。理由は二つ。別の女性を愛することは肖莉を愛さないことではない、そして娘の妞妞（ニュウニュウ）を愛しているというものだった。だが肖莉の離婚の意志は堅かった。

「彼は仕事での成功者よ。最初、私が惹かれた最大の理由もそれだった」肖莉は自虐的に苦笑いを浮かべて「男は仕事での成功を求め、女は成功している男を求める、どこにでもある話。でも私が惹かれるということは、別の女も惹かれるってこと。それに彼は非常に……」少し間をおいて「非常に〝博愛〟の人なの。アメリカ大統領クリントンタイプよ。でも私はヒラリーじゃないわ。彼女のような能力もないし、広い心も持ち合わせていない……彼のつき合う女は一人ではなく、これからも女を新しく作るはず。一人ということはあり得ないわ。そういう男なの。私にはよくわかる。老いさらばえて動けなくなるまで、彼の女遊びは止まらないはず。彼の最初の浮気のときからずっと考えていたの。知らんぷりを徹底的に続けるか、別の女と夫を共有するか、断固、別れるか。どの選択肢もそう簡単じゃなかったけれど、結局、今の生活を選んだの」

これほど透徹した物言いをする女性に建平（ジエンピン）は言葉を失っていた。肖莉（シャオリー）も口をつぐんでしまい、それ以上、二人が言葉を交わすことはなかったが、子どもがいたおかげで、沈黙が苦にならずに済んだ。

その夜、当当（ダンダン）が寝入ったあと建平はまたもや寝つかれなかった。肖莉の一つ一つの動きが映画のコマのように流れていくからで、彼女の笑顔、涙、強さ、弱さ、分別、思いやり、それらの何もかもが建平の胸に強く響いてくるのだった。

久しく忘れかけていた激情だった。好ましい感覚だった。

あたふたと生活に追われ、特に結婚生活での重圧によって、激情の扉は閉じられてしまったものと考えていた建平にはあまりにも意外だった。若くて美しい女性を前にして、性欲が湧かないわけではない。まだそれほど老け込んではいない。ただ肖莉には「情欲」ではなく「情愛」による性欲が湧いてくるのだった。

小楓（シャオフォン）の不寛容、酷薄さ、浅薄さに比較して肖莉は遙かに愛らしく、建平もそれだけは認めざるを得なかった。

第三章

夕飯を食べているとき、当当（ダンダン）がママと一緒に寝ると言い出した。建平（ジェンピン）は思わず息子を見やったが、密かにほっとしていた。夫婦が今度のように長く別居して、一緒にベッドに入れば、求められなくても夫として相手を求めるサインを出さなければならず、どうしてもセックスをする気にはなれない建平には重荷になっていた。子どもが小楓（シャオフォン）と一緒に寝るなら、その厄介から逃れられるわけで、思わず息子に感謝していた。

小楓とはまるまる十日間、別居していたことになる。

小楓たちが山東に出かけた一週間後に〝叔母〟が亡くなり、その二日後に葬式を済ませ、翌日、父と娘は帰路についた。父親は老妻のことを案じていたが、小楓は母親もそうだが、なによりも息子のことが気がかりだった。たまたま息子の入学前という大事な時期で、新学年開始前の夏休みに入っているのに、近くにある学区制の小学校か、市で最高レベルの「実験第一小学校」にするか決めかねていた。

子どもの能力を伸ばすのに小学校は大切な時期で、一流小学校への入学を果たさなければ、一流中学校、高等学校への道は閉ざされ、もちろん一流大学への入学も絶望的だった。それは子どもの一生に、もはや希望がないことを意味していた。

　しかし、「実験第一小学校」は超難関校だった。そのためまずはコネの有無だった。小楓（シャオフォン）が教師であるため、いくつかのコネはあった。しかし、それだけでは不十分で、協賛費も必要だった。年間六千元、ちょうど夫婦合わせた一か月分の収入で、払えない金額ではなかったが、協賛費だけ払えばそれで済む話ではない。他に学費がかかり、しかも小、中、高、そして大学と続く。その間、飲まず食わずというわけにはいかないし、家も欲しかった。家の購入は時代の流れになっていて、以前のように国からの「無料」の家はもはや不可能だった。そのほか病気や急な出費にも備えなければならない。現在、彼らは荒れ狂う強風にさらされている藁小屋にいるようなもので、持ちこたえるすべがなく、いつ吹き飛ばされてもおかしくない状況にあった。

　午後に帰宅した小楓は少し部屋を片付けて夕飯の支度に取りかかり、出来上がった頃に建平（ジェンピン）と息子が帰ってきた。当当（ダンダン）は家に入ったとたん、母親がいることに気づき、「ママ」と大きな声を上げ、小楓も息子の声で台所から出てきたので、当当が母親の懐に飛び込んで行き、夫婦は言葉を交わすことさえできなかった。

「ママ、今日ね、ぼく先生に褒められたよ！」

「そう！　どうして？」

「ぼくの声が大きくて気持ちがこもってるって！」

「何をして、声が大きくて気持ちが込もっていたの？」

「童謡の朗読だよ！」

「それ、入学前の教育クラスの先生？」

「そうだよ。王(ワン)先生。王先生、美人じゃないよ、いつも黒い服ばかりで……」

当当(ダンダン)とのおしゃべりの隙間を縫うように建平(ジエンピン)と小楓(シャオフォン)は互いにちょっとうなづき合い、口元をほころばせた。子どもは仲違いをしている夫婦にとっては潤滑油と言えた。

それからの数日間、当当は毎日〝ママと寝る〟と言い続け、慣れるにつれて何も言わなくなり、毎晩、風呂から上がると、さっさと両親のダブルベッドに入り込み、当たり前のように建平の場所で寝てしまうようになった。最初、建平は喜んでいたが、次第に考え直すようになり、やがてまずいと思うようになった。夫婦間の〝戦争〟はもう過去のことで、すでに終わったと建平は思っていた。この間、自分なりに精一杯〝サービス〟もしてきたつもりだったが、どうやら戦争はまだ終わっていないようなのだ。

彼女の態度からは当当の要求をもっけの幸いと見ている節が感じられ、ひょっとすると最初から小楓がそれとなく子どもに吹き込んだのかもしれない。口喧嘩はもうしなくなっているが、夫婦の会話は必要最小限になっていた。夕飯の献立や当当に着せる服の場所を訊くぐらいで、以前のように建平へのさまざまな要求を小楓はいっさい口にしなくなっていた。これは激しい口論や無言の戦いよりもっと背筋が寒くなり、建平に恐れを抱かせた。まさか小楓から徹底的に見限られたわけではないだろうに。そんな折り、実にタイミング良く、思わぬ耳寄りな情報が届き、建平に多少の自信を与えた。

建平が外科の副主任に抜擢されるかもしれないという、肖莉(シャオリー)からの情報だった。だがそれには気になる情報もついていて、外科から上級機関への昇進推薦候補者は二人で、競争相手がいるというものだった。肖莉（シャオリー）からは励まされ、そのうえ「今のような体制でその道の権威者となるには、まず地位を手にしないと」とつけ加えるのを忘れなかった。

小楓（シャオフォン）が帰宅するや、建平（ジェンピン）は何はともあれこの情報を伝えたが、彼女は関心なさそうに「そう」と言っただけで、あとは口をつぐんでしまった。建平はすっかり肩すかしを食わされた気分になったが、そのときは三十分もかけて自転車で帰ってきたのだから、疲れて今は何も考える余裕がないのだろうと気遣う余裕があった。

食事が終わると、いつも通り小楓があと片付けをし、当当（ダンダン）はテレビのアニメに釘付けとなり、建平は息子のそばで夕刊に目を通している。以前は建平にとって一日でいちばん好ましい時間帯だった。茶碗や皿が軽やかにぶつかる音、アニメのあどけない子どもの声、窓から斜めに差し込んでくる夕日、口に合った料理を十分食べた満足感などが彼に心地よい充足感をもたらし、人生でこれ以上の幸せはないと感じていたものだった。

それなのに今日はどうか。様子は変わっていないのに、気持ちがまったく違っている。彼はなぜか落ち着かず、焦りを感じ、おまけに不安がしきりに襲ってきていた。心臓が動悸を打ち、息苦しくなることさえあり、とうとう彼は一文字も目に入らない新聞を投げ出して立ち上がると、台所であと片付けをしている小楓に「ちょっと出かけて来る」と声をかけた。

「そう」それだけだった。行き先も理由も訊こうとはしない。

これでも夫婦だろうか。今は夫婦が二人三脚で事に当たらなければならない大切な時期だというのに、彼女はこちらを完全に無視していた。いったい何を考えているのか。建平には昇進の話どころではなく、小楓の態度の方がずっと気になりだした。

「確かな情報じゃないんだ。他に情報があれば今のような中途半端で、落ち着かないよりましなんだけれど」建平（ジェンピン）が他人事のようにつぶやいたのは、どうしても小楓（シャオフォン）の反応を見たかったからである。

「そんなに重大なの？」これが彼女の反応で、顔を見ようともせず、小馬鹿にした響きさえ感じられた。

建平の重大事が彼女にはまったく関心ないだけでなく、彼と彼に関わるあらゆることがすべて無視されていた。夫として妻から無視されるほど情けないことはないだろう。

建平はじっと小楓の横顔を見つめていたが、彼女はそれを拒絶するように食器を洗い続けていて、とりつく島がない。

「君が何を考えているかわかっている」建平が言葉を搾り出すように言った。「小楓、言っておくけど、君はすっかり金にだけ目が奪われている。でも金がすべてじゃない。あの高飛（ガオフェイ）も隣の妞妞（ニュウニュウ）のパパも大金持ちだそうだ。でも、いくら金があっても社会的地位はないよ。どこへ行こうとも、所詮は自営業者さ」こう言い捨てた建平はドアを乱暴に閉めて出て行った。ドアの閉まる激しい音が小楓を少し冷静にさせ、ちょっとやり過ぎたかもしれないと反省させ始めていた。離婚する気がないなら、彼を受け入れるしかない。感情の赴くままに逆らっているかぎり、いたずらに彼を怒らせるだけで、彼が嬉しくなければ、自分が嬉しくなるはずはないという母親の言葉はその通りだった。もっと優しくしなければ、と小楓は自分に言い聞かせていた。

その夜、小楓は当当（ダンダン）に言い含めて自分の小さいベッドに戻らせ、寝つかせてから、彼女は風呂に入り、ついでに洗濯も終えてしまった。だが建平は十時を過ぎても戻ってこない。ベッドで本を読みながら待ち続け、十一時近くになり、さすがに携帯に連絡を入れようとしていた矢先に建平が戻ってきた。

押し黙ったまま、いつものように子どもの小部屋へ入ると、当当（ダンダン）が寝ているのに気がつき、大きな部屋に引き返してきた。歯も磨かず、風呂にも入らずにいきなり服を脱ぐとベッドに入ってきた。建平（ジェンピン）はこれまでとは違う小楓（シャオフォン）の対応にまったく気づいていない。もうとっくに彼女とのセックスなど頭の隅にさえ残っていないのだろう。建平の様子に小楓は急に胸が締めつけられていた。昇進の話がうまくいってないのは明らかだった。夫が今の病院にいるのには不満だったが、そこは夫婦、利害は一致しているわけで夫の順調な出世を願うのは当然だった。

小楓が建平の顔をのぞき込むようにして訊いた。「もう決まったの？」

「うん」

「あなたじゃなかったの？」

「うん」

「彼で正解だったかもしれない」小楓はいたわるように言葉を選びながら言った。「四十過ぎでしょう、あなたより六つも年上なのに肩書きなしじゃ、可哀想よ」

建平が長いため息をついた。「上が何を考えているのかわからない。慈善機関でもあるまいし、可哀想だから昇進させるなんて、ばかばかしい話さ」

「だからあなたの病院はダメだって言うの。実力主義じゃないし、世の中とはズレているもの。いくら優秀な人材でも、あんな環境じゃ埋もれちゃうわ」

建平は黙っていたが、突然ベッドを叩いて起き上がった。「畜生！　たかが副主任じゃないか。やりたい奴がやればいいいさ。ぼくはもうやらない。頼まれたってやるもんか！」

「それでいいじゃない」小楓（シャオフォン）は気を遣いながら「主任、副主任と言ったって、ただ名前だけで、自己満足するだけ。結局、お金が物言うんだわ。これは時代の流れよ」

建平（ジェンピン）は口をつぐんだまま、体を乗り出すようにベッドの枕元の抽斗から名刺の束を取り出して、見始めている。

「何を探しているの？」

「以前、合資病院の人から名刺を結構、貰っていたんだ……」

一瞬、小楓は自分の耳を疑った。「あなた、それって、今の病院を辞めるっていうこと？」

「そうさ、辞める！　もうまっぴらだ！」

小楓は呆気にとられたように建平を見つめていたが、いきなり彼を強く抱きしめた。「建平」と激しく呼ぶと、あとは声がのどに詰まって続かない。

その夜、二人は期待に満ちた、しかし未知の将来に向けていろいろ語り合い、あれこれプランを立て、空が白み始める頃、ようやく眠りについた。喋ったのは主に小楓で、彼女が言いたかったのはただ一つ、家事はすべて自分がやって全力で建平を支え、彼の強固な後盾になるつもりだというものだった。

宋林当（ソンリンダン）、つまり当当（ダンダン）は両親の方針で「実験第一小学校」に進学することになった。

小楓が食堂で肖莉（シャオリー）とばったり会ったその日、二人のおしゃべりはいつまでも終わりそうになかった。子どもの小学校入学をめぐる悩みをきっかけにして、二人は急接近し、互いに情報を提供し、相談したりして、助け合うようになった。

肖莉（シャオリー）の娘も「実験一小」への入学を予定していて、協賛費や学費はすべて妞妞（ニュウニュウ）の父親が出すことになっていた。子どもにとって経済的に豊かな父親の存在はすこぶる重要で、当当（ダンダン）の父親も近く、経済的に豊かな人になる。辞める意思が伝えられるや、すぐさまいくつかの合資病院から打診があり、どれも高額の給与が提示されていた。最低でも手取りが年俸十万元にのぼり、言ってみれば、大金はすでに積まれていて、あとは彼が条件面など総合的に判断して、どれを選ぶかだけという状況だった。

　食堂で総菜を買った二人は肩を並べ、手をつないで歩きながらまだ話は終わらない。

「……校庭は猫の額ほどだし、教室棟はもっとダメ。廊下にトイレの臭いが流れているの。学校の良し悪しは、廊下でトイレの臭いがするかどうかだけで判るそうよ。あの校長先生、ご本人が自信がなさそうで、保護者説明会の時にね……」

　小楓（シャオフォン）が話題にしているのは家のすぐそばにある小学校のことだった。その話の途中で肖莉が口を挟んだ。「だって実験一小に行くって決めたんでしょう。なんでそっちの保護者説明会なんかに出たの?」

「聞いてみただけ。ちょっと比べてみたくって。比較よ」小楓にはこうした比較も楽しみの一つだったが、そのことについては黙っていた。「軽い」と見られたくなかったからだ。「あの校長先生、こう言ったのよ。お子さんの才能を伸ばす保証はできませんが、大人に育てる保証はできますって」

　肖莉は思わず笑い出して「そんなの保証じゃないのに」

「そうでしょう。それだったら親だってできるわよ」

「あの学校の唯一の良いところは家に近いこと……」
「近くても行かない！　実験一小で決まり！」
「その通り！　実験一小で決まりね！」
まな板にはきれいに切りそろえられた色どり鮮やかな食材が並べられ、小楓（シャオフォン）はエプロン姿で夕食の準備に追われている。ガスコンロの片方の圧力鍋が盛んに蒸気を出している。その時、電話が鳴り、当当（ダンダン）が受話器を取ったが、すぐに「パパは外で晩ご飯を食べるって」と報告に走ってきた。話し合いがまだ終わっていないらしい。

小楓はすこしがっかりしたものの、それ以上に満ち足りた気分に浸っていたのに口では思わず不満の声を上げていた。「もうパパったら、夕飯いらないなら、もっと早く知らせてよ。こんなたくさん料理をつくったのに、どうしよう。ねぇ、当当」

当当は目を丸くして母親を見つめながら、答えに迷っている。母親が怒っているのか、喜んでいるのか分からなかったからである。言い淀んでいる息子の姿を見て、小楓も自分のちぐはぐさに気づき、笑いながら「当当、これからはね、パパはすごく忙しくなるのよ。だから、おうちのこと、あなたのことは全部、ママ一人でやることになるの。あなたはまだ小さいからお手伝いは無理だけれど、できることはやって、それから言うこと聞いてね、わかった？」

当当は生返事をしながら素早く母親のそばをすり抜けていった。小楓は大きく息を吐くと、遠くを見ながらうっとりとした目で幸福な仮想の世界に浸っていった。

それから数日が過ぎた。料理は出来上がり、食べる人を待つばかりになっている。小楓はベッドの端に座って、当当の鉛筆を削っている。筆箱のそばには新しい通学カバンが置かれていて、小楓は鉛筆を削りながら当当に話しかけているようにも、一人しゃべりのようでもあった。「……一流小学校に行けば、一流中学校に行けて、中学、高校、そして北京大学、清華大学……」

　このような遥か先の話など当当にはまったく興味がなく、窓の台につかまって外を見ている。

「パパはどうして帰ってこないの？　ぼく、ものすごくお腹が減った。ねえ、先に食べちゃダメ？」

「もうちょっと待って。パパと一緒に食べましょうね」

　当当は走っていくとベッドの枕元の台にある電話を取った。「パパに聞いてみる。今日はおうちで食べますかって」

　小楓は慌てて受話器を戻して言った。「だめよ、パパは忙しいの。邪魔しないようにしましょうね。いい？」

　朝、出がけに今日はシンガポールの病院との交渉があるので、帰りが遅くなるかもしれないと、建平が言い置いて行ったので、時間的にはちょうど交渉中かもしれない、などと思っている矢先に、建平が帰ってきた。小楓は何はともあれ、急いでドアまで迎えに出た。建平の顔からは笑みがこぼれ落ちそうで、それを見た小楓も胸が高鳴り、すぐさま台所にとって返した。

　建平はテーブルにつくと、妻からご飯を受け取ってすぐに食べ始めた。そのごく自然な様子が小楓をさらに安堵させることになり、間違いなく交渉はスムーズに運んだことを匂わせている。それならわざわざ聞く必要もない。いずれ契約のあれこれや細かい内容を教えてくれるはずで、それを待てばいいのだから。

　小楓は子どもの分、そして自分の分も盛って食べ始めた。建平はひたすら食べているだけで口を開こうとしない。しばらく黙って食べていた小楓（シャオフォン）がいよいよ待ちきれなくなった。

「なんだか、交渉はうまくいったみたいね」小楓が笑みを浮かべている。

「えっ？　誰と？」建平（ジェンピン）は一瞬、言っていることが呑み込めないようだったが、すぐに「あっ、あのことね。今日、行かなかったんだよ」と言った。

「だって、今日、交渉するって言ってたじゃない？」

「そのはずだった。でも、急に事情が変わってね。帰ろうとしたら、院長から話があると主任に言われて、さっき終わったばかりだよ」こう言った建平はいったん言葉を切って、小楓からの質問を待った。だが小楓には今の病院のことなどまったく関心がないだけに聞くことなどなかった。

　やむなく建平が続けた。「今日の情報が最終的で、正式の決定だそうだ。小楓、今回、副主任になるのは実はぼくなんだよ！」言い終わると思いっきり深呼吸をして、遠くを見るような目をした。

「今回の人事、うちの病院もまだ捨てたもんじゃないよ。上層部も公正で、やはり実力を重視していたんだ。ここで頑張ればこの先もまんざらではなさそうだ！　ぼくなりに一つの結論を出したつもりさ、これからはどのように仕事を……」

「ガタン」という激しい音が建平の施政演説を中断させた。小楓が椅子を乱暴に押しのけて席を立っていってしまった。口に残っている食べ物と、話していないたくさんの言葉をためたまま、建平の思考は停止していた。激しくドアが閉まる音で我に返ると、慌てて立ち上がって小楓を追いかけようとマンションの階段を下りかけた。しかし当当（ダンダン）が一人取り残されるのに気がつき、あたふたと駆け戻り、向かいの肖莉（シャオリー）の家のドアを叩いた。肖莉は何も聞かずに快く子どもを預かってくれた。いざというときに肖莉が見せる思いやり、寛容さ、優しさなどすべてが建平の心に痛いほど響いた。

小楓（シャオフォン）は街をあてどもなく歩いている。生活の目標が完全に消えてしまった。歩きながら涙がとめどなく溢れ、歩き疲れてそのまま道路沿いの団地の椅子にへたり込んでしまった。何か食べたかったし、水が欲しかった。でも一銭もない。母親の所へも行くわけにいかなかった。もうこれ以上心配をかけられなかったし、そうかといって自分の家にはさらさら帰りたくなかった。あの閉塞した空間、あの間延びした黄昏、そりの合わない二人……。

自転車を押して彼女のそばに近づいてきた人がいる。彼女は顔を上げない、誰だかわかっていたからだ。流行遅れの革靴、さえないズボン、タイヤがすっかりすり減った自転車、すべて彼女が見慣れているもの。男たるもの、中年になってもまだこんな格好をしているようでは将来の展望、希望などあるはずがない。

「帰ろう、小楓」建平（ジェンピン）が声を掛けた。しかし小楓は黙ったまま、じっとしている。「話があるなら家に帰ってからにしよう」建平の声にはおもねる響きがあった。

「話すことなんてないわ。決めてきて今更、何を話すの？」

「小楓、わかってほしい。うちの病院はなんと言っても大病院だよ。医者として、特に外科医として、やはり大きい病院にいた方がいいと思っている……」

「えっ？　あなた自分で今の病院はダメだ、頼まれたってやらないと言ってたじゃないの。なぜまた急に変えたの？」

「うん、わからないかな、あれは葡萄を食べたいけれど食べられないから、葡萄は酸っぱいと自分を納得させる心理さ」なんとか丸く収めようとする建平は、一歩引いて胸の内を明かした。

「へえ、あなたは葡萄が食べられなければ酸っぱい、食べられるなら甘いとなるわけね。じゃ、ほかのひとは？　どうすればいいのかしら？　ほかのひとの想いや感情を考えたことがあって？」

「ほかのひとって？」

「私、そして当当（ダンダン）よ！」

「これは君とは関係ないだろう。君はこれまで通り仕事に行って、これまで通り先生をやって……」

「当当は？」

「当当がどうしたの？」

「当当はもうすぐ入学するのよ！　そしてすぐに三万六千元を払わなければいけないのよ！」

建平（ジェンピン）がとたんに口をつぐんでしまい、しばらくしてからようやく口を開いた。「小楓（シャオフォン）、小学校はそんなに大騒ぎしなくても、どこだって同じだよ。総合的に見て、家のそばの学校の方がいいかもしれないだろう。少なくとも近いし。実験一小に行くとなると、毎日通学だけで一時間はかかってしまう。小学校はどこでも大丈夫、本当さ。所詮は読み、書き、そろばんなんだから……」

小楓の怒りは皮肉な冷笑となって建平に浴びせられた。「なるほど！　どの学校も同じね！……建平、今度こそ前もってはっきり教えていただけませんこと。あなたは心底、そう思っているの、それとも葡萄を食べられないから、酸っぱいと言ってるの？」

建平も多少腹に据えかねてきていた。「小楓、言い過ぎじゃないか？」

「あなたのこと、ようやくわかったわ……」と言うと小楓は言葉に詰まり、涙がにじんだ目には建平への嫌悪と軽蔑が込められていた。

「わかったって？　そりゃよかった。ぼくはこういう人間だから。高望みをせず、金には頓着せず、権力欲なしで……」

小楓(シャオフォン)には怒りを通り越して滑稽でさえあった。「権力欲なしですって？　あなたが？　副主任になれるというだけですっかり舞い上がっているくせに、それでも権力欲なし？……言い方を間違えてるんじゃありませんか、建平(ジェンピン)さん。志がないと言うべきでしょう」

「そうさ、志なし、特徴なし、ただの凡人だよ。それで？」

小楓は急に立ち上がると、建平の顔にぶつかるほどに顔を近づけて言った。「私がどうするかって？　こっちは名もない人間、そちらは大病院の外科のご立派な副主任さん、私に何ができるっていうの」

「言いたいことがあるなら、はっきり言ったらいいじゃないか。ひとの顔に唾を飛ばさないで欲しいな」

「ひと？　あなたはまだ人間のつもりなの？　わがまま、気骨なし、臆病、決断力なし、おまけに偽善者よ！　本当にわからない、なんであなたなんかと一緒になったのかしら」

その日の夜から宋(ソン)家の就寝スタイルがまた変わった。当当(ダンダン)はママと大きい部屋のダブルベッドで寝て、建平はまたもや息子の小さいベッドとなった。この形で、またたく間に一ヶ月以上が過ぎた。しかも未来永劫続きそうで、建平をうんざりさせていた。これこそがおそらく女たちの必殺の一手なのだろう。別れもしなければ、和解もしない。生きているのか死んでいるのか、まるで窒息しそうだった。この感覚は医者である建平にいくつかのことを悟らせるほど骨身にこたえ、死にたくても死ねない病人の苦痛に通じていた。

ある日、建平はついに我慢しきれなくなって、死か生か、どちらに転んでもいいから結論を出すことにした。どう転ぼうと今の状況よりましなはずだった。

その夜、当当（ダンダン）はすでに寝入っていて、建平（ジェンピン）は子ども部屋の小さいベッドで、小楓（シャオフォン）がいつ風呂から上がるのか、きき耳を立てていた。やがて風呂から出た彼女が乱暴な足音をさせて通り過ぎようとした。

「おい！　ちょっと話がある！」

すぐに戸口に現れた小楓は建平の強い語調から何かを感じたのか、その顔には警戒感が滲み出ている。

「どういうつもりなんだ？」

「何がどうだというの？」

「まだ続けるのか？」

「私が何かした？」

「このままでいるつもりなのか？」建平は両手を広げて「このままで生活していくつもりなのか？」と訊いた。

小楓が黙り込んだ。

建平は話し始めたからには最後まではっきり言うつもりだった。「これって、仕返しか？」

小楓が首を振った。

「まだあのことを怒っているのか？」

小楓はまた首を振った。

「それなら、なぜなんだ？」

「理由なんてないわ。簡単なことじゃない。当当（ダンダン）が私と一緒に寝たがっていたことは、あなただって聞いていたはずよ。私がそれを聞き容れているだけ」

いつから堂々としらを切る女になったのだろう。以前は清純で、裏表がなかったのに、今の彼女の言動は完璧に家庭の主婦のもの。あるいは、と建平（ジェンピン）は別の因果関係に思い至ってもいた。つまり家庭の主婦とは、こうした結婚生活で鍛えあげられてくるのかと。

「それだけだって？　小楓（シャオフォン）、いい大人を前にして馬鹿にするなよ」

これを聞いて、黙ってしまった小楓が建平を見つめて言った。「そうよ。それだけよ。この年になれば、若い頃じゃあるまいし、毎日ベタベタすることもないでしょ」

「不感症じゃあるまいし！」

「多分そうよ。……正直言って、私、興味ないの。毎月、同じことを同じように何回もしてどんな意味があるの、ねえ、男と女じゃ感覚が違うの？……あなたが欲しいならそれでもいいけど」と言いながら、小楓はベッドに座るとパジャマのボタンをはずし始めた。「終わったら、あっちへ行って寝るから……」

建平がうなるように言った。「もういい！」小楓が振り向いて建平を見ると、今度は大声で怒鳴った。「とっととあっちへ行け」小楓はさっと立ち上がると振り向きもせずに出て行った。建平は悟った。二人の結婚生活はもはや終局で、どちらかが先に「別れよう」と告げることだけが残されていると。


道路沿いの小さなレストランで、建平は飲んでいた。テーブルには北京名物の焼酎「二鍋頭」の一合足らずの小瓶とピーナッツ、きゅうりのサラダ、鶏の足、肉の細切り味噌炒めが並んでいる。
携帯が鳴った。小楓（シャオフォン）からで、出ないでいると切れたが、すぐにまた鳴り、それでも彼は無視し続けた。電源を切らず、マナーモードへの切り替えもしなかったので、周囲の視線を集めたようだったが、まったく気にならない。「二鍋頭」が瞬く間に空き、もう一本追加した。一人酒だったが気楽で、酒量もそれなりにいっていた。日常のあれこれにかまけて記憶の隅に追い払われていた昔の思い出がいくつも甦っていた。

最初に彼女と出逢った時、彼女は幾つだったのだろう。十九歳？　いや、おそらく二十歳だ。確か大学三年の学生コンパだった。彼女が進行役としてマイクを手に、にこやかに壇上に現れたとき、男たち全員の視線が彼女に注がれたあの吸引力といったらすごかった。もし視線にパワーがあるならば、彼女は絶対に押し倒されていたにちがいない。

とにかくまぶしかった。

そしてあの年のあの冬のあの小さな駅。彼は列車でその駅を通ることになっていた。でも停車時間はたったの八分。彼女はその駅で降りる〝所在地〟でちょうど実習中だった。もっとも〝所在地〟とは言っても、さらに一時間、列車に乗らなければならない場所だったが。

到着時刻は午前一時。建平（ジエンピン）は乗車してからずっと落ち着かず、あの時の気持ちは「可能性のないことに期待し、起こりえないことを待っている」という流行歌の歌詞そのものだった。寝台列車の乗客はおおかた眠りにつき、いびきも聞こえていた。しかし、建平だけは窓側の小さい椅子に座って真っ黒な闇がどこまでも続く外をじっと見ていた。

列車が駅に滑り込んでいくと、暗い駅の灯の下に立つ彼女の姿が飛び込んできた。彼女はプラットホームで足踏みしたり、ジャンプしたりして、冬の夜の寒さと戦っていたのだ。彼は猛然と列車から飛び降りていった。昼間、解けて夜にまた凍った雪の上で二人は無言のまま手を握り、話したいことは山ほどあったが、八分間ではたいしたことを話せるはずもなく、ただ黙って見つめ合っていた。彼女はこの八分間のために列車で一時間かけてやって来て、建平(ジェンピン)が行ってしまったあと、朝まで始発列車を待ち、また一時間をかけて帰ったことを彼はあとで知ったのだった。

あのとき、一つの誓いが炸裂するように彼を捉えた。たとえ海が涸れても、岩が腐っても彼女を永遠に愛し、一生、彼女を離さない、ぼくの妻は彼女しかいないと。

最初、彼女は子どもはいらないと言ったが、建平の意向を知ると、それに合わせようとした。あの頃、彼女は建平の考えが自分の考えであり、建平の要求が自分の要求だった。彼女は彼を尊敬していた。女性の男性への尊敬は愛の基盤と言えるだろう。だが今、その尊敬はあとかたもなかった。

酔った建平が静まりかえった夜の通りを重い足取りで歩いていたが、とうとう歩けなくなって、その場にへたり込んだ。だが座っているのも辛くなったのかそのまま寝転がって、あっという間に眠り込んでしまった。昼間、渋滞を繰り返す道路も今は静寂に包まれている。明け方の二時だった。

女性用自転車に乗った男が建平をチラッと見て、そのまま行き過ぎようとした。そのとき携帯の呼び出し音が鳴り始め、男は驚いたふうだったが、やがてそれが建平のものだとわかると、自転車を止めてしげしげと彼をのぞき込んだ。

静寂に包まれた深夜に携帯の呼び出し音がやけに大きく響いていた。だが建平は身じろぎ一つしない。男は慎重に建平のそばにしゃがみ、手で押しても反応がないと見るや、いきなり建平のポケットをまさぐり始めた。最初に取り出したのが携帯電話で、それを待っていたかのようにベルが止まった。男は手を休めることなくポケットが空っぽになるまでさぐり続けた。

電話は小楓（シャオフォン）だった。当当（ダンダン）が夜中、トイレに起きたのがちょうど二時だった。建平（ジェンピン）がまだ帰宅しないうちにベッドに入った小楓だったので、ついでに小部屋をのぞいて、あ然とした。小楓はすぐさま建平の携帯にかけたが応答がないため、気になり始め、思案の末に肖莉（シャオリー）のドアを叩いた。肖莉は建平は男だし、しかも金なし、色欲なしでは何か起きようもないから、心配ないと言った。小楓もたかが夫婦喧嘩ぐらいで、そろそろ四十に手が届こうという男があらぬことをしでかすとは考えられなかった。とはいえ、深夜になっても帰宅せず、連絡もないことなど一度もなかっただけに、やはり不安になった。肖莉に言われてもう一度かけると、二回の呼び出し音で切れてしまった。もう一度かけると、今度は置き引きに電源が切られてしまった。そんな事情を知らない小楓は、心配が多少薄れていくと同時に怒りが込み上げてきていた。

「電源を切っちゃった。私だというので切ったんだわ」

「とにかく宋（ソン）さんはいい人よ」

「彼が悪人だったら、やりやすかったわ」

肖莉は差し出がましくならないように、それ以上は言おうとしなかった。

肖莉が帰り、小楓も少し落ち着きを取り戻して、寝入ったとたん、電話が鳴った。警察からだった。建平を迎えに来るようにというのだ。小楓は再び肖莉のドアを叩いた。当当を一人にできなかったからである。

「宋さん　どうなってしまったの？」

「酔っ払いよ」小楓（シャオフォン）が事情を手短に説明し、「当当（ダンダン）をこちらへつれてきていいかしら？」

「あなた、どうやって行くの？　真夜中よ。タクシーだってないかもしれないし、あってもそんなタクシー危険よ」そのうえで、肖莉（シャオリー）が「私が行ってあげる。車で行くから。そのかわりちょっと妞妞（ニュウニュウ）をお願いするわ」

　肖莉は中古の国産車に乗っていた。妞妞の送迎に使うようにと別れた夫から与えられたものだった。

「ごめんなさい……本当にごめんね！」肖莉の疲れの浮いた顔を見て、小楓が消え入りそうな声で謝ったが、言いようのない苦渋がその胸を締めつけていた。


　助手席に坐っている建平（ジエンピン）がしきりに話しかけていた。

「肖さん、男にとって一番我慢できないのはなんだかわかりますか？」と問いかけながら、その返事を待たずに「それはね、女房から馬鹿にされることですよ。……林小楓（リンシャオフォン）はぼくを馬鹿にしているんです」

「それはないわよ。ついさっき、彼女が私に言ったばかりよ。あなたはいい人だって。本当よ」

「それについては……ぼくも信じる」建平が笑って言った。「女がある男をいい人と言ったら問題あり。女の辞書では、いい男の同義語は出世しない男だから」

「もうそのくらいにして、無理に専門家ぶる必要などないと思うわ。私は女だけれど、そんなふうには思わないし」

「ぼくの女房じゃないからね」

「宋（ソン）さん、そんなに自分を苛めることないわ。小楓（シャオフォン）だっていつかは必ずわかるはずよ」

「わかる？　何がわかるというのかな？」

「あなたのことを。あなたを大事にしなければいけないってこと」

建平（ジェンピン）は驚いたように肖莉（シャオリー）を見つめ、やがて人生の最大の理解者に出会ったとでもいうように、だしぬけに彼女の肩に顔を埋めて泣き出した。そのためハンドルの手元が狂い、危うく路肩に乗り上げそうになった。

「宋さん！　しっかりして！　私　運転中よ！」肖莉が鋭く叫んだ。建平はきまり悪そうに座り直すと、肖莉が「ベルトを締めて」と強い口調で言った。言われるままにベルトを締めた建平に「あまり時間はないけれど、少し寝たほうがいいわ。明日、いえ、ちょっとしたらもう出勤の時間になってしまうけれど」と肖莉が言った。

建平が静かになったかと思うや、あっという間に寝てしまったのを確認した肖莉は、小楓にもうすぐ着くが建平が苦しんでいるので、少し優しくするように電話を入れた。

小楓は早速、当当（ダンダン）を小部屋のベッドに移して、建平の寝具をダブルベッドに戻した。酔っていても、さすがに建平もその変化に気づき、笑いながら小楓に訊いた。「おや、ダブルベッド待遇に復帰かい？」

小楓は黙ったまま建平の靴の紐を解いて脱がせ、服も脱がせると、手を貸してベッドに座らせた。かいがいしくタオルで顔を拭いたり、水を飲ませたりして、その姿は優しく、思いやりに満ちている。自分が原因で夫が苦しんでいる姿を見て、いたたまれなかったのである。最後に洗面器にお湯を入れて建平に脚を洗わせるつもりだったが、建平は靴下のまま足をお湯に入れてしまった。小楓は何も言わずにしゃがんで靴下を脱がせている。

建平（ジェンピン）は呆けたように彼女を見ていたが、だしぬけに彼女の名を呼んだ。「小楓（シャオフォン）！」

小楓は水がしたたる靴下を手にしたまま「うん？」と言った。

「君は……まだぼくのこと、愛しているのか？」

「えっ、もうこんな年よ、なにを今さら愛してるの、愛してないのって。そんなことより生活だわ」

「要するにもうぼくを愛してないってわけだ」

小楓は我慢の限界だったが、じっとこらえて、「自分で洗って、タオルを持ってくるから……」と濡れた靴下を持って出て行くのが精一杯だった。

月が白く透き通るようだ。真夜中にばたばたした小楓は深い眠りに落ちていた。突然、彼女は荒々しい振動に気がつき、目を開けるとそれは建平だった。

「どうしたの？」彼女はまだぼんやりとした思考のなかで聞いた。

「教えて欲しい、まだぼくを愛しているのかどうか……」

否応なしに覚醒した小楓は、おおいかぶさっている建平を押し退けようとしながら「もう、静かにしてよ。何時だと思ってるの。明日も仕事よ、寝られる時間がもうあまりないっていうのに」

「ダメだ。今、どうしても答えてもらいたいんだ」

「建平、どうかしてるんじゃないの」小楓がもがいている。

建平は無言で挑みかかり、小楓は必死に抵抗して息が詰まりそうだった。二人とも息子が隣の部屋で寝ているので、言い争いももみ合いも、音に神経質になっているのがかえって異様な圧迫感と緊張感を生み出していた。しかし、男だけに建平（ジェンピン）が次第に優勢になり始めると、小楓（シャオフォン）がすべての抵抗をやめ、じっと動かなくなった。それがかえって建平をびっくりさせたようで、思わず手を止め、小楓を見つめた。

　月の光がカーテンの隙間から差し込み、小楓の顔を照らしていた。激しい抵抗のためかその顔には微かに汗が浮かび、月の光に反射して冷たく光っている。ほんの数瞬、静寂が訪れ、それから小楓が口を開いた。「わかったわ。言ってあげる！　建平、私、あなたと一緒にいたくない。嫌いよ！」

第四章

それは二人の酒宴だった。

料理は上品に箸がつけられている。二人とも自分の手が届く範囲を取って食べたので、料理はどれも中央部分がそのまま残されている。魚の骨、生姜や八角、ウイキョウの実などは注意深く小皿に取り除かれ、テーブルにはほとんどシミなどついていない。はっきりしているのは、ここにいたのが男と女であり、互いに相手を意識して気を遣っていたことだ。

しかし、小楓（シャオフォン）が現れたときは建平（ジェンピン）だけがテーブルに向かっていた。

小楓は当当（ダンダン）が忘れた小学生用辞書を取りに戻ってきたのだった。あの夜以来、小楓はまたもや実家に帰っていて、しかも息子も一緒に連れて出ていた。これまでは喧嘩をして実家に帰っても、息子を置いて出ることで、自分の存在価値を建平に思い知らせようとしていた。だが今回、子どもも連れて出たことで、彼女の強い決意が現れていた。小楓が玄関に入るや、濃厚な料理と酒の混ざったにおいが鼻をつき、部屋に入るとテーブルに並んだ盛りだくさんの料理が目に入った。テーブルの席には建平だけがいて、その前にワイングラスが置かれ、その向かい側にも同じグラスが置かれていた。

　しかし、小楓（シャオフォン）は何も目に入っていないかのように口を閉ざし、訊こうともしない。訊きたいのは山々だが、まだ建平（ジェンピン）に未練があるなどと誤解されたくなかったので、何食わぬ顔をして、まっすぐに机と本棚のところに行って、辞書を探し始めた。

「何を探しているんだ？」口を閉ざしたままの小楓に建平が業を煮やして訊いた。

「当当（ダンダン）の小学生用辞書よ」建平から先に声をかけてきたので、小楓には多少、余裕が生まれた。さも今、気づいたというようにテーブルに目をやってさりげなく訊いた。

「お客さん？」

「ああ」

「誰？」

「同僚さ」

「男？　女？」

「女だったら？」

「独身？　それとも既婚？」

「独身だったら？」

「それなら、見上げたものだわ！」小楓は吐き捨てるように言うと、辞書を片手に建平の横をそそくさとすり抜けて、出て行った。

　建平の満ち足りた気分はたちどころに萎えてしまっていた。相手は肖莉（シャオリー）だった。

二人の食事中に肖莉の担当患者に異変ありとの呼び出し電話が病院から入った。急遽、病院へ向かった直後に、まるで天に導かれたように小楓（シャオフォン）が現れたのだった。建平（ジェンピン）の言葉に嘘はなかった。同僚で、女性で、独身。しかし、事実は実情とは同じではなかった。

実情はこうだった。小楓が実家に帰ってからの建平は独身生活に逆戻りし、たいてい食事は食堂で済ませていた。一人ではあまりにも味気なかったからだが、それでも食堂の料理に飽きると家で麺類などを作って食べていた。この日もうどんを食べようと鍋をコンロにかけたとき、肖莉（シャオリー）が訪ねてきた。手にフロッピーディスクを持ち、固い笑顔を見せながら、「宋（ソン）さん、これ、私の論文なの。ちょっと読んでいただけないかと思って」

「なんの論文？」

「教授昇格の……」と言い淀んでから顔を赤らめた。今の段階での教授昇格は少し厳しく、言い換えれば、肖莉自身、時期尚早と自覚していた。「ただちょっと試してみようと思って。もし論文に問題があったら、手を入れていただけますか？」互いに気まずくなるのを避けるかのように、彼女がすぐにつけ加えた。「もし時間がなければ、いいんです」

しかし分別のつく男なら断りはしない。建平が頷くのを見て、肖莉はようやく安堵の色を見せた。彼女は帰り際に火にかけている鍋に気づき、勝手にキッチンに入るとコンロの火を消してしまった。

「夕食、作らないで。私が多めに作るから」

「労働報酬？」建平が笑顔で訊いた。

「そうね」肖莉も笑った。

正直言って論文はありきたりのものだった。それを特色ある、優れた論文にするために建平はたっぷり三時間かけて、さらに審査委員から出そうな質問や、それへの答え方まで書き添えた。ちょうどそれが終わる頃、肖莉（シャオリー）が両手に三つの皿を載せて現れ、食卓に並べた。まだあるのと言って引き返していき、三回も往復してなんと八品の料理を作り、そのうえ赤ワインのボトルまで用意していた。妞妞（ニュウニュウ）はパパと一緒にお婆ちゃんの家に行っているという。

論文の手直しが終わったと聞くと、肖莉は信じられないといった様子だった。しかも不安でたまらず、建平（ジェンピン）に食事を勧めるのも忘れて、すぐさま論文に目を通し始めた。建平のパソコンで一気に論文を読んだ彼女は口から長い息を吐き出した。驚くほど素晴らしいものに変わっていたからだった。建平に手直しを頼んだのは正解で、彼が才能豊かであることを示していた。

二人だけの食事。アルコールでからだが火照り始める頃、肖莉がきらきら光る目で建平を見つめながら、いきなり「宋（ソン）さん、考えたこともないでしょうけれど、最後の最後に私があなたのライバルになるかもしれないわよ」と言った。

酒と美人の色香にすっぽり包まれていた建平は、一瞬、話がのみこめなかった。「ええっ、何のこと?」

「なんでも今回の昇進は一人だけらしいの」肖莉がまた急に笑い出し、首を振りながら「馬鹿みたいね！　私が宋さんのライバルになるなんて。能力、貢献度、資格、職務、どれをとっても宋さんの足元にも及ばないのに。今回は私は枠外、テストランというところね」

それを聞いた建平がしみじみと言った。「それならぼくは三回もやったよ」

「宋さんは潔癖すぎるのよ。できるだけ審査委員とはうまくやらないと。彼らだって感情の動物なんだから」

「昇進のために、このぼくに頭を下げて頼み回れっていうの?」建平はかぶりを振って言った。

「それならこのままで構わないよ！」

「でも、今回は絶対に大丈夫。順番からいっても宋（ソン）さんですもの。それじゃ、宋さんの成功のために……」肖莉（シャオリー）がグラスを上げたが、建平（ジェンピン）は首を横に振って乾杯を拒んだ。

「それなら、宋さん、言って、何のために乾杯しましょうか？」

建平はグラスを手にすると、含むところあるように「ぼくを認めてくれた肖さんの評価のために、それから、ぼくらの……」と少し間をおいてから、「友情のために」と建平が言った。

肖莉は満足げに建平のグラスに自分のそれを合わせた。しかし、建平の思いはかえって萎えてしまっていた。そのため二人の会話は論文、仕事、人事やそれに類似した話題に終始してしまい、特別の意味を持つかもしれなかった酒宴は実に儀礼的な同僚同士の食事会になってしまった。

これが実情だった。建平が小楓（シャオフォン）に正直に言うのをためらわせたのは、彼女の誤解を恐れたのではなく、誤解しないのを恐れたからだった。いつも自分本位の好き勝手な行動が夫婦間に危機をもたらすという自覚がないのは問題だと考えたからだった。ところがこのような結果は、小楓からすればいささかも痛痒を感じないにちがいない。

小楓が出て行くと建平は冴えない顔になり、動く気力が失せ、食欲も完全になくなっていた。急患の知らせが入ったのはそんなときだった。バイク事故による内臓出血で緊急手術が必要とのこと。建平はすぐ病院に向かった。こんな家に一秒でも長くいるのに耐えられず、仕事の方がよほどましだと思った。

助手は若い于（ユー）医師だった。二人は掃除の行き届いた静まりかえった廊下を急いで手術室へ向かった。突き当たりを曲がると手術室の前に女の子が立っているのに気がついた。着衣が乱れ、すっかりうろたえていて、乱れた長い髪には土や草がついたままで、顔には擦り傷があった。しかし、それが彼女の美しさを妨げてはいなかった。建平は助手にすばやく目くばせをして、一緒に事故に遭った女性であることを理解した。こんな若い女の子をバイクの後ろに乗せて、運転者が事故を起こさない方がおかしいくらいだった。

その女の子が建平たちが誰であるのか察したのだろう、近づいて来た。「先生方ですか？……手術ですか？……よろしくお願いします！」と、手にしていた厚い札束を建平の白衣のポケットにねじ込もうとした。この唐突な出来事に建平は驚き、思わずそれをやめさせようとしたため乱暴な動作となり、札が床に散乱した。札を拾い集めている女の子を目の縁に残して、建平は助手と手術室に入った。

「主任、食事は断る、物は受け取らないでは相手を傷つけますよ」助手が笑いながら言った。

「今みたいなタイミングで金を渡されたら、こっちの方が傷つくよ」建平が助手の口調を真似て言った。

「それなら手術後なら考えてもいいということですか？」

「そうだね」

助手はちょっと笑ってから、それはあり得ないだろうと密かに思った。

外科医として、建平が謝礼を受け取らないのはよく知られていた。それは道徳的にというよりも性格的な面が大きかった。一つの命がすべてをさらけだして目の前に横たわり、救いの手を待っているとき、金銭の授受の有無で手術に差をつけるなんてできるだろうか？　それは医師に対する不信と侮辱以外の何ものでもない。ただし、手術後の謝礼は違うかもしれない。それは純粋な気持ちの表れで、医師の実力を認めたからであり、感謝にほかならないからだ。だが残念なことに、術後の謝礼は金銭ではなく、ありきたりの記念品の類がほとんどだった。金は最も効果的に使ってこそ金だとばかりに、今どきの人間はあまりにも計算づくと言えた。

　二人は手術着に着替え、手を消毒し、手術室に入った。看護婦からカルテを受け取った建平（ジェンピン）の目に「劉東北（リウドンベイ）」の患者名が大きく飛び込んできた。驚いた建平は慌てて手術台の麻酔された患者に目を向けた。その顔は異様なほどに白かったが、紛れもなく建平がよく知っている劉東北だった。

　手術室の一角に掛けられたスピーカーからは柔らかな音楽が流れ、手術器具が手から手に渡される音、器具と器具がぶつかる音、低く短く交わされる声がそれに混じっている。時折り建平は知覚のない、蒼白な患者の顔をのぞいたが、その目にはいつもの職業的な「表情」ではなく、身内への関心、心配、そして自分の期待が裏切られた怨みが込められていた。二人とも実家はハルピンで、玄関が向かい合う隣同士。劉東北の父親は建平の父親を「先生」と呼んでいた。劉東北が卒業して北京に残ると、彼の父親から頼まれて、東北の保護人となっていた。助手は世の中の狭さや、人間の縁などにいたく感じ入っていたが、建平は黙っていた。ただ胸のうちで「偶然じゃないさ。毎日ぼろバイクを乗り回していれば、いずれは外科医とのご対面が避けられなかったさ」とつぶやいていた。

「ぼろバイク」とは、実は感情的な言い方で、劉東北のあの白いバイクは十万元はして、バイクの中でも最高級に入った。建平に理解できないのは、それだけの金があればまともな自動車が買えたからである。実用性からも見栄からも、車はバイクよりはるかに上のはずなのに。それに安全性からみても一方は人間が鉄を包み、もう一方は鉄が人間を包むわけで、どっちがよいかは歴然としていた。建平（ジェンピン）の説得にも耳を貸さず、煩わしくなったのか東北（ドンベイ）は姿をくらまして、音信不通から二年間が過ぎていた。二年前、建平は彼のガールフレンドに会ったことがあるが、今回のこの女の子ではなかった。

劉東北（リウドンベイ）のけがはそれほど重傷ではなく、軽度の脾臓破裂だった。脾臓の手術を終え、彼を手術室から送り出したとき、先ほどの女の子が外で待っていて、ストレッチャーに横たわる死人のような恋人を見るや、どっと涙を溢れさせた。「もう大丈夫、しばらくしたらまた遊びに行けます」と建平から告げられると、女の子は全身で喜びを表し、彼女が握りしめていたお金をいきなり建平のポケットに入れようとした。まったく予想外の行動に建平は慌ててやめさせようとしたが、女の子の俊敏な動きと建平が「親密」な接触を恐れ、ばつの悪そうな顔をした。助手はそれを笑いながら見ていた。

「于（ユー）君！」建平の声には助けを求めるのと叱責とが込められていた。

助手はすぐさま劉東北のベッドを指して、笑いながら女の子に「早くついていきなさい。グズグズしていると居場所が分からなくなるよ」と言った。ハッとなった女の子は、建平のことなど忘れたかのように劉東北を追っていった。

建平は感心したように走り去っていく女の子を見ながら、首を左右に振って「あの女の子はその辺の子とは違うようだ」と言った。

助手も同じく感嘆の目で女の子を追いながら頷いた。「えらく美形ですね」

謝礼を受け取らないという建平の思いが逆なでされた感じで、しかも弁解の余地もなく、眉をひそめて助手を見やるしかなかった。

午前中、回診を行うのが建平（ジェンピン）の日課だった。劉東北（リウドンベイ）が半身を起こすようにしてベッドに横たわっていて、精神状態もかなり安定してきていた。建平の姿を認めると東北は媚びるような目で迎えた。しかし、建平はそんな彼を無視して、真っすぐ一番奥の患者のベッドに向かい、病状を尋ねると次はその手前の患者の所へ行った。ここは三人部屋で東北は一番手前だった。

ようやく建平が東北の所にやってくると、「具合はどうですか?」完全に職業的な口調で、まるで初対面のように訊いた。

「随分よくなりました。それほど痛みもありません」

「回復が早いですから、まもなく退院できますよ」と建平はちょっと頷いたが、表情に変化は乏しく、口調も冷ややかだった。「懲りもせずよくバイクに乗っていますね——揚げ句に衝突して。今回はまだ普通外科で済みましたが、胸部外科、脳外科、整形外科、泌尿器科はまだのようですから、できれば全部回ってみるといいですね」

「謝ります。ぼくが間違ってました。兄さん、どうか許して下さい」

建平がたちまち表情を一変させ「今頃謝っても、遅いんじゃないのか……お前って奴は、この私を避けるために携帯の番号も変えてしまったくせに!」と言った。

劉東北が消え入るような声で、「携帯が壊れて、新しいのに替えたもので……」と言った。しかし、すぐさま白々しい言い訳に過ぎないとわかり、もう一度、建平の顔色を窺いながら枕の下から携帯を取り出して、ためらわず番号を押し始めた。それは建平の携帯番号だった。それから懇願するように建平を見つめたが、その目には従順さが溢れていた。

「私に何か頼むことでも？」建平（ジエンピン）が不審そうに訊いた。

「ええ。娟子（ジュアンツ）がもうすぐ来るんです。兄さんも会ったはずのあの女の子です」

「何人目なんだ？」

「八人目です……でも、彼女には三人目って言ってあります」東北（ドンベイ）が建平に両手を合わせて拝む格好をしたのは、内密にしてくれという意味にほかならない。

「東北、お前に言っておくが、あの子は本気だぞ。お前も無責任にとっかえひっかえ女の子を渡り歩くのはもうやめるんだな……」

そのとき東北が追い詰められたような目を建平に投げてよこした。うしろを振り返ると、娟子という娘が手に何かを持って現れ、建平に笑顔を向けた。建平は慌てて笑顔を返しながら、東北の方に向き直ってきつい目で睨んでから病室を出て行った。

娟子は東北にそっと笑いかけながら、「また叱られた？」

「実にうるさいこと！　お袋みたいだよ」東北が手を横に振った。


東北が知る限りでは、これが初めての入院だった。

今回の入院をきっかけに東北は建平に対する見方を一変させた。それまで建平を避けて、連絡も取ろうとしなかったのは、彼のうるさいお説教から逃れるためもあったが、もっと大きな理由は建平を軽視していたからだった。建平の融通のきかない時代遅れの感覚、バイタリティの欠如、それに女性か、女性っぽい男の職業が医師だと決めつけていて、この職業を軽蔑していた。彼は入院というほんの短い経験で、以前から理解できなかった、なぜ先進国では医師が弁護士や裁判官と並んで高収入の職業なのかが分かった。つまりこれらの職業はすべて人間の運命の鍵を握っていて、ただ立場と方法が異なるだけで、医師への尊敬は命への尊敬にほかならないのだ。中国では医師がそれにふさわしい待遇を得られていないのは、中国がまだ先進国ではないからにほかならなかった。この短い入院は東北(ドンベイ)に医師の存在意義と、その重要さを十分に理解させた。そして、もしも彼の手術を担当した医師に優れた技術と十分な自信がなければ、彼はおそらくかなり高い確率で、しかも当然のように、たった一つの脾臓を摘出されてしまっていたにちがいない。そうなれば彼はこれ以降、一つの臓器を欠く障害者になっていたわけで、外見的に変わらず、日常生活に影響がなくても、心の傷、精神的な苦痛は少なくなかっただろう。この事実を知ってから、東北の「保護者」への態度に質的な変化をもたらした。それは尊敬だけでなく、感激が生んだ親近感であり、思いやりでもあった。

そのため東北は小楓(シャオフォン)に大きな怒りを覚え始めていた。彼女はなぜ建平(ジェンピン)にあのような態度を見せるのか、並以上の美しさを鼻にかけているのだろうか？　中年にもなって色香で男に迫っているわけでもないだろうに。一方、建平の姿勢も東北をわからなくさせていた。なぜ彼女との関係を切らないのか？　他の女性とつき合う絶好のチャンスなのに、それがわかっていないからだった。

建平は東北より十歳年上で明らかに世代が違っていた。それだけに理解してもらえないなら別の方法を考えるしかなかった。とにかく兄さんのような優秀な人材を今のような劣悪な生活環境に置いておくのはいけないということだった。建平との話から東北自身が出した結論は、経済問題に行きつき、「諸悪の根源は金にして、貧窮の夫婦に有るは万事悲哀なり」だった。そこで退院後に建平を訪ねる際、四万元が使えるキャッシュカードを手土産にすることにした。渡す理由も甥の入学には三万六千元の協賛金が必要らしいので、四万元は叔父さんからのちょっとした気持ちということにしていた。

　ところが建平（ジェンピン）は受け取らなかった。

「兄さん、ぼくと兄さんの間なんだから、遠慮なんかしないで下さい」東北（ドンベイ）はよく知られたインターネット会社の企画部長で年収は二十万元以上あり、四万元は彼にとってそれほどの額ではなかった。

「一時的に私を援助できても、生涯、私の面倒を見られやしないだろう？」建平はうどんの汁を飲みながら、鍋のふちから窺うように東北を見ている。東北が訪ねたとき、建平はうどんの入った鍋のままで食べていた。小楓（シャオフォン）は相変わらず戻ってきておらず、建平の独身生活は続いていた。

「一生は無理ですよ。それほど金持ちじゃないし、兄さんは女でもないし……」東北がニヤニヤして、話の焦点がぼやけ始めてきている。

　建平は眉を顰め、「おまえの用事はいったい何かね？」東北は電話で〝大変重要な用事〟と伝えていた。

　東北はすぐに愚にもつかない話を切り上げると、友達のガールフレンドが妊娠してしまい、中絶するので建平に腕のいい産婦人科医を紹介してもらいたいと言った。「あの娘はまだ処女なんです」と建平が深刻に受けとめるよう東北は言った。ところが建平の鼻であしらうそぶりを見て、自分の言い方が裏目に出たのに気づき、それを繕うように「ぼくが言いたかったのは、この前までは処女だったと……」

「娟子（ジュアンツ）じゃないだろうね。」

「それはあり得ないです。ぼくはそんなことしません」

「へえっー！」

「いや、そういう意味じゃなくて、ぼくなら絶対、自分の彼女を妊娠させるへまはしないという意味です」

　建平（ジェンピン）はたった一本の電話で東北（ドンベイ）のいう「大変重要な用事」を処理してしまった。腕を見込まれて頼られることが多い建平にとって、病院内でのこの程度の「用事」は、一本の電話で済むことだった。しかし、その恩恵を受ける方にとってはまちがいなく「大変重要な用事」だった。東北の友人にとって産婦人科医の厚意は恋人の前で面目を保たせたことから、建平に会って礼をしたいと申し出た。だが東北は互いに気まずい思いをしないためにと、東北が代わりに謝礼を渡すことになった。

　東北が顔を出したとき、建平はうどんを作ろうとしていた。相変わらず家で麺類を作って食べているのを知った東北は無性に腹が立ち、黙って火を消して建平を外での食事に引っ張り出した。そして小楓（シャオフォン）のことをきちんと話すつもりでいた。

　二人は開店したばかりの東北料理レストランへ入った。

「ぼく、本当に判らないんです。兄さんのように優秀で、いちばん脂がのってきている年齢の男なら女性なんか選り取り見どりなのに、なんで彼女なんですか」

「君は結婚していないからな」

「それなら教えてくださいよ」

　まるでこの言葉が合図だったかのように、建平が一気に話し出した。「ぼくらは結婚して十年たった。付き合いは三年間、これだけ長く時間を共有しているし、子どももいる……彼女は十九歳のときにぼくと知り合った。大学の文芸会に出演したときで、彼女は「人形の家」のノラを演じて、本当に綺麗だった。当時の彼女は、特にあの肌は息を吹きかけたり、指で触るだけで壊れてしまいそうに柔らかだった。そして多くの追っかけの中から彼女はぼくを選んだ。つき合いを始めてから今でもいちばんよく覚えているのは、ある冬の夜のことさ。冬の……」

東北（ドンベイ）は頷いて、「冬の夜、わかりました……それから、いつの冬の夜ですか？」と先を促した。

建平（ジェンピン）はあの冬の夜、あの小さい駅、あの八分間、あの心に刻みつけた誓いの言葉を話し始めた。忘れることのできない感動的な思いは建平を甘美な世界に誘い込み、もはや東北の存在もなく、自分の追憶の世界でのつぶやき、独白となっていた。中年の男が語る過去の恋愛物語など、若者には退屈で陳腐でしかないのに、それに気がついていない。

東北はそんな建平を無視するかのように、ひたすら食べ続け、適当に相づちを打って、話を聞いているそぶりを見せていた。その間にもウエートレスを手招きで呼んで、隣の客のテーブルの上にあるビールを指して、こちらにも一杯と無言で注文までしていた。建平の一人語りの間に東北は生ビールの大ジョッキを飲み終わってしまい、もう一杯注文しようとしたが、今度のウエートレスは気が利かず、テーブルまで来ると大声で、「お客さん、ご用ですか？」とやってしまった。この声に建平が我に返り、呆然と二人を見つめた。

東北が慌てて言った。「兄さんが喉が渇いたのではないかと、飲み物を注文しようとしたんです」

そして、ウエートレスに「こちらにレモンジュースを！」と言った。

建平は探るように彼を見てから、料理がなくなっているおおかたの皿に目をやった。

「おまえは私の話をまったく聞いていなかったようだな」

「いえっ、ずっと聞いていましたよ。密かに感動していたんです」

「信じられないな……それじゃ、私が何を言ったかね」

「兄さんと小楓（シャオフォン）のことですよ。結婚して三年、付き合いが十年間で……」

建平（ジェンピン）が冷たく笑って立ち上がった。東北（ドンベイ）が慌てて「兄さん、兄さんってば！」と引き留めようとした。

建平は東北の手を押し退けた。「トイレだよ」

それを聞いた東北は胸をなで下ろし、見苦しくなってしまった皿の料理を急いでなんとか見栄えよいように箸で整えた。

トイレから出てくると、建平がいつもの癖で服の両脇で手を拭き、ふと顔をあげると娟子（ジュアンツ）が若い男と向こうの席に向き合って座っているのに気がついた。男は白い縁の眼鏡をかけて、品が良く頭が切れそうだった。建平はテーブルに戻ると、何も知らない東北を見やりながら、ちょっと思案してから、成り行きに任せるしかないというように、「東北、おまえ、あの娟子という女性とはどうなっているんだ？」と訊いた。

「どうって、別に」東北が関心なさそうに答え、豚肉と春雨の煮込みの大皿から箸で春雨を取ろうと悪戦苦闘している。これは東北地方の料理で、春雨がサツマイモの粉で滑りやすいからだ。

建平の顔が急に曇った。娟子という女性に建平は大いに好感を抱いていただけに、「また乗り換えたのか？」と訊いた。

東北はかぶりを振って、春雨を口に運ぶと言い訳けした。「彼女にはえらくがっかりで、ダサイんですよ」

「また新しい好きな子ができたもんだから、彼女を捨てたってとこだな。図星だろう。東北（ドンベイ）、おまえがつき合った七人の女性については、私は何も知らないからなんとも言えないが、娟子（ジュアンツ）は私も知っているだけに、おまえの物言いをそのまま信じるわけにいかない。彼女が俗っぽいって？　私にはとてもそのようには見えないぞ」

「兄さんにはわからないだけですよ。それにあの子、ぼくと結婚するとは言ってないし」

「彼女、結婚したがってるのか？　いいことじゃないか」

「でもぼくはそうしたくないんです」それから「彼女と結婚したくないのではなくて、結婚そのものをしたくないんです」と言い添えた。

「どうして？」

「わかりません」ちょっと口をつぐんだ東北が「そうあっさりと誰かに束縛されたくないだけです。たとえ相手が誰でも。ぼくは自由でありたいし、自由の追求こそ人間の本性でしょう」

建平（ジェンピン）がまた冷ややかに笑った。東北の聡明さがあれば、この冷笑の意味がわからないはずはなく、機先を制すように言った。「もちろん、自由過ぎるのはよくなくて、エイズなんかはそれでしょう。だから現在の婚姻制度は多くの不完全さを持つ男女の性関係の中で、比較的整っている形態の一つに過ぎませんよ。つまり欠陥がないわけではないのです。でもぼくは完璧を追及する人間なので、結婚には向いていないんです」

「それは詭弁だな！」

「絶対に詭弁じゃないです。ほかの人の話じゃなくて兄さんたちだって、最初は海が涸れても岩が腐っても彼女への愛は永遠だったはずじゃないですか？　でも今はどうです？」建平（ジェンピン）が押し黙ってしまうと、東北（ドンベイ）は言いつのった。「その当時の兄さんたち二人の気持ちは真実そのものでした。そして、今の二人の感情もやはり真実そのものです。これこそぼくの論理の正しさを証明しています。感情は流動的なものです。すべての愛は一つ一つの瞬間にしか存在しません。瞬間的な永遠に過ぎません。というわけで、一時的な愛情で二人を縛りつけてしまうのは賢明とは言えないですし、科学的でもありません」

「つまり結婚しないためには愛情を捨てても構わないというのか」

「そうです！　ハンガリーのペトなんとかという詩人が言ったように、生命は誠に貴く、愛情は更に崇高だが、もし自由のためならば、二つとも捨ててもいいって」

「あの詩人の詩は、おまえが言う意味じゃない……」

「同じ意味ですよ。兄さんのような人たちが無理やり革命的な意味にこじつけただけですから」

建平はうんざりしてもう東北と言い争う気力も失せ、箸を取って食べ始めたが、口の中に食べ物をいれたまま言った。「お前がそういう考えなら、私もひと安心だよ」

東北はこの言葉の意味がわからないでいる。建平が「おまえ、あっちを見てごらん」と箸で娟子（ジュアンツ）が坐っている方向を指した。

東北は視線を向けたとたん、にわかに顔色を変えて猛烈な勢いで立ち上がると、テーブルの間を縫うようにして娟子の方へ向かった。

上品で頭の切れそうな男がスープを静かに娟子の前に置き、それを両手で受け取った娟子が何度も礼を言っているそのとき、大きな影がテーブルを覆った。二人が同時に顔をあげると、そこには陰鬱な顔をした男が立っていた。

「娟子（ジュアンツ）、ちょっと外に出て欲しい」

娟子は手にしたスプーンをいじりながら動こうとしない。上品そうな男の表情は危険を察知した犬のようだ。

また声がした。「娟子！」

娟子が立ち上がって外へ向かい、そのあとから東北（ドンベイ）が、さらに上品そうな男が続いた。ずっと動静をこちらから伺っていた建平（ジェンピン）が喧嘩になるのを心配して、急いで立ち上がって上品そうな男のあとを追った。喧嘩となったら多少は力になれるかもしれないと考えたからだった。

建平が行ってみると、東北が娟子と話し合いを始めていた。背が高くて敏捷そうな身体が、ちょうど娟子と上品そうな男の間に割って入った形となり、娟子と会話をする余地が完全になくなり、目を合わせるのさえ遮断されている。

「娟子、ぼくは誓うよ。もし結婚するなら必ず君と結婚するって」東北が言った。

「もし結婚するなら？　仮定の話なんかじゃないわ」娟子の顔に馬鹿にしたような表情が浮かんでいる。

「娟子、ぼくには君だけだ。君もぼくだけ。これでいいじゃないか？　なぜ……」

「なぜ、そんなに結婚したくないの？　もっといい相手を待っているから？」

「そんな言い方をよせよ！」

娟子は軽蔑したような視線を投げかけ、レストランに戻ろうとしたが、東北に引き留められた。

「娟子、考えてみろよ。ぼくらは一緒に居て互いに愛し合っていて、すべての面でピッタリ。これこそ生活の本質じゃないか。なんでわざわざ面倒を起こすのかな？」

「そんないい加減な話やめて！　私が知っているのは一つだけ。男は大人になったら家庭を持ち、女は大人になったらお嫁に行くのよ」

「娟子！　君は新時代の女性なのに、なんでお婆ちゃんのような言い方をするのさ？」

「それはね、お婆ちゃんの話には理屈が通っているからよ。なぜだか教えてあげましょうか、劉東北さん。歴史的に証明され、時間的淘汰をくぐり抜けてきた強い生命力があるからよ。だからこの考え方に反対する人間にこそ問題があるのよ」

「君はぼくに問題があると言うわけ？」

「私が言ったのは一般論よ」

「それなら、筋の通った話し方をしろよ！」

今の娟子には話の筋もへったくれもなかった。彼女は劉東北の鼻先に指を向けて、最後通牒を言い渡した。「劉東北さん、今こそあなたにきちんと言います。あなたの選択肢は二つです。結婚するか、それとも別れるか、自分で選んでください」言い終わるや、くるりと背を向けて、さっさと道路の方へ歩いて行ってしまった。劉東北はその場に立ちつくし、上品な男が追いかけて行った。しかし娟子はその彼をも無視して、手を挙げてタクシーを停め、乗り込んでしまった。

劉東北は呆けたように娟子がタクシーを拾い、夜の車の流れの中にあっという間に溶け込むのを見ていた。建平が東北を促すとおとなしくついてきたが、うなだれてすっかりしょげかえっている様子からは、いつものあか抜けた姿が嘘のようだった。建平が深くため息をついて彼の肩を抱いた……。

小楓（シャオフォン）が離婚を伝えたことから冷戦はようやく終結を迎えようとしていた。

夜、当当（ダンダン）がリビングで夕食を食べながらテレビを見ていて、声を立てて笑っている。小楓は両親と食堂で食べていたので、大人の目の届く範囲内に当当はいる。無邪気な孫の姿を目にして小楓の母親は目を赤くしていた。「見てよ、あの子ったら笑っているわ。天が崩れ落ちそうだというのに、まだ何も知らないのよ！」

「まさか、天が崩れ落ちるだなんて。そんなことあるはずないじゃないか。あまり大げさなこと言いなさんなよ！」父親が言った。

「こんな幼い子には両親こそ天じゃないですか？」母親が言った。

「離婚したって当当にはママがいるし、お爺ちゃん、お婆ちゃん、おじちゃんだっているぞ！」

「違いますよ、お父さん、それは違いますよ」母親は首を振りながら、できるだけ不自然でないように小楓に目をやった。小楓は無表情のまま食事を続けている。母親が我慢できずに、「小楓、あなた本当に決心したの？」と訊いた。

「私ではなく、彼が決心したのよ。彼が言っていた〝独身の女性同僚〟は本当みたいね」

これまでの冷戦では、せいぜい一週間から十日で建平（ジェンピン）が白旗を揚げて終わっていた。しかし、今回の彼の態度はいつもとは違っていた。小楓が子どもを連れて実家に帰ってしまったのはむしろ彼の狙い通りのようだった。今になって冷静に思い起こすと、あのときの場面が目の前にまざまざと浮かんでくる。しかも時間が経てば経つほど鮮明になって。二人の行き届いた正式な晩餐会には酒まで用意されていた。少しずつ思い出してくると、見逃していたいくつかがあった。例えば建平の向こう側のワイングラス、そのグラスの縁には赤いものが。女性の口紅であることは言うまでもない。しかも、なぜ彼女が突然、姿を消したのか？　もしも、うしろめたいことがなければ、私を避ける必要はないはずなのに。あのとき建平(ジェンピン)が言った「独身の女性同僚」は嘘でも、私を怒らせるためでもなく、どうやら偽りのない気持ちそのもので、一種の告白、宣言だったのだ。そうでなければ、これまでの経験と彼を熟知している妻から見て、建平がこんなに忍耐強く持ちこたえられるはずがなかった。

「もう少し彼と話し合ってみたら！」母親が言った。

小楓(シャオフォン)は箸で茶碗についているご飯粒を掻き寄せながら「ここまで来ていて、今さら何を話し合うの？」と言った。

「話し合うべきよ！　話し合わなければ、彼とその女性がいったいどんな関係なのか、わからないじゃないの」

「話し合わなくたって、証拠があるじゃない」

「いや、そういう意味じゃないの。私が言いたいのは、彼は一時的な衝動なのか、それとも本気でその女性と……」

「どんな違いがあるというの？」

「ありますよ。本質的な違いがね」

「一時的な衝動だとしても、私にはやはり許せないわ！」

母親が声を詰まらせ、何かを言おうとしたが、夫の方にチラッと目を向けて言葉を呑み込んでしまった。夫がひたすら食べていて何も言おうとしないからだった。食卓は静まりかえっている。しばらくしてから小楓（シャオフォン）が口を開いた。「この件だけじゃないの、お母さん。今回のは最後のダメ押しみたいなものよ……」

「それなら、なんでなの！」母親は箸をテーブルの上に叩きつけるように置き、怒りが抑えられなくなっているようだった。

「私はすっかり彼に失望したのよ」

「いったいどういうことなの！」

「ちゃんと話し合って決めたことなのに、すぐ変えてしまうんだから。相談もまったくなしにね。まるで子どもみたい。こうと思ったら、あと先なしでやり放題。目先の利益にとらわれて、表面的な虚栄に満足してしまうの。家や子どもの将来なんか、まったく考えていないんだから。何でも自分の好き嫌いの感情で行動して。四十にもなって一定の地位に立てなければ、あとはどうあがいてもずるずる下降線だわ。彼はもう三十八歳よ、お母さん！」

「きっと彼、今の仕事が気に入っているのかもしれないわね」

「それだったら私だって、前の実験中学校の方が好きだった！　変わる必要があったから変わったんじゃない。家から近くなれば、子どもにも彼にも、もっと世話ができるからじゃない。独身なら自分の好きなようにできるけれど、結婚したら家族のために責任があるわ。何かを決めるんだって、自分のことばかり考えてるわけにはいかないし。彼に文句を言うと、今度は怒って勤めが終わると、一人で飲みに出て行ってしまって。何も言わずによ、電話にも出なかったし。酔っぱらってそのまま道路で寝てしまって、携帯も財布も全部盗まれてしまったんだから。最後は警察から電話があって、真夜中よ。私、どうしようもなくて、知り合いに頼んで迎えに行ってもらったんだから。それなのに、帰って来て謝ろうともしないで、そして追い打ちをかけるように今度の悶着よ」

「建平(ジェンピン)はいい人よ……」

「二人ともいい人だからって、いい夫婦になれるとは限らないわ」

「夫婦なんて、いつも順風満帆でいられるはずないじゃない。ぴったり寄り添って一枚岩のような円満夫婦なんて小説の中だけ。夫婦なんて、なんだかんだと摩擦があるものよ。私とお父さんを見たってわかるじゃないの。お父さんの若いときの写真を見たでしょう。本当に格好が好くって、おまけに頭が切れて人柄もいいとくれば、そりゃあ、もてたものよ。特に若い女の子たちにはね。若い女性が何人もお父さんに密かに心を打ち明けていたらしいわ。私っていう奥さんがいるというのによ。その告白の手紙、私が読んでも感動したんだから、お父さんが感動しないわけないでしょう。その頃はお父さんだって若くてエネルギッシュな一人の男ですもの……」

「いつも引き合いに出されるな、私は」と父親は不服そうにつぶやきながら、ご飯茶碗を手にして当当(ダンダン)のそばへ行ってしまった。

母親が声を抑えて「小楓(シャオフォン)、そのときの私の立場になってごらんなさい。そりゃあ、もうどんな気持ちだったか!」

ところが小楓は「私の今の気持ちは、たとえ浮気をしてもいいの。男として家庭を支えられるならね」と言った。

「どこまでやったら支えるってことになるの?」

「お母さん、数日前の新聞にある男が奥さんと子どものために自分の背中を貸し出します、というのがあったの。ヌードの広告モデルとしてね。私、そのニュースを読んですごく感動しちゃった。

契約できたかどうか知らないけれど、その気持ち、家族のために自分を犠牲にするという気持ちにね。でも建平（ジェンピン）は自分が何よりも先なのよ。当当（ダンダン）も彼の下だし、私なんか存在さえしていないんだから。結婚前、おいしい話ばかりして、あの手この手で言い寄って、結婚したとたん、私はもう完全に彼の保母さん。何でもかんでもすべて私。私だって稼いでいるのよ！……お母さん、私、彼にはすごく失望したわ。本当に失望して、それがますます大きくなっているの……」と言いながら、涙が流れ始め、言葉にも詰まった。

　離婚の話は、退勤間近かに電話で建平に伝えたのだった。宿題のチェックがはかどらない小楓（シャオフォン）は衝動的に電話のダイヤルを回していた。そして電話に出た建平に少しのためらいもなく「離婚しましょう」と一言伝えるや、返事も待たずに電話を切ってしまった。

　小楓のこの電話で建平は食欲が完全になくなって、一旦は帰宅したものの、また病院に戻ってしまい、病院の退出時間まで入院患者を見て回っていた。遅い帰宅となったがドアを開けると、慣れ親しんだ部屋が目に飛び込み、肌に染みついた空気が鼻先をかすめ、思わず涙ぐんでいた。〝物は失って初めてその大切さを知る〟という言葉が心に突き刺さった。テレビの音に耐えられずにすぐ消し、夕刊に目を通しても広告ばかりで、すぐ放り出してしまった。さして広くない二つの部屋を右往左往しても虚ろな心を満たせるはずもなかった。建平はようやくこの家のすべてに一つ一つの物語が、思い出が、感情があることに気づかされた……電話も携帯も沈黙したままで、十歳も年下の者に感情の処理を頼るとは、実に情けないと思いつつ東北（ドンベイ）に電話を入れた。建平は自分には心を割って話せる友人がおらず、学問に没頭し、仕事に追われ、妻と子どものために働いてきたが、自分を見失っていたことに初めて気づかされた。

建平（ジェンピン）の電話は最悪のタイミングだった。東北（ドンベイ）は裸で、ベッドの中のもう一人、娟子（ジュアンツ）も一糸まとわぬ姿だった。もしもテレビ電話なら建平はすぐに切ったにちがいない。

東北と娟子はレストランで喧嘩したあと、初めて会っていた。

この日、娟子は終業時間がとっくに過ぎてからようやく職場を出ることができた。彼女はある外資系の病院で院長直属だったので、院長より先に帰るわけにいかなかった。病院の正門を出ると、夕暮れの中に見慣れた、背が高くて均整の取れた身体が目に入った。そばには見慣れたバイクも。胸の奥から忘れられない懐かしい感覚が涌き上がってきた。

どこへ行こうか？　彼が聞いた。

まっすぐ行って。彼女が答えた。

まっすぐ？

まっすぐ！

なら、アメリカに行ってしまうぞ。

アメリカに着いても、まだまっすぐ行って――。

もっとまっすぐ行ったらここに戻ってくるわ。

彼はようやく悟ったように大きく頷いた。

そうよ！　地球を一周しましょうよ！　彼女は楽しそうに大きな声で笑い始めた。

二人だけの、この最後の光景が目に焼きついている。週末だった。彼女とデートしようと迎えに来ていて、こう言葉を交わすと、彼女はすぐさまバイクの後ろに跨り、彼の腰に腕をからみつけた。

かつて起こした交通事故が二人のバイク好きを変えるまでには至らなかった。バイクはいななく野生馬のように飛び出した。そのとき、二人は北京郊外の錐臼峪へ行った。まだ旅行業者から目をつけられていなくて人は少なく、風景は素晴らしかった。川底まで透き通っていて、柔らかな太陽の光を浴びながら、静かに流れている川のほとりで彼女は未来を語り、彼は語ろうとしなかった。

夕暮れの中、娟子（ジュアンツ）は素知らぬふりをして歩いて行こうとしている。東北（ドンベイ）が追いかけて彼女の腕を摑んだ。「娟子、俺、結婚するよ」

その夜、二人は一緒に食事をし、それから一緒に東北のマンションに帰った。

東北のマンションは一LDKで、ホテルの管理システムを採用している。部屋の掃除は業者がしてくれて、マンション附設の食堂もあるので仕事が忙しく、高収入の若いサラリーマンにはおあつらえ向きだった。

娟子が浴室から出てきたとき、それは東北の感覚に過ぎなかったが、かなり前からベッドで待たされている気分だった。娟子が真っ直ぐ彼の方に近づいてくる。濡れた髪がキラキラ光り、顔もつややかに輝き、全身から立ち上るような青春の息吹が東北を刺激し、彼はついに待ちきれなくなって、両手を伸ばすといきなり彼女を抱き締めた。

「娟子、わかるかい？」彼女の耳元で囁く東北の息が荒くなっている。「俺は利己的な人間さ。その〝自己中〟が結婚しようと決めたんだから、君への愛がどれほどかって――君の愛おしさがどれほどかってね……」甘い言葉が彼女の耳から直接肉体に激しく送り込まれ、彼女の肉体がすぐさま反応していく。とろけるような肉体は、皮膚も赤みを増し、体液は潮のように溢れ出してくる。彼女の心を読んだような甘い言葉は最上の興奮剤となり、彼女の肉欲の高ぶりが今度は東北(ドンベイ)を刺激していく。ちょうど二人がのぼりつめようとしていたとき電話が鳴った。

「出ちゃ、いや!」

「もし大儲けの話だったら?」東北が言った。

「お金ばかりあっても生活がなかったらどんな意味があるの?」娟子(ジュアンツ)は笑わなかった。

結局、東北は電話に出た。重要事なら電話に出なくても、携帯にかけてくることはわかっていたが。東北の会社には二十四時間、携帯は繋がるようにしておかなければならない規則があった。

「東北かい? 今、何している?」建平(ジェンピン)だとわかると、東北は娟子をもっときつく抱き締め、電話に向かって「家で——あれの真っ最中です!」と言いながら、娟子をちょっとくすぐった。いきなりやられたので、娟子が思わず笑い声をたてた。

風鈴のような笑い声が受話器を通して建平の耳にも届き、慌てて「それじゃ、またかける」と言って電話を切ったが、その声はもの寂しそうだった。

湖に面した細長いフロアーの喫茶店で、建平と東北は赤い漆塗りの四角いテーブルを挟んで座っている。テーブルには急須とつまみの植物の種が二皿置かれている。茶は「毛尖」という高級な針状の緑茶で、みずみずしい緑色をして、清らかな香りを放っている。植物の種は白と黒の一種類ずつで、黒はスイカの種、白はカボチャの種だった。

東北は建平に何かがあったと直感し、翌日、建平に電話をかけたが、ちょうど仕事中で詳しく言えず、落ち合う時間と場所を約束したのだった。

小楓が離婚を望んでいると東北に告げると、

「離婚ですって！　そりゃ絶対離婚ですよ。説明なんてまったく不要ですよ。あっ、そうだ、私は不倫しましたっていうのは、どうです？　とにかく妻としての責任も果たさないくせに、なんで兄さんばかりに節操を守れって責めるのか、そんな資格ないですよ」

建平は呆けたように目の前の湖を眺めているだけで、黙りこくっている。

建平の煮えきらなさに東北は腹立たしくなり、「兄さん、なんでそんなに元気ないのですか？」

「君にはわからないよ……」

またかと思いながら、東北は自分を抑えて、諄々と説得しようとした。「ぼくがわからなくても構わないですよ。でも、向こうがすでに決めているのに、兄さん一人が悩むことないじゃないですか」

建平はまた黙ってしまった。

「兄さん、とにかく考え方を変えないと。肖莉さんが兄さんに好意を持っていて、兄さんも彼女に好感を持っているなら、その可能性を考えてみるのもいいんじゃないですか」

建平はびっくりした。

「兄さんのような性格の人、ぼくはよくわかっています。比較的ぐずぐずと考えるタイプですよね」東北は調子に乗って自説を展開している。「自分の方が告白して、万一相手にその気がなかったとき、そのあとどのつら提げて会ったらよいのかと心配しているんでしょう？」建平は東北を無視しているのに、東北はそんなことお構いなしに「つまり、兄さんのような人は言葉で言うのが苦手なタイプなので、ぼくの経験では言いにくいときは、行動で示すんですよ」と言った。

建平（ジェンピン）は横目で東北（ドンベイ）を睨むように「それじゃ、ごろつき同然じゃないか！」と言った。

東北が大笑いした。「誤解しないで下さい！　ぼくの言う行動って、雰囲気作りで、一種の特別な雰囲気を作ることですよ。例えば、彼女を誘って、そう、ここに連れてくるとかして。孤独な男と女、青い湖面としだれ柳、お茶を飲みながら話をする。こんな場所ではごく普通の日常的な会話だけでもいいわけで、彼女が正常なＩＱの持ち主ならわかるはず。女性はほかにもたくさんいるのに、なぜ自分が？　会う場所だってほかにもたくさんあるのに、なぜここなのかと思いますよ……そのとき彼女にその気があれば、自然に何か反応を示すはず。その気がなければ、彼女は気がつかないふりをするでしょう。彼女が気がつかないふりをするなら、兄さんも同じようにすればいいわけで、これなら二人とも傷つかないでしょう」

建平は驚いたように東北を見つめ、内心、こいつは確かに自分にないものを持っていると認めざるを得なかった。東北は敏感に相手の気持ちの変化を読み取り、間髪を置かずにさらに突っ込んだ話を始めた。「なにがなんでも何かをしなければいけないというわけでも、どうしても結果を求めなければいけないというわけでもないですからね。肩の力を抜いて下さい。兄さん、生活を楽しんで下さいよ。途中経過もです。人生を楽しくして下さい。神様がぼくらに与えてくれた人生の楽しさに背むかないように」

湖面が揺れて、波が反射してキラキラと光っている。アヒルが五匹のヒナと列を作って二人の前を泳いで行く……

第五章

夕日が湖面の波を金色に染めて、まるで黄金が揺れているようだ。

建平（ジェンピン）と東北（ドンベイ）は、喫茶店で茶の葉を五回も取り替えて、午後いっぱい話し込んだ。すっきりとした飲み心地のお茶を飲みながらじっくり話をし、空腹を覚えてようやく席を立った。問題は解決したわけではないが、存分にお茶を飲みながらの話は建平の気分をずっと楽にさせた。北京に長くいたにもかかわらず、なぜこのようないい場所を知らず、なぜこんなにもゆったりと、余裕を持って優雅に過ごせることを知らなかったのだろう？　東北が言うように、自分の生活態度、価値観に問題があるのか？　二人は砂利を敷き詰めた竹林に囲まれた小道を前後になって歩いていた。風に揺れて竹がカサカサと音を立て、竹の香りが肺のなかにまでしみこんできた。

　建平の変化を感じ取った東北は、時折り考え込むように口数が減り、態度も控えめになっている。建平はずっと気になっていたことをふと思い出し、「東北、昨日、君の部屋にいた女性は誰だったのだ？」と訊いた。

「例の彼女ですよ」

「仲直りしたのか？」

東北（ドンベイ）が笑い出した。「ぼくは彼女の魅力に完全に負けました。とうとう降伏するしかなく、結婚することにしました。じっくり考えた末の結論です。結婚したら、自由を失うでしょう。でも、結婚しなかったら、彼女を失うことになる。大事な方を取るしかないでしょう」

建平（ジェンピン）は感じ入ったようにかぶりを振ったが、以前と違って叱ったり、説教したりしようとはしなかった。東北の思慮深さを認めたのか、自分の「狭さ」を悟ったからなのか。おそらくいずれでもあったのだろう。

「本音を言うと、政府が結婚に年限を定める規定を作って欲しいところですよ。三年間とかね。一回の結婚期間は三年とし、三年を過ぎたら離婚しなければならない。もし夫婦が深く愛し合っていて別れたくなければ、政府が調査班を派遣して愛がまだあると確認したら、三年間の結婚延長を認める。それからさらに愛し合っていれば結婚生活を続けて、白髪となり老いるまで延長してもいいというように……」

建平が白い歯を見せて大笑いしている、天真爛漫な大きい子どものように。東北はそんな建平を見て、ますます複雑な気分になった。こんなに愛すべき人なのに、こんなに優秀な医師なのに、なぜ幸福な生活に見捨てられてしまったのか、と。

二人は夕食を一緒にし、そのあともいろいろ話をして別れた。東北が家に帰ると娟子（ジュアンヅ）が来ていて、パソコンでチャットしながら東北を待っていた。彼が帰ってきた気配を感じると、パソコンから目を離さずに嬉しそうに大きな声で言った。「彼が私に会いたいですって！」

東北はコートと靴を脱ぎながら聞いた。「誰？」

「そんなの知らないわよ」と娟子（ジュアンツ）は言いながら、すばやく入力していく。東北（ドンベイ）は好奇心に勝てず、近づいて覗いてみると、娟子の入力している文字が目に入った。あなたが若い男性なら白い靴下を、大人の男性ならば灰色の靴下を履いてください。

東北が「なぜ？」と訊いた。

娟子が手元の新聞を持ち上げて振って、笑いながら「ここに書いてあるの。好感男性の新しい判定基準だって」

東北が新聞を見ると、そこにはいろいろな項目が並んでいる。決してジーパンと革靴の組み合わせはしないこと、スーツとスニーカーの組み合わせはしないこと。女性のような長い髪にしないこと、爪は清潔に保つこと。さらには、さっと金を支払うこと、男性が支払うのは当然だと認識すること、たとえ見栄でもそうすること。そして最後に、プレゼントは頻繁にするのではなく、意表を突くこと、高価な物ではなく、添える言葉に工夫すること、といった具合に。東北はこの最後の一条を大声で読み上げ、これはいい、その通りと繰り返し、ぼくもこれからはこうすると言ったとたん、娟子が「ダメ～」と声を上げながら東北の胸に飛び込んで、二人は絡みつくようにしてはしゃぎ回った。

そのとき電話が鳴った。それは建平（ジエンピン）の運命を変える話だった。電話のあと東北は黙り込んでしまった。

「誰から？」しばらくしてから娟子が我慢できずに訊いた。

東北はそれでも黙り込んで、思案している。「……大学時代の友だちで、卒業後、ちゃんと就職せずに、山西省で石炭掘り事業を始めたんだ。ところがこれが大成功で、今じゃ、固定資産だけでも数千万元になっているヤツがいるんだ」

「それがあなたと何の関係があるの？」

「親父さんが病気なんだそうだ。山西の医者は北京の大きな病院での診察を勧めたんだけれど、彼は北京の医者を山西まで呼んで診察してもらいたがっている。親父さんの病気は重く、身体に負担をかけたくないと言うんだよ」少し間をおいて、東北（ドンベイ）がまた言った。「ぼくとすれば宋（ソン）さんを紹介したいんだ。友だちに出張診療費を請求して、そうだな……十万元かな」

「一回の出張診療で十万元ですって！　高すぎるわよ」

「高いと思うか、安いと思うかは人によるよ。彼が出すというなら、高くないということさ。出し渋るなら、少しずつ下げればいい。……宋さんは本当に気の毒だよ。腕は確かなのに、それがお金に繋がらなくて、奥さんにも馬鹿にされて。この知能係数が高くて、愛情係数が低い人をなんとかしてあげないと」

　東北はさっそく山西に折り返し電話を入れ、もったいぶって建平（ジェンピン）を紹介しながら費用については十万元と伝えた。その一方で相手が値切ってくるのを予想して、抵抗戦の覚悟もし、一万元ずつ下げていくが、譲れない最低金額を三万元としていた。そうすれば、少なくとも当当（ダンダン）の入学協賛費はなんとか間に合うからだった。

　ところが相手は呆れるほどあっさり受け入れ、二十万、三十万元でも承諾しそうな感触だった。かえって東北の方が失敗したような気分になり、電話を切ると思わずこの間抜けというように自分の頬をぶった。

　翌日、東北は先に会社に行ってやるべき仕事を片づけると、急いでバイクで建平の病院に向かった。前もって電話は入れてあったが、その内容については何も伝えていなかった。やはり直接会って話す方がよいと思う一方、建平（ジェンピン）の反応を自分の目で確かめたいなどと思っている自分を、軽い人間だと密かに認めざるを得なかった。

建平は外来診察中だったが、東北（ドンベイ）が顔を出したときは終了時間近く、最後の患者だった。患者は黄濁した顔色の中年の男性で、建平の前に腰を下ろして、くどくどと病状を話している。背を丸めるようにしていて建平を見る目にも力がなく、不安が解消されるのを期待しながら、やはりどうしても拭いきれないといった様子だった。

「……吐き気がして、食欲もないんです。酒も飲めなくて。前は強い焼酎でも五、六合なら平気だったのが、今じゃ、少しだけですぐ酔ってしまいます……」

建平は聞きながらカルテに筆を走らせている。建平の字は綺麗で、大書道家柳公権（リウゴンチュアン）（唐代の政治家、書家。楷書四大家の一人と称されている――訳者注）の「柳体」だった。東北は物音を立てないように見ていたが、患者としての気持ちがわかっていたからか、いつしか建平に尊敬の念を抱き始めていた。

カルテを書いて顔を上げた建平は、ドアの向こうの診察ベッドの前に立っている東北に気づいた。診察机の奥にある椅子に座るよう促すと、また患者への処置表を書き始めた。「まず超音波検査と血液検査を受けてください」

患者が処置表を両手で受け取り、出て行こうとしながら「先生、大丈夫ですよね」と訊いた。

「今は何とも言えません。検査待ちですね」

患者が出て行くと、用向きを東北に聞いたが、東北は今の患者への好奇心と気がかりから「あの患者は何の病気ですか？」と訊いた。

「検査の結果待ちで何とも言えないな」

「兄さんの見立てでは？」

「肝臓癌、しかも末期だね」

建平（ジェンピン）の表情はいつもの通りで、動じる風がないことに東北（ドンベイ）は少し驚きながら、山西の友人の気持ちに合点がいった。彼は医者の価値をよく知っていて、それはとりもなおさず命の価値を知っているということなのだ。東北が山西への出張診療の件を話すと、建平はしばらく黙り込んでしまった。

東北は理由がわからず、「兄さん、何を考えているんですか？」と訊いた。

建平がためらいがちに言った。「小楓（シャオフォン）がどう思うかと考えていたんだ」

夜、帰宅した建平は小楓に電話を入れた。冷戦以降、初めての連絡だった。彼はこれまでいつも受動的に事の流れを受け入れ、だからこそ小楓の決定に従ってきていた。彼には、主体的に動く資格がないとみずから決め込んでいるところがあった。今回、積極的に動いたのは、認めたくはないが、十万元は効果があると踏んだからだった。金は男に勇気をもたらすものらしい。彼の気持ちはかなり矛盾していて、彼女を喜ばせたいと思いながら、たかがこんなことで喜ぶ姿を見たくもなかった。そこでいきなり金の話はせず、小楓たちの様子などを訊いてから切り出すことにした。ところが彼女はまだ帰宅しておらず、電話を取ったのは当当（ダンダン）で、テレビのアニメを見ていたらしく、心ここに有らずといった感じで二言三言喋ると、さっさと電話を切ってしまった。

夕食のうどんが茹で上がったところで、建平は塩がないのに気づいた。仕方なく隣人のドアをノックすると、妞妞（ニュウニュウ）の誕生日ということで五、六人の友だちが呼ばれていて、こどもたちの笑い声や歓声に包まれていた。肖莉（シャオリー）はキッチンで奮闘中で、冷蔵庫にはメニューが張られていて、八つの料理を作るつもりらしい。でもまだ一品も仕上がっておらず、キッチンは戦争状態だった。熱くなった油に葱を入れたものだから煙が激しく、目が開けられないほどなのに換気扇が回っていなかった。建平（ジェンピン）が顔を出したのはまさに渡りに船で、肖莉からは有無を言わせず、あれこれ頼まれるはめになった。材料の仕分け、野菜洗い、ニンニクの皮剝き、仕上げのあんかけ、干した海老の水漬け、卵割り……建平は彼女の指示に従わず、迷うことなく彼女の手から鍋とお玉を奪い取った。肖莉は思わず笑い出し、確かに二人の腕前を比べれば彼がコックで、彼女が助手だった。彼女は鍋とお玉を譲るだけでなく、自分のエプロンまで彼の腰に付けてやり、一人が料理し、一人が下ごしらえをしたおかげで戦争状態はたちまち収束していった。

料理を作りながら建平が山西の十万元の話をすると、肖莉は驚いて、すぐ小楓（シャオフォン）に伝えるべきだと勧めた。しかし建平は連絡がとれないことには触れずに、二人の金銭問題は一つの誘因に過ぎない。根本的には相手に完璧さを求める小楓に建平が失望したからで、彼女の理想の相手にはなれないとだけ説明した。建平は無意識に肖莉から慰めと励ましを求めていたが、彼女の関心は十万元にあった。「結論を急がず、小楓とよく話してからですよ。十万元は半端な金額じゃないわ」と言うばかりだった。

建平は肖莉に気づかれないようにため息をついて、頷いた。

気がつくと八つの料理は予想以上の出来映えになっている。大きく安堵の息を吐いて、建平の用向きにようやく気が回った肖莉から妞妞（ニュウニュウ）の誕生パーティーに誘われた。建平は場違いなのと彼らが気楽にできないだろうと断わり、袋ごと渡された多すぎる塩を持って家に戻った。

彼の家には玄関ドアを開けると正面に一枚の大きい鏡が取り付けられている。その鏡を見た建平(ジェンピン)は一瞬、呆気に取られた。花模様の縁取りで、小さな赤い花がいっぱい刺繍されたエプロンをして、なんとも怪しげな格好をした男が立っていたからだった。思わず苦笑いを浮かべた建平は空腹のままだったが、気分はずっと軽くなっていた。エプロンはすぐに返しに行くと、引き留められるかもしれなかったので鏡にかけた。

作りかけのうどんは固まってしまっていて、どうしたものかと思案しているところに小楓(シャオフォン)が現れた。肩から通勤用の褐色のバッグを下げているので、職場から直接来たにちがいない。

小楓は鏡にエプロンが掛けられ、しかもどう見ても女モノだったため、無表情な彼女の顔に一瞬、驚愕の色が浮んだ。建平が物音に気づき、キッチンから覗いたのが、まさにそのときだった。声を掛ける間もなく、小楓が素早くリビングに入ってしまったので、建平が慌てて行ってみると、机の引き出しを次々に開けていた。

「何を探しているんだ?」返事はない。彼女の方から聞かれたら、エプロンの釈明もずっとしやすかっただろう。だが訊かれもしないのに敢えて言えば、もっと胡散臭いと思われそうで、どうしたものか迷っていた。

彼女は背を向けたまま引き出しをひっくり返している。建平はそのとき初めて背中にも表情があることに気がついた。それは拒絶、冷淡、冷酷だった。咳払いをした建平が「近いうちにちょっと出張するかもしれない」と言った。耳の不自由な人を相手にしている気分だったが、めげずに話し続け、彼女の反応を窺うように核心に触れた。「山西へ行く。出張診療でね。診療費は十万元なんだ」

だが〝十万元〟にもその背中は拒絶を示していた。

建平（ジェンピン）が腹立たしげに、「君に話しているんだ、聞こえないのか？」と声を荒らげた。

当当（ダンダン）の免疫注射手帳を見つけた小楓（シャオフォン）は建平を無視し続けていた。バックは捜し物をしている間も肩にかけたままで、このためだけに来たことは明らかだった。

突然、現れてさっさと出て行く小楓を建平は手をこまねいて見ているしかなかった。しかもあまりにも間の悪いことに、小楓がドアを開けるや、手に三つの皿を持った肖莉（シャオリー）が立っていたのである。皿には先ほど作った八つの料理が少しずつ形よく盛られていて、色の取り合わせもみごとだった。だがそれよりも問題なのは肖莉の服装だった。しっかり決めているうえに薄化粧までしていて、小楓の存在を考えもしていなかった。肖莉が一瞬、その場に立ちすくんでしまったことが、すべてを物語っていた。

小楓が機先を制するように「まあ、肖さん、今日は本当にお綺麗ね」と言った。

「私？　それともこの服？」返事をする間に落ち着きを取り戻した肖莉に、冗談を言う余裕を持たせたようである。

「どちらもよ」小楓はぎこちない笑みを浮かべながら、身体を横にずらして、肖莉が通れるようにした。

肖莉は「今日はうちの妞妞（ニュウニュウ）の誕生日なの」と小楓の脇を通りながら「私も綺麗な服を絶対着なければいけないんですって。それにやっぱり子どもね、お宅にも料理を届けて、一緒に誕生日をお祝いして貰うんだって聞かないのよ」と、料理を部屋のテーブルの上に置いた。

肖莉が帰ると宋（ソン）家は再び静寂に閉ざされ、やがてその静寂を破るように小楓が口を開いた。「あのエプロン、どこかで見たような気がしていたわ……あなたが言っていた独身の女性の同僚って、彼女でしょう」

建平は即答しなかった。そうだとも言えるし、違うとも言えるからで、少なくとも小楓が考えるような「そうだ」ではなかった。彼が答えに迷っている間に小楓は家から出て行ってしまった。彼女の問いかけは最初から建平の返事を期待していたわけではなく、すでに彼女なりの答えを出していた。

小楓が出て行くと、肖莉がまた顔を出した。ずっと自分の家の玄関に身を潜めて、こちらの様子を窺っていたのだろう。「ごめんなさい、宋さん。本当にごめんなさい。私の不注意でお二人をおかしくさせてしまって……」

「いや、そうじゃないんだ。それが原因じゃないんです」建平は手を横に振って、「やはりぼくらの不仲が……」と言いかけて、それ以上話しても詮ないことに気がついた。

「その上に私も気を回さなかったってわけね？」肖莉が笑った。

建平も思わず顔をほころばせたので、重く沈んだ雰囲気がいくぶん和んだ。建平が小楓とよく話し合うように肖莉が勧め、自分も小楓と話してみると言った。自尊心をいたく傷つけられたと思っている小楓の感情面での誤解を解くことが先決で、それから山西の話をしても遅くないとも言った。建平はその捉え方に同調しながら、そんなふうに言う肖莉に驚かされもしていた。

しかし、建平が小楓と話し合う前に事態が急変した。

山西側では建平が准教授だとわかると、教授でないとの理由で出張診療を断ってきたのだ。東北がどのように推し、建平の医師としての水準は教授以上だと保証しても、山西側はあくまでも形式上の資格にこだわっていた。山西の友だちは劉東北（リウドンベイ）のあまりの執拗さにあきれて、そんなに金が必要なら一、二万元なら援助すると言い出す始末だった。東北はあまりにも早く建平（ジェンピン）に話しすぎたことを死ぬほど後悔した。娟子（ジュアンツ）は一万でも二万でもないよりまし、とにかくお金を手にすることが先決だと言ったが、東北は「馬鹿なことを言うなよ！　そんなはした金じゃ、宋（ソン）さんの腕がかわいそうだ」と言った。

　東北からのこの悪い知らせは、明日の午後は授業がないため、休暇を取って離婚の手続きをするので、時間を作ってくれるよう小楓（シャオフォン）が建平に電話してきた直後だった。東北の奥歯に物が挟まったような話し方に建平はすべてをのみ込んだ。話の途中で「分かったよ」と思い切りよく言うと、電話を切ったが、そのとたん胸に鈍い痛みが走った。山西の十万元ではなく、その背後にあるすべてがその原因だった。彼は自分の人生があまりにも失敗だったと今更ながらに意識せずにいられなかった。仕事も家庭も、そして愛情も。このすべての原点はおそらくは一つで、良くも悪くも、その一つにかかっているように思えた。

　午後、建平は家で小楓を待っていた。

離婚手続きに必要な書類はすべて揃っていた。結婚証明書、戸籍手帳、身分証明書……電話で彼女からここに来て、書類を受け取ってから二人で市役所支所に行くと言われていた。建平は一時から待ち続け、四時四十五分になってようやく現れた小楓は、部屋に入るや荒い息をしながら、釈明を始めた。教員室を出たところで、ばったり学年主任と遇ってしまい、第二組の授業一つを強引に代行をさせられたというのだ。このクラスの担任教員は生理痛の持病があり、痛み出すと発汗がひどく、腰をまっすぐ伸ばすことさえできなくて、授業ができないらしい。建平（ジェンピン）が思わず、せめて電話をくれたらと言うと、授業開始のベルが鳴って、できなかったと彼女は平謝りに謝った。淀みのない「ごめんなさい」は非常に板についていて、まるで賢くて、優しい日本の女性のようだった。建平はたちまち深い憂愁に落ちていった。小楓（シャオフォン）の礼儀正しさは、間もなく訪れる、別れがそうさせているように思えたからだった。

　結婚証明書、戸籍手帳、二人の身分証明書、書類はすべて揃っていた。あとは出かけるだけだった。二人はリビングに立ちながら、期せずして同時に少し狭くて、適当に散らかっていて、家具も少し古くさくなっている、でも二人で作ってきた部屋を見回した。一つ一つに共有する思い出があるだけに、小楓はそれ以上見ていられなくなり、「行きましょう」と言った。

　建平はふとあることを思い出し、動こうとしない。「職場から何か証明書のようなものをもらわなくても大丈夫なのかい？」

「要らないと思うわ。新婚姻法では、離婚に職場は関与しないことになっているから」

「そうなのか」

「行きましょう」

「ぼくらはちょっと軽率じゃないかな」

「どういう意味？」

「二人で先ず一つの基本方針を決めておくべきだと思うんだ。万一、不一致点があると、他人様の前で争ったり、喧嘩したりできないよ」

「わかったわ」小楓が腰を下ろした。「まずあなたの条件を聞かせて」

「離婚したことがないから、まったくわからないよ」建平(ジェンピン)も座って、「離婚の第一歩は何だろう？」とまるでテレビドラマのセリフのように言った。

「なんでも、先ず財産をどうするか、らしいわ」

「それなら、とにかく分けよう」

小楓(シャオフォン)の気持ちが沈んでいく。「……家はあなたね」

建平はまぶたを閉じたままちょっと頷いた。ところが急に目をあけて「いや、だめだ。いや、だめというわけではないけれど……」

「賛成なの、それとも反対なの？」

「家はもともとぼくのものというより、うちの病院のものさ」

「当当(ダンダン)の親権は私ね」

「いや、だめだ」

「なぜ？」

「君は一人でちゃんと育てられるかい？　今は二人で子育てをしているけれど、君はいつも……」

「二人の方がかえって何もできないわ」

「小楓、ぼくは君としゃにむに子どもの親権を争うつもりはない」建平の態度には誠実さが満ちている。「誰かが言ってたけれど、子どもは農産物と違って、土壌がよくて日当たりがよければ育つというものじゃない。ぼくはやはり君のことを考えてしまうんだ。女が三十過ぎれば、仕事も子育てもしなければならず、そのうえまた新しい家庭を作るとなると……難しいよ」

小楓は建平の誠実な態度に心打たれて、涙がこぼれそうになった。彼女はそれを極力隠して、

「ありがとう。でも、心配しなくて大丈夫。私、自分でなんとかするから。あなたの方こそ心配よ。正直言って、あなたの条件は悪くないわ。地位があり、家もあり、前途も有望よ。しかも男としていちばん脂がのってくる年齢だし。あなたが独りになったとわかれば、名乗り上げる女性が何人も出てくると思うわ」

「そうかもしれない」

「地位や家に目をつけてくる人とは絶対、一緒にならないでね」

「判った。ぼくの基準をはっきりさせて、これはと思う女性と結婚するよ」

「慎重の上にも慎重にね。あなたの身分では何回もの離婚はマイナスよ」

「判っているつもりだよ」

秋の夕日が西の窓から部屋の奥にまで差し込み、小楓(シャオフォン)の脚下まで照らしている。小楓はその夕日をじっと見つめ、涙がこぼれ落ちないように大きく目を見開いている。夕日を見つめながら彼女が言った。「建平(ジェンピン)、覚えているかしら。私たちが結婚したのも秋だったわ。自転車で香山へ紅葉を見に行ったわね。帰りに私の自転車がパンクしちゃって、あなたは私をうしろに乗せて、片手で私の自転車を支えながら六、七キロも走ったわね……」

「あの頃は若かったな」建平が幸せだった頃に思いを馳せている。「でもそのいちばんの原動力は君がうしろに乗っていたからなんだ。聞いたことないかい、若くて美しい女性の存在は男にとって無限のエンジンになるって」

そのとき小楓が突然、ずっと避けてきた問いを口にした。「彼女、綺麗なんでしょう、そうよね？」

建平（ジェンピン）がすぐさま応じた。ずっと「彼女」について質問されるのを待っていたからである。

この件のいきさつをありのままに話す建平の態度は誠実そのものだった。「あの日、君が肖莉（シャオリー）に面と向かって何も言わなかった寛容さと思いやりに感謝するよ」と最後につけ加えた。

「とんでもない！」小楓（シャオフォン）が恥じ入るような笑みを浮かべて、「実を言うと、彼女と話をきちんとしたくて、彼女の家まで行こうとしたんだけれど、結局やめたの。自分が恥知らずだと思って……」

「君は正直な人だよ、小楓」

「あなたもね」

「そうだね。共通点がそれなりにないと夫婦になんかならないだろうから……」

会話が核心部分に触れたからか、二人とも口を閉ざしてしまった。淡い憂愁が二人を包み、どこかの家から二胡の調べが聞こえてくる。そのもの悲しく何かを訴えるような曲を耳にしながら建平が口を開いた。「相手と仲良くね——君の夫だよ、いや、ぼくじゃなくて、ぼくのあとの人さ。わかっているかな、男がいちばん嫌なこと。それは女房からバカにされることなんだ」

「私、そんなことをしていない。私は上を目指そうとしないことが悔しいだけ。あれは私の刺激法なの」

「どんな方法でも構わないけれど、思ったままそれを口に出してはいけないと思う。夫婦の間でもね……いや、夫婦の間だからこそなんだ。相手の心を傷をつけてしまうから」

「ご忠告ありがとう。建平、あなたも彼女と仲良くね、あなたの奥さんによ。私が言うのも、私のあとの人よ。女が一番嫌いことは何だか知ってる？……」

その時、肖莉親子が帰宅したらしく、妞妞（ニュウニュウ）の可愛い声がよく聞こえてきた。「ママ、今日は運動会で……」

小楓（シャオフォン）が「いけない……当当（ダンダン）を！」と、忙てて立ち上がって言った。

いつもは小楓が実験一小まで当当を迎えに行き、都合悪いときだけ両親に頼むことにしていた。だが両親に心配させたくなかったのと、二人のお説教も聴きたくなかったので、今日のことは両親に話してなかったし、もちろん当当の迎えも頼んでいなかった。

「早く行こう。タクシーで行こう！」建平（ジェンピン）が大きな声で言った。二人はあたふたと家を飛び出していった。

学校にはもう誰も残っていなかった。迎えが来ない一、二年の生徒は先生が帰宅を許さないことになっていた。車の渋滞や残業などで遅れる親がよくいるからで、通常は先生が残っていて、さらに遅くなるときには、宿直のお年寄りに預かってもらうことになっていた。いくら遅くなるといっても、どの生徒も一人っ子で、家族にとって掌中の玉といってよく、迎えの時間がないときには、隣人や親戚、あるいは友人に頼み、さほど遅くならずに迎えに来るはずだった。だがこの日は、すでに暗くなっているというのに、宋林当（ソンリンダン）という一年生の迎えが現れなかった。宿直のお年寄りは生徒に宿題をしているように言い置いて、夕食の野菜を校庭の水道で洗うため、部屋から出て行った。そのわずかな時間にいなくなってしまったのだ。

小楓はすっかり取り乱している。「どうしよう、建平、どうしよう？」

「慌てない、慌てない。変な事なんか起きるはずない。あの子は頭がいいんだから」

「そうは言っても、まだ六歳よ！」

「君の両親の所に電話してみよう。当当、一人で向こうに帰ったかもしれないから」

「いきなり訊かないで！　母、パニックになってしまうから」

小楓（シャオフォン）の母親が電話に出たので、建平（ジエンピン）は小楓への用事にかこつけて当当（ダンダン）の様子を聞いた。朝、当当が学校に出かけるとき、マックを食べたいと言っていたので、二人で食べに行ったのではないかという返事だった。小楓は当当が家にもいないとわかるや涙を浮かべ始め、建平が電話を切ると大声で泣き出した。「もし当当に何かあったら、私、生きていけない！」

タクシーの両側の窓を大きく開けて、建平と小楓が左右それぞれの窓から外を見続けていると、車内のラジオから「川に男の子の遺体が浮かんでいるのが発見されました。六歳前後で、白い上着、青いズボン……」女性の声が聞こえてきた。

小楓がいきなり建平の腕を摑んだ。「建平！　男の子の遺体が発見されたって！」

「当当は朝、どんな服を着て行った？」

小楓は一時的に頭の中が真っ白になって何も思い出せず、ただ「当当じゃないわ、絶対に。当当には白い上着はないし……」と言うのが精一杯だった。

「ぼくはなんだか一枚あったような……」

「ないわ！」小楓が声を振り絞るようにして叫んだ。「私の方がわかっている！」

タクシーの運転手が気の毒そうに「警察に失踪届けを出しましたか？」と訊いた。

日はとっぷりと暮れている。建平夫婦は警察署から出て、茫然としたまま行くあてもなく、何をすべきかも見当つかなくなっていた。「家に電話をしよう。両親をいつまでも待たせるわけにもいかないし」

小楓は電話口で「母さん……」と言ったとたん手で口を押さえて言葉が出ない。

「小楓（シャオフォン）！　小楓なのね。あなた、どこにいるの？」母親の声が聞こえてくる。「子どものお迎えもしないで！　当当（ダンダン）を一人で帰らせたりして、七つか八つの駅の距離よ、それほど遠いのにほったらかしにしておいて、あなたよく平気ね！」

建平（ジェンピン）夫婦はあまりの嬉しさに泣き出し、思わず強く抱き合った。共に背負う巨大な苦痛と、そのあとの喜びは、再び二人を結びつけることになった。

「私もいけなかったわ。焦り過ぎよね。あなたが言うのにも一理あるし。私たちの生活、そんなに悪くないわね、上には及ばないけれど、下より随分ましよ」

「いや、君が言ってたのがやっぱり正しいと思う。いつも下ばかり見て、その連中とばかり比べていてはいけないんだ。男なんだから、妻と子どもに安心感を与える責任がある。君の言う通り、いざというときの力を備えておかなければいけないな」

「ううん、違うわ！　私の言い方は極端で一面的だった。うちにいざというとき、備える力がないと言うなら、月収が一、二千元しかない家庭はどうなるの？　私の同僚なんか、奥さんがリストラされて、ご主人一人が稼いでいるの。子どもも小学校に入ったばかり、でも生活ぶりはまあまあだわ……」

夜、子どもが寝入ると夫婦はダブルベッドに入ってからも、まだ争うように自己反省を繰り返していた。厳しい冬のあとに暖かな冬が訪れ、凶作のあとに豊作の年が訪れるように。二人はこれまでになく非常に前向きになっていた。

建平が「いろいろ考えて、これからの生活設計では先ず高級医師の称号を取得して……」と言うと、小楓（シャオフォン）がその言葉を遮るように「あなたの腕があるなら……」

今度は建平（ジエンピン）が小楓の言葉を遮った。「それでも包装紙が重視されるからね！ 今回の山西の件ではいろいろ考えさせられたよ。いい気になって自分の清廉さに酔ってちゃダメなんだ。世の中が見えなくなってしまう」

「建平……」小楓は感極まって思わず涙が溢れてきた。建平は話の腰を折らないでくれというように手を小楓の前に挙げた。「高級医師の称号を取って、それにぼくの実力が加味されれば、うちの経済状態は今よりずっと良くなると思うよ」それから申し訳なさそうに「でも、一回で十万元のチャンスはもうないだろうね」と言い添えた。

しかし、小楓は違っていた。「チャンスはますます増えるはずよ！ 経済が発展すればするほど、医者という職業の収入はますます上がって、先進国のようになるはず。医者を大切にすることが、病人の生命を大切にするにつながるという言葉通りにね」建平は彼女の言葉に心打たれ、思わず妻の肩を抱き寄せた。

小楓がふと思いついたように、「今回の高級医師認定であなたは大丈夫なんでしょう?」と訊いた。

「ご心配なく、百パーセントね」

小楓が顔を建平の胸に埋めた……

ところが建平の〝百パーセント〟は否定の百パーセントを意味してしまった。

今回、高級医師への昇格者は一人で、誰もがまちがいなく建平と見ていた。だが、いざ蓋を開けてみると、なんと肖莉（シャオリー）だったのである。

彼女が壇上で自己業績報告を始めたとき、彼女が言っていた〝テストラン〟などではなく、全力投球で昇格を勝ち取る並々ならぬ意気込みが見られた。〝テストラン〟はまぎれもなく、建平（ジェンピン）を含めた相手を油断させる戦術にほかならなかったのである。彼女の報告は、のっけから誰よりも明晰で周到だった。

肖莉の声が部屋の中に響いている。「……この五年間、私は待たず、頼らず、争わず、求めず、ひたすら仕事に没頭するよう努め、よりよい成果をもって自分を証明してきました。特に家庭内に大きな変化が生じたあとは」ここまで話すと、彼女の目がにわかに赤くなって、言葉が途切れ、嗚咽を必死にこらえ、かろうじてそのあとの言葉を続けた。その嗚咽を抑えようとする姿は、実際に啜り泣き出すより審査員の感動と同情を誘った。

「私は女手一つで娘を育て、仕事と研究を続け、さらに家事すべてを一人でこなしてきました。それでも『核心源雑誌』に論文三篇を発表しました。そのうち〈中国外科〉に二篇、〈中華胸外科〉に一篇でした。その一篇は中華医学会優秀論文賞を受賞しました……」

肖莉が感極まって涙にむせび始めると、会場内に小さなざわめきが起きた。審査委員たちを感動させたのは明らかで、他の昇格申請者たちは危機感を抱いた。重苦しい空気に包まれた会場に一種の緊張と戸惑いの暗流が生じた。

頼りなげで、弱々しく見える肖莉を目にして、建平はぞっとするほどの危機感を抱いた。

業績報告が終わり、質疑応答も終わり、いよいよ審査委員の投票が始まった。投票の結果は以前、肖莉が言った通り、肖莉と建平の一騎打ちとなった。ともに五票ずつで首位に並び、再投票、再々投票も五票ずつの同数だった。

予定の時間はとっくに過ぎていたが、昇格申請者たちは極度の緊張で、感覚が麻痺していた。だが審査委員たちの間にはだらけた空気が流れ始めていた。昇格申請者には重大事で、それを十分理解しながらも、審査委員には毎年のことだったからである。それでも審査委員たちは協力的であったし、耐えてもいた。そうでなければ、これほど高名な専門家たちを数日間、一堂に集めるのは不可能だったろう。いくつもの役員を兼ねてあまりにも忙しく、患者が会いたくても会えない大物ばかりだった。三回目の開票にまでずれ込むと、審査委員たちは腕時計を頻繁に見るようになり、しかもこれ見よがしになっていた。携帯の着信音もそこかしこで鳴り、返事もほぼ同じで「会議はまだ終わっていない。なんなら先に食べなさい」という声も次第に大きくなっている。

審査委員たちがこれほどそわそわし始めるのも頷けた。やがて夜の七時になろうとしていたからである。審査委員も人間で、個人的欲求や弱さを持っていると肖莉（シャオリー）が言っていたのは正しかったようだ。そのため委員の誰もが願っていたのだが、審査委員長から最後の再投票が告げられると、「レディーファーストにしたらいい！」という抑えた声があがった。

建平（ジェンピン）は素早く声のした方を見たが、誰の発言かわからなかった。

再投票の結果、建平は五票、肖莉は一票多く、六票だった。審査委員は十一人、こうして肖莉が選出された。

小楓（シャオフォン）は憤懣やるかたない気持ちでいっぱいだった。「彼女が涙ショーをするなら、あなたはその場に倒れて気絶したふりをすればよかったのよ。ショーなら誰にだってできるじゃない！　レディーファーストですって？　今回のことと性別と、どんな関係があるっていうの？　早く家に帰ってご飯を食べたいだけでしょう。少しでも早く帰って、ご飯を食べることが一人の人間の将来よりも大事なの？……人間の命をあまりにも軽く見ているのと同じじゃない！」小楓(シャオフォン)はそれでも言い足りず、「建平(ジェンピン)、この事、このままになんてできないわ。出るべき所に出ましょうよ！」

建平は背を丸めてベッドに腰を下ろし、両手の指を組んで膝の上に置き、足元の一点を見つめて無言のままだった。結果を小楓に告げてからというもの、彼はずっとその姿勢だった。小楓はイライラしながら「何か言ってよ、建平！」と言った。

建平が顔を上げて、「小楓、ぼくはもうやっていけない。出て行くよ」

「出て行くって？　どういうこと？」

「この病院を辞める」

小楓はあまりにも意外な言葉に驚いたが、建平は決意を固めたあとの落ち着いた表情を見せていた。

建平は仕事を終えて帰宅途中だった。スーツをきちんと着込み、背筋をまっすぐに伸ばして、足の運びに力強さが感じられる。「宋(ソン)さん」と背後から呼びかけられた彼は急に足早になった。誰だかわかったからで、彼女とは話をしたくなかった。

彼女を避けようとしている建平の気持ちは十分承知しながら、それでも執拗に追いかけてきて建平の前に回り込んできた。彼女はにこやかに、誠実で親しみを込めた眼差しで、彼を上から下まで眺め回した。建平は彼女に好意を抱いていただけに、ふと胸の疼きを覚え、顔をそむけて街路樹のナナミノキを見ている。

「スーツ、お似合いよ」

彼女の言葉に建平（ジェンピン）は無言のままだった。

「転職したエドワード病院はどうですか？」彼はやはり口を開かない。

「宋（ソン）さん、今度のことで話をしたいの。近いうちに時間をとってくださらない？」

彼はしらばっくれて「今度のこと？」と、ようやく沈黙を破った。

「高級医師昇進審査の件です」

「あっ、あれ、あの件は私にはもうとっくに終わったこと」

「そんなはずがないでしょう、ついこの前のことよ……」

「違いますね。肖（シャオ）さん、人間の感覚は時間だけでなく空間も関係します。私はすでにあの社会の人間じゃないし。関係がなくなれば関心もなくなるんですよ」

こう言い置いて歩き出そうとした建平を肖莉（シャオリー）は体を移動させてその進路を塞いだ。じっと彼を見つめる澄みきった目には思い詰めた何かと悲しさがない交ぜになっている。

心の疼きを覚えた建平は結局、譲歩するしかなく、翌日が週末だったこともあって会う約束をしてしまった。建平が会う場所として東北（ドンベイ）と一度行ったあの湖辺の喫茶店にしたのは、開放的な空間で人も多く、なんら怪しまれる恐れがなかったからだった。

二人は四角いテーブルを挟んで湖に向かって坐っていた。湖の向こうに緑が広がり、その向こうには青い空がつながっている。

建平の口は重かった。

「あなたの気持ちは判っているつもりです。確かに私、今回の昇進審査をテストランとは考えていなかったわ。はっきり言って勝利を手にするために全力でぶつかったの……」

　そこまで黙って聞いていた建平（ジェンピン）が口を開いた、「あなたがテストランだと言ったのは、ライバルを油断させるつもりだったわけで、傑作なのは、自分の勝ちを疑わないどこかの阿呆は、ほいほい援助の手をさし伸べて喜んでいたことですよ」

「宋（ソン）さん、そんなに酷く言わないで……」肖莉（シャオリー）が辛そうに言うと、建平が薄く笑って、

「やってしまったことなんだから、何を言われても仕方ないと思うけれど」

　湖面のさざ波が太陽に反射してキラキラと光り、微風が優しげに吹いている。長い沈黙の後、肖莉がようやく口を開いた。真っ直ぐ前を見つめたまま、まるで独り言のように。「宋さん、ご存知のように私の所は母子家庭で、私は母親と父親の役をこなさなければならないわ。私はいつも幼い頃の自分の気持ちで娘と接しているの。幼い頃、私は母に優しさと愛を感じたときの心の温かさを求め、父からは名誉と誇りを求めていた。私は父が出世するのを願ってた。私には父の出世が父の達成度を測る唯一の基準になっていた。きっとあの子も何も言わないけれど、同じ目で同じような期待を抱いているはず。私も幼い頃、親に何も言わなかった。子どもが言わないから何も思っていないわけでなく、いけないのは親たちがそうした子どもの感受性を無視したり、見過ごしてしまいがちなことだと思うわ」これはシングルマザーの偽らざる言葉にちがいない。

「でも、だからといって手段を選ばず、他人を踏み台にしてはい上がろうとするのはいただけない。あなたに子どもがいるのと同じように他の人にだって子どもはいるのだから！」

　建平は彼女を責める気持ちがすべて消えたわけではなかったが、許そうと思っていた。でも敢えて非難めいた言葉を吐いたのだが、彼女はそうは受け止めていなかった。

「あなたが私を責めるのは当然。どう逆立ちしても、あなたの技術、業績、経験、地位、すべて私より上ですもの。しかも相当の差があるわ。だからこそ私は最大限の努力を惜しまなかった。袖の下という予定外の努力も。あなたを蹴落とさない限り唯一のチャンスは手にできない……」

建平（ジェンピン）が思わず彼女に視線を向けると、彼女は相変わらず真っ直ぐ前を見つめていて、横顔のアウトラインが鮮やかに浮かび、実に綺麗だった。彼女は身じろぎもせずに言葉を継いだ。「そうでもしなければ、私はせいぜい一、二票でしょう。宋（ソン）さん、正直に言うと私は事前にすべての審査委員を訪ね、私への投票をお願いしたの。一回だけじゃない審査委員もいるわ。これで、もっと私を軽蔑するでしょうね。あなたは孤高の人。自信があるからこそ孤高でいられるのよ。その自信はあなたの溢れるような才能、優れた技術から生まれていて、実益よりも自分の誇り、名誉を重んじることができます。でも私にはできない。宋さん、もしあなたが私の半分、いや三割ほどの努力をしていたらと思うの。私だったらそれでは絶対足りないけれど」

建平は言葉を失うほどの驚きを覚えた。彼女が取った行動にではなく、包み隠さず話してくれたことに。

肖莉（シャオリー）が彼を見て、優しくほほえんだ。その笑顔がなんとも美しかった。

「宋さん、気づいているかしら？　世の中って、こうしてバランスを保っていて、誰にでもチャンスを与え、生きられるようにしているのじゃありません？」

第六章

建平（ジェンピン）が肖莉（シャオリー）を許せたのは、彼の温厚な性格にあった。また決定的な痛手ではなかったし、彼女の率直な態度とその美貌にも依っていた。美貌というのは建平が肖莉と肉体的な関係を持ちたいという意味ではなかった。一般的に女性が男性に歓迎される免罪符で、どのような性格であろうと、たいていの男性に共通しているものだ。

建平は今は娟子（ジュアンツ）が勤める外資系の病院に移っていた。今回の転職は娟子の紹介だったが、決め手はあくまでも建平の有名医科大学修士終了、アメリカでの二年間の研修経験、それに流暢な英語会話能力という実力だった。年俸制で手取り三万ドルという報酬は、以前とは天と地ほどの差があり、しかも人間関係なども単純で、建平の性格にピッタリだった。ただ外科医には病院の規模が非常に重要で、以前の病院よりずっと小さいのが唯一、意に添わなかった。しかし、すべて満たされる条件などそうあるわけでもなく、人生の重大な選択に建平は基本的に満足していた。

彼は今の充足感を肖莉には明かさなかった。被害者の立場を貫いているからこそ、彼女が大いに気を遣い、飲茶に招待するだけでなく、心の扉を大きく開けてみせているのだから。

柔らかい風、濃い緑の香り高いお茶、絵のような風景、そして聡明で美しい女性。まちがいなくこれこそ人生の一大愉悦といえた。東北（ドンベイ）とここで茶を飲んでからというもの、建平（ジェンピン）は生活とは何かを、仕事、女房、子ども、味噌、醤油だけではない、その真の意味がようやくわかりかけてきていた。

肖莉（シャオリー）に一人娘の妞妞（ニュウニュウ）から電話が入り、彼女は笑ったり、それとなく注意したりしていたが、そのほとんどが日常の細かな事だった。彼女の言葉通り、娘と二人だけの家庭を確かに女手一つで支えていて、建平を感心させずにおかなかった。電話の間に建平の心情が動いたのを鋭く見て取った肖莉は、一気に気持ちが楽になり、建平に茶をつぎ、向日葵の種が乗った皿を建平の方に押しやりながら話題を切り替えた。

「宋（ソン）さん、新しい病院では水を得た魚って感じなんでしょう?」

その口調には建平への感謝がそうさせるのか、媚びが含まれている。建平はますます居心地が悪くなり、自分の優位な立場でこれ以上責めるわけにもいかなかった。「それほどではないけれど、ぼくにわりと合っているのは確か。外資系企業の人間関係は結構単純で、ぼくも単純だから」と正直な思いを伝えた。

「確かにそうね」肖莉が頷きながら建平を見つめ、「単純で、善良で、それに可愛いいわ……」と言い添えた。そのとたん建平の顔から笑みが消え、手を前にかざし、

「ストップ。もうこれ以上、ぼくをからかわないで欲しい。錯覚させないで。あなたを軽蔑するようになりたくないのでね。あなたの誠実さのおかげで、今まで気持ちよく話ができた」乱暴に彼女の話を断ち切った。

肖莉（シャオリー）がすぐに言葉を呑み込み、建平（ジェンピン）も黙ってしまった。

退勤後、建平が病院の並木路を歩いていると、娟子（ジュアンツ）が嬉しそうに追いかけてきた。彼女は今日、建平という素晴らしい人材を紹介したとジェリー院長から重ねて褒められたのだった。建平はエドワード病院に移ってまもなく、中国人医師としてはただ一人、この病院の手術専門医になっていた。

それは建平が転職したばかりの頃に加わった一つの手術が大きなきっかけだった。患者はヨーロッパ某国の外交官で、急性の腹痛で入院したが、来院したとき、すでに早期のショック症状が現れていた。暴飲暴食の日常で当初から急性膵臓炎の疑いがあった。ただおかしなことに血清中のアミラーゼ値が二百と低く、とにかく開腹してみることになり、執刀医はアメリカ人で建平が助手を務めることになった。患者の身分が特別なので、院長のジェリーも手術室に姿を見せ、やがて手術が始まろうとしたとき、建平は病人の臍部の皮膚が青紫色で、鬱血していることに気がついた。このような症状を建平は臨床手術のときに経験していた。たった一回だけだったが、手術後、患者は間もなく亡くなってしまっただけに強い印象が残っていた。あの時、彼は手術後、本を調べたのだった。青紫色は急性膵臓炎が特に重い症状の場合に現れ、皮下脂肪に漏れた膵臓液が浸潤し、毛細血管を圧迫して出血させている可能性が極めて高いという見解がはっきりと甦っていた。建平はアメリカ人医師の執刀にストップをかけた。

「彼は急性膵臓炎の可能性があります……」

「血清中のアミラーゼが二百しかないのだよ」

「アミラーゼ値が低いのを除けば、彼のすべての症状は、これまでの暴飲暴食などからして、まず急性膵臓炎です……」

「アミラーゼ値こそ、急性膵臓炎か否かのいちばん重要な根拠になる」

「膵臓がひどく破壊されると、アミラーゼ値は逆に下がる場合があります」

「もしも急性膵臓炎でなければ、手術をしないと生命も危険だ！」

「急性膵臓炎だったら手術をすればもっと危険です！」

相手はマスクをしたまま、まるで建平（ジェンピン）の確固とした判断を推し測るように彼の目を穴のあくほど見つめ、建平もジッと相手を見つめていた。手術は中止となった。

外交官はやはり急性膵臓炎で、しかも比較的重い出血性膵臓炎だった。体重が入院時より二十キロも落ち、すっかり細身になって、医師たちへ嬉しそうにダイエットで苦労しなくてすむと冗談を言って退院していったが、死の淵から生還したことはまったく知らされなかった。手術室内で激しい論争があったことをアメリカ人医師が患者に教えるはずはなかったし、建平も何も語ろうとはしなかった。そのため建平は医師としての技術ばかりか、モラルという点からも高く評価されるようになった。

外交官は退院後、病院の無料の宣伝マンとなってくれたため、外資系病院の中で、その評判が急激に高まり、多くの患者が病院を訪ねるようになった。ジェリー院長も新しい設備を購入し、病院の規模を大きくする準備を始めていた。

「実はね……」娟子（ジュアンツ）が建平と並んで歩きながら、建平を見上げるようにして、「今日、ジェリー院長ったら、君は伯楽だですって」

「ダメ、ダメ、そんな嘘ついても、アメリカ人が伯楽なんて知っているはずないからね」

「でも彼が言った意味は中国語に訳せばそういうことですよ！」

二人が談笑しながら病院の正門まで来ると、東北(ドンベイ)が待っていた。いつものバイクはなく、手にスーツケースを持っている。二人はこれから空港へ向かい、最終便で上海へ向かうという。アメリカのミュージカル「レ・ミゼラブル」が公演されていて、上海の友人に頼んで、翌日、つまり土曜日のチケットを手に入れ、日曜日に北京に戻って、月曜日の仕事には十分間に合うという。

建平(ジェンピン)は自分の耳を疑った。「ミュージカル一つのために君たちは上海へ……行くの？」

「アメリカブロードウェイのもので、すべて英語。中国での初公演なんです！」娟子(ジュアンヅ)が興奮気味に言った。

建平の驚きは帰宅するまで続き、小楓(シャオフォン)にそのままぶつけるほどだった。「あの二人、上海へ何をしに行くかわかるかい？……ミュージカルを見るんだってさ。全部で費用がいくらぐらいなのか、恥ずかしくて聞けなかったけれど、航空券に、ミュージカルのチケットに、食事、宿泊、少なくとも数千元は下らないだろうな」

「にわか文化人っていうところね！　それにはお金がかかるわ！」小楓は顔も上げずに野菜を切り続けていて、大根の細切りがきれいにできてくる。

「それも生活スタイルの一つで、経済的にもそのレベルになったというわけだ。なんでもお望み通り。にわか文化人になって、タクシーだって飛行機にだって乗ってすぐ目的地に行ける」

「羨ましい？」小楓が問い返しながら、チラッと建平の方に目を向けた。そのとき建平は彼女の額の皺に気づいた。以前はなめらかで、透き通るような額だったはずなのに、彼女が急に老けてしまったように感じた。

建平（ジェンピン）がエドワード病院に移ってからは彼女が家事を一手に引き受けていた。一つは、病院が家から遠いため、建平の出勤時間が早くなり、帰宅時間が遅くなってしまったからだった。二つめは、建平の十倍以上に跳ね上がった収入は、今や彼を家の大黒柱にし、誰よりも〝大切〟にされる立場となっていたからだった。

仕事、家事、子どもの世話のほかに、最近、小楓（シャオフォン）はずっと高級職昇格テスト受験のため、英語に取り組んでいたが、わずかな時間の暇さえなく、睡眠時間を削る毎日が続いていた。以前は美容院へ行ったり、家で美容にも気を遣っていたのだが。疲労と心労、睡眠不足、健康への配慮不足、その上、やがて四十台に入ろうとしている曲がり角の年齢もあって、突然、老け込んでしまったようだ。

小楓の英語の結果は、わずか一点及ばず、不合格だった。英語は得意科目なのに彼女が不合格だったのは試験当日、突然、熱を出してしまったからだった。前日、当当（ダンダン）を迎えに行って雨に濡れたのが原因だが、間接的には過労で抗体力が落ちていたからだった。夜、熱があるとわかると、翌朝の回復を期待して彼女は一度に四錠もの強力ビタミンCと風邪薬を飲んでいた。病気になっている場合ではなかった。建平は出張中で、かりにそうでなくても彼に負担をかけたくなかった。翌朝、熱は下がったが、全身の痛みは収まっていなかった。何よりも辛かったのは、当当を学校まで送らなければならず、送りを先にすれば小楓は遅刻してしまうという気持ちの焦りだった。少し早めに起きて、当当を学校まで送って試験会場に向かうつもりでいたのだが、発熱ですべてが狂ってしまった。

救ってくれたのは肖莉（シャオリー）だった。

試験当日、玄関先で肖莉と妞妞（ニュウニュウ）にばったり顔を合わせた。肖莉は即座に自分の車で一緒に行こうと言った。以前、肖莉(シャオリー)は自分には車があるから当当(ダンダン)の送迎は任せてと建平(ジェンピン)に言っていたことがあったが、小楓(シャオフォン)はそれには強くこだわった。何か思惑があるはずで、陰険で信用ならない肖莉とは顔を合わせても挨拶せず、無視をすると決めていたからだった。肖莉も目を合わせようとしない小楓が自分を避けているのを知っていた。建平も隣同士でのぎくしゃくは良くないと小楓に言ったことがあったが、「のど元過ぎれば何とかね」と嫌みを言われる始末だった。

でもその日、いくら勝ち気な小楓でも現実の厳しさには勝てず、肖莉の申し出を受け入れるしかなかった。肖莉は先ず小楓を試験場まで送り、午後も当当の迎えは自分がするので心配しないようにと言った。

試験をどのように終えたのか、小楓はまったく記憶がなかった。ただ頭痛とめまいと睡魔に襲われ、とにかく沈み込みそうな身体を横にして、ひたすら眠りたかった。試験場を出るとタクシーを拾って真っ直ぐ帰宅し、学校への休暇届などまったく念頭から消えていた。そのままベッドに倒れ込んだ小楓が目を醒ますと、すでに夕闇に包まれていて、気がついた時には自分がどこにいて、何があったのかさえわからず朦朧としていた。ただ、身体は軽くなっていて、風邪は完全に直ったようだった。意識がはっきりしてくると、肖莉が「当当は迎えに行くから」と言ってくれたおかげで、たっぷり眠れたことに彼女はようやく気がついた。時間からすると、当当は夕食もご馳走になって肖莉の家にいるにちがいない。

子どものいない家は静まりかえっている。空腹を覚え、朝から何も食べていないことに気がついた。小楓はうどんを茹でて食べてから、肖家のドアをノックした。

ドアを開けて小楓だとわかると、肖莉は挨拶もしないまま後ろを振り向いて〝当当ちゃん〟と声をかけた。当当（ダンダン）がすぐさま嬉しそうに部屋から飛び出してきた。子どもがいれば、親同士のぎくしゃくも、なんとか和らぐだろうと肖莉（シャオリー）は考えたのだろう。彼女の心憎いほどの配慮に小楓（シャオフォン）の気持ちもうち解けてきて、肖莉が一人で子どもの面倒を見ながら仕事もしなければならないのは本当に大変だと建平（ジェンピン）が言っていたことを思い出していた。

小楓は当当と向かい側の自宅の玄関に来ると、振り返って「肖さん一人でお子さんを育てるのが大変なのが本当によくわかったわ。これからは何かあったら声をかけて」と言った。

英語の不合格は、小楓をしばらく苦しめた。結果が出た夜、彼女はいつまでも眠れなかった。かつては全校で一番若い気鋭の教師だった。才能に溢れ、業績もずば抜け、彼女自身の目標も大きく、溢れんばかりの希望に満ちていた。それが今ではごく一般的な英語の試験にさえパスできないのだ。来年、再チャレンジしても英語は時間の経過につれて力が落ちてしまう科目だけに、成績はもっと落ちてしまうだろう。でも今の家庭の状況では、彼女に英語再学習の時間などあるはずもなかった。明け方近くになってようやく、両立が難しいなら、建平を犠牲にはできないと自分を納得させた彼女はようやく眠りに落ちていった。

小楓の決心を建平には黙っていた。出張から戻って小楓の母親からこの話を聞かされた建平には聞き捨てならず、小楓に諦めないよう説得しなければと思った。でも小楓の考えは違っていた。

「自分に力もないくせに昇格したって意味ないわ！　収入の差だってわずかだし、そんな程度でしかない名前のために、なりふり構わず醜い争いをするなんて本当、虚しいもの。あなただって教授級医師の審査に落ちたけれど、今の生活は昇格できた人より遙かにいいじゃない！」

「いや、ぼくとは違うよ。君は同じ職場にいるわけで、同じ組織にいるかぎり他人が君を見るとき、やはり君の肩書きを見るんだよ。実際、昇格を争うのは金のためより、認められたいという精神的な欲求からだからね。以前、うちの病院の患者で、昇格審査に落ちて心臓を悪くして死んでしまった人がいた」

「そんなにあきらめがつかない人もいるのね！」

「そこだよ。それが心配なんだよ。君は負けず嫌いだし、そう簡単にあきらめがつかないのではないかと思って……」

「心配しないで。あなたのことは知ってるつもり。あなたのせいなんかにしないから」

建平（ジエンピン）は苦笑したが、小楓（シャオフォン）は真顔で相手を立てるように言った。「安心して、建平。これは私が自分で選んだの、あなたとは関係ないから」

小楓は乾燥海老を煮込んで乳白色になっている沸騰した鍋に綺麗に細切りにした大根と春雨を入れた。これをさらに煮込んで、火を止めるときに塩、ガラだし、ごま油数滴と少量の黒胡椒を入れると、辛みのついた海鮮風味の一品が出来上がる。これ一杯で食欲が増進し、消化を助け、おいしいヘルシー料理と言ってよかった。〝一人を犠牲にして一人を助ける〟と決心してからというもの、小楓の料理の腕は急激に上がっていた。

この日の夕食は料理四品とスープ。小楓が仕事を終え、当当（ダンダン）を迎えに行ってから手早く作ったものだ。家族三人がテーブル囲み、湯気が立ち昇る料理の向こうに、日を追って老いていくように見える、料理を取り分けている小楓の青白い顔を見て、建平はこれが渇望していた幸福なのか、とぼんやり思い続けていた。

上海から帰ってきた東北（ドンベイ）は、家に入るやバックを放り投げ、蹴とばすように靴を脱ぎ捨て、そのままソファーに自分の身体を投げ出した。するとむくんで痛みが続いていた足から痺れるような心地よさが全身に広がっていった。娟子（ジュアンツ）の方は元気一杯。トランクやバッグを開けて、色とりどりの包装紙に包まれた山ほどのお菓子を出しながら、「上海のお菓子、大好き！」と嬉々としている。

　東北はソファーにもたれたまま横目で彼女を見やり、「俺に言わせると、おまえはこの菓子のためにわざわざ上海へ行ったじゃないのか？　ミュージカルはただの口実でさ。こんなものなら、北京にだってあるじゃないか。それをわざわざ上海くんだりまで行くなんて」

「このためなんかじゃないわ」娟子が噛みつき、手にしていた土産を手榴弾のように手当たり次第、東北に投げつけ始めた。

「わかった、わかったよ！」東北は降参して「お前は芸術のために行った。そのついでにこの山のような物を買った……俺はもう死にそうにクタクタだよ。娟子、これからお前が買い物するときは、特にこんな大がかりなときには、ちゃんと前もって教えてくれよな。俺だって心の準備をしたいから。いい？」と自分の足を揉みながら「少なくともスニーカーをはかないと」と言った。

「大げさじゃない！　そんなに大変？　私なんか全然、疲れないけれど。私、ハイヒールだったのよ」

「ああ、時代は変わってしまった。女は強いよ」

「何、くだらないこと言ってるの！」娟子は東北を無視するように、クルミの実が小分けにされた小袋を開けた。クルミを取りだし、東北の口に一つ放り込み、自分も食べながら「おいしいでしょう？」と訊いた。

「北京にもある！」

「こんなかわいい包装のはないわ！」

「包装を食べるわけじゃないだろうに」

「わかっちゃいないんだから」娟子（ジュアンツ）はクルミを口の中で噛みながら「仕事中にそっと口に入れるには、小さい包装じゃないとだめなの。一回で一袋、ちょうどいいの。目につかないし。大きいのだと、目立つし、一回で食べきれないし、置く場所もないし……」と満足そうに食べて、悦に入っている。その屈託がなく、はち切れるような若さ、それに開放的な娟子に東北（ドンベイ）はむしゃぶりつきたくなって、脚の痛みも忘れていきなり彼女を抱きしめた。二人は日が暮れるまで喜びの絶頂を何度も迎えた。


夕方に降り始めた雨は次第に大降りとなり、雷を伴った雨が窓ガラスをたたき、くもりガラスのようになっている。娟子は身体を縮めるようにして東北の懐にくるまれたまま、外の雨と風に耳をすませながら、陶然としていた。

「こういう天気、大好き。外は大荒れで、部屋には私たち二人だけで……」東北は押し黙ったまま娟子の耳たぶを軽く噛んだ。その耳たぶは冷たくて、柔らかい。

「ねえ、私たち、いつ結婚するの？」

東北はなおも黙ったまま、また娟子の耳たぶを噛もうとしたが、彼女から拒絶された。

「教えて！　いつ結婚するの！」

「お前が決めたらいいさ」

「じゃあ、決まりね」娟子（ジュアンツ）は結婚式と披露宴もすることにしてしまった。

東北（ドンベイ）は結婚式などまったく考えておらず、時期を見て婚姻届を出すだけで済ますつもりでいた。ただ結婚したくないと言った前科があるので、言い出せずにいたうえ、表面だけでも娟子と同じ意気込みも見せなければならず、気分的には滅入っていった。


その日、退勤する娟子を迎えに病院に来ていた東北は偶然、同じように退勤してきた建平（ジェンピン）と顔を合わせた。建平はほんの少し前に赤のシルク生地に金色の文字の結婚招待状を娟子から渡され、「ご令室様とともに」とあったので、帰宅後、小楓（シャオフォン）に見せるつもりでカバンに入れていた。昼頃の東北との電話では、結婚のけの字も出なかったので、訊いてみると、驚いたことに東北の口からは次々に不満が飛び出した。「……ぼくは結婚式などしたくないんです。だって二人はもう一緒に住んでいて、そんな形式的なことといいじゃないですか。煩わしいですよ。でも娟子はどうしてもってきかないし！　兄さん、ぼくよくわかりましたよ。女っていうのは、古今東西、教養、社会的地位、美人か、どん臭いか、飛んでるか、古くさいか、なんにも関係ない、すべて一緒です。要するに俗っぽいんです！」

「東北、お前、口は災いの元だぞ」

東北はぎょっとして、慌てて口をつぐんだが、身体が固まってしまっていた。娟子の声がすぐうしろにあったからだった。建平が大笑いをしながら、離れていった。

小楓は両手で招待状をためつすがめつし、まるで細かく研究しているようだった。布紋様の生地に「招待状」の文字だけ金色で、ほかは落ち着いた深紅色。そこに二つの花と二葉の一本のバラが浮き出ていて、形のバランスも良く、落ち着いた深紅色の中で光っている。小楓（シャオフォン）はいたく気に入ったようで、羨ましそうにしている。

「ねえ、君がこれから結婚するとしたら、同じようにしたいんじゃないか？」

「経済的に許されるかにもよるわ」

「許されたら？」

「もちろんよ」

「なぜ？」

「なぜって」小楓が両手で淡く清々しい匂いのつけられた招待状を自分の鼻先にそっと持ってきてかぎながら、うっとりとした表情で答えた。「なぜって、言うまでもないでしょう。人生に一度だけで、唯一自分が主役になれるんですもの……」建平（ジェンピン）はそこで初めて目からうろこが落ちた感じがした。

この日を境に二人の話題は、もっぱら東北（ドンベイ）と娟子（ジュアンツ）の結婚披露宴になり、小楓も出席の準備に取りかかり始めた。特に当日の服装にこだわっていた。経済的に余裕が生まれてきていて、それに見合うような服装を、というわけで、少しでも時間があると小楓はブティックを見て回り、気に入ったものがあると建平にお呼びがかかり、参謀役を務めさせられるはめになった。参謀はその役目柄、意見は言えても決定権はないので、建平は小楓がどうかという服すべてを大いに誉めたが徒労だった。小楓は試着し、入念にためつすがめつし、気に入らない点を言って諦める、これを繰り返していた。

他人の結婚式でこの調子だと、自分の結婚式だったらどうなっていたのかと冷や汗もので、建平は急に東北（ドンベイ）に限りない同情を覚えた。

それでもなんとか準備が整うと、小楓（シャオフォン）が急に出席しないと言い始めた。いろいろ考えられるのだが、最初の出来事は、ようやく服を決めて、家で彼に試着して見せたときだった。その夜、入浴後、ベッドに入っていた二人はとりとめのない話をしているうちに、話題が自然と結婚式のことになった。興に乗ってきた小楓がいきなり買ってきたばかりの服を取り出して身につけ始めた。小楓の服を見る目は確かだった。身体にフィットした黒いシャツ、下は同じく黒いスパッツ、靴も同じく黒。その上には浅い紫色のビロードのボタンなし短コートで、真珠のネックレスをつけると、すっきりして上品で、目立つけれど派手ではなく、彼女の年齢と雰囲気に実によくマッチしている。

彼女がベッドから降りて、服を身につけようとしていることに気がついた建平（ジェンピン）は、またかと思わず内心で舌打ちしていた。試着を始めると、必ず靴下やネックレスまで、すべて身につけ、自分でしげしげと眺め、さらには建平にも感想を求め、彼の感想に自分の思いを言うという手順を踏むのに小一時間はかかるからだった。その夜、建平は眠気に襲われ、ボーっとしていて熱も入らなかった。

その時も彼女はすべてを身につけて建平に見せ、彼もすぐさま「いいね」と応じた。だがまるでその言葉を信じていないかのような表情で彼を一瞥すると、くるりと背中を見せて、鏡の近く、中間、そして遠くから見続け、いつまでも終わりそうにない。建平は猛烈な睡魔に襲われていたが、彼女のご機嫌を損なうのを恐れて眠気と闘っていた。

以前の二人はもっと自然体だったはずで、建平はすぐさま彼女に眠いから寝るよと言ったにちがいない。今の建平にはそれができない。彼がエドワード病院へ移ったからで、人生の道のりを順調に駆け上がっている建平（ジェンピン）のために小楓（シャオフォン）が自分を犠牲にして、貢献しているという負い目のためだった。

小楓は鏡の自分をしげしげと眺め、「老けたわ、本当に年取った」とため息をついた。

「誰だってそうだよ」

なにげなく言った建平の言葉に小楓がすかさず振り向いた。「私、本当に老けた？」

建平は「そんなことないよ」と繰り返し言ったが、あとの祭りだった。

「だったらさっき、〝誰だってそうだよ〟なんて言ったの？」

「だって、それは事実だよ。君が十八のときと同じだなんて言えないだろう。そうなら、当当（ダンダン）は君をママって呼ばないで、お姉さんって呼ばなきゃ」建平が大笑いした。

しかし、小楓はニコリともしない。それどころか彼の言い繕いにも丸め込まれずに鏡の自分を見つめている。建平の眠気は完全に吹き飛び、探るように彼女を見やりながら、自分の失言に絡んでこないようひたすら祈っていた。彼女は何も言わず、ドアのそばの電灯のスイッチを消した。すると建平の頭の横にあるナイト・テーブルの小さなスタンドの明かりだけになって、室内がほの暗く、和らいだものに変わった。

小楓がまた鏡の前にやって来て、「この方がずっといいわ」と独りごち、「光線が弱いとまあまあね。やっぱり明るいのには勝てないわ」と言った。建平は黙って彼女を見ていた。

その夜のことはそれで終わりではなく、ほんの序幕に過ぎなかった。次から次へと波乱が起きて、クライマックスへと導かれる素晴らしい舞台のように。

次の波乱は数日後の土曜日だった。小楓の両親がその日の夜、北京軍区戦友文芸団によるリバイバルの「長征組歌」に出演するので、建平（ジェンピン）一家が誘われていた。家を出るとバレー教室に妞妞（ニュウニュウ）を連れて行く肖莉（シャオリー）とばったり出会った。子どもたちは階段を先に走って下りて行き、三人は談笑しながらそのあとに続いた。服の下に体にフィットしたバレーのレッスン衣をつけていたからか、レッスンを受ける心構えになっていたからか、肖莉はやけにきびきびとして魅惑的な活力を発散していた。

「まだバレーを続けているの？」このところ小楓（シャオフォン）は肖莉への理解と感謝の気持ちから、非常に親近感を持っていたが、そこには相手への優越感も潜んでいた。

「そうなの」

建平も口を挟んだ。「どうりで！　だから肖さんはいつもこんなすばらしさが維持されて……」言葉を切った建平が含みのある言葉を続けた。「こんなすばらしい状態……はバレーの練習と関係があるの？」

肖莉が笑いながら訊き返した。「私の返事の前に〝こんなすばらしい状態〟って、どういう意味ですか？」

建平は小楓に笑いかけながら、「人に褒めさせようというつもりらしいよ！　わかりました。若いし、エネルギッシュですよ」

肖莉がにこやかに「宋（ソン）さん、これはご自分を褒めている言葉じゃないんですか？」それから小楓に「気づかれている？　ご主人、最近、すっかり若返って、ますます若くなっているわ！」と言った。

小楓が建平をチラッと見てから「ええ、そうなの。だから私、心配なのよ。この調子でいくと、もうじき当当（ダンダン）になってしまうかもしれないっていってね」と笑った。

三人が声を揃えて笑い出し、その笑い声が消えないうちに肖莉（シャオリー）が「お先に」と言って、軽快な足取りで離れて行った。彼女のうしろ姿が階段の踊り場を曲がって消えると、建平（ジェンピン）が思うところがあるように「小楓（シャオフォン）、君もダンスでも習ったら?」と言った。

肖莉が先に行くと、小楓の顔が急に曇ったのに建平はまったく気づいていなかった。そうでなければ、もう少し機転を利かせて、さっきのような言葉は避けたにちがいない。

「なぜ?　私が〝よくない状態〟だから嫌い?」小楓が沈んだ顔で訊いた。

建平は秘かに後悔していた。「そんなことないさ!」と言いながら、その理由が見つからず、ためらいがちに言葉を続けるしかなかった。「ただのおしゃべりじゃないか。たまたま話の流れであなったただけだよ……」

「〝若い!　エネルギッシュ!〟あなたって、ほかの女性を褒めるときは、言葉を少しも出し惜しみしないのね!」

「ええっ、どういうこと。君だって彼女を褒めてたよ?　ぼくのだって彼女へのリップサービスのつもりだったけれど……」

小楓が皮肉っぽく笑うと、先に下りて行ってしまった。慌てて建平が追いかけたはずみに足を捻ってしまったが、痛みなど構っていられず、足を引きずって追って行った。

小楓の実家の玄関に入ると、真正面の壁に「長征組歌」上演ポスターが貼られていた。ポスターには朗読担当の両親が一番目立つように肩を並べて立っている。三人が玄関に入ると、父親がポスターを見てくれと声をかけてきた。当当（ダンダン）はすぐ遊びに行ってしまい、小楓もお愛想程度に言葉を交わして、その場を離れてしまった。彼女は母親に大きい肩掛けを持ってきたので、それをすぐにも母親に着せたかったのだ。結果的に建平（ジェンピン）だけが取り残され、ポスターの前にかしこまって立ち、父親の説明に真面目くさって耳を傾けていた。

「お父さん！　建平！　こっちを見て！」小楓（シャオフォン）が呼んだ。二人が振り向くと、大きな肩掛けを羽織った母親が目に入った。その肩掛けは小楓が結婚式に着ていく服探しのついでに外国人向けの店が多く並んでいる秀水街で見つけたものだった。赤、緑、黒の原色が鮮やか過ぎて、建平は似合わないと言ったのだが、目の覚めるような鮮やかな色は、母親の白髪とマッチして実によく似合い、上品さと若々しさをかもし出していて、小楓の見立てが正しかったようだ。

「良くお似合いですよ！　お義母さん！」建平が褒めた。

「本当にいいね！……確かに小楓の目に狂いはない」と父親も褒めた。

すると母親が肩掛けを羽織ったままポスターの所にやって来て、父親と並んで立ち、小楓と建平に「今さら遅いけれど、最初からこの肩掛けを羽織って撮ってれば、もう少し父さんより若く見えたんじゃないかしら？」と訊いた。

小楓が笑いながら「お母さんは、もともとお父さんより若いわよ！」と言った母親は違うというように手を横に振った。「年齢的には確かに若いけれど……」と笑いながら、急に何か思い出したように「そうね、確かに以前のある時期までは私の方が若く見えたわね」と夫の方を向いた。

「劇団に入団したばかりの頃、二人で親子を演じたことがあったわよね。ねえ、あなた、私のお父さん役をやったでしょう？」夫が笑いながら頷いた。母親はそれからまた娘夫婦に向かって、「でもね、数年も経たないうちに、お父さんとは夫婦役を演じ、それからまた少し経つと、私が母親役で、しまいにはお父さんの老母役よ！」

みんなの笑いが消えぬ間に母親が感慨深げに言った。「女はね、年を取るのがとにかく早い。あっという間に老け込んでしまうって感じ。男の人には二十年くらいの成長停止期間があるのと違ってね。お父さんなんか四十過ぎの頃、まだ三十前半というところだったわ。お父さんと一緒に外出したくなかった、あの頃は。二人の関係を変に勘ぐられるのが嫌でね。母親にしては少し若いし、連れ合いにしてはちょっと老けていたから」

小楓(シャオフォン)の顔が次第に曇ってきて別の部屋に引っ込んでしまった。それに気づいたのは、さすがに建平(ジェンピン)一人だった。しかし、母親の言葉が引き金になっていたので今度は追わなかった。しかし、その考え方は甘く、彼はあまりにも天真爛漫すぎたのかもしれない。

その夜だった。小楓が娟子(ジュアンツ)と東北(ドンベイ)の結婚式に欠席すると言い出したのは。建平が驚いて「ええっ、東北たちの結婚式だよ、出席すると約束してしまったし……」

「約束したって変更できるじゃない。病気になったとか、子どもが病気だとか、勤め先から急な用事が入ったとか、何とでも言えるじゃないの」

「いったい、どうしたっていうの？」

小楓はしばらく押し黙っていたが、やがて「建平、私が同席してあなたにどんなメリットがある？　あなたの引き立て役？」それから肖莉(シャオリー)の言い方を真似て「宋(ソン)さん、このところすっかり若返ってしまって、ますます若くなっているようね……ああ、いやいや。私、行かないから。あなたと同伴であれこれ言われたくないもの」

「あれこれって？　知らない人ばかりだよ、あれこれ言いようがないじゃないか」
「母の話からすると、私があなたと一緒にいるだけで、何を言われるかわからないわ！」小楓（シャオフォン）が身体を伸ばすようにして建平（ジェンピン）の向こう側にあるナイトテーブルのライトを消した。部屋は一気に暗闇に閉ざされ、小楓はまだ物言いたげな建平に背中を向けてしまった。

東北（ドンベイ）たちの結婚式前日になっても、まだ小楓の主張を翻させることができなかった。建平はやむなく東北の家に電話をかけたが、途中で切ってしまった。娟子（ジュアンツ）に聞かせたくなかったのだ。娟子からはわざわざ「ご令室様とともに」という文字を指しながら招待状を渡されていたのだった。「ぼく一人ではダメなのかい？」とからかうと、娟子が真顔で「ダメです。ジェリー院長も奥様とご一緒なのに、なぜなんですか？　人前に出したくないわけじゃないでしょう」と訝しそうに建平を見つめていたのが思い出されていた。

建平は東北の携帯に電話をした。呼び出し音が鳴り続け、ようやく出てきたのがなんと娟子だった。なぜ娟子なのか。

その夜、娟子が明日の夜が初夜になるから、今晩は一人でリビングで寝ると、風呂から上がったばかりで全身が濡れて、まるで雨のあとの梨の花のようにつややかで柔らかそうな肢体を露わにしたまま言い出したのだった。そんな娟子をまじまじと見つめていた東北は、すっかり自制心をなくしていた。いきなり彼女を抱き上げ、ベッドに向かいながら初夜は明日ではなく一年前のあの夜さと言ったため、娟子が怒り出し、東北の腕の中で暴れ出した。「わかった、わかった。まちがいなく明日は君の初夜。でも、今夜も初夜さ、これから毎日が初夜だよ」さしもの娟子もこの熱い言葉にすっかり軟化してしまい、東北のするに任せてしまった。

建平（ジェンピン）の電話はそのときだった。通話状態にしたのは東北（ドンベイ）だったが、建平の煩わしい話を我慢して聞くのから逃れるため娟子（ジュアンツ）に代わらせたのだった。

建平は早くも白旗を掲げる気分になっていた。「娟子、明日の結婚式だけれど、家内が出られなくなった。ちょっと……」

「体調が良くないのですか？」娟子が先回りをして訊いた。

「いや、そうじゃないんだ、あの……」

「子どもの調子が悪い？　それとも学校に用事ができたのですか？　無理しないで下さい。私の思いはお伝えした通りですが、気にしないで下さい」と電話を切った。東北が身体を求めてきたが、娟子にはその気が失せていた。

建平は切れてしまった電話の雑音を聞きながら、一人で出席するなんて冗談を言わなければよかった、今さら何を言っても信じて貰えないだろうと気持ちがふさいでいった。

第七章

肖莉（シャオリー）の昇格が上級機関の審査委員会で正式に承認された。その夜のことだった。妞妞（ニュウニュウ）が母親の顔をしげしげと見ていた。母親が妞妞と一緒に寝るときは、嬉しいことか悲しいことがあったときで、母親の顔からは笑みがこぼれている。でも妞妞にはその理由がわからない。

肖莉は自分の喜びを娘に話すつもりでいたが、どう説明したものか、大人の役職の話などわかるはずはなかったが、幸せを娘と分かち合いたかった。

「妞妞、今日ね、正式に発表があって、ママ、高級職に昇格したのよ。一番上よ」

「高級職って？」

「そうね、教授と同じかな」

「教授?!」妞妞はやはり要領を得ないようで、少し考えてから「すごいことなんだよね？」と言った。

肖莉が笑った。「少しね」

妞妞は相変わらず眉根を寄せていたが、急に気がついたように「じゃ、当当（ダンダン）のお母さんもそうなの？」と訊いた。

「うーん、違うと思うわ」

「じゃあ、当当（ダンダン）のお父さんは？」

「違うわよ」肖莉（シャオリー）がきっぱり否定した。

はっきりと比べるものがあって、妞妞（ニュウニュウ）にもわかったらしい。すっかり嬉しくなって寝返りを打つと、母親の首に腕を回して、赤子のような柔らかい頬を母親の顔につけて「ママ、すごい！」と言った。肖莉は目を閉じたまま、娘のしなやかな身体から伝わってくる幸福感をじっくりと味わっていた。

午前中、肖莉は妞妞とバレー教室に行くため玄関を出たところで建平（ジェンピン）とバッタリ顔を合わせた。真っ白なワイシャツにスーツを着込んでバリッとしている。肖莉に会うなど考えてもいなかった建平は、なぜか顔を赤らめ、訊かれもしないのに同僚の結婚式に出席するのだと言った。

肖莉は建平を眺め回して、何度も首を振った。「宋（ソン）さん、その格好で結婚式に出席するのですか？　ダメですよ！」

建平が急に落ち着きを失った。「どこが？　シャツ？　ネクタイ？　靴？　教えて下さい。まだ間に合いますから」

「全部ですね」

「全部？」建平はオウム返しに言った。

建平が呆然となっているのを見た肖莉が愉快そうに笑い出した。「そうですよ！　全部ダメです。その格好で行ったらお婿さんに間違えられますよ！」

建平（ジェンピン）はようやくそれが冗談で、服装に感心し、褒めていることがわかると、三人一緒に下に降りて行った。

「宋（ソン）さん、今、着ている服、高級そうですね」

建平はちょっと口元をほころばせたが、黙っている。肖莉（シャオリー）は自分の予想よりさらに高級品であることを見て取った。

彼女は建平の俸給額を知らなかったが、車は日本のホンダで、高級な服を身につけるようになっている最近の様子から、俸給が低いはずはないと見ていた。小楓（シャオフォン）からどのあたりの不動産がよいかと訊かれたのはついこの前のことだった。こう考えると、年収は二、三十万元を下るはずはなく、あるいはもっと多いかもしれない。そうなると、とても無関心ではいられず、肖莉は自分の昇格も多少の自信となっていたことから建平に訊いた。

「宋さん、あなたの病院で医師を募集していませんか？　募集しているならちょっと紹介してもらえませんか？」

「誰を？」

「私を」

「ご冗談を！　あなたは今のところで地位もあってバリバリやっているし、それにうちは小さい病院だし……」

「いえ、本気なの。誰だってまず生活を優先させるでしょう」

冗談でないとわかると、建平にためらいが生じた。紹介するのは簡単だったが、うまくいく保証はなかった。建平がエドワード病院で今の地位を得たのは実力以外のなにものでもなかった。中国人医師の場合、以前の肩書きなど無意味で、一医師として現場での技術や実績を見て、給料も昇進も決められるからだった。肖莉（シャオリー）の医者としてのレベルは建平（ジェンピン）の見るところ、それほどではなく、待遇がさらに上がるのはかなり難しかった。確かに彼女の今の収入は多いとは言えないが、地位と国家幹部という身分があった。彼女は自尊心が強く、僅かな収入増のためにすべてを捨てるはずはなかった。第一、別れた夫が経済的に彼女親子二人の面倒をきちんと見ていて、それほど経済的に逼迫しているわけではない。そう考えると、彼女は今の所を動かないほうが賢明で、建平としては、まさか技術が低いからとは言えず、どうしたものかと迷っていた。

「宋（ソン）さん」肖莉が返事を促すように声を掛けてきた。

「こうしましょう」建平に一つの考えが浮かんだ。「今日の結婚式にうちの病院の者が日直を除いてほとんど出て、幹部も揃うと思いますから、レッスンが終わったら、その足で顔を出してみたらどうですか。いい感触だったら、私が紹介しますよ」と言った。建平は肖莉に同僚を紹介して病院の様子をそれとなくわからせ、「高級医師」が並の医師としてしか扱われないことを本人に悟らせるのがいちばん傷つかずにすむだろうと思った。

こうして肖莉がレッスンを終えて会場に行くと、建平はすっかり出来上がってしまっていた。建平の「令夫人」不同伴は、中国人同僚から酒を無理強いされる格好の口実となり、しかも空腹のまま新婦の娟子（ジュアンツ）から大盃で三杯の罰杯を受けて、頭がくらくらしていた。建平はもともと酒をあまり飲まなかったが、今はふわふわと浮いているようで、むしろ気分が良いくらいだった。

結婚式は立食形式で、大きい宴会場に大きなテーブルがいくつも並べられ、たくさんの料理、飲み物、デザートなどが並んでいる。決まった席はないため、建平はテーブルの間を歩いて、会う人ごとに杯を重ねているうちにすっかり酔ってしまっていた。いちばん気分が高揚しているときに肖莉（シャオリー）が顔を出したため、彼女を目にするや、こぼれるような笑みを浮かべて手招きした。

肖莉が一つ一つのテーブルを回るような形で建平（ジェンピン）のいる場所に歩いて行く間、誰もが彼女に目を注ぎ、建平も男として虚栄心がくすぐられていた。肖莉が建平のそばに来ると、「宋（ソン）先生、ちょっと紹介してくださいよ！」早速、大げさに声をかける者がいた。

建平は肖莉を引き寄せると、自分のそばに立たせ、笑いながら「紹介する必要がありますか？」と訊いた。

「わあー、すごくお似合いよ！」若い女性が感嘆の声を上げた。それに反応するように、建平が肖莉の頬にキスをした。その途端、二人にフラッシュが浴びせられた。建平がかなり酔っていると見た肖莉が苦笑しながら彼を押しやろうとすると、逆に彼に抱きかかえられるようにダンスフロアーに引っ張り出されてしまった。

娟子（ジュアンツ）の肖莉を見る目には成熟した女性の美しさに対する羨望が溢れていた。その場に居合わせた誰もがこの女性が建平の妻だと思い、娟子も似合いの夫婦だと思った。唯一、真相を知っているのは東北（ドンベイ）だけだった。しかし彼は何も言おうとはしない。あの女性は奥さんではないとは口が裂けても言えなかった。そればかりか、東北はフロアーで肖莉を抱き締めている建平を見ながら、秘かにその失態を喜んでもいた。男なら誰でも美しい異性に心が動かされるはずで、真面目な建平が酔いにまかせてようやく本心を見せ、彼も男だったと思ったからだった。

肖莉がやっと建平を押しやって、どうにかソファーまで連れて行くと、彼はソファーに倒れ込み、たちまち寝込んでしまった。小楓（シャオフォン）が現れたのがちょうどそのときだった。

この日、小楓（シャオフォン）は建平（ジェンピン）が結婚式に出かける前に家を出てしまっていた。言いようのない苛立ちに襲われ、家にじっとしていられず、両親と当当（ダンダン）を連れて行くつもりなどなかった香山へ急に出かけたのだった。潜在的に虚しさを紛らわそうとしていたのかもしれない。ところが山の中腹あたりで、母親が足を捻挫してしまい、その脚はかなり腫れてしまっていた。そこで途中から建平に病院で待ってくれるよう連絡したのだが、電話が通じなかった。結婚式のざわめきに呼び出し音が消されてしまったのだろうと、小楓は結婚式会場へ寄って建平を連れ出し、病院へ行こうと考えた。母親は建平を呼び出すのに反対したが、病院から家に帰るとき、お母さんを運べる人がいないという小楓に母親も黙るしかなかった。

小楓が宴会場近くに来ると、ちょうどトイレから出てきた東北（ドンベイ）に気がついた。彼は斬新なスーツを着込み、そのポケットには一輪のバラが挿されていてなかなか様になっていた。彼女が声をかけた。「東北！」

その声に大脳はまだ誰だとも判断していないのに、心臓は停止するほどの驚きを示していた。怯えるように振り返ると、みごとに「まさか」が的中していた。

「姉さん！」東北はしかし、さも嬉しそうに「よくおいで下さいました。兄さんからは来られないとお聞きしていたものですから……」

あまりにも嬉しそうな東北の物言いに、小楓は却ってうしろめたさを感じた。自分勝手で他人の気持ちをまったく無視した気まずさから「ごめんなさい、東北。今日、どうしても抜けられない用事があって。建平は？」

「あれっ、結婚式に出るためにいらっしゃったのではないのですか？」

「母が足を捻挫してしまって、骨折しているかもしれないの」

東北(ドンベイ)は密かに大きく胸をなで下ろし、それならなんとか切り抜けられると思った。建平(ジェンピン)は小楓(シャオフォン)の目に触れさせられない状態ではなくなっていた。だが、出席者には肖莉(シャオリー)が伴侶だと思われていただけに、彼女の出現はやはり面倒を引き起こすにちがいなかったからである。東北は小楓にホールで待っていてくれるように告げた。

「会場は人が多いので探してきますから」東北はその場で敢えて小楓のためにフレッシュジュースを注文した。小楓にしても会場の外で待つ方が都合よかった。化粧一つしておらず、普段着のままだけに、やはり顔を出したくなかった。

ソファーで前後不覚に寝ていた建平は、東北から小楓が来たと聞かされたとたん、驚きのあまり酔いが吹き飛んでしまった。酔ったとはいえ、先ほどの自分をまったく覚えていないわけではなく、建平の心配は東北のそれと一緒だった。出席者たちは肖莉が伴侶だと思っているわけで、小楓が顔を出したらどう紹介するというのか？　建平はソファーから立ち上がると、東北についてそそくさと会場の外へ向かった。肖莉と言葉を交わす余裕さえなく、あとで説明してくれるように東北に頼むのがせいぜいだった。

母親はやはり足の小指を骨折していた。足を地面につけられないため、結局、建平が背負い、マンションの階段を上がって家にたどり着くと、彼は汗だくになっていた。息切れが激しいにもかかわらず、母親をベッドに下ろすと、すぐさま布団の準備、背もたれの用意、骨折した足を高くする……息つくひまなく世話をした。母親はそんなかいがいしく動いてくれる婿にありがたくも、すまない気持ちでいっぱいだった。だが、気が引けて礼の言葉が出ず、かわってひっきりなしに娘に声をかけている。「小楓(シャオフォン)ったら、こっちでやること、まだたくさんあるじゃないの。なんでそんなに急いでご飯の支度をするのよ？」

小楓はキッチンからよく通る声で「気にしないで、お母さん。彼が世話をするのは当然なんだから」と言ってはみたものの、建平(ジェンピン)への感謝でいっぱいで、それにはすまなさも混じっていた。あまりにも自分本位で結婚式に欠席してしまい、建平に何か悪い影響がないかと気になり始めていた。

建平が母親のコートを玄関のところに掛けてキッチンを通ったとき、小楓が呼び止めた。

「ごめんなさい」と言うつもりで、口まで出かかっていたのに言えなかった。そう言えば、これまでも心ではとっくに謝っていて、その気持ちを行動で表すことはあっても口に出したことは一度もなかった。夫の顔に疲れと汗がにじみ出ているのを見ながら「建平、こんなことになって、しばらくこっちにいなければいけないかもしれないわ」

「そうだろうね。今はこっちに誰かいないと。お父さんだけを当てにはできないよ」

「当当(ダンダン)はあなたにお願いするしかないんだけれど」

「だいじょう――」と言いかけて、建平は「ぶ」の字を慌てて呑み込んだ。結婚パーティが始まった直後にジェリー院長から四川省での重要な集団診察出張を告げられていたのだった。手術が必要と診断されれば、彼が向こうで手術をしなければならなかった。

「何日間ぐらいかかるの？」事情を知った小楓は野菜をさばいていた手を止め、顔をあげて探るように訊いた。

「それがはっきりしないんだ」

「……出張、断らないでね」

「当当（ダンダン）はどうする？」

「私が面倒を見るわ」

「いいよ。ジェリー院長には誰かに代わってもらうよう話すから」

「そんなのダメよ」小楓（シャオフォン）はこの話はもうケリがついたというように野菜をさばき始めた。

建平（ジェンピン）は俯いて野菜をさばいている妻の横顔を見つめていた。正面から見るよりも老けて見える。特に首回りだった。以前は首から顎にかけて艶のある流れるような丸みがあったのに、今やそれが消え、俯いたとき、顎の部分のたるみが隠しようもない。しまりがなく、弾力性が失われている。女性の老いは首から始まる。建平はそれ以上、見ていることができず、無意識のうちに片手を小楓の肩に伸ばした。その肩が彼の手の中で少し震えている。小楓が口ごもるように言った。「建平、今日はごめんね。私がわがままだった」

悲しさ、辛さ、心の震え、一瞬のうちに建平の胸にさまざまな感情がないまぜになって湧き上がってきた。


太陽が教員室に差し込み、机に山のように積み重ねられている宿題ノートにも当たっている。校庭からは子どもたちの賑やかな声が聞こえてきていた。昼休みだった。小楓は作文の添削に没頭していた。うまい文章に彼女は思わず笑みを浮かべ、顔を上げると教員室には誰もいないのがいささか残念だった。いつもなら出来の良い作文をみつけると必ず同僚に読んで聞かせていたからだった。その作文は飾り気がなく、素朴で枠にはまらず、特に次の一段が小楓の目を惹いた。

「日曜に遊びに出かけました。小学校時代のクラスメート四人と一緒に。すごく楽しかったというほどではなかったけれど、とても気を遣わずに過ごせて気持ちが楽でした。よく考えてみると、小学校のクラスメートとは功名心や利権を争うことなどないからではないかと思いました。何を言わなくても、何をしなくても、ただ一緒にいるだけでとてもいいのです……」

小楓（シャオフォン）は夢中で評語を書きつけている。「すばらしい！　短く、すっきりした叙述で高校入試を控えている中学三年生の状況とプレッシャー、そして心のありようが活き活きと書かれています」

そのとき、一人の女性教師が洗い終わった弁当箱を手にしながら入ってきて、小楓に笑いかけながら声を掛けた。「林（リン）先生、先生の評語、生徒の作文よりも長いわよ。これじゃ、いつ終わるかわからないわ」

小楓がちょっと驚いたように相手を見て「もうお昼？」と訊いた。

「食べ終わってしまったわよ」

「声を掛けてくれればいいのに」

「何度も声を掛けたわよ！……さあ、早く行って、まだ間に合うわ」

小楓は山のような宿題ノートを見ながら、深呼吸して「もういいわ。お昼抜き。一回食べなくても死なないから」こうしてまたもやノートと取り組み始めた。

小楓は中学三年の二クラスの授業を受け持ち、その一クラスはクラス担任でもあった。国語教員の仕事量は理科教員より遥かに多い。理科の授業内容は比較的固定していて変化が少なかったが、国語の授業内容は〝時とともに進む〟ことが求められた。そのため理科教員のように、一つの教案を微調整して使い続けるわけにはいかなかった。教材準備は仕事の一部であるうえ、もう一つ、作文のチェックがあった。理科は宿題の解答も決まっていて、一プラス一は二であり、宿題のチェックも実にあっさりしていた。しかし国語は閲読、特に作文の添削や批評は教員の力量にかかわるだけでなく、教員の職業道徳、あるいは良心にも関わってきた。読み飛ばして大雑把に見て成績をつける、これもチェック。丁寧に読んで学生の長所、欠点を一つ一つ指摘する、これもチェックである。仕事量に天と地ほどの違いが出るだけでなく、それに比例するように生徒が学び取るものにも違いが出るのは言うまでもなかった。

今回の作文題は「私の日曜日」。生徒たちは朝、起きてから夜、寝るまでの間の事柄をいろいろ〝記述〟していた。だが、そのほとんどが報告書のようで、出来事はあるが、人間は見えてこないものばかりだった。こうした似たり寄ったりの作文に小楓（シャオフォン）の頭の働きは限界に近づいていた。それでも彼女は生徒に話す技巧と表現方法、文章での技巧と表現方法を教えるのがあくまでも国語教師だと考え、添削と批評を続けていた。それだけにこの優れた作文は、小楓の疲れきっていた脳を刺激する活性剤となった。

午後の授業になって小楓は初めて空腹を感じ、生徒にお腹が鳴るのを気づかれないようにするのが一苦労だった。午後、二つの授業をこなすと、机にはまたもや宿題ノートの山が二つ、うず高くできあがっていた。習慣的に宿題ノートの一部をカバンの中に入れ、持ち帰ろうとしたが、諦めてしまった。帰宅後、そんな時間などあるはずがなかったからだった。帰りがけに当当（ダンダン）を迎えに行き、食事の材料も買わなければならず、宿題ノートの詰まった大きなカバンを背負ってウロウロするのはあまりにもばかげていた。

小楓は自転車で実験第一小学校に向かっていたが、空腹のため力が入らなかった。一回くらい食事を抜いたからといって確かに死にはしないけれど、この感覚は死より強烈かもしれないとしみじみ思った。彼女はついに道路際の店で密封された燻製卵を一袋買うと、恥も外聞もなく、店のカウンター前で口に入れた。

建平（ジェンピン）は出張中で、母親は骨折で身動きできないため、父親が片時もそばから離れられず、家事はすべて小楓（シャオフォン）がこなすしかなかった。帰宅後は一秒を争うように食事の支度、あと片付け、息子、それから母親の入浴の世話だった。そして家人が寝てから洗濯。翌朝は六時起床、朝食の準備、息子の着替えを手伝って朝食を食べさせ、息子を学校まで送り、職場へ向かう……教師という仕事を持っていることも目の回るような忙しさの要因になっていた。生徒は人生初の試練と言っていい高校入試が迫っていて、学校も緊張感に包まれていた。会議がたびたび開かれ、大小のテストが繰り返され、テストごとに生徒の成績順位が発表されるなど、まるで硝煙が立ち上る戦場のようだった。

この日も洗濯が終わったときにはもう夜の十一時に近く、でも彼女はベッドに入るわけにいかなかった。明日の午後に予定されている保護者会の準備をしなければならなかったからである。

午後一時を回った頃には保護者会に出席する親たちが学校の正門の外に現れ始めた。渋滞で遅刻して大事な情報を聞き損なうことを恐れてなのだろう。一人っ子が多いだけに、家族の希望の星であり、子どもの一生を狂わせてはならないという思いが強いのだろう。

小楓は午後は授業がないため、作文の添削をしていた。説明会で話すべき内容は、昨夜中に準備してノートにも書いておいたが、やはり落ち着かなかった。彼女の机からはちょうど正門あたりの様子が見えた。開始時間が近づくにつれて保護者が増えてきて、正門に続く狭い道路は親たちの車や自転車で半ば埋まっていた。

最近のテストで彼女の担任クラスの成績が学年二位からいきなり六位に下がっていた。これが彼女を落ち着かせない理由で、悩みの種でもあった。保護者にどう説明し、出るかもしれない質問にどう応えるか、まったく自信がなかった。

教室には空席はなく、保護者は全員出席だった。小楓(シャオフォン)の話はすでに終わりに近づいていた。

「……要するに生徒たちはすでに中学三年生として、進学のための学習に入っています。学校でも受験への態勢に入っており、保護者の皆様にもご協力をお願いしたいと思います。家庭でも気を緩めないようにご指導下さい。私の話はここまでです。何かご質問ございますか？」

「林(リン)先生、子どもに家庭教師をつける必要がありますか？」一人の保護者が大きい声で訊いた。

「私の考えでは」小楓は言葉を選びながら答えた。「しっかりと勉強していれば必要ないと考えます。現在の生徒たちの負担はかなり重くなっておりますので、その上、家庭教師をつけるとなると、逆効果になるかもしれません。もちろん、ある科目の成績が極端に悪い場合には家庭教師をつけるのもよろしいかと思います。いずれにしましても関連科目の担当教員と相談された上で決められた方が、狙い通りに効果を上げられると思います」

質問者が男性だったからか、この美しい、しかし、幾分やつれているように見える女性教師を窮地に追い込みたくなかったのかもしれず、それ以上は何も言わなかった。ただ家庭教師云々は、先生の責任を問う婉曲な言い方にほかならなかった。

だが女性の保護者は違った。「林先生、クラスの成績が前学期期末テストの学年第二位から、いきなり六位にまで下がってしまったと伺いましたが、その理由は何ですか？　高校入試が近づいてきているのに、こういう事態はわれわれ親として焦ります！」一気に親たちの批判の声が噴き出した。矢継ぎ早の保護者の批判は収拾がつかない状況になってしまった――狼がついにやって来てしまった。
小楓（シャオフォン）は密かに辞職を決意した。小事は相談し、大事は相談せずという彼女のいつものやり方だった。建平（ジエンピン）の仕事はますます忙しく、出張もますます増えてきていた。プライベートな時間さえなくなりつつあり、最も忙しいときなど、一日に三つの手術を担当したこともあった。そのときなどは疲労困憊して帰宅した建平は、夜中にベッドで粗相をしても目が覚めないほどだった。もちろん収入は増加し、経済的にもまちがいなく彼が家の大黒柱になっていた。

小楓は教師でなかったら辞職は考えなかっただろう。トップクラスで大学を卒業して同期で最初に担任教員に抜擢され、最初に優秀教員の称号をもらい、最初に副高級職についたのも彼女だった。家事を分担してくれる者がいないからといって、教員としての仕事はおろそかにはできない。そのまま生徒たちに悪い影響が出てしまうからで、多少なりとも教師としての良心があるなら、身を退くしかないというのが彼女の結論だった。

生徒たちがいちばん嫌っていたのは教師の説教だった。下校のベルが鳴ったあとの説教は特にそうだった。この日、小楓は放課後にもかかわらず、敢えて生徒たちを十五分残らせた。話の中身は真剣に勉強に取りくむようにといった相変わらずのものだった。ところが生徒たちは意外にも静かで、彼女の話が終わるや、扱いにくい生徒の劉天天（リウティエンティエン）が手を挙げて立ち上がった。身長は百八十センチ、今時の子どもは栄養がいいためか、それでも身長ではクラスで真ん中あたりの彼は、まだ童顔だった。「先生、クラスの成績が下がったのは俺の責任です。俺がみんなの足を引っ張ってしまったんで、先生の責任じゃないです。俺にもう一回チャンスを下さい。先生、俺に失望しないで下さい……」言葉に詰まった彼の童顔が真っ赤になり、涙が溢れてきていた。以前、喧嘩をして頭に五針縫う怪我をしたときも涙を見せず、泣くのは男の恥と思っていた十五歳の劉天天（リウティエンティエン）がみんなの前で涙を流していた。

女子生徒たちも泣き出していて、小楓（シャオフォン）はいたたまれず教室から走り出てしまった。

同じその日、建平（ジェンピン）はエドワード病院の外科主任に昇格した。副主任を飛ばしての大抜擢だった。病院の全体会議の席上で発表されたが、会議が終わるや、建平はみんなから逃れるように外に出て行ってしまった。他人から持ち上げられたり、祝福されたり、からかわれたりするのから逃れるためだった。彼は世俗離れしているように見えるが、実際はかなり照れ屋で、両者はもともと根は一つなのかもしれない。

しかし、娟子（ジュアンツ）は彼の思惑など意に介さず、軽快な足どりで後ろから追いつくと、彼と肩を並べて歩きながら、わざと大きな声で「宋（ソン）主任！」と呼んだ。

「娟子！」建平は慌てて彼女をたしなめ、あたりを見渡した。

「慣れないからですよ」娟子が笑っている。「そのうち、宋主任って呼ばれないと、かえって変に感じるようになるんじゃないかしら」

建平は軽くため息をついて「何か用事？」と訊いた。

「ただ今のご心境はいかがと思いまして」

「君もそれなの？」

「中年の人って、本当にしょうがない。辛いときも我慢して、嬉しいときも我慢する。そんな人生なんて、つまらないじゃないですか？　私なんか絶対そんなことしない。嬉しくないときは――」

「――泣いて、嬉しいときは笑う、だろう」

「その通りです！」娟子（ジュアンツ）が頷き、「だからさっき宋（ソン）さんの主任昇格が発表されたとき、私、すごく嬉しかった。だって、私の紹介なんですもの。宋さんの昇格は私の人を見る目を証明してくれたわけで、してやったりと思いました。私はそのことを隠そうなんてこれっぽっちも思いません。なのに宋さんの顔ったら、まったく固いんですもの」

「それじゃ、どうしろって言うの？」

「それより宋さんは嬉しいのですか？」

「もちろんさ」

「でも、ちっとも嬉しそうじゃないわ。せめて笑顔くらいは……」

建平（ジェンピン）は彼女の話が終わらないうちに、わざと大笑いをして見せた。

娟子もそのおどけぶりに引き込まれ、身体をねじるようにして透き通るような笑い声をあげた。

娟子は建平に食事をおねだりし、昇進した建平も彼女の紹介で今日の地位があるわけで、それぐらいは当然だった。しかもこんなコケティッシュで明るい若い女性との食事は、心弾んで楽しいし、長時間の緊張と疲れが溜まっていた建平は自分にご褒美を与えてもいいと思った。

食事が終わるとかなり遅くなっていて、夜の十一時を回っていた。帰宅すると、小楓（シャオフォン）が風呂場でしゃがんで当当（ダンダン）の服を洗っているところだった。当当の小さい服は洗濯機より手で洗う方が多かった。特に汗をかく時期は洗濯物を溜めてしまうと饐えて臭いがひどくなるからで、建平は小型洗濯機の購入を勧めたが、経済的には問題ないが、置く場所がないというのが小楓の返事だった。おのずと新しい家の購入へと思考が向かい「金がいくらあっても足りない」という現象が起きていた。

人間の生活向上に対する期待は、永遠に現実的な経済力より先行していて、そうでなければ努力というエネルギーなど生まれないのかもしれない。

服を洗っている小楓（シャオフォン）の背中を見ながら建平（ジエンピン）は胸の奥が心地よく踊っていた。昇進が決まり、コケティッシュな若い女性と食事をしてきて、彼の人生は順風満帆と言えたからである。彼は黙ってドアのそばにあった小さな椅子を妻のお尻の下に置いた。小楓はそのまま椅子に腰を下ろしたが、何も言わず、振り向きもしない。だがあまり意外とも思わず、その冷淡さも少しも気にならなかった。だが、それは言い換えれば、妻の異様さに気づかなかったわけで、喜びを早く知らせようとする気持ちが彼の感覚を鈍らせたのかもしれない。「小楓、ちょっと話があるんだ」

小楓は相変わらず服を揉み洗いしていて、顔を上げない。「何？」

だが建平にしてみれば、こんな重大ニュースをあっさり告げる気にならなかった。わざわざ小楓の正面に回り、便座の上に腰を下ろし、向き合う形で片手を彼女の肩に乗せた。「どんなことだか当ててみてよ」

小楓は身体をよじって、彼の手を邪険に振り払った。「ふざけないで！　早く片付けて寝たいんだから！」

それでも建平はこの事実を知れば、彼女もきっと躍りあがって喜ぶに違いないと思っていた。彼は言葉を句切るように、「小楓、ぼくね、外科の……主任に……なったよ。主任にね！」と、副主任ではないことを強調したつもりだった。

ところが小楓は手は休めないばかりか、下を向いたまま「そう」と言ったきりだった。

何かはぐらかされたような思いを抱いた建平は、小楓が聞き取れなかったのではないかと一瞬、疑ったほどだった。

「小楓（シャオフォン）、ちゃんと聞こえた？」

「聞こえたわ。結構な事ね」と言いながら、水道の蛇口を思いっきり捻った。水が大きな音をたてて服にも激しく跳ね返った。

建平（ジェンピン）はようやく小楓の異様さに気づき、蛇口を閉めて顔を覗き込んだ。その顔には涙がいっぱい溢れていた。

深夜、建平の胸の中で激しく声を上げて泣く小楓を、ただ黙ってきつく抱きしめるしかなかった。

「私が辞めるのを聞いて、クラスの生徒全員が泣いたわ」

「わかる、ぼくにはよくわかるよ」

「私があの子たちをどれだけ可愛がっていたか、あなたにはわからないわ……」

「わかっている、わかっているって」

小楓は頭を振りながら苦渋に満ちた表情で「あなたにはわからない、あなたにわかるはずがないのよ……」

「こんな大事なこと、ちょっと相談してほしかったな」

「相談したって同じよ。妻、母親、娘は誰も代われない、でも教師の方は代わりはいるわ。続ける限りはベストを尽くしたいし、それができないなら辞めるべきよ。別の仕事なら、なんとかつじつまを合わせて続けたでしょうけれど、教師の仕事は無理よ。しっかり責任が果たせないなら辞めるしかないもの。子どもの将来をもて遊ぶことなんてできない」

それからは小楓は同じ話を何度も繰り返し、真夜中まで建平は彼女を抱き締めて、ずっと背中を撫でているしかなかった。その彼女の背中は丸みがそぎ落とされ、痩せてしまっていた。

東北（ドンベイ）が病院の玄関で娟子（ジュアンツ）を待っていると、建平（ジェンピン）が現れたので、すぐさまニヤニヤしながら「ヨッ、宋（ソン）主任！」と声を掛けた。

「そんな言い方はやめてくれよ」

「ご感想はいかがですか？」

「無駄話はいいから、ちょっと話があるんだ」

「わかりました」

建平が話し始めようとすると電話が鳴った。小楓（シャオフォン）からだった。「さっき、執務室に電話したけれど、あなたがいなくて。仕事、もう終わったの？」

「まだだよ。ちょっと用事で出かけたら、帰りに知り合いにあって、いま話をしているところさ」

「友達って、誰？　私も知っている人？」

「よく知っているよ、劉（リウ）君……あのハルビン出身の……そう、彼だよ。大丈夫だよ」と言って電話を東北に渡そうとした。東北は電話を指さし、それから自分を指しながら、唇だけで「ぼくに？」と訊いた。建平が頷いたので電話を受け取り、「姉さん、ぼくに何か？」と訊いた。

「あなたの結婚式に出席できなくてごめんなさい。今度、うちに遊びに来てね」

「はい。ありがとうございます。……姉さん、それでは」

建平の話とはこれだった。辞職後、小楓の建平への依存度はとてつもなく大きくなって、しょっちゅう職場にまで電話をかけてくるようになっていた。建平との連絡が取れないと、決まって心が乱れ、情緒が不安定になるのだった。最初は慣れないからで、いずれ直るだろうと建平（ジェンピン）も考えていたが、慣れないどころか、電話はますます頻繁になっていた。建平は彼女が退職して、暇をもてあましているのだろうとも考えたが、東北（ドンベイ）を見かけたので、話してみたくなったのだった。彼は不真面目な一面もあったが、正鵠を射たとらえ方を時としてするのも確かだったからである。

　事情を聞いた東北は首を何度も横に振って、「これほど頻繁に電話をかけてくるのは、絶対、暇だからじゃないですよ。単に暇なら、なんで自分の両親に電話をしないのですか？　友達、元同僚、昔のクラスメートだっているじゃないですか。兄さん、彼女は心の張りを失って、大きな不安感に取り憑かれているんですよ。兄さん、早く解決法を考えないと。何よりも大事なのは兄さんが彼女のすべてだと思わせてはいけないことです！」

「そんなに深刻とは思えないのだが……」

「いや、まだ始まったばかりです！」

「だったら、どうすればいい？」

「彼女を暇にさせてはダメです。やるべき事を探してあげないと。いろんなことを、次々にやらせるべきですよ。要するに兄さんを忘れるほど忙しくさせなければ！」

第八章

建平(ジェンピン)は小楓(シャオフォン)に運転免許を取るように勧めた。彼女が決心つかないでいるのを見て、建平は自分の経験から車の便利さや楽しさを話した。毎日の生活スタイルも変わって、行きたいときに行きたい所へ行けるという説得が小楓をその気にさせたようだった。

両親が所属する熟年劇団員合唱団が北京市の郊外、昌平県の温泉に行ったことがあって以来、両親、特に母親がこの温泉を忘れられずにいた。そのため小楓は母親を連れて行きたいと考えながらも交通の便が悪く、小楓一人で年寄り二人と子どもを連れて行くと考えただけで諦めてしまっていた。小楓が運転できれば、温泉行きは難なく実現できるのだ。

当当(ダンダン)の送迎もそうだった。外出のたびにタクシーを使うのは抵抗があり、悪天候で使うと決めていても、考えることは誰も同じようだった。あるみぞれが降る日、小楓と当当は二十分もタクシーが拾えず、結局、次のバス停まで歩いてしまい、当当は遅刻してしまった。小楓が運転できれば、そんなことにはならなかったはずなのだ。

建平はここぞとばかりに、車は確かに高い買い物だけれど、心理的にはかなり違うこと。タクシーなら一回で数十元かかり、もったいないと思うが、車を持つと使わないとかえって損だと思うようになること。どう行動するか悩むことがなくなり、解放感と贅沢感を味わえること。何よりも両親を温泉センターやその他の場所に連れて行くのが面倒でなくなると言った。

小楓(シャオフォン)は聞きながら頷いている。確かに生活スタイルが変わるだけではなく、生活程度もぐんとアップするにちがいない。

「どう？　教習所の申込をする？」建平(ジェンピン)がこの機を逃すまいとするかのように言った。

「私が運転すると、あなたの通勤は？」小楓が思いついたように訊いた。

「君用にもう一台を買うよ」

「ダメ、ダメ。そんなのダメよ。うちにまだそんな経済力はないわ。たとえ余裕があっても、三人家族で車二台なんて、他人の目もあるし」

「経済的に問題なく、我が家で必要ならばそれでいいじゃない。……小楓、ぼくらはもう若くない。人生なんて僅か数十年だろう。なんでいちいち他人の目を気にするの？」その真剣な話しぶりが、最終的に小楓を納得させる決め手になった。

何かやるべき事を小楓にやらせるようにとは東北(ドンベイ)の勧めだったが、運転免許は建平が思いついたいちばん現実的で、実用的なものだった。運転免許を持てば、小楓は車で当当(ダンダン)の送迎ができ、買い物にも出かけられ、両親をいつでも好きなところへ連れて行けた。退職後の単調な生活が大きく変わるはずで、建平は思わず心が軽くなるのを覚えた。

小楓はあっさり免許を取ってしまった。それまでは恐くて運転できない、道が覚えられないなどとこぼしていたのだが、すべてが杞憂だった。免許を取った直後は毎日、興奮気味に建平に自分の感想や体験を話していた。特に天気が悪いとき、快適な温度に保たれた車内から道行く人の難儀そうな様子を目にすると、一種の優越感も湧いてくるようだった。

彼女は『北京生活完全ガイドブック』を通読し、ショッピング、カルチャー・娯楽、フィットネスクラブ、レジャー・観光など、行きたいところに全部マークをつけると、両親と予定を調整するのに余念がなかった。そしてスケジュールが決まると、さっそく出かける準備に取りかかった。

車での初めての遠出は、母親がずっと望んでいた、例の温泉センターだった。平日のため、週末は人で溢れかえる浴場内は無人か、数えるほどの客しかいなかった。しかもたいていは家族なので、他人が浴槽に来ると、すぐ他の浴槽に移っていった。浴槽が幾つもあるので、家族だけでゆったりとした気分を味わいたい、というのが人情というものだろう。牛乳風呂、ローズ風呂、漢方薬風呂などがあって、漢方薬風呂はさらに腰痛、肩こり、筋肉痛に効く風呂、皮膚病に効く風呂、滋養精力回復に効く風呂、女性の生理不順に効く風呂などに分かれていた。効き目のほどはわからないが、やや熱めの温度、乳白色の牛乳、鮮やかなバラの花、芳醇な香りの漢方薬の袋、これらはすべて見て、触って体感できるだけに、気分をこの上なくリラックスさせてくれた。

週末の夜、小楓(シャオフォン)が当当(ダンダン)を風呂に入れているとき電話があり、やむなく建平(ジェンピン)が出ると、上品だが、どこか絡みつくような男の声が聞こえてきた。「こんばんわ。小楓さん、いらっしゃいますか?」

バリッとした外国人の声の吹き替えをする声優によく似ている。建平のプライドが「君は高飛(ガオフェイ)だな」という言葉を呑み込ませ、平静を装って何も言わずに「電話だよ」と小楓に声をかけた。

小走りにやって来た小楓は濡れた手を拭きもせずに置かれた受話器を取ると、何かを期待しているようにも見えた。建平（ジェンピン）の話し方で相手が両親でないことがわかっていたからだ。

以前、彼女は夜の電話をいちばん嫌がっていた。同僚にしろ保護者にしろ、さまざまな用件で電話がかかってきたからで、特に保護者からの電話はなかなか終わらなかった。教師としては電話に出れば誠実に対応しなければならず、夜の電話は基本的に、すべて建平に任せていたほどだった。建平なら違う対応でも許されたからである。ところが今は、時間はあるのに、両親以外、彼女に電話はほとんどかかってこなかった。

「もしもし？」相手への期待があったためか、声がうわずって、若やいだ甘えるような声になっている。しかし、すぐに表情が変わり、口調もぐっと抑えられ、中年婦人のそれに戻っていた。「ああ、高飛（ガオフェイ）さん、こんばんわ」相手の言葉を聞き流しているようで、まともな返事すらせず、木で鼻を括るような応対ぶりだった。

「最近忙しくて、行けるかどうかわからないわ。そのときになったらまた考えることにします。それじゃ」彼女はさっさと電話を切ってしまった。浴室に戻りながら建平に言った。「またいつものやり方よ。なにが同窓会よ、なにが北京に来た元同級生の歓迎会よ、嘘ばっかり！」

「行ったらいいじゃないか！」

「何のために？　高官夫人の引き立て役になるため？　そんなの真っ平よ！」その最後あたりの言葉はもう浴室からのもので、建平の次の言葉も待たずに、浴室からはお湯を流す音が聞こえてきた。

しかし、建平は彼女に行くよう勧めるつもりになっていた。ほかならぬ小楓（シャオフォン）が彼につくづく悟らせてくれたもので、給料を稼ぐとは物質的な必要性だけではなく、精神的にも必要なのだと。小楓の電話の前と後でのあまりにも違う態度から、彼女には比較的心安まる社交の場が必要だったからである。彼女の自尊心がそれを認めたくないようで、建平（ジェンピン）とすれば、それとなく話すしかないようだった。

　夜、ベッドに入ると、建平はもう一度、彼女に勧めた。高飛（ガオフェイ）は確かに彼自身のためで、利己的だけれど、他人をないがしろにしていないし、小楓（シャオフォン）は確かに引き立て役だけれど、食べて、飲んで、楽しく昔の仲間に会えるわけで、人助けをしていると思えばいいのだと。

「でも……」と建平が口をつぐんだ。小楓がすぐさま「でもって、何？」と訊いた。「でも、君の方に高飛への気持ちが多少でも残っているというなら、行かないほうがいいと思う。だって彼のやり方は君には刺激的だし、気持ちが傷つくからね」

「へー、とんでもないわ！」

　その日のうちに高飛がまた電話をかけてきた。小楓が「よく考えてみる」と言ったので、それを確かめてきたのだ。小楓の返事次第では、高飛は早速、誰かを探すだろうと彼女は思った。出席の返事を聞いた高飛の喜びように小楓は冷笑するしかなく、さらに皮肉まじりに「感謝なんてとんでもない。昔の仲間が集まるんですもの、手伝うのは当たり前だわ」と言うと、相手の返事など聞かずにさっさと電話を切ってしまった。

　小楓はもちろん、建平も今回はみごとに高飛を誤解していた。このパーティーはもっぱら小楓のために開かれたものだった。

　前と同じく、場所はダンスフロアー付きの豪華な個室だった。今回も高飛が一番乗りで、あるプロジェクトの受注をもくろんでいる彼にとって、いちばん重要なときだった。しかし、そのプロジェクトの発注権を握っている高官とは面識がなかった。最近、この高官が建平を専属医師のようにみなし、病気になると建平（ジェンピン）の意見を聞いて、ようやく安心するほどだという情報を得たのだった。

この情報は、高飛（ガオフェイ）を〝後悔〟だけではすまされない気持ちにさせた。宋（ソン）夫人、つまり林小楓（リンシャオフォン）は初恋の女性だったし、彼女も前回の同窓会で、かつての初恋の相手への思いはまだ強く残されているようだった。彼女の表情や仕草、念入りな化粧やファッションに表れていたからである。しかし、高飛はそれらを見逃したと言うより、小楓の初恋の昔に戻ろうとする思いによって、高官夫人と接触する絶好の機会がつぶされるのを恐れて、意図的に冷たくあしらってしまったのだった。

実際には、同窓会で小楓を目にした高飛は心臓が高鳴り、功利主義に染まっていない純粋な感情が甦って、思い出が切ないような情感を伴って、つぎつぎに湧き上がってきていたのだった。しかし、仕事のために心を鬼にして小楓への気遣いをかなぐり捨てて、普段なら決して視野の中に入ってこない肥え太った高官夫人にひたすら取り入ろうとしたのだった。しかし、彼の努力は水泡に帰してしまった。彼女にそんな力などなかっただけでなく、太り過ぎで、愚かな妻は夫から完全に見放されていた。その高官は自分の身分や地位、さらには自分への評価に影響が及ばないと見て取れば、さっさと離婚するにちがいない。

小楓が前回の同窓会で中途で立ち去ったことに、高飛は内心、忸怩たる思いを抱いていた。しかし、あまりにも多忙な毎日が彼にそれを忘れさせていき、たとえ感情を害したとしても、もはや自分とは関わりのない人間と見なしていた。

ところが、自分のビジネス上の命運を左右する高官には、もっとも信頼し、緊密な関係で結ばれている医師がいて、その医師の妻が彼女の顔をつぶして、深く傷つけてしまった小楓とは。「人の縁は不思議なもの、友が増えれば道が増え、敵が増えれば壁が増え」とはよく言ったもので、ビジネスマンとして、高飛（ガオフェイ）もよく承知していたはずだった。今さら小楓（シャオフォン）に声を掛けても、あまり期待するわけにもいかず、もはや手遅れの感さえあった。

　高飛の携帯電話が鳴った。今回の事業のパートナーからだった。高飛以上に今日のパーティーに期待を込めていて、宋建平（ソンジェンピン）の出欠を大いに気にしていた。

「宋建平？　冗談を言うなよ。彼の奥さんに声を掛けるのが精一杯だよ。これだって同窓会っていうことにしているんだから。彼女、最初は来ないと言って、ぼくがなんとか説得して、やっとＯＫしてくれたんだ。うん、うん、まぁ、奥さんを通じて焦らずに食い込むしかないよ……学生時代の関係は悪くなかったよ。そのあとはだんだん疎遠になってしまったけれど……彼女の亭主が今みたいになるなんて。今のようになるのがわかっていたら、初めっからぼくだって……」ついつい泣き言が出てしまった。

「実を言うと、前回は彼女、学生時代のことを話したいようなそぶりを見せたんだけれど、こっちはとても彼女に気を遣う余裕なんてありゃしなかったよ。今回、もし彼女の気持ちが変わっていなければ、事業のために思いっきりつくすつもりさ……そう確かに美人局だ！」こう言うと、高飛は大きな声で笑い飛ばした。その高笑いは豪快で格好よかったが、その裏の苦渋を知るのは彼自身だけだった。

　案内係の女性が部屋に現れたので、高飛は慌てて携帯電話を切った。心臓が激しく動悸し始め、実は小楓が本当に来るのか、高飛は摑んでいなかった。案内係のあとから五人がにぎやかに入ってきた。男性二人、女性三人だったが、小楓はいなかった。一瞬、失望感が高飛の心に広がったが、顔には満面の笑みを浮かべ、楽しげに透き通った声で、一人一人の客に声を掛けていった。男性には親しげに相手を小突くようにして、「どうしちゃったのさ？　髪の毛、ますます薄くなって！　腎臓を鍛えないとね！」女性にはしっかり相手の手を握って、穴のあくほど顔を見つめて「ぜんぜん変わらないや。いや、変わった、変わったよ。ますます若くなった！」

高飛のムード作りで、しばらく部屋は賑やかな、昂揚した空気に包まれていた。ビジネスマンとしての高飛は教訓を汲んで、もはや目の前の損得勘定だけで他人と接しないと心に決めていた。この日の出席者は高飛を加えると八人で、人数、性別ともに細心の配慮をして男女半数ずつだった。円卓には小楓を除いて七人が揃い、一通り話もすんでしまい、あとは食事をするばかりになっていたが、高飛が料理を運ばせるのを止めていた。間延びした空気が流れ始め、高飛も気がもめ始めてきたとき、美しく優雅な小楓が入り口に姿を見せ、全員が思わず立ち上がるほどだった。

高飛は興奮を押し隠すようにして、大きな声で「すみません、料理を運んでください！」と言った。

……

そろそろ食欲が満たされてきたようで、二人の男性はカラオケでイタリア歌曲「美しきスペイン娘」を歌っていて、プロ顔負けだった。フロアーでは二組の男女が踊っていた。小楓は高飛の腕のなかにいた。あとの女性二人はテーブルのそばに座っていて、そのうちの眼鏡をかけた一人は前回の小楓のようにひっそりと、無表情のままだった。もう一人は前回も出席していた彭雪で、ひたすら食べては、出席者を見渡しながらしゃべり続け、節操がないのも相変わらずだった。突然、彼女が笑いながらフロアーを指さし、その物静かな女性に声をかけた。「呉敏！　ほら高飛を見てよ！」

フロアーでは高飛が腕の中の小楓に何か囁いていて、髪と髪が微かに絡み合い、唇が彼女の耳に触れそうになっている。「小楓（シャオフォン）、まだあの詩を覚えている？」

「詩？　何の詩？」小楓は曖昧な表情をして訊いた。

すると高飛（ガオフェイ）は思い入れたっぷりにその詩を口にした。

　私の歌が深い夜を突きぬけて
　あなたのもとにそっと流れていく
　この静まりかえった小さな森で
　私はあなたを待ち続けている……

テーブルでは彭雪（ポンシュエ）が呉敏（ウーミン）に「何が同窓会パーティーよ、何が出張で北京に来ているクラスメートとの親睦よ……成り上がりの事業家・高飛がそんな無意味なことをするはずないじゃないの。同窓会にかこつけて宋（ソン）の奥様に近づこうとしているだけよ。もし運よく彼女のご機嫌を取ることができたら、高飛はもっと大儲けよ！」と毒づいた。

「だったら、なぜ私たちにも声をかけたの？」

「同窓会らしく見せるためじゃないの。そうしなかったら宋の奥様、来るはずないじゃないの。呉敏、あなたも私も高飛の道具、刺身のつまってわけ。そんなこととっくにお見通しよ」

「それでもなぜ来たの？」

「来ても損しないじゃない。美味しいものが食べられるチャンスだと考えれば！」と言いながら、手で蟹の甲羅を開け、口ではウェートレスに「すみません……オレンジジュース下さい。絞りたてのをね」と声をかけている。「いやになっちゃうわ、私、失業中なの。うちの人、うだつが上がらないし、うちは丸ごとダメ。……女はね、自分でうまくやるよりも、いい亭主を摑まないとね」と横目で物静かな女性に目をやり、さらに「女はいくら綺麗でも、ハズレを掴んでしまったら、もうおしまいよ。完全に資源の浪費よ！」と言った。

　フロアーでは高飛（ガオフェイ）と小楓（シャオフォン）が言葉など不要な二人だけの境地に入っていた。彭雪（ポンシュエ）がフロアーを見つめながら、相変わらず食べるのに忙しかったが、急に笑い出して「呉敏（ウーミン）」と声をかけた。返事がないので振り向くと、相手の姿は消えていた。

　パーティーが終わると、高飛は小楓を彼女の車まで送って行き、自分から車のドアを開け、「小楓、例の件、頼むね」ドアを閉める前にこう言うのを忘れなかった。

「例の件」は、最初から言うつもりでいたわけではなく、足を引っ張らないでくれれば、それで十分だと考えていた。ところが彼女も乗っていたので、つい頼んでしまったのだった。

「話してはみるけれど、何とも言えないわ……」

「そこのところを何とか……多少ともうまくいく方向で」

「高飛、あなたって変わらないわね。相変わらず粘っこいわ」小楓が笑った。

「その通り。粘っこいよ。あらゆる面でね」高飛は真顔だった。そこには二通りの意味が込められていた。

　小楓は笑みを残して車に乗り込み、高飛は車が走り去ったあとも、期待と愛おしさを心に秘めて、その場に立っていた。

　小楓が家に着くと建平（ジェンピン）と当当（ダンダン）も帰って来たばかりだった。ドアが開く音を耳にするや、当当が「ママ」と大きな声をあげながら、部屋から飛び出し、パパとの一日の行動を報告し始めた。動物園へ行って、猿や象を見たこと。新しい家を見に行き、すごく広くて、今の家よりずっと大きいことなどを。小楓（シャオフォン）はにこやかに「そうなの」と返事をしながら「当当（ダンダン）が気にいったんだったら、パパに買ってもらおうね」「買えるの？」と当当が訊くと、「もちろんよ」と小楓が言った。

建平（ジェンピン）はこちらの部屋で、リビングでの母と子の楽しそうなやりとりを聞いていて、小楓の気分が悪くなさそうだとわかり、急にホッとした。彼女に良かれと思って出かけるのを勧めたものの、彼女が楽しくなかったら、自分の責任だと思っていたからだった。

小楓は笑みをたたえたまま部屋に入って来ると、チラッと建平に目をやってから、何も言わずにさっさと着替え始めた。その間も相変わらず笑みが消えず、かえって建平の好奇心を誘った。

「どうだった？」建平は我慢できずに訊いた。

「まあまあだったわ」彼女がまだ洋服タンスの中に首を入れているせいか、声がくぐもっている。

「それじゃ、例の高飛（ガオフェイ）はどうだった？」

小楓は洋服タンスから顔を出しタンスを閉めても、建平に背中を向けたまま、なかなか返事が返ってこない。

「聞いてるんだけれど！」建平がこらえ性なく言った。

小楓が振り向き、建平を見つめながら笑い始めた。それがどのような意味を持っているのか、建平を不安にさせた。

「あなたは私には何も言わないのね！」

言葉を口に出そうとしていた矢先だっただけに、建平は思わず胸が絞めつけられるように感じた。

建平は息を呑むようにして、次の言葉を待った。

だが、句切りながら言った小楓の言葉は建平にはよく理解できなかった。

「今日、よくわかったわ。〝夫の威光、妻にも及ぶ〟っていうのをね」

この頃こそが、建平（ジェンピン）と小楓（シャオフォン）の結婚後、新婚時期を除くなら、いちばん新鮮ですばらしい日々だったのだろう。男は外で金を稼ぎ、女はその金をやりくりして家を守る、それはまさに「男は畑を耕し、女は機を織る」で、互いに自分の役割を果たし、仲むつまじく家を支え合っていたからである。だが幸せは長く続かず、破綻は徐々にすり寄ってくるのだ。

珍しく建平に何も予定が入っていなかった週末、家族で急に出かけることになった。決め手はその日の天気だった。輝く太陽、澄み切った青い空、無風……家にいてはもったいないほどだった。どうせ出かけるなら、普段、簡単には行けない所となり、小楓の知識がものを言って、北京郊外のキャンプができる「康西草原」へ出かけることになった。車は二台、運転手も二人いるだけに、行くとなれば簡単だった。小楓の言われるままに、昼夜の温度差が激しいので厚手のコート、それに水、果物は多めに持ち、一泊するので、小楓は建平の睡眠薬も用意した。建平は場所が変わると眠れないたちだった。準備万端整ったときには、もう八時半だった。でも車を走らせながら食べるのも楽しいだろうと、三人がバタバタと家を出ると、向かいの肖莉（シャオリー）親子とドアの所で顔を合わせた。バレー教室に行くらしいのだが、いつもと違って妞妞（ニュウニュウ）の頭には大きなピンクのリボンがつけられ、唇も頬も紅がさされている。小楓が思わず「まあ、綺麗なこと！　今日のお出かけは何かしら？」と訊いた。

「バレー教室よ」肖莉がにこやかに娘の代わりに答えた。

「ダンスのコンテストに行くの！　二次予選よ！」妞妞は母親の返事に不満らしく、こう言い直した。

「まあ、そうだったの！」小楓（シャオフォン）が大袈裟に「もう二次予選なの？」と言った。

「先生がね、もし決勝に進めたらテレビにも出られるって」

小楓が肖莉（シャオリー）に「やはり女の子の方がいいわね。聞き分けが良くて。それにひきかえ男の子はね。うちの当当（ダンダン）なんてちゃんと勉強してくれないし、毎日遊んでばかりよ」

小楓のこうした言い方は大人の会話術で、相手に対して謙遜する「自己低調法」という、人間関係をうまくする常套手段に過ぎない。だが小楓はミスを犯した。当当の前ではいけなかったのだ。プライドを傷つけられた当当が、いきなり妞妞（ニュウニュウ）に向かって「ぼく、今から康西草原へ行くんだぞ。大きい馬にも乗るんだ。妞妞は行けないだろう」と言った。

妞妞も負けてはいない。「私はテレビに出るのよ。当当はできないじゃない」

当当も「ぼくんち新しい家を買うんだぞ。大きくて二階建てのマンションと同じなんだぞ」と言い返した。

妞妞が言葉を句切るようにして言った。「ママは〝高級教授〟よ。当当のパパとママはそうじゃないでしょ」

当当はぽかんとなった。三人の大人もあまりにも唐突な物言いに言葉を失っていた。〝高級教授〟の意味をまったく理解できない当当だったが、妞妞の自慢げな表情から何かすごいことだと汲み取ったようだ。一瞬、言葉に詰まった当当は、すぐ小楓を振り返り、答えを求めた。「ママとパパは〝高級教授〟じゃないの？」

このあまりにも予期しない出来事が旅行の楽しさを半減させてしまった。

行先も天気も変わらず、市街地を出ると青い空、緑の木、微風がそよぎ、草原に近づくにつれて美しさは増して、澄みきった空気は心を酔わせるほどだった。三人は車を走らせながら食べていた。運転中の建平(ジエンピン)には、小楓(シャオフォン)と当当(ダンダン)が彼の口の中にハムを一枚、オレンジを一切れと運んでやり、ジュースのストローも口に入れたりしている。

二人は先ほどの不愉快な話題を一所懸命、気にしないように自分たちの気持ちを立て直そうとしていた。そのため、却ってストレスによる疲労感が溜まってきて、沈んだ気分に襲われていた。何も感じていないのは当当だけだった。「ママ、見て、大きい馬……あっちにもいる。あれ……あれは何？」

それはモンゴル族が住むテント式の家〝パオ〟だった。

「あれはパオだよ。今日の夜、あれに泊まるのよ。パオって知っている？」

嫌な話題から逃れるように、小楓は必要以上にくどくどと説明していて、建平の気分をいっそう憂鬱にさせた。幸福を相手と分かち合えれば、幸福感は倍になるもので、苦痛も同じだった。だからこそ相手を思いやるのであり、実は気持ちの持ちようだと二人にはわかっていた。気持ちさえきちんとコントロールできれば、死も恐くないはずだった。

当当が寝てしまうと、重苦しい雰囲気が一気に襲ってきた。

小楓が口を開いた。「建平、覚えている？　私たちが結婚した時のことだけど」まるで夢の中でつぶやいているようだった。

建平には小楓の気遣いが十分にわかり、できるだけ彼女の話に合わせた。「自転車に乗って人生一番大事な結婚式を済ませたね」

「自転車に相乗りでね！　私の女性用の自転車だった。あなたのは盗まれてしまって、新しい自転車を買うお金もなかったっけ。あの道、覚えている？　途中に上り坂があって、私が自転車から降りようとしたら、どうしてもダメだって。あなたは一所懸命漕いで、坂を登りきったあとに言った言葉、覚えている？」

「何だっけ？」

「小楓（シャオフォン）、将来、ぼくらは絶対、車を買おう、マイカーを持とうって」話はそれで終わったが、小楓は彼が自分との約束を果たしたことを褒めているのだった。

出発前の不愉快な出来事が小楓に与えた痛手は建平（ジェンピン）より大きく、建平はそれを百も承知していた。それなのに彼女は建平を思いやっているのだ。建平は一時的にせよ、隣人の女性に好意を抱き、妻に冷たくしただけに、後悔の涙が溢れそうになった。


夜、かがり火のもとでの野外バイキングがあった。軽快な音楽が流れ、火が勢いよく燃えていた。その火を囲むように人が集まっている。火の上で焼いている羊の丸焼きからは油が火に落ち、そのたびにジューという音があがる。突然、一人の若い男が飛び出して、ディスコ調の音楽に合わせて踊り始め、若い女性がそれに続き、男と一緒に踊り始めた。会場の雰囲気はいきなり高まり、甲高い声、拍手、口笛などが飛びかって草原の夜空に広がった。

なんと若い男は劉東北（リウドンベイ）で、若い女性は娟子（ジュアンツ）だった。建平はまさかここで、この二人に出会うとは考えもしなかった。娟子は小楓の顔を知らないばかりか、肖莉（シャオリー）が小楓だと信じていることこそ、問題だった。
建平（ジェンピン）には小楓（シャオフォン）を娟子（ジュアンヅ）に紹介し、適当な時期に娟子に事情を説明する時間的余裕も奪われていた。踊り終わった東北（ドンベイ）と娟子が建平たちに気がつき、娟子が嬉しそうに「宋（ソン）さん！」と声をかけた。

驚いた建平は大きく動揺し、本能的にその場をごまかそうとした。同じように驚いた東北は建平の目配せに従うしかなく、いきなり「アッ」と声を上げると、その場にしゃがみ込んだ。痛そうに手で足を揉んで「踊っていて捻挫したみたいだ」と聞こえよがしに言った。

娟子の好奇心は目の前の三人の組み合わせにあった。真ん中の子どもが二人の大人と手をつないでいて、誰が見ても親子三人だった。だが娟子は女性は建平の奥さんではないと見なしていた。しかし、痛がる東北に気を取られて、娟子の思考はそこで中断した。

足を揉み続けていた東北のそばを若い女性グループが通り過ぎるや、東北が急に「丁南南（ディンナンナン）！」とその女性グループに向かって声をあげた。そして娟子に「気がつかなかった？　大学時代、君のルームメイトだった丁南南だよ」と言うや、勢いよく立ち上がると、それまでの捻挫の芝居を忘れたように追いかけ始めた。娟子も仕方なくそのあとを追って行き、二人は草原の闇のなかに消えていった。

小楓が怪訝そうに建平の顔を伺っている。一方、建平はまったく彼女の方を見ようとせず、羊の丸焼きに視線が注がれていた。「さあ当当（ダンダン）、早く！」と、当当を羊のところへ連れて行こうとした。ところが当当の片手を握っている小楓が動こうとしないので、建平と当当は立ち往生する形になった。

「あの女性、誰なの？」建平が説明しようとしないので小楓が訊いた。

「ぼくの同僚で、東北(ドンベイ)の奥さんだよ」何も嘘はなかった。

「東北はなんで私を無視したのかしら？」

「足を捻挫して、それどころじゃなかったんだろう」

「挨拶もできないほどの重症なのにすぐ治って、あんなに速く走れるもの？」

「そう言われても、ぼくにはわからないよ」建平(ジェンピン)はとぼけた。こうして建平は目前の危機脱出だけに気を取られ、隠蔽からさらなる隠蔽が生まれ、次第に窮地に陥り始めていった。

「建平、私に何か隠しているでしょう？」ついにこの言葉が飛び出した。夜、当当(ダンダン)が寝つくと、またもや二人の戦争が始まった。これ以上喧嘩したくないところまで喧嘩すると、小楓(シャオフォン)が車の鍵を持って外に出て行こうとした。建平が慌てて彼女を止めた。「どうするつもりなんだ？……こんなに遅いのに。君一人じゃ危険だ」

「何が危険なの？　中年の女で、しかも〝見てくれ〟も良くないし」彼女は〝見てくれ〟をわざと強調して言った。「危険？　とっても安全よ」吐き捨てるように言うと、振り返ろうともせずに外へ出ていってしまった。

　建平は呆然となった。肖莉(シャオリー)との微妙なあの接触事件を彼女は知らない。しかし、彼女の言葉は人をびっくりさせるほど問題の核心を突いていた——すべて終わったはずだと思っていたが、実は何も終わっていなかったのだ。建平がかつて抱いた小楓への僅かな嫌悪感を彼女は鋭く感じ取り、心の奥に沈殿させて、ささいなきっかけで一気に噴出させてしまうのだ。女性の鋭敏で正確な直感の前に、男性のごまかしや隠蔽工作などはすべて徒労に終わってしまう。かりに男性が天才的な役者か、あるいは女性が本当の知恵者で、敢えて愚者の振りができるなら話は別だが、残念ながら二人ともそうではなかった。

第九章

マンションの小さな公園で肖莉（シャオリー）が妞妞（ニュウニュウ）に自転車の乗り方を教えていた。まだ危なっかしい腕前の妞妞が大人用の自転車に立ち乗りをしている。肖莉は小走りに自転車の後ろを心配そうに追いかけていて、彼女の顔からは汗が噴き出していた。

買い物で通りかかった小楓（シャオフォン）がこの様子を見て、離婚した肖莉の苦労は並大抵ではないと思うと、思わず目頭が熱くなった。

肖莉はいち早く小楓に気づいたが、素知らぬ振りをした。妞妞がいなければ、声をかけて、関係修復を図る責任があると思った。ぎくしゃくしている原因が自分にあると判っていたからだった。しかし、娘の前では大人のもめごとや、いがみ合う姿は見せたくなかった。

後悔は小楓に思いやりと寛容の大切さを痛いほど思い知らせた。あの日、小楓は夜をついて車を走らせ、帰宅してしまった。怒りは発散できたが、家に帰り着くと、心には大きな穴が開いてしまっていた。車なしで息子をどうやって連れて帰ってくるのか、小楓は心配で翌日は家を一歩も出られなかった。ひたすら待ち続けていると、午後になってようやく建平（ジェンピン）と当当（ダンダン）が帰ってきた。二人していくつもの荷物を持ち、汗と埃まみれの顔でぐったりとしていた。長距離バスで帰って来たのだ。

建平（ジェンピン）は小楓（シャオフォン）と口をきこうとせず、小楓には建平を問い糾す、とっかかりさえつかめなかった。建平は何かを隠していて、東北（ドンベイ）のあの晩の行動は、決して偶然ではないとわかっていたが、確証がなかった。建平も認めようとはせず、小楓の邪推だと決めつけて、信じられないなら、東北に聴いたらいいとまで言う始末だった。もっとも彼女がそんな馬鹿げたことをしないのは、わかっていたのだが。こうしていさかいは膠着状態となり、康西草原から帰って一カ月あまり、二人の会話はほとんどなくなっていた。

建平は以前にも増して忙しくなっているようで、夕食も家ではあまり食べなくなり、彼女への反感はあからさまになっていた。小楓が仕事を辞めた直後の建平は、彼女に優しく、思いやりや気配りも行き届き、彼女には大きな慰めとなっていた。煎じつめれば、彼のため、この家のための退職だったわけで、彼がそれを理解し、感謝してくれるなら、彼女の献身と犠牲は無駄ではなかったからだった。だが今回のような態度を見せつけられると、彼女はたちまち恐怖と危機感を覚えた。自分の献身と犠牲が終身保証をもたらすものではなく、彼の行動が彼女にそれを告げていた。豹変した建平は、ますます見知らぬ人になり、ますます遠い存在となり、彼をコントロールするなど論外となっていた。毎朝、彼がせわしげにスーツを着込んで出かけるのを目にするたびに、卑屈になっている自分に気がついた。誰もが彼を褒めるのもわからないわけではなく、確かに彼はますます若返り、ますます洗練されてきていた。毎日一緒にいる小楓でさえ、彼の変貌がわかり、ましてや他人なら、より感じたにちがいない。仕事は人を若返らせ、志は人を若返らせ、成功は人を若返らせる。

建平（ジェンピン）が帰宅しなかったある夜、小楓（シャオフォン）は彼の携帯にかける勇気はなく、勤め先にかけたことがあった。おそらく若い看護婦なのだろう、軽やかな鈴の音のような声は、その声にふさわしい容貌を想像させ、艶やかで輝くような淡いピンクの肌をしているのではないだろうか。宋（ソン）主任は手術中で、終了時間は不明です、という声が返ってきた。建平が言い置いていった通りだった。看護婦は丁寧、しかも親切で、そうした応対は、ひとえに建平がもたらしたものにちがいない。夫が華やいだ若い女性たちの尊敬と憧れの的になっていると思うと、小楓の心にさざ波が立った。電話を切ると、彼女はホッとすると同時に虚しさを覚えた。

その夜、彼は帰宅しなかった。翌日の話によると、手術は早朝三時に終わり、向こうで少し仮眠をとったとのことで、それは嘘ではなかった。小楓が適当な理由をつけたり、遠回しに電話で訊いて、すでに確認を取っていた。ただ彼の「少し」は午前中いっぱいだった。つまり明け方から昼まで、仮眠していたわけで、おそらく建平は、かなり以前から帰宅するのを望まなくなっていたのだ。康西草原のいさかい以来、建平は誰憚ることなく、思うように振る舞うようになっていた。そう考えてみると小楓は思わず自分の我がままな性分と思い上がりを後悔せずにはいられなかった。

夕方、小楓と肖莉（シャオリー）は小さい公園の花壇の縁に腰を下ろしてしばらく話をした。

最初は肖莉の方に多少、緊張感と警戒心があった。小楓が例の「高級教授」を持ち出すのではないかと構えていたからで、肖莉もその件については、わだかまりを解くためには触れずにおけないと思っていた。ただ娘の前では避けたかっただけだった。ところが小楓には、それを話題にするつもりは、さらさらないことが彼女の態度からも窺えた。

彼女たちのおしゃべりは次第に深刻な話題に及び、最後は当然のように男と女の話になった。肖莉（シャオリー）は前夫とのことを話し、小楓（シャオフォン）夫婦が羨ましいと言った。一方、小楓は肖莉を前にして、自尊心がそうさせたのと、他人の前で自分の夫についてあれこれ言いたくなかったため、建平（ジェンピン）をけなすことは何一つ言わなかった。だが肖莉はもっぱら前夫の話だった。そしてますます深刻な話題が多くなると、二人は相手を大切な友人と感じるようになっていた。やがて肖莉の腹蔵ない話しぶりに、小楓も最近の不愉快な気持ちや夫への疑惑について、少し語り始めた。

　すると肖莉はすぐさま手を横に振って、ためらわずに言った。「宋（ソン）さんはそんな人じゃないわよ！」これは誰にも耳触りの良い返事だった。建平には都合がよく、小楓にも心地よく、さらに肖莉にも差し障りがなかった。とかくの噂が立ちやすいバツイチの女性は、建平との間にも〝前科〟があっただけに、肖莉は本能的に自分を圏外に置こうとしていた。

　小楓は首を振って、もうこの話題には触れなかった。肖莉が誠実で、正直な人であっても、建平がそのような人間ではないとしても、環境が変わればその人間が変わらないという保証はない。人間は環境や時の移ろいの中で変わるものなのだ。

　その日、建平は手術のために、またかなり遅くなって帰宅した。当当（ダンダン）はすでに寝入っていて、小楓もベッドで本を読んでいた。ドアの開く音で小楓の目は本に置かれていながら、神経はたちまち部屋の外の建平にすべて向けられていた。コートを脱ぎ、靴を脱ぎ、スリッパに履き替え、トイレへ行き、便座を上げ……小楓は突如、心が痛み始めた。脈絡なく、公園での肖莉の言葉が思い出されていた。

「以前、彼が便座を上げないためによく喧嘩したわ。でも今ではもう便座を上げる必要がないの」

この目に見える変化は、さらに深層の心の変化にもつながっていくようだ。

「夜、特に外が荒れている夜なんか一人でダブルベッドに寝ているあの感覚、どう表現したらいいのかしら、とにかく寂しいのよ」

そして「夫婦は可能な限り、あらゆる可能性を探って離婚しないこと、特に子どもがいる場合はね。子どもがいれば、結婚生活は夫婦二人だけではなく、三人のことになるのよ」

肖莉の話は小楓には大きな衝撃だった。

建平はシャワーを浴び、歯磨きすると部屋に入ってきたが、無言のままだった。このところ、二人の間はいつもこんな調子だった。必要な話以外、会話はなく、建平は今日も黙ったまま、ベッドにやって来た。

「ちょっと話があるの」小楓が口を開いた。

建平は急に暗い気持ちに襲われ、今日もまた寝られないと密かに思った。彼が毎晩、何らかの理由にかこつけて帰宅を引き延ばすのは、彼女を避けていたからで、すっかりこじれてしまった二人が口論となれば、簡単に収まるはずはなかった。建平は彼女との口論にうんざりしていて、顔も見たくなかった。特に外科事務室へ頻繁に電話をかけ、建平の所在を確かめているのを知ってからは。今では宋主任の行動を厳しくチェックする奥さんがいると知れわたっていた。彼らは以前、娟子の結婚式で、優雅で美しく、才能溢れた宋主任の夫人に会っているだけに、見た目では人は判断できないとなっているらしい。建平には直接言わずとも、あれこれ囁かれているのを感じないわけにいかず、建平には耐え難かったが、沈黙するしかなかった。小楓に職場には電話してくるなと何度も言おうとしながら、結局、抑え込んでしまったのは、言えば逆に彼女の疑いを更に助長させることがわかっていたからだった。

建平（ジェンピン）はベッドに入ると、喧嘩するならできるだけ体力の消耗を抑えるつもりになっていた。なにしろ手術を終えたばかりで、八時間近く立ちっぱなしだった。楽な姿勢で横になってから、ようやく返事をした。「話って何?」

「ごめんなさい」小楓（シャオフォン）の言葉は建平を驚かせるのに十分だった。一瞬の沈黙のあと「何のこと?」と訊いた。

「……あの日、勝手に康西草原から車で帰ってしまって。私はダメね。短気だし。これからは十分、気をつける」

建平は思わず彼女に目を向けた。結婚して十年あまり、彼女がこんなに謙虚に自分がダメ人間だと言ったのは初めてではないだろうか。彼女はベッドの背に寄りかかって半身を起こし、俯いたまま掛け布団を見つめているため、髪が無造作に垂れて顔を隠している。彼女が心底、反省しているのか、妥協しようと譲歩しているのか、建平はそれ以上考える気にもなれず、深いため息をついて言った。「もう寝よう」

それからというもの、小楓は建平とぶつかりそうになると自制して、わめき散らすようなことはめっきり減った。ただし職場への電話はますます頻繁になり、退勤時間が過ぎても彼が帰らないだけで、すぐに医局か、建平の携帯に電話が入った。ついにある日、建平の堪忍袋の緒が切れた。

その日は午前中、ジェリー院長がわざわざ建平のところに足を運び、彼のために新しい手術設備を購入すると伝えた。器械の種類をめぐって二人の話は尽きず、昼食を食べるのも、家に電話を入れるのも忘れていた。すると建平（ジェンピン）に電話があり、着信表示を見たとたん、ずっと腹にためて、抑えに抑えていた怒りが一気に爆発した。マナーモードの携帯をいっさい無視し、午後、表示無しの電話なので出てみると、わざわざ公衆電話からかけてきた小楓（シャオフォン）で、建平はすぐに切ってしまった。夜、緊急手術があることも小楓に伝えなかった。もうたくさんだった。彼女の好きなようにさせて、せいぜい共倒れでもすればいいと思ったとたん、かえって心が落ち着いていた。夜中に行われた消化器からの大量出血の原因を探る開腹手術は、ことのほか順調に終わった。

手術の結果、肝臓海綿状血管瘤とわかり、摘出手術も同時に行い、病変が及んでいた肝臓の一部も切除した。手術が終わった時は朝になっていて、病院の食堂には手術チームのために朝食が用意されていた。食堂のコックは五十過ぎのオーストラリア人だったが、パン、牛乳、卵、果物、それに中国人のためにわざわざ油条（長揚げパン—訳者注）と豆腐のあんかけスープが用意されていた。それらは一滴の水さえ口にしていなかった建平の食欲を大いにそそった。

食事中にジェリー院長が姿を見せ、娟子（ジュアンツ）が付き添うように前を歩いている。ジェリー院長は医師だったが、明らかに管理職向きだった。それはこのような時、このような場に現れることが証明している。娟子は彼女の結婚式の写真を宋（ソン）主任に持ってきていた。

写真は宋主任と奥さんが並んで爽やかな笑顔を浮かべて立っているもの、二人がきつく抱き締めあい、人の視線など忘れたように踊っているもの、宋主任が奥さんにキスをしようと口をとがらせて、奥さんの顔に口を付けているものなどだった。写真は建平の手に渡る前に一緒に食事をしていた人にさっと取られて、皆に回覧され、「お似合いね」といった言葉があちこちから聞こえてきていた。

その時、建平（ジェンピン）はジェリー院長と話していたが、写真が気にならなかったわけではないし、勝手な感想も漏れ聞こえてはいた。しかし、さして気にもしていなかったのだが、写真が彼の手元に来て、目にしたとたん、たちまち心臓が高鳴り始めた。それが小楓（シャオフォン）を思い出させ、急いで携帯電話を取り出した。携帯は前日の手術前に電源を切っていて、そのことをすっかり忘れてしまっていた。慌てて電源を入れると、すぐメールの着信音が鳴り始めた。小楓が病院に向かったという肖莉（シャオリー）からのものだった。

小楓は一晩中、ほとんど一睡もできなかった。建平を疑ったからではない。彼女は外科の医局、手術室にも電話をして、建平が病院内にいて、手術があるのも摑んでいた。彼女を眠らせなかったのは建平の出方だった。ベッドで転々として朝を迎えた小楓は、当当（ダンダン）の世話をすると、建平の病院へ行くので、当当を学校まで送ってくれるよう肖莉に頼み込んだ。理由を訊かれた小楓は、建平が自分を見捨て、完全に喧嘩別れをしようとしていると気持ちのゆとりもないまま、一晩中、苦しんだ感覚だけをごく短く告げた。

病院に行ったら、事はいっそう面倒になると肖莉は止めたが、もう壊れてしまっていると、小楓は聞かなかった。小楓が病院へ行くのは、答えを確かめるためだった。

肖莉からのメールを見て、建平の心は千々に乱れていた。娟子（ジュアンツ）の写真を見ていなかったら、小楓が病院に来ても平然としていられたにちがいない。だがそれらの写真は建平に忘れかけていたことを思い出させた。病院内では建平の妻は肖莉だと思われていて、釈明のしようがなかった。肖莉のメール送信時間から見て、小楓はもう着く頃だった。じっくり考える余裕などないまま、建平は入院病棟の守衛室に、小楓とおぼしき中年の女性が訪ねてきたら、不在だと伝えて追い返すように頼んだ。派手な喧嘩にでもなったら、建平の立場が失われるのは明らかだった。

退勤時間。街灯には明かりが灯っている。建平はおもむろに机上を片付けると、喧噪が消えた廊下を歩いていく。小楓の動きはわからない。電話はなく、守衛に止められ、諦めて帰ったにちがいない。それでも建平は万一、彼女がこの周辺にいて、顔を合わせて喧嘩になるのを恐れて帰るのをかなり遅らせていた。遅ければ病院関係者は帰宅してしまうからで、建平は入院病棟の裏手にある病院関係者だけの、病院でいちばん静かで遠い駐車場に向かった。車はほとんどなく、建平の白いホンダが夜のとばりのなかで、薄明かりに銀色の車体を浮かべていた。穏やかな夜風が木々の葉を微かに揺らし、建平は死から生き返ったような軽やかな気持ちに浸っていた。軽快な足どりで車に向かい、遠隔操作でドアのロックを外して、ドアを開けたその時、背後から「建平！」と声が飛んできた。

無意識に振り返ると、小楓が病院の鉄柵の向こう側に立っていて、背中からの逆光だったにもかかわらず、歯を食いしばっている彼女の顔がはっきりわかった。それは「見た」というより「感じた」と言うべきだったかもしれない。彼女は守衛に阻止されたあと、ここに来て建平の車を見つけると、それからずっと待ち続けていたにちがいない。朝から飲まず食わずで。

建平の声にはまだ落ち着きがあった。「ここで何をしているんだ？」

「あなたを待っていたのよ」

「何かあったのか？」彼のとってつけたような言い方が小楓の怒りに火をつけた。このところずっと耐えて、譲歩してきたのがまずかったのか、建平はかえって図に乗って、やりたい放題になっているという思いが彼女にはあった。

彼女が命令するように「こっちに来て！」と言った。

建平（ジェンピン）は一瞬、ためらったが、後ろめたいことはしていないと自分に言い聞かせて、小楓（シャオフォン）に近づいた。するといきなり小楓の腕が鉄柵の向こうから伸びて、建平を指が食い込むほどきつく摑んだ。

「なんで私の電話に出ないの？」

「仕事をしているんだぞ」

「二十四時間、ずっと仕事をしてたっていうわけ？　徹底的に喧嘩別れするつもりなのね。建平、言ってよ、そうなんでしょ？」その時、建平のメール着信音が鳴った。建平は急いで携帯を取り出しながら、密かに携帯に礼を言いたかった。実にタイミングがよく、しばらく小楓の相手をせずにすむ真っ当な理由を与えてくれたからだった。このメールが仕事の重要な連絡だったら最高だった。小楓に見せて彼女から逃げ出すことができるからだが、その可能性が低いことは建平にもわかっていた。重要な仕事ならメールではなく電話で入るはずだったから。

　建平が携帯を取り出し、メールに目を通そうとした隙を狙って、小楓が建平の手から素早く携帯を奪った。小楓の行動はメールの内容を疑ったのではなく、建平の投げやりな態度に激怒したからだった。小楓にしてみれば、守衛からは不在だと門前払いされながら、彼女の直感は建平が居留守を使っていると教え、一日中、待ち続けていたのだ。守衛の門前払いは、明らかに建平の指図で、それを考えただけでも怒りがつのってきていた。建平からは一言の挨拶もなければ、わびる気持ちなどさらさらなく、逆に居直るように携帯など出して、当然のようにメールを読もうとしたからだった。

「携帯をこっちによこしなさい」建平が言った。声こそ抑えているが毅然とした響きがあった。

建平（ジェンピン）にはこのとき、小楓（シャオフォン）の高学歴で身につけた教養に対する信頼があり、怒りが激しくとも、あと先を考えないはずはないと見ていた。

だが小楓は携帯を返そうとしなかった。彼女にしてみれば、ここで携帯を返したら、一日苦労してやっと手にした主導権が水泡に帰してしまうからで、夫婦喧嘩とは、まさに主導権争いに他ならなかった。そして医師である建平への重要な連絡があるのを恐れた小楓の行動は、携帯を返さず、代わりに見ることだった。

メールは病院長秘書の娟子（ジュアンツ）からだったが、仕事とはまったく無関係の内容だった。

娟子は家で東北（ドンベイ）につき合ってサッカーの試合を見ていたが、つまらなくなり、何気なくそばに置いてあった台湾の朱徳庸（ジューダーヨン）の漫画を手にした。彼女は朱徳庸の大ファンで、彼の全シリーズを持っているほどだった。彼女に飽きさせない作品の魅力は、漫画の絵より文章にあった。辛辣なものとして、

「独身男性は何人もの女性を所有できると考え、独身女性は唯一の男性を所有できると考える」

「男性が求めるのは多様な変化と多様な種類。だが女性が求めるのは充分な栄養と充分な分量、そして安定した供給元である」

「女性がおぼこ育ちのようにそこに立てば、寄ってくる男性は数知れず」

ロマンチックか憂鬱になるものとして、

「もし星がゆっくり落ちてくるならば、私はその星を受け止めるだろう。もし恋がゆっくり訪れるなら、私はそれを押し留めるだろう。もし麗しさと悲哀が永遠につながっているなら、私は二つとも手にしよう。一つ一つの麗しい出会いのあと、黙々と一つ一つの悲哀を越えていく」

意味深長で考えさせられるものとして、

「進歩的な女性も保守的な女性も同じ服装が好き、それはウェディングドレス」

娟子(ジュアンヅ)が建平(ジェンピン)に送ったメールとは、

「成功した男性の背後に必ず一人の女性がいて、この男性の前に現れるすべての女性を監視する。女性の過敏反応とは、あなたの全身全霊を痒くさせる妻の神経性はしかである」

娟子からすれば、目的があってのメッセージではなく、単なる暇つぶしのつもりで送ったに過ぎない。ただ宋(ソン)夫人の厳しい監視を考えると、建平にぴったりだと思ったからだった。

小楓(シャオフォン)が受けた衝撃は大きかった。このメールは建平の自分への愛は冷め、建平を思う女がいるという少なくとも二つの情報を小楓に教えていたからである。そして、先ず第一の問題はこの女の正体だった。小楓は再度、メールをチェックしたが、唯一の手がかりは電話番号しかなかった。

小楓がメールに目を通しているとき、建平の内心では冷ややかな傍観から好奇へと移り、やがて不安になり始めた。小楓の顔がますます沈んでいくにつれ、建平から冷静さが失われていた。「どうしたんだ？　誰から？」

小楓はその声を無視して、すぐさまその番号に電話をかけた。

軽快で美しい女性の声が返ってきて、声には一種の嬉しさと興奮も混じっている。予想外の早さで返事がきたからかもしれない。「もしもし、いかがですか。心境は？」

「そちらはどなた？」小楓が訊いた。

予想もしない声に娟子はやけどでもしたように、携帯をソファーに投げ捨てた。携帯からは小楓の声が聞こえてくる。「あんたは誰？　答えなさい、誰なの？」

サッカーの試合を見ていた東北（ドンベイ）も気がつき、不審そうに携帯を拾い上げると、娟子（ジュアンツ）が携帯を奪い取り、電源を切ってしまった。

「誰？」東北が訊いた。

娟子は何度も胸をさすり、喘ぎ、声が出ない。建平（ジェンピン）の携帯を使える人物は奥さんか、愛人しかいない。愛人の存在は知らないけれど、いずれにしても娟子のメールと声は、建平にとって利があるはずはない。しかし娟子は建平の立場を配慮する余裕などなく、電話の声に恐怖を覚えて、切ってしまったのだった。

小楓（シャオフォン）が建平に聞いた。「彼女は誰？」

「誰と訊かれても答えようがない」

「二十歳前後の女よ」

「女？　二十歳前後？　相手はどんなこと言った？」

「いつも二人が一緒にいるとき、どんな話をするのかしら？」

「二人だって？　誰なんだその女は？」建平には見当がつかなかった。「携帯を見ればわかるよ」

小楓は建平の携帯を自分のカバンに入れてしまった。

「彼女が誰か本当に知らないの？」

「知らないよ」

小楓は冷ややかな笑みを浮かべ、無言のまま立ち去って行った。建平も冷笑しながら背中を向け、夜の闇の中を、正反対の方向に歩いて行った。

その日、建平は帰宅しなかった。小楓との喧嘩を避けたかったのと、二十四時間近く寝ておらず、四十歳になろうとしている肉体が彼に休息を求めていた。小楓(シャオフォン)とやり合う気力はなく、入院病棟の患者がいない病室に泊まり込んだ。

建平(ジェンピン)の外泊は小楓の怒りをいっそう増幅させ、彼女はダブルベッドに横になって、建平の携帯のあのメールを繰り返しチェックしていた。夫の不倫はさして怖くなかったが、夫が妻を愛していない事実を、相手の女に知られるのが恐いという思いが、何度も襲っていた。

「夫が別の女とセックスしながらまだ妻を愛している」と「夫が浮気はしないものの、妻を愛していない」という二者択一の問いに妻が答えるとしたら、妻たる者は苦悩しながら前者を選ぶにちがいない。精神的裏切りは肉体的裏切りより、その辛さは比べものにならない。電話の女の声が何回も小楓の耳に蘇っていた。「もしもし、いかがですか。心境は？」

小楓は確かな証拠となる、その電話番号と登録名を自分の携帯に保存した。翌朝、目覚めてボーとしている頭の中に一つのアイディアが急に浮かんだ。あの女を電話で誘い出し、会ってみようと。

娟子(ジュアンヅ)は建平から昨夜の怖い女性が奥さんだったことを知らされていた。ただ今日の電話では、小楓の声に親しみが込められていて、昨夜のような恐怖は覚えず、あまりの落差に娟子は最初、昨夜の「宋(ソン)夫人」だと気がつかなかった。

「娟子さんですか？」

「はい。どなたですか？」

「私、宋建平(ソンジェンピン)の妻です」

娟子は驚き、すぐ嬉しそうに応じた。「あっ、こんにちは、おはようございます」

「ちょっとあなたにお会いしたいの。よろしいでしょうか？」

「はい、わかりました。大丈夫ですよ」

「いつでしたら時間が取れます？」

「朝の九時前、夕方の五時以降でしたら、いつでも大丈夫です」

小楓（シャオフォン）はその日の夜七時に長安デパートの並びにあるマクドナルドで会うことにし、面識がないので、小楓がマクドナルドのシンボル人形の背中側で待つと伝えた。

夜、娟子（ジュアンツ）は人助けができる嬉しさを感じながら約束通り、待ち合わせの場所に向かった。彼女は人助けできる自分に素直に喜んでいた。マクドナルドのシンボル人形は相変わらず店の外のベンチに腰を下ろしている。小楓は約束より三十分早く行き、相手の様子を探るため、人形の背後で待たなかった。この時間帯、マクドナルドの店内はもっとも混み合い、人の出入りも激しかった。小楓はシンボル人形の右後方あたりに立ち、射るように近づいてくる若い女性すべてをチェックし、特に美しいと思われる女性は入念に観察していた。しかし、どれも目指す相手ではなく、すでに七時が過ぎていた。ひょっとすると相手は急に怖くなって逃げ出したか、彼女が行くのを建平（ジエンピン）が止めたのかもしれないなどと疑い始め、携帯にかけようかと迷っているとき、若い女性がこちらに向かってくるのに気がついた。背が高くスマートで、胸が大きく、お尻は締まり、黒いコートの中に色鮮やかな小ぶりのベストを着込んでいて、ぎりぎりの線まで胸のふくらみを露わにしている。

小楓は思わず緊張し、心臓の鼓動も早くなり、手に汗がにじみ出て、喉もヒリヒリしてきた。女性がちょっと立ち止まり、こちらに目を向けたので、小楓はそれとなくシンボル人形に歩み寄った。女性がさらに近づいてきた。だが薄暮のなかで、その女性の顔がはっきり見えたとき、小楓は確信した。建平がいかに移り気でも、相手を選ぶ基準をこれほど下げはしないだろうと。それほどこの女性は醜かった。

娟子(ジュアンヅ)が到着したのはこのときだった。渋滞で遅刻した彼女は、車を降りると小走りで階段を登り、走りながら店の方を見やり、シンボル人形の背後に立つ小楓(シャオフォン)にも目をやった。どこかで会ったような気がすると思いながら、探す対象として小楓はすぐにはずされていた。娟子が考えている宋建平(ソンジェンピン)夫人のイメージは肖莉(シャオリー)だったからである。

肖莉らしい女性は見当たらず、娟子は相手が待ち切れず、店内に入った可能性もあると思いながら、行き違いを恐れて約束の場所に留まっていた。

小楓が娟子の携帯に電話をかけた。するとすぐ隣にいた娟子の携帯が鳴り始め、目で店内の人物を捜しながら電話に出た。

「娟子さんですか?」声がすぐそばから聞こえてくる。娟子は声のする方向に素早く顔を向けた。二人とも隣りの女性こそ互いに探していた人物であることに初めて気づいた。その瞬間、娟子のショックは言葉を失わせるに充分だった。

この女性が宋建平の奥さん?　それなら結婚式のときのあの女性は?

第十章

娟子（ジュアンツ）はどちらかというと、単純であっさりとした性格だった。ただ、いかに単純であっさりしていても、この事柄の重大さには気がついている。言ってよいことと、言うべきでないことはわきまえていた。したがって建平（ジェンピン）が娟子の結婚式に別の女性を奥さんとして連れてきたことは、たとえ口が裂けても言ってはならなかった。

娟子は小楓（シャオフォン）のあとについて店に入りながら、感情がまるで鍋の中で煮えくりかえり、あらゆる調味料とごちゃ混ぜになって沸騰しているように感じていた。

まずは怒りだった。小楓が間違いなく宋（ソン）夫人だとわかると、娟子は康西草原で会っているのを思い出していた。あのとき東北（ドンベイ）が一連の意味不明の行動を取ったことにも合点がいった。さらに遡れば、結婚式のとき、建平と肖莉（シャオリー）を見ながら、東北が浮かべていた奇妙な笑いや、ときたま姿を消して陰でこそこそしていたわけにも納得がいった。東北はすべて承知しながら、妻の自分には黙っていたのだ。そうなると、この件でごまかしていたなら、ほかのことでもごまかしているかもしれない。彼が建平と同じく、娟子の知らないところで、密かに「肖莉」とつき合っている可能性を否定できないのだ。娟子（ジュアンヅ）は泣きたい気分になっていた。そして自分の前を歩く、まだ何も知らない小楓（シャオフォン）に同病相哀れむ思いを抱き始めていた。

次は驚きだった。まさか宋建平（ソンジェンピン）に愛人がいようとは。真面目を絵に描いたような人で、学問しか興味のないインテリだと思っていたのに、時代が変わって知識人も狂い始めたらしい。

さらに興奮もあった。突然、娟子だけが大きな秘密を知り、その秘密を知らない当事者と一緒にいるのだから。小楓を慰め、いたわり、彼女の危機を救い、嵐を鎮めるのは自分しかいないという大任を背負う勇んだ気持ちと、小楓のために捨て身で立ち向かう悲壮感が娟子の胸の中で交錯し、膨らんでいた。

一方、小楓の思いはいたって単純で、それは「恨み」だった。建平への「恨み」、そして、うしろからついてくるこの若い女性への「恨み」だった。小楓にとって、この女性の若さと美しさは脅威であり、絶望感さえ抱かせた。彼女は必死に内心の荒れ狂うほどの怒りを抑えていた。

セットを注文し、小楓が二人分の代金を支払った。値段はそれほど高くないが、こうすることで、早くも娟子は小楓に好感を抱いたようだった。二人は各自のセットを持って、二人がけのテーブルにつくと、互いに相手の観察を始めた。このときになって小楓は目の前の女性とは初対面でないことにようやく気がついた。さっきはどこかで見たような感じがしただけだったが、康西草原で会った女性で、それなら彼女は東北（ドンベイ）の奥さんで、東北の奥さんなら建平と不倫関係になるだろうか。

小楓の思いが千々に乱れているとき、娟子の携帯が鳴りはじめた。大学時代のクラスメートで、十人並みの顔なのにプライドが高いためか、まだ独身の気心の知れた友だちからだった。娟子は建平へのメールについて、小楓にどう釈明するか考えあぐねているところだった。下手な釈明は事態の悪化を招きかねなかった。それだけに、友人からのメールはタイミングが良く、文面はもっと都合の良い内容だった。娟子(ジュアンツ)は心の中で思わず快哉を叫び、すぐさま小楓(シャオフォン)に見せた。

――「わかっている? 私はあなたのことをずっと思い続けているの。毎日一回だけ、朝から夜までね」

「誰なの?」

「最後に出ている電話番号にかけて見てください」

小楓が電話をすると、呼び出し音が鳴ったとたんに相手が出た。電話の向こうの声は軽やかで美しく、声だけだと娟子よりもさらに若くて透明に聞こえる。

「娟子、いま何しているの?」

小楓が慌てて携帯を娟子に返すと、相手とのおしゃべりをしばらく楽しんだ娟子が、携帯のメールについて、目の前の中年婦人に話し始めた。娟子たちは面白い話があるとすぐ皆に送信するし、時にはさっきの友だちのように、わざといたずらしたり、曖昧で意味深長な内容を送信して遊んでいるとも伝えた。それが嘘でないのを納得させるため、娟子は携帯に保存してあったメールをすべて小楓に見せた。内容は確かに支離滅裂でよくわからないものばかりだった。だが、小楓に見せるために事前に準備したものでないことは、着信日時がはっきり記録されていて明らかだった。

小楓の疑いはあっけなく氷解していた。

「あなたたち若い人は、本当にエネルギーがあり余っているのね」

「面白いんです! 単調な生活に多少は楽しみを見つけようと思って!」

その夜、閉店までいた小楓と娟子は、店を出るときには長年の友人のようになっていた。

小楓が帰宅すると、建平はまだ寝ていなかった。気がかりで寝つかれなかったのだ。小楓の気分が「晴れ」か「曇り」か、「曇り」なら、どの程度の「曇り」か、わからなかったからである。

「晴れ」と知った建平は胸をなで下ろすや、急に激しい眠気に襲われた。だが小楓は彼を寝かせようとせず、建平の背中に胸をつけるようにして片手で抱き締めて、小声でずっと話しかけていた。謝りたかったのだ。建平にしてみれば訳がわからず、とうとう小楓の声を子守歌に寝入ってしまった。娟子の予想外な出現は、一度は彼らの結婚生活を絶望の縁に追い込んだが、いったん失ったものをもう一度手に入れた喜びから、身も心も忘我の歓びに浸りたい欲望が激しく突き上げてきていた。しかし、建平にその思いは通じず、呆れたことに寝てしまっていた。でも小楓は二人にはまだこれからがあると思うと、そんな建平を許し、彼女は片手を夫の脇腹に乗せ、顔を夫の背中にうずめて深い眠りについた。

建平に比べると、劉東北はそう幸運ではなかった。娟子が帰宅すると東北はすでに寝ていたが、なぜ肖莉の件を隠したのかと娟子にたたき起こされた。

「君と関係がないからさ」

「関係ないなら私に隠すことないじゃない?」

「隠したわけじゃない、関係がないから言わなかっただけ。必要ないだろう」

「必要かどうか、私自身に判断させてよ」

「そんな。たとえば、うちの会社のある社員に双子が生まれた。一人は男の子で、もう一人も男の子だったけれど、ぼくは君に話さなかった。教える必要も、意味もないからさ」

「私はあの件のことを言っているの」

「もう言ったじゃないか。あれはただの誤解。宋さんについては、ぼくが保証する」

「保証するって？　抱きしめたり、キスもしてたわ。これが問題ないの？」

話が通じないと見た東北は沈黙するしかなかった。眠くて自然に瞼が閉じてしまうほどだったので、適当に言いくるめて彼女を黙らせるつもりでいた。だが、娟子は依怙地になっていて、東北はますます理解できなくなっていた。宋さんが不倫しても、彼女とは関係ないはずなのに、なぜこんな夜中にたたき起こして寝させないのか。小楓と一回食事をしただけで、もう気心がわかり合える仲になったのか。勘では何か他に理由があると思うのだが、はっきりわからず、頭がボーとしていてうまく回転しない。

娟子がまた口を開いた。「東北、宋さんをこんなに庇うところを見ると、あなたにも別の〝肖莉〟がいるんじゃないの？」

東北がようやく理由を摑んだ。こうなればもうこっちのものだった。

「なんで自分のことに引きつけるのかな？」

「兎が死んだら狐も悲しむわ。同病相憐れむよ。騙されない保証なんてないもの。東北、これからあなたに〝肖莉〟ができたら絶対、私に教えてよ。私、騙されたくないから」

「そんなこと、あるわけがない！」

「あるわけがあるの！」東北の機先を制するように娟子が言った。「他の男とは違うなんて言わないでね」

「わかった。でも君は他の女と違うよ。世の中には、あるタイプの女の子が存在している。生気に溢れ、心身とも健全で、順応性があり、変化にも長じている。このような女の子は一人で十人にも勝っていて、男だったらこんな女の子を前にしたら別の欲望なんて持つはずないよ。娟子（ジュアンツ）、君こそ、その女の子さ」

娟子の表情が一瞬にして和らぎ、勢いよく東北（ドンベイ）の首を抱きしめた。その若くて弾力のある肉体が東北の身体に密着するや、東北の下腹部が一気にたけり始め、眠気などすっかり飛んでしまっていた……。

二人は同時に高みに達した。一年以上のセックス歴で、こんなことは二回目だった。建平（ジェンピン）に感謝すべきだったかもしれない。本人の預かり知らぬ事とはいえ、円満なセックスに導いてくれたのだから。波が退いたあと、東北が娟子の汗ばんでいるピンク色の体に顔を埋めていると、建平の事件の一コマ一コマが頭の中をよぎった。考えてみると滑稽で思わず笑いたくなったが、娟子の手前、笑いを抑えるために何か話さなければと思った。

「娟子」真面目くさって彼女に声を掛けた。

「何?」娟子はまだ高潮の余韻に浸っていて、少し朦朧としている。

「あの件、宋（ソン）さんには内緒だからね。ぼくは絶対、君に教えないと約束したんだ」

「どんな約束したの?」娟子は興味深げに、好奇心とない交ぜになって訊いた。

「ぼくは言ったんだ。宋さん、安心して下さい。友達は手足の如き、妻は……」東北が急に言葉を呑み込んだ。

「妻は……?　何の如き?　衣服の如きでしょう。そうでしょう?」

「う～ん……虎の如き!」

娟子が叫び声を発しながら身体を起こすと、東北に馬乗りになった。「ワーッ、よくも私を虎と言ったなぁ。世界にこんな優しい虎がいるもんか」

すると馬乗りされた東北（ドンベイ）の欲望がその美しい裸体に刺激されて、またもや燃え上がり、二人は激情の海に乗り出していった……。

この誤解から生じた事件は、娟子（ジュアンヅ）と小楓（シャオフォン）が親しくなるという意外な結果をもたらした。建平（ジエンピン）と東北が知り合いなのだから、その妻同士が仲良くなるのは当然かもしれない。娟子には若さとエネルギーが、小楓には時間が余るほどあったので、二人が頻繁に会う客観的条件は揃っていた。こうして何でも話し合える仲になっていった。

それでも娟子は〝肖莉（シャオリー）〟の件は持ち出さなかった。だが同時に黙っていることに罪悪感も感じ、徐々に不安になっていった。知っているのに言わないのは、建平と気脈を通じて騙しているのと同じで、性格的にも人間的にも娟子には納得できず、小楓に打ち明けることにした。ただし建平に愛人がいると教えるのではなく、夫の愛を独占するための方法を話すつもりだった。

東北が残業で遅くなるある晩、娟子は小楓を家に呼んだ。

居間の一角を日本風とも韓国風とも言えるしつらえにし、脚の短い小さなテーブルだけを置き、おのずと床に座るようにした。そのテーブルには絞りたてのオレンジジュースの瓶、塩味や甘味のお菓子を取り分けた数枚の皿、それにお茶などを用意し、そのそばにページを開いて裏返しにした本を置いた。

その日の話のために、娟子は周到な準備をした。なんと言っても相手は自分より一回り以上、年上で高い学識もあるので、曖昧な知識を振り回したり、軽率な行動は慎まなければならなかった。娟子は前もって本屋から何冊も専門書を買い求め、知識を仕入れた。『夫婦衝突』『女性の力』『性心理学』……大いに学習したおかげで収穫は大きかった。それに自分の知識など、ほぼゼロに近かったことに初めて気づかされた。今までずっと勘だけで理論的な裏づけなどないままにやってきて、今になって怖くなるほどだった。一連の学習から他人と意見も交わしてみたいという強い欲求も膨らんできていて、もはや小楓（シャオフォン）のためだけではなくなっていた。

　ページを開いたまま裏返しにしてわざと本を置いたのは、小楓が目にとめたら必ず「何の本を読んでるの？」と聞くはずで、それを話の糸口にできると考えたからだった。

　二人がテーブルを挟んで腰を下ろすと、さすが先生だっただけに、小楓はすぐその本を手にした。ただ彼女は「何の本を読んでいるの？」とは訊かずに声を出してタイトルを読み始めた。「『女性の力』ね⁉……」

　計画通りに娟子（ジュアンツ）は小楓から本を受け取ると、「この本、悪くないと思います。ちょっと読んでみるわ」と小楓に関係あると思われる箇所を読み始めた。

「結婚の前と後では、互いに相手に対して違った思いを抱くのは、結婚前は相手の前で自分の欠点を隠そうとするが、結婚後はもはや結婚という保険に入ったということで、自分に対する厳しさがゆるんでしまうからである。女が自分を甘やかし始めると、身だしなみが崩れ、醜悪なおばさんの面相になって、男は……」

　ここまで読むと、娟子は「もうこれ以上読む必要ないわ。私が言いたいことがわかればいいんだから。要するに女は常に自分の魅力を維持しなければいけないってこと。言い換えれば、常に相手を惹きつけておく魅力を持っていなければいけないってことね」と言うと、話の矛先を変えた。

「お二人は一回、どのくらいの時間をかけるの？」

小楓（シャオフォン）は一瞬、意味がわからなかったが、やがて「あらっ、うちのように苔が生え始めてしまってはね……」

娟子（ジュアンツ）が真剣な面持ちで首を左右に振った。「そんな風に考えちゃダメですよ！　これはお互いの感情が良くも悪くも、分かれ目になる大事な行為なんですから」

小楓はすっかり驚いてしまった。実はこのことがずっと彼女にひっかかっていたからだ。ここ一、二カ月の話ではなく、建平（ジェンピン）はすでに長い間、彼女を求めなくなっていた。以前はいつも彼からだったが、今では彼女の方から求める始末で、しかも彼女が求めても建平が応じるとは限らなかった。それだけにずっと誰かに相談したいと思っていたが、話せる相手はそうそういないし、両親にはとてもできない話だった。彼女が建平への疑念を完全に拭払できない理由もここにあった。はからずも娟子からこの話題が持ち出されたので、これ以上隠しておく必要はなく、小楓はためらいがちに口を開いた。「そうかもしれないわ。最近、彼ったらもう私を求めようとしないの」

「お姉さんの方はどうなの？」

「前はいつも彼の方が積極的だったから……」

「ダメ、ダメ」娟子がまた真顔で首を振りながら言った。「このままだと本当にダメになってしまうわ。お姉さんの考え方、古すぎると思う。今の世の中、男女は一緒よ」娟子が小楓に講義を始めた。こうして小楓は明日、娟子と一緒に〝時代遅れ〟を改めるのに必要な品物を娟子の指導で買いに出かけることに同意するまでになった。

翌日、小楓は娟子とデパートの女性下着売り場に出かけた。売り場のステンレスの大型ハンガーには目を奪うようなまめかしい、このような場所でなければ、人の目にさらすなどあり得ない女性用下着がたくさん掛けられていた。いくつかの大型ハンガーの前には、おつにすましたスタイル抜群のマネキンが置かれ、さまざまなビキニをつけていた。ピンクはたおやか、白は清純、紫はなまめかしく、黒は高貴をイメージさせる……

娟子（ジュアンヅ）があるマネキンの前で足を止めた。そのマネキンのビキニは変わっていて、「三点」にそれぞれ花があしらわれていた。娟子はまるでその道のプロのように目を細めたり、位置を変えて見定め、やがて「決まり！　これにする！」と言った。

小楓（シャオフォン）はあまりにも自分らしくなく、似合わないと感じたが、それを言えば〝時代遅れ〟とけなされるのが関の山で、「娟子、この花がちょっとねえ、大きすぎない？　もう少しあっさり目の方がいいんじゃない？　どうかしら？」とさりげなく言うしかなかった。

娟子が首を左右に振った。「この三つの花がいいのよ。この花がなければ買わないわ！　ほら見て」彼女はちょっと向こうに立っている店員を気にしながら小楓に耳打ちした。「ほら、三つの鍵となる部分に三つの花があって、隠しているようで、実は目立たせているの。あるような、ないような、隠しているような見せているようなというわけ。お姉さん、絶対忘れちゃいけないのは、男は機械じゃないってこと。電源を入れたら動き出し、切ったら止まるというものじゃないってこと——彼らは動物なの。血もあれば肉もあり、感情も感覚もあるわ。だから私たちはいろんなやり方で、男たちの燃える気持ちや積極性をかき立てなくちゃいけないの……」

小楓が思わず吹き出した。「かき立てるだなんて、いっそのこと誘惑と言ったら？」

娟子が手を叩いて言った。「なあんだ、お姉さん、結構わかっているじゃありませんか！」

小楓は笑うに笑えず、泣くに泣けない心境だった。

結局、二人は「三つの花」を一組ずつ買った。娟子（ジュアンツ）は自分にはピンクを、小楓（シャオフォン）には紫を薦めたが、この時ばかりは小楓はアドバイスを聞き入れず、黒を買うことにした。娟子は反対しなかった。千里の道も一歩からと言うように、改革に焦りは禁物だったから。

その日の夕食前、建平（ジェンピン）に病院から緊急手術の呼び出しがかかった。小楓はこれ幸いと娟子の指示通りにいろいろ準備にとりかかった。入浴、洗髪、薄化粧、最後に「三つの花」をつけ、その上にシルクのパジャマを着た……。

建平が帰宅すると、家の電気はすでに消され、寝室の枕元の柔らかな明かりだけがつけられていた。彼が靴を脱ぐ気配がして、小楓が迎えに出てきた。見たことのないシルクのパジャマに身を包み、垢抜けした姿で現れただけに、彼女のいつもの木綿のパジャマと比べると、なまめかしさがぐっと増している。建平が思わず何度も小楓に視線を注ぐほどだった。彼女は敏感にその熱い視線を感じ、ことのほか優しい感情が沸いて、素早くスリッパを差し出した。建平はあまりの意外さに思わず「ありがとう」を繰り返す始末だった。

小楓は横目で建平を見ながら甘えるように「そんなに遠慮するなんて！　そうね、確かに私が至らなかったわ。これからは気をつけます」と言って、部屋の方へ向かいながら「お風呂、用意するわね」と声をかけてきた。

建平は思わず緊張した。このあり得ない優しさの裏にあるのは何か、何の前兆なのか。建平には小楓がいったい何を考えているのかわからず、スリッパに履き替えたあとも、しばらく玄関に立ち尽くし、不安に襲われていった。

小楓が風呂場から顔を出して「どうぞ！　背中を流してあげましょうか？」と言った。

建平（ジェンピン）の目が小楓（シャオフォン）に注がれたまま、足が機械的にぎこちなく動き、口も機械的に「いや、いいよ！　ありがとう！」と同じ言葉を繰り返している。

小楓はまた媚びるように横目で建平に視線を投げかけ、「もう、これなんだから！」と言うと、待っているわ、という風情で、その場を離れていった。

建平は風呂場に入ると、すぐドアを閉め、それでも安心できずにロックまでした。今しがたの緊張はいつしか言いようのない恐怖へと変わっていた。


その頃、娟子（ジュアンツ）も家で「三つの花」をつけていた。豊満な乳房、締まったヒップ、くびれた腰、長い足、愛くるしくキュートなその細身の肉体が東北（ドンベイ）の前にすっと立った。東北はたちまち欲情を抑えきれずに、手を大きく広げて娟子を誘った。

「気に入った？」娟子は東北の腕の中に飛び込まず、その場に立ったまま訊いた。

「おっー！」これが東北の答えだった。ほかの言葉が見つからなかったのだ。

娟子は何か思案気にしていたが、やがて秘密めいた笑みを浮かべて東北に訊いた。「ねえ、宋（ソン）さん、こういうの好きかなぁ？」

東北はその意味がわからないまま、答えようがなく娟子を見つめている。娟子が得意げに「私ね、彼の奥さんにも勧めて同じ物を買わせちゃったの！」

それを聞いた東北は自分の頭を叩いて「うわー、なんてことだ！」と声を上げた。

建平が髪を拭きながら部屋に入って、顔を上げると、ベッドの脇に立っている小楓が目に入った。

小楓（シャオフォン）は建平（ジェンピン）が部屋に現れると、無言のまま身につけていたシルクのパジャマを脱ぎ始め、「三つの花」が露わになった。建平はうろたえて、慌てて視線を逸らし、髪をしきりに拭き始めた。するとスリッパを履いた小楓の足が彼の視野の中に入ってきた。

「拭いてあげる！」

建平はとっさに身体を横にずらし「いいよ、大丈夫だから！　あ、ありがとう」と髪を拭き終わると、そそくさとベッドに上がり、彼女に背を向けて布団にもぐり込んでしまった。

小楓もベッドに上がり電気を消すと、少しためらってから建平の布団に入って、背中から彼を抱き締め、甘えるような言葉を囁き始めた。ところが建平にはまったくセックスへの欲望が消えてしまっていた。しかし、いきなり拒絶もできず、しばらく我慢してから「寝ようよ。もう遅いことだし」と言った。

「いや！　欲しいの！」

そう言いながら、彼女は相変わらず手の動きを止めなかった。以前の建平がそうだったように。今や立場が逆になっていた。

ただ建平の拒絶は、小楓がやるように乱暴ではなく、遠回しだった。優しく彼女の髪に触れたり、頬を優しく叩いたりしながらだった。「小楓、今日は二つの手術があったんだよ。一日中、立ちっぱなしでくたくたなんだ。別の日に……」

小楓はぐっと自分を抑えて、なおも甘えるように言った。「いや！　今、すぐ欲しいの！」

建平の口調が前よりきつくなった。「今は本当にできない。すごく疲れてるんだ」

小楓はそれでもまだ冷静で、さらに迫った。「明日は週末よ、少しぐらい寝坊したっていいじゃない！」

小楓（シャオフォン）のこのかたくなさは、性欲からというより心理的、感情的な欲求からだけに、そう簡単に諦めがつくものではない。建平（ジェンピン）の口調がさらにきつくなった。「明日の朝、起きる時間の問題じゃないんだ。今は疲れていて、できないんだ！」

小楓の言い方も変わってきた。「できないんじゃないでしょう、したくないんでしょう？」

「なんと言われようと、今は無理だ」

「今が無理じゃなくて、ずっと無理だった。私に触ろうともしなかったじゃない」

「小楓、君だってわかっているはずじゃないか。このところぼくらの感情がちぐはぐだということは。だからこうしたことは……」

「私の知る限り、男は感情など関係なく「こうしたこと」はできるはずよ。他にお相手がいない限りはね！」

話がまたいつもの所に戻っていた。建平はたちまち嫌気が差して言った。「またそれだ！」

建平は寝返りを打つと小楓に背中を向け、もう口をきこうとしなかった。小楓は「三つの花」をつけたまま勢いよくベッドに立ち上がり、建平の正面に身体を移した。

「またって、何がまたなの？」

「君は娟子（ジュアンツ）のところで調べたんだろう。それで結果は？」

「それじゃ、なぜ私にこんなふうにするの？　いつだって私のことなんて無視じゃない。まったく興味がないなんて……」

「小楓、ぼくだってもうすぐ四十だよ！」

「三十は狼の如し、四十は虎の如しでしょ！」

「それは女性のことを言っているんだ！」

「どっちも一緒よ！」

「わかってるの？　わからなければ知ったかぶりしないことだな！　本でも買ってちょっと勉強したら。この類の本はその辺の本屋にいくらでも置いてあるから。その前にちょっと言っておくけれど、セックス面で男女は違っていて、男のセックス旺盛期はね、いいかい、十八歳前後なんだ！　ぼくはその二まわり以上も年をくっている」

「ねえ、あなた、性不能っていうわけ？」

思いがけない言葉に建平（ジェンピン）は大いに興味を覚えた。ひょっとすると今の彼にはピッタリかもしれず、これだと思った。「可能性はある。現代の男性はテンポの速い仕事と、生活という二つのストレスから陥りやすいって、最近、多くの資料が言及している……」

小楓（シャオフォン）が話の腰を折るように冷ややかに言った。「証明書を持ってきて」

建平は驚いたように目を見張って訊いた。「何の証明書？」

「医者の証明書よ。性不能の証明よ」

東北（ドンベイ）が白い寝椅子で大笑いしている。東北と建平は室内プール脇の休憩コーナーにいた。建平が水泳を口実に東北をここに誘ったのは、あの件について相談したかったからだった。建平の悩みは深く、しかし、誰にでも話せるという内容ではなかった。男がベッド上の逞しさを自慢気に言うのを抑えるのは難しく、しかも、とかく大袈裟に言いがちなものだ。だがその反対の場合は、決して口外せず、秘かに悩み、苦しみ、最終的には自虐的な苦悩に陥ってしまいがちだった。

東北(ドンベイ)が顔を出したとき、建平(ジェンピン)はすでにひと泳ぎして寝椅子に横になっていた。すぐにも話をしたかったのだが、とにかく東北が一泳ぎするのを待ってから自分の悩みを話し始めた。あの夜の「三つの花」からだった。建平が話し始めるや、東北が笑い始めたので建平はムッとしながらも「笑わないで欲しい」と静かに言った。東北はすぐさま笑いを収め、きちんと話を聞く姿勢を整えて建平の方に顔を向けたが、いろいろな連想が起こり、人物や情景がどれも生々しく鮮明だったため、またもや大笑いを始めてしまった。

建平が向かっ腹を立てた。「笑うんじゃない!」

やがて笑いを収めた東北は咳払いをすると、きちんと座り直し、真面目な表情で今度こそ真剣に話を聞く態度で建平に顔を向けた。しかし、大笑いがまたもや爆発し、その勢いは前よりもっと激しく、プールにいるほぼ全員の目が集まってきた。建平もそんな東北を見ているしかなかった。東北自身、その笑いを止めることができず焦っていて、いきなり立ち上がると、そのままプールに飛び込んだ。

再度プールから上がってきた東北は、やっと笑いを抑えられるようになっていた。建平の傍らに腰を下ろすと、タオルで髪を拭きながら言った。「今度のことはすべて娟子(ジュアンツ)がいけないんで、ぼくは彼女を叱ったんです。なぜあんな妙な考えを姉さんに勧めたのか理解できませんね。兄さんに迷惑かけるに決っているじゃないですか。でもね、不思議なのは姉さんが娟子の意見をすっかり聞いたことですよ。大の大人が、なぜあんな小娘の言う通りにしたんだろうって。あの「三つの花」……」東北が急に言葉を呑み込んだ。また大笑いが始まりそうだったからである。

建平（ジェンピン）が顔を曇らせ、黙り込んでいるのを見て、東北（ドンベイ）も真剣になってきた。「兄さん、正直に言って下さい。本当にできないんですか、それとも彼女が疎ましいだけなんですか？」

建平は横目で東北を見て「違いがあるのかね？」と訊いた。

「本質的に違いますよ。たとえばですよ、あの女の子を見て下さい」

向こう側にプールから出たばかりの若い女性が、自分の寝椅子に向かって歩いていた。背中をほとんど露わにしていて、ヒップも豊かに盛り上がり、厚みもあって、Ｔバックのように、申し訳程度に真ん中のところに細い線が一本、見えるだけだった。

プールのこちら側の二人の男の視線がその若い女性を追い続けている。建平は密かにタオルを自分の前に持ってきて、すでにコントロールできなくなっている部分を覆った。しかし、東北の目はごまかすことができなかったし、この目的のために建平に見せたのだった。答えもはっきりしているわけで、東北の目に笑みが浮かんだ。

惜しいことに若い女性は寝椅子に腰を下ろさず、そこにかけてあったタオルを手にすると、外に出て行ってしまい、正面から彼女を眺めるチャンスが消えてしまった。しかし、横からの眺めも悪くなく、中世ヨーロッパ美人の典型的なボディーラインといえ、決して現代的ではなく、鋭角的ではなかったが、新鮮なチーズ、果汁たっぷりの果物を思わせ、男を誘惑するに十分だった。

若い女性の姿が消えると、東北が建平の方に首をねじるように向けて「身体に変化は起きませんでしたか、兄さん？」と訊いた。

建平は寝椅子に横になっていたが、呆れたように「お前ってやつは」と言った。

東北は負けずに訊き返した。「質問に答えてください！」

「東北(ドンベイ)は？」

「今は兄さんの話ですよ。ぼくには問題なんかありませんから」

「私も問題がないようだ」

　東北がそっと笑った。「やはり感じるでしょう。そうですよね。やはり反応があった、でしょう？　これが違いなんです。……もう覚悟するんですね、兄さん！」建平(ジェンピン)にはその意味がわからない。「兄さんに問題がないとなると、奥さんの責めから逃げられないでしょう」

　建平の目に恐怖が走った。「でも、彼女とだと本当にできないんだ。もしできるなら、私だって……」、少し間を置いて「平和を求めるさ！」。それから少しの沈黙のあと、決心したように「正直に言うよ。あの日以降、彼女は毎晩、しつこくセックスを求めてくるんだ。私がダメなので、彼女への気持ちがないとか言って、喚いたり泣いたり、いつ終わるとも知れないほどいろいろ詰問して、まるで狂ったようなんだ……」

「姉さん、知らないふりをしているだけですよ。男のことを知らないわけないです。事、これに関しては気持ちなんかなくたって、できるじゃないですか。風俗関係の女に思い入れなんてあるわけないし、反感や嫌悪感さえなければできますよ」

　建平が何度も手を横に振って「この話、娟子(ジュアンツ)にだけは言わないで欲しい。女房と彼女、今じゃ信じられないほど仲がいいから、もし小楓(シャオフォン)に話されてしまったら……」

　東北がきっぱりと言った。「姉さん、もうわかっていますよ、勘でね。でなければ、こうはならないです。今、彼女は溺れている人と同じで、この件はむしろ彼女にとっては藁の存在で、死んだって離すわけがないですよ」建平は黙っていたが、彼にもわかっていた。東北は思案気に建平を見つめて「兄さん、こうなると医者の証明書が必要のようですね。さもないと、兄さんが苦しめられて死ぬか、姉さんが苦しんで狂うか、ですよ」と言った。

建平は気がかりな事柄を一つ一つ東北に告げた。小楓はセックスできない建平を、ほかでセックスをしていると決めつけていた。事実無根だったが、ひけ目がないわけではなかった。今や弱者を助けるヒロインでもあるような娟子は、建平と彼の〝肖莉〟をいつも非難し、小楓に替わって異議申し立てを建平にしていた。建平は身の潔白を娟子に何度も正直に説明したが、信じてもらえなかった。建平にとって気がかりなのは、娟子があの事を小楓に話してしまったら、万事休すだということだった。悔やまれるのは、小楓にすぐ話さなかったため、今や時限爆弾になっていることだった。

東北は建平の後悔には同意せず「こんな事はしない方がいいに決まっていますが、やってしまったら、絶対、言ってはダメです」

「娟子がしゃべったら?」

「彼女が言おうと、兄さんが言おうと同じですよ。兄さん、〝自白した者を寛大に扱う〟のは、警察と犯人との間の暗黙のルールで、男女関係には当てはまりませんからね」

「私が何をしたっていうのだ? 何もしていないし、責められることなんてないはず。裁判でも、婦人保護会の専門家に判断してもらっても私はかまわない。確かに、私は結婚して女房がいる。確かに、私には他の女を愛する権利はない。でも、女房を愛さない権利はあるはずだ。夫婦は互いに愛さなければいけないなんてルールはないはずだ。そんなルール、どこにあるんだ? ええ!」建平は次第に興奮して、怒りで立ち上がってしまい、そこにはいつもの落ち着いた学者の姿は微塵もなかった。

東北（ドンベイ）が鋭い目で建平（ジェンピン）を見つめていた。「それなら兄さんは何を恐れているのですか？」

建平は一瞬にして怒りがしぼんでしまった。考えたこともなかったからだ。

東北がさらに突っ込んできた。「兄さんはすでに裏切ってるんです。男女間の裏切には三つのタイプがあります。体の裏切、心の裏切、そして心身の裏切です。一般的にはタイプ一とタイプ三が問題になります。心だけの裏切はあまり言われないようですが、ぼくの見るところ、心の裏切は体の裏切より遥かに重く、レベルも遥かに上です。一晩の関係などたいしたことじゃないでしょ。だって、一生のうち一時的な衝動や、たまたま自分を見失うことが絶対ないなんて誰も保証できないでしょ。でも心の裏切は単純な体の裏切や身心の裏切と完全に異なっていて、ぼくの価値観では身心の裏切より、もっとむごいです。なぜなら心はすでに相手になく、人間の本性に背いているわけで、偽善だからです。それでも一緒にいるなんて自分にとって不幸なだけでなく、相手には詐欺で、完全な侮辱です」

宋建平（ソンジェンピン）は目を凝らし、身じろぎもせずに聞いていた。自分には及びもつかない東北の高い見識に秘かに感嘆の声を上げていた。東北が言葉を和らげ、話題を変えた。「兄さん、自分でも気がついていないでしょ。毎日、ハンターに追われる獲物のように神経の休まるときがなく、ぼくなど、端から見ているだけで疲れます。もう考え方を変えるときです」

「考え方を変える？　何の考え方？」

「離婚ですよ」

建平がハッとなり、言葉を呑み込んだ。

東北（ドンベイ）が建平（ジェンピン）を見つめながら言った。「子どものため？」

「いや、それだけじゃない。彼女は私や家のために、自分をいろいろ犠牲にしてきて、彼女には私しかいない」

お手上げだった。東北は建平の考え方が自分の経験範囲を超えていることを理解し、結局、いちばん下手な策の病院からＥＤの証明を取ることを鄭重に勧めるしかなかった。

病気でもないのに、病院の証明書を手にするのは一般的には難しい。だが建平にとってはわけもなく、大学時代のクラスメートに頼み込んだ。男性科副主任のクラスメートは、すぐさま証明書を書き始めながら、好きな女でもできたんじゃないのか、と冗談交じりに建平に聞いた。自分の推測に疑う余地がないだろうとばかりに、建平の答えを待たずに何も言うなと笑い出した。勝手な邪推に建平は腹が立ち、さっさと帰ってしまった。

彼は証明書を小楓（シャオフォン）に見せた。診断結果：ＥＤ。

「ＥＤって？」

「男性勃起障害の英語の略称」

「原因は？」

「原因はいろいろだけれど、たぶん年齢や仕事のプレッシャーなど、総合的だろう」

「治療法は？」

「この年だからね……」

「ピカソは七十歳になっても子どもを作ったじゃないの」

「個人差があるよ……」

「個人差があると言っても、倍ほどの差はないでしょう……」

「仕事のプレッシャーもね……」

小楓(シャオフォン)が甘えるように言った。「ねえ、明日、休みを取って」

「どうして?」

「私と病院へ行くの」

「病院?　どこの病院?」

「それは聞かなくてもいいわ。私についていてくれればいいの」

「なんで?」

「なんでって、あなた、わかっているじゃない」

建平(ジェンピン)はたちまち目の前が暗くなった。

第十一章

若いその医者はかなりそっけなかった。建平(ジェンピン)には一目で、無理にそうしているのがわかった。自信がないからで、自分にもそんな時期があったと思っていた。建平は初めて純粋に病人の立場から自分の同業者を観察していた。

小楓(シャオフォン)は自分で車を運転して建平をこの病院に連れて来たのだった。男性科なので女性には入りづらく、そうでなければ小楓も一緒に診察室に入ったにちがいない。小楓は彼のそばから離れず、男性科に入る前には検査で服を脱がされるかもしれないからと、またもや携帯を取り上げられる始末だった。

若い医者はうつむいて、カルテに筆を走らせながら「こうした状態はどれほど続いていますか?」

「かなり長いです」

「どれほど?……半年?　一年?」

「……一年余りではないかと思います」

「まったく欲求がないのですか、それともあるけれど、できないのですか?」

建平（ジェンピン）は答えに詰まった。どう答えるのが自分に都合がよいのか判断がつかなかったからだ。医学面と人間関係などの要因を考慮にいれる必要があった。この医者が小楓（シャオフォン）の知人でないという保証はなかった。

若い医者は顔を上げると「どちら?」口から出す言葉を少しでも減らしたいらしい。

「後者のように感じます」

「気持ちはあるけれど、できないってわけですか?」

「そうです!」

「一年以上、奥さん以外の女性にも何も感じなかったのですか?」

「ありません!」今度は素早かった。そのせいか、医者がもう一度、顔を上げて彼の方に鋭い視線を投げかけた。建平は思わず緊張し、汗が吹き出してきた。

若い医者はまるで誘導尋問のように訊いた。「あなたが実際に何かしたというのではなく、その類の幻想、性的な妄想も抱いたことはありませんか」

「ありません」建平は断言するように言った。

医者はそれ以上聞かず、検査指示書を手に取ると、何やらそれにさっと書き込み、切り取って、建平に渡した。「血液検査をします」

建平が検査指示書を見ると、ホルモン数値検査だった。彼が診察室から出る前に、看護師はもう次の患者を呼び入れていた。

次の患者はやつれて顔色が悪い中年の男だった。眉が「八」の字になっているため、その顔はいっそう憂鬱そうで、彼が常連患者なのは間違いなかった。勝手を知っているからだろう、検査室に入るや、まだ座ってもいないうちから喋り始めた。その表情や口調には焦りが滲み出ていた。「先生、効かないよ。薬は全部飲んだけれど、ちゃんと言われたとおりに飲んだのに、なんでホルモンの数値、上がらないんですかね？」

「まだ検査もしていないのに、上がらないってどうしてわかるのですか？」若い医者が不愉快そうに言った。

「自分の感覚でね！　ダメだ、何をどうやってもダメ！……」

建平（ジェンピン）は思わずその患者の方を振り返った。自分が複雑な心境にあるだけに、同情なのか、羨望なのか、建平は自分でもわからなかった。

検査結果が出た。小楓（シャオフォン）は検査結果表にある医学的専門記号がわからないため、建平に説明を求め、彼は「正常」と答えた。

彼女にありのままを伝えたのは、今の医者が彼女の知り合いかもしれず、隠してはまずいと考えたからだった。また隠す必要もなかった。ホルモン数値が低ければ、必ずＥＤだが、低くないからＥＤではないと言い切れないからである。目の不自由な人は障害者だが、目が不自由でない人が障害者でないとは限らないのと同じだった。つまり論理的に言えば、大きい概念と小さい概念の問題で、二者は対等の関係ではなく、内包と被内包の関係で、ホルモン数値の検査結果だけでは、わかったことにならなかった。

検査結果表を持って診察室に入り、暫くして診察室から出てきた建平は、診療結果を外で待っていた小楓に見せた。そこにはＥＤ（功能性）とあった。

立ったまま、小楓（シャオフォン）が黙って、しばらくその検査結果表に見入っていた。何を考えているのかわからず、建平（ジェンピン）の居心地を悪くさせていたが、その理由は、おそらくＥＤのうしろにある括弧内の〝功能性〟にちがいない。

のちのことだが、建平は東北（ドンベイ）から検査結果について訊かれたことがあり、隠さず話した。東北はただちに〝功能性〟を鋭く突いてきた。「功能性のほかには？」「器質性かな」「どう違うんですか？」「器質性は器官、つまり肉体そのものに問題ありという意味で……」東北が大笑いしながら建平の話の腰を折った。「わかりました。つまり功能性って、兄さんの心の問題というわけですね」

東北の理解は当たらずとも遠からずだった。

建平が気がかりだったのは、小楓がこの〝功能性〟について質してくることだった。彼はすでに明確に答えられるよう準備を整えていた。功能性ＥＤもＥＤだが、精神性もやはり問題となる。精神の病も病気の一種で、時には一般の病気よりもやっかいで、それだけ扱いも慎重になるからこそ、精神を患った者が殺人を犯しても法律上、罰っせられない……と待ち構えているうちに、気持ちが高ぶってきて、戦いの前の興奮が心身に満ちてきていた。ところが相手からはまったく反応がない。

結局、建平は気持を抑えきれずに「小楓？……小楓、すまない……」と言った。

彼女がようやく顔を上げた。「違うわ！　建平、私こそごめんなさい！」

ずっとうつむいて黙りこくっていた小楓の目に涙が溢れていた。

急に自分の恥知らずに忸怩たる思いを抱いた建平は、その動揺をごまかすかのように妻の肩を抱き寄せて、いたわるように言った。「帰ろう」

小楓の目からは、まだ涙が溢れている。「治療法はないの？」

「この病気は……西洋医学では……」建平は弱々しく頭を左右に振って「やはり養生が一番かな」と言った。

小楓は東洋医学研究院を訪れ、長時間待たされて十四元の特別診療受診の受付を済ませた。待合室は患者で溢れかえり、大部分が男性で、わずかに付き添いの女性はいたが、女性一人なのは小楓だけだった。今回の目的は事前調査と情報把握だった。建平に時間がないため、小楓がすべてお膳立てをしてから連れて来るつもりでいた。受診者は建平とほぼ同年齢の中年の男性ばかりで、建平が最初に言っていたことが嘘ではなく、「他所でセックスしている」という小楓の考えが間違っていたのを証明していた。

「二十七番の方！」助手が診察室から顔をのぞかせて、名前を呼んだ。「宋建平さん！　宋建平さん！」もの思いにふけっていた小楓がハッとなり、慌てて返事をした。立ち上がって、診察室に入ろうとしたとたん、まわりの視線が一斉に彼女に注がれた。

助手も疑わしそうな表情を浮かべ、小楓に問い直した。「あなた、宋建平さんですか？」

小楓は「はい」と答えてしまってから、「いいえ」と言い直した。落ち着きを取り戻し、事情を説明して、やっと入室が許された。

漢方医は六十歳を超えているようだったが、生気に溢れて、いかにも健康そうだった。ここを訪ねる前に小楓は、ＥＤに関する本にかなり目を通し、東洋医学にも多少の知識を詰め込んでいて、必ずこの先生に診てもらおうと決めていた。漢方医は小楓から渡された西洋医学の検査結果に目を通すと、患者を診ないと処方できないと言った。治りますかという小楓の問いにも、同じく患者を診ないと何とも言えないとの返事だった。決していい加減で無責任なことも、大風呂敷を広げるような言い方もせず、謹厳実直な大学者の風格があって、小楓（シャオフォン）にたちまち尊敬の念を抱かせた。多くの時間を費やして、たった二言、三言の返事しかもらえなかったにもかかわらず、小楓は満足だった。これこそ彼女が求めている結果だった。この漢方医があっさりと処方を出したら、彼女はこの人物をすぐさま否定しただろう。

車で家に向かう小楓の気分はことのほか安堵感に包まれていた。愛する人とのすべての行き違いが、自分にこそ責任があるという事実に突如、気づかされた安堵感だった。カーステレオのスイッチを入れると、D・N・ANGELのナイチンゲールが流れ始め、その美しい曲に小楓は思わず涙ぐんでいた。竹笛とバイオリンが奏でる天から降ってくるような美しいメロディに浸りながら、小楓は今の生活を大事にし、感情にまかせて〝行動〟してはいけないと反省していた。最近の自分を振り返ると、思い出したくないほど恥ずかしかった。いつからか人間が変わってしまい、狂ったように悶着を起こし、建平（ジエンピン）を責め立ててばかりいた。ある時など、翌日、手術があるとわかっていながら、それでも彼を眠らせず、すべて自分に従わせるという悪意に満ちた快感さえ感じていたのだった。それはなぜ？　夫が着実に昇進して二人の距離がますます開いてきているからなのか、それともこうした事実の前に危機感と警戒心があるからなのか。夫の出世を望んでいたのに、それがかなうや、女はなぜ最初の望みをさっさと忘れてしまうのだろう。金に不自由していたときは金が欲しいと思い、金回りが良くなると夫がそばにいて欲しいと望む。欲求ばかりが膨らんであまりにも貪欲、自己中心的になりすぎていたようだ。魂を揺さぶるような竹笛の清らかさと、バイオリンの柔らかく優しい音が溶けあうなかで、小楓は執拗に自分を検証、分析し、同時に自分に言い聞かせていた。「小楓、これはすべてあなた自身の選択よ。生活の軌道は完全にあなた自身の願望と設計に従って、あなたの考え通りに実現しているのよ。自分の最初の考えが不十分だったからといって、それを相手への怒りや非難にすり替えてはいけないわ。あなたの知っているまわりの裕福な男たちと比べると、東北（ドンベイ）にしても、肖莉（シャオリー）の前の夫にしてもまともだし、建平（ジェンピン）はそれより遥かに上よ」

「考えが不十分」という点に引っかかったとき、しかし、小楓（シャオフォン）はあまり深く考えずに、思考を次に移してしまっていた。おそらく「深く考えず」ではなく「深く考えたくなかった」のだろう。学校を辞め、好きな生徒たち、好きな職業から離れたことは、彼女の心に痛みとなって残っていた。彼女は本能的にこの事実から逃げようとしていた。考えてもどうにもならない最良の対処法は考えないことだった。

小楓は根気強い説得で、建平に漢方医の診察を受けさせ、薬も調合してもらった。それからの宋（ソン）家は、漢方薬の匂いにむせかえるほどになった。漢方薬の匂いは実に強く、宋家の窓や玄関の隙間から外にまで流れ、いつまでも消えなかった。

ある日の午前中、外科では二つの大きな手術があった。いずれも肝臓移植の手術だった。最初は一つの予定だった。ところが手術二日前に、急に四川省成都市の関係者から新しい生体肝臓が都合ついたとの連絡が入った。すぐに取りに行った結果、二つの生体肝臓が手元にくることになり、二つの手術となった。一般的に二十四時間以内に移植手術を行えば、成功率は比較的高くなると言われていた。

建平はこの二つの手術に立ち会い、手術室を行き来しながら、難しい部位ではみずからメスを執った。午前九時から十二時間、飲まず食わずだったが、精神の高揚と緊張のため、空腹も、のどの渇きも、まったく感じなかった。生体肝臓はなかなか手に入らないだけに、患者の命は危険な状態にさらされ続けている。二つの手術は見事に成功した。

建平(ジェンピン)が帰宅すると、すでに十時を回っていた。小楓(シャオフォン)は彼を待っていて、夜食も用意されていた。鳥スープのワンタンには香菜(中国パセリ)のみじん切りと胡椒が加えられ、建平はまたたく間に三杯も飲んでしまった。丸一日、何も口にしていなかった者には、空腹感を満足させながら食べ過ぎの恐れがないだけに、こうしたスープ類はピッタリだった。それから熱い風呂で汗を流し、お湯に身体を沈めると全身がゆったりとした。部屋の電気はすでに消され、枕元の明かりが柔らかい。バスローブを着た建平は全身の骨がばらばらになった感じで、すぐ横になって眠りたかった。明日は明日で手術後の二人の患者からは目が離せず、予想されるあらゆる障害に即座に対応しなければならない。外科医は手術の腕だけでは不十分で、人体そのものが総合的な化学システムであるだけに、術後の観察と処置は極めて重要で、手術の成功だけでは、まだ道半ばに過ぎない。

ナイト・テーブルに置かれた、茶色の漢方薬が入ったコップが建平の目にとまった。朝晩、各一杯ずつがノルマになっていた。薬剤の量を累計すれば、すでに麻袋一袋分にはなっているだろう。いつもは効果がないのを知りながら、じっと耐えて飲んでいた。でも、今は飲みたくなかった。スープ入りワンタンで腹一杯だったのと、毎晩、就寝前に液体を飲むと、夜中にどうしてもトイレに立つことになるからだった。建平はもともと眠りが浅く、一度目が醒めると、なかなか寝つかれず、最近はよく眠れないため、やつれが目立っていた。小楓に飲むのを止めるか、一時休みたいと言ったが、同意は得られなかった。欠陥をしっかり治すには継続こそが大切で、EDはただの症状に過ぎず、身体の機能全体の問題なのだと小楓はいろいろ並べ立てた。確かにその通りだった。それでも今はあまりにも疲労困憊で、とにかくぐっすり眠りたかった。薬に気づかない振りをして、バスローブを脱ぎ、パジャマに着替えるとベッドの布団にもぐり込んだ。

「薬を飲んでね」言葉は優しいが、決然とした響きが込められていた。建平(ジェンピン)は抵抗したかったが、冷静に考えると、飲んでも飲まなくても結果は同じだった。飲めば腹が張って眠れず、飲まなければいつ終わるともしれない小言でやはり眠れない。しかも彼女の気分を損なって、喧嘩にでもなれば、息子まで巻き込んでしまうかもしれず、建平は鼻をつまんで、息を止めて一気に口へ流し込んだ。結局、建平は二回もトイレに起きてしまい、二回目ではどうしても寝つかれず、暗闇の中でじっと横になって、小楓(シャオフォン)の規則正しい寝息を聞き続けていた。建平は家族の幸福のために、自分一人が苦しめられていると自嘲気味に思っていた。外が少し白み始めると建平はベッドから抜け出し、カーテンの隅を開けて外の明かるさを頼りに時計を見た。五時になったばかりだった。もう眠れそうもないので、無造作に一冊の本を手にするとキッチンへ足を向けた。その僅かな距離の間に、こんな肩が触れあうような狭い空間で、これ以上生活していけば、自分は本当に持たなくなる、という思いが湧き上がってきた。

ようやく明るくなり始め、小楓が起き出して朝食の準備と当当(ダンダン)を学校へ行かせる用意をしている。髪は寝起きのまま、かかとを踏みつけた室内履きであたふたと動き回る姿を、建平は疲れ切った目で見ながら、果てしない荒涼感に襲われていた。

東北(ドンベイ)はベッドの上で転々として眠れず、その辛さを感じながら建平のEDを考えていた。この世の中、どうやら絶対的な「正」も「非」もないようだ。EDは「正」かといえば「非」だろう。だが男に欲求はあるのに勃起しないなら、ＥＤの方がまだよいかもしれない。食糧不足のとき、食欲旺盛は食欲なしよりずっと辛いだろうから。

　娟子（ジュアンツ）は彼のそばでぐっすり眠っている。彼女の寝息、体臭や暗がりの中で、際立って見えるつやのある白くて、すべすべした顔などは、彼にはどれもが挑発的、刺激的で抗いがたい誘惑にかられた。以前なら娟子が寝ていようが何をしていようと、欲求に任せてセックスを求めていた。時には彼女が拒否しても東北（ドンベイ）が強引に出れば、彼女は諦めるのが常だった。彼の「武力」に屈するのではなく、彼の意志に負けるのだ。東北が娟子を求めることが彼女には挑発であり、刺激であり、抗いがたい誘惑となっていた。事実、娟子がそうだが、女性の深層心理には決して認めようとはしないだろうが、男性の強迫と征服願望を喜びとして受け入れる意識があるようだ。

　しかし、今は彼女に勝手はできない。妊娠しているからで、それを知ってからの東北はセックスを控えて二カ月が過ぎていた。どうしても我慢できずに「自慰」もしたが、満足感どころか、名状しがたい虚しさを感じ、生活と生命の浪費と冒瀆以外の何ものでもないと思った。

　ところが娟子にはまったくわかっていない。相変わらず彼に一緒に寝ることを求めた。もちろん「睡眠」そのもので、セックスの意味ではない。彼女の妊娠の症状は特に重く、耐え難く、辛そうで夫の思いやりと優しいまなざしが必要な時期だった。そのためか彼が別々に寝ようと言うや、娟子はたちまち怒り出し、あなたが愛しているのは私とのセックスだけだと言い出す始末だった。まったく非論理的な言いがかりだったが、反論できなかった。この認識の違いは性の違いにあり、変えられないとわかっていた。

　娟子が身体の向きを少し変え、片方の足を東北の身体の上に載せてきた。まずいことに彼の下腹部のところで、すぐさま彼の全身が熱くなり、無性に娟子（ジュアンツ）が欲しくなった。しかし許されない。東（ドン）北（ベイ）は彼女を愛し、彼女のお腹の子を愛しているからこそ、欲望のために母と子の安全を無視するなどできなかった。身体をずらそうとしたが、彼女が目を醒ますのが恐くて動けない。やむなく身体を伸ばしたまま、興奮が収まるのを待つしかなかった。

東北はすぐに陳華（チェンホワ）先生のことを思い浮かべた。先生は中学時代の担任で、数学の先生でもあった。それだけにおのずと二重の権威を持ち、しかも先生自身が優れていて、あらゆることにずば抜けていた。数学のレベルは当然として、性格や気性も厳しく、激しかった。卓球、バドミントン、バスケットボール、サッカーでも彼の右に出る者などおらず、まさに「敵なし」だった。クラスで、特に男子は誰もが陳華先生を恐れ、陰では「陳華」と呼び捨てにしながら、面と向かってはひたすらおとなしかった。その頃の彼らは青春期の典型的な心理的特徴があって、敬服する先生とそうでない先生を区別し、能力もないのに格好ばかりつけていた化学の先生を生徒たちがあっさり追い出してしまったことがあった。

青春期の成長は心理面だけではなく、肉体面での発達にも強い好奇心を持ち、悩まされもする。性への目覚めである。それだけに互いに情報を交換し、また最後の、いちばん重大な一瞬のためにどうすべきかで焦燥感さえ抱いていた。東北は娟子に女生徒も同じかと聞いたことがあった。女の子の間ではほとんど性が話題になることはなく、女子生徒は男子のように下品じゃないと言っていた。そのときはこの大きな違いに東北は戸惑ったが、ある日、天啓のようにその根本的な理由に気がついた。造物主は人類の繁殖の重大責任を男に任せたのだ、と。主体的責任を果たすには欲望だけでは足りず、テクニックも求められる。女は受動的に受け入れることが求められるため、若い女が苦悩し、焦燥感にとらわれることなく、涼しい顔をして男どもの下品さを揶揄していられるのだ、と。

　肉体面での悩みでは、さらにあの部分がよくコントロール不能となって〝大きくなる〟ことだった。授業中や食事中ならまだいいのだが、たとえば体育で千メートル走の真っ最中に変化が起きると、比較的細身に作られている短パンの正面でこすられ、しかも悪いことに摩擦はもっとも柔らかい部分で起きる。しかし、獰猛で容赦ないドイツの牧羊犬のような体育教師が睨みをきかせているので、立ち止まるわけにいかない。足を上げるたびにこすられ、痛くてたまらなかった。

　男子生徒ならこうした苦痛は誰もが経験していた。そしていつからか、誰言うともなく〝あれ〟が大きくなったら、陳華（チェンホワ）を思い出せ。陳華を思い出せば、〝あれ〟も縮むと言われていたのだった。

　今では十四、五歳の男子中学生を見ると、彼らに「敵なし」の〝陳華先生〟はいるのだろうか、いるなら幸運だと思うことがある。そんなことが頭に浮かんで、東北（ドンベイ）は思わず微笑み、いつしか肉体の火照りは冷め、心身ともに落ちついていった。

　ある土曜日。東北が豚の骨を煮込んだスープを作っていた。妊婦と胎児にはカルシウムが必要で、骨の肉汁スープが良いと言われていたからだった。娟子（ジュアンツ）はベッドの上で横向きになって雑誌を見ている。肉汁スープの濃厚な香りがさほど広くない部屋に漂い、家庭の安らぎと暖かさが満ちている。突然、娟子が叫んだ。「吐きっぽい！」

　東北は慌てて娟子のそばに飛んで行ったが、適当な入れ物を見つける余裕もなく、両手を差し出して嘔吐物を受け止めるしかなかった。部屋を掃除をしていたパートのお手伝いさんは、そんな様子を見ながら納得できなかった。

家政婦は河南省の農村の出身で、彼女の妊娠中などは夫の手を借りなかったばかりか、一日だって農作業を休まず、出産する日の午前中まで畑仕事をしていたものだった。夫は出稼ぎで子どもが生まれる当日、ようやく帰ってきたが、遠方から戻ってきたため、彼女は出産したばかりなのに夫の食事を作らなければならなかった。それだけに、いくら妊娠しているからといって、女がこれほど甘えていいのだろうか、という思いが強かった。家政婦は東北（ドンベイ）に甘やかし過ぎはむしろ良くない、何か家事をやった方が調子の悪さなんか吹き飛んでしまうと言いたくて仕方なかった。

家政婦が娟子（ジュアンツ）の嘔吐物を片付けている。今朝、飲んだ牛乳も混じっていて、生臭く、饐えた臭いが強烈に立ち込め、耐えられないほどだった。仕事はてきぱきとやり、苦労をいとわないさすがの家政婦も、息を止めなければ近づけなかった。けれどもここのご主人はまったく気にならないようで、これほど妻を愛している男性を知らないと、心密かに感嘆の声をあげていた。

娟子は結婚前、青春まっただ中の女から一気に中年女性になりたくないからと、子どもを望んでいなかった。そのときは彼女の一時的な思いに過ぎず、いずれ変わるだろうと東北もあっさり同意していた。実は彼自身も子どもへの特別な思いなどなく、興味がなかった。もともと結婚そのものを望んでいなかったのだから。そのため両親からは何度も小言を言われたが受け入れず、両親も諦めて何も言わなくなっていたのである。

そんな彼が急に子どもを望み始めた。理由も、時期もはっきりしないのだが。しかし、東北は単に〝子孫を残す〟ためだけなら、まったく興味がなかった。彼は典型的な現実主義者で、老後を子どもに面倒を見てもらおうなどとは考えてもいなかったし、むしろ望めないと思っていた。東北は一人っ子なのに成人するや、すぐ親元から離れて独立生活を始め、自分だけの人生を完成させようとしていた。東北（ドンベイ）は北京、両親はハルビンに住み、経済的にも完全に別々だった。誰にもそれぞれの人生があり、子どもを持つのは生活上の必要からではなく、生きていくある段階で、その生を充実、補完させるために必要だからだ。しかし、娟子（ジュアンツ）は当初の考えを変えなかった。ここで東北は一つの重大な事実に気づかされる。子どもを望んでも産むのは娟子だということに。そして娟子は出産すると腰回りが桶のように、乳房が布袋のように、さらに顔中にシミが残るのを嫌っていた。それが子ども望まない最大の理由だった。

　東北が説得を試み、彼女のわがままな考えを非難すると、そのまま言い返される始末だった。子どもを欲しがるのもわがままではないかと。なるほどその通りで、東北には返す言葉がなかった。それからは、この件に触れることはなくなった。どうせ喧嘩になるし、説得に自信がなかったからだった。ただ考えるたびに気持ちはふさいでいった。

　ところが、娟子が異様に激しく燃えた夜があった。終わったあとか、その次のあとだったか、彼女がある本で激しく燃えたときの子どもは聡明で、美形になるというのを知ったと言い出した。その本に依れば、そのため私生児の方が正式に結婚して生まれた子どもより聡明で、美形になる比率が高いという。

　あの夜、娟子は用心せず、妊娠が確認されてから初めて東北に告げたのだが、話している最中に急に泣き出し、「ねえ、ある日、私から若さがなくなって、みっともない女になっても私のこと、愛してくれる?」と訊いた。彼女は紛れもなく東北のために自分の「美しさ」や「青春」と決別することを選んだのだ。彼は感動して、激しく彼女を抱き締め、耳元で「We are getting there together」と囁いた。

決心して妊娠したはずだったが、娟子（ジュアンヅ）はほんのささいなことで動揺するようになった。たとえば朝、起きて比較的気分が良く、胃は空っぽで吐き気もないと、気持ちも高揚して外出しようとして、いざ服を着替える段になると高揚した気分は萎えてしまうのだった。おしゃれな服はすべて着られず、以前はウエストに手が入ったスカートもボタンさえ留められなくなっているからだった。娟子はたちまち泣き出し、朝食後は身体をベッドに横たえたまま、憂鬱そうに本を見ているだけで、今もそうだった。

家政婦は嘔吐物を片付けると、ついでに洗面器をベッドの枕元に置くと、吐いたばかりの娟子がまたその洗面器に激しく吐き始めた。もう胃液のあとは胆汁しか出ない。それでも激しい空吐きを続けている。洗面所で手を洗っていた東北（ドンベイ）はその空吐きを耳にしながら辛く、心配でならず、思わず家政婦に訊いた。「彼女、大丈夫でしょうかね？」

三カ月が過ぎれば妊娠の症状は軽減していくと本には書いてあるが、こんなにひどいと、三カ月など、とても耐えられそうになかった。

「大丈夫、心配ないですよ」家政婦はここぞとばかりに、自分の考えを話し始めた。「甘やかしすぎは良くありません。甘やかすほど甘えますよ。ただ妊娠しているだけですもの。女は誰だって妊娠します。そして妊娠したら誰だってこうなります！」

東北は娟子を庇うように「いや、彼女のはひどいと思う。ぼくの同僚なんか、最初から最後まで何ともなかったから」と言った。

「きっと女の子ですよ。女の子だから症状が重いんです。女の子は髪が多いから、それがあちこち触って気持ち悪くさせ、吐きやすくなるんです」

東北は笑うに笑えず、泣くに泣けず、黙るしかなかった。家政婦は話し足りないと言わんばかりに、仕事をしながらも東北が与えてくれたせっかくのチャンスを失いまいとして、手も口も止まらず、帰るまでずっと喋り続けていた。

家がやっと静かになると、娟子は東北を見やり、どうしようもないというように首を左右に振りながら苦笑した。「うちはこれから賑やかになるわね。保母さん、赤ちゃん、哺乳瓶、オムツ……」

「娟子、これこそ人生さ。ぼくらは永遠に若くはない」

娟子は黙ったまま、頭を東北の肩にもたせかけて、静かに一点を見つめたまま、何かを考えているようだった……。

三ヵ月が過ぎても娟子の妊娠初期症状は一向に治まらず、それどころか流産の恐れさえ出てきた。折悪しく、こんなときに限って東北の仕事が非常に立て込んできてしまい、娟子の母親が北京へ駆けつけて、娟子を青島の実家へ連れて帰った。

東北があるバーでその女性と知り合ったのはそのときだった。美しさでは娟子に遠く及ばず、東北ほどの男であれば、もっと美しい女性と知り合っても不思議ではなかった。ただ彼女ほど道理がわかり、聡明で包容力のある女性となると、そう容易ではなかったろう。あるいはその女性の聡明さや包容力ではなく、ただ制限されている客観的条件下でのやむを得ず取った対応方法だったかもしれない。なぜなら彼女は東北に物質面、感情面で一切、何も求めなかったから。もし彼女から物質面で要求されれば、ある程度、相手を満足させることができただろう。だが感情面での要求ならすぐ別れたにちがいない。

娟子の不在中、二人はしばしば逢うようになっていた。逢う間隔は一定ではなく、二人の欲望のままに任せて連絡し合っていた。逢う場所は、ほぼ東北（ドンベイ）の所だった。

　この日、娟子（ジュアンツ）が戻ってくることになっていた。数日前に娟子から連絡が入り、東北はその数日間を迎える準備に当てていた。三夜連続で家事ヘルパーを頼み、徹底的に部屋の掃除をさせた。布団カバー、シーツカバー、枕カバー、そしてソファーのカバーまで全部取り外して洗濯し、最後に彼自身がもう一度、入念にチェックまでした。

　だが、それでも見落としがあった。家に戻った娟子がベッドで一本の髪の毛に気がついた。長く柔らかく細い、茶褐色の髪の毛だった。

　妊娠後、娟子は胎児への影響を考えて髪を染めず、短髪にしていた。黒くて、太くて硬い髪をしている娟子のものとは明らかに違っていた。娟子の顔色が変わった……。

第十二章

まるで数年前の肖莉（シャオリー）の家のように長い髪の毛がティーテーブルに置かれている。違っているのは人物が東北（ドンベイ）と娟子（ジュアンツ）で、もう一つ違うのは東北の態度だった。

東北には動揺がなく、落ち着き払い、肖莉の夫と大きく違っていた。娟子を見るその目は、まるでどんと構えた兄貴のようで、「精一杯怒って、精一杯泣いた？　それだったら、これからこの髪の毛の問題について話し合おう。正直言って、この髪の毛が誰のものか、ぼくにもわからない」それを聞くや、娟子がまた喚き始めようとしたので、東北が手を横に振って制止した。「第一の可能性、これは君のもの。この前まで長い髪だったし、このようなブラウン系に染めていたし……」と言った。

娟子が冷笑した。「どうせ布団カバーやシーツは全部換えたくせに」

「換えたって、髪の毛が残っている可能性はあるさ。例えば、洗っているとき布地に紛れ込んでしまい、換えたときに表面に出てきたかもしれないだろう」

娟子は目を見開いて、東北の言葉に耳を傾けていたが、彼の説明にも一理あると思い始めてきていた。

「第二の可能性、この髪の毛は確かにほかの女性のもの」今度は娟子（ジュアンツ）は喚くことなく、黙って聞いている。「たとえばぼくの女性の同僚のものかもしれない。同じ事務室なので、彼女たちの髪の毛がひょんなことからぼくについてしまう可能性はままあるはず。あるいは静電気で、ぼくの服についてしまい、そのまま家まで持ち込んだかもしれない。第三の可能性、家政婦か、その娘さんの髪の毛。ぼくは一度、彼女たちをうちの風呂に入らせたことがあるんだ。あの家政婦、長い間、風呂に入らないので、体臭がすごくて、我が家に来ると臭いがなかなか消えないものだから。でも家政婦だけ風呂に入らせると君は留守だし、もしも彼女に何か下心でもあったら、ぼくの方がたまらないから、彼女の娘さんにも声をかけたんだ」

　娟子の目が微かに和んだ。背が高くキリッとした東北（ドンベイ）と、あの胸が大きく、腰も太い中年の家政婦が一緒に並んだ姿を想像して思わず可笑しかったからだ。

　翌日の夕食後、残業のため東北が帰宅する前に家政婦がやって来た。娟子がいたからか、いつ終わるともしれないおしゃべりが始まってしまった。まず東北の暖かさ、優しさ、温厚さを褒め、都会人にも善人はいるという話題から、自分の田舎がいかにすばらしくて、いかに生活しやすいかを語って聞かせた。しかし、家族四人で出稼ぎに都会へ来てみると、借りた部屋は四畳半程度、水道なし、暖房なしで、ベッドを置いたら体の向きさえ変えられず、お風呂どころじゃないのに、毎月の家賃が二百元もするという……

　彼女には男女一人ずつ子どもがいて、一緒に北京に出て来ていた。夫も日雇いで内装の仕事をしているという。でも娟子は家政婦以外は会ったことがなかった。

「娘さんはお幾つですか？」娟子が訊いた。娟子はすっかり〝妊婦の体型〟になっていて、少し隆起したお腹を前に突き出し、家政婦のあとを追うように動き回りながら、食べ物の入った口をひっきりなしに動かしている。彼女はつわりの症状はすっかりなくなっていて、あの頃の食欲不振を補うかのような驚くほどの食べっぷりだった。休むことなく食べ続けていて、三度の食事におやつ、それから夜食と、東北をあきれさせるほどだった。東北が娟子に唯一、不満だったのが彼女の食が細いことで、そのくせ間食が好きで、いざ食事となるとすぐに満腹になっていた。「食べる」ことは夫婦にとって重要な要素で、二人がおしゃべりをしながら大いに食べ、大いに飲むことは心身ともに満ち足りた気分になれた。でも一人があまり食べないと、雰囲気も盛り上がらず、楽しさも半減してしまう。しかし、今は完全に逆転して、彼女ほど食べられない東北が彼女に物足らなく感じさせていた。

「満十三歳です」

「髪が長いんでしょう？」

家政婦自身は髪が短かった。

「そうなんですよ。このへんまで伸びています」と言いながら、手を自分の腰の少し上のところにあてた。「一回洗うのにやかんで二回、お湯を沸かさないと。沸かすのに石炭を一つは使ってしまうんです。切りなさいと言っても聞かないし。もう子どもじゃないのに親への気遣いなんて、これっぽっちもありゃしませんよ。都会へ来て、これといったことは学んでないくせに、格好ばかり気にするようになって」

娟子は豆羊羹をかじって口の中に入れ、満足気な微笑みを浮かべながら、家政婦のとりとめのない話を聞いていた。

　この毛髪事件は建平（ジェンピン）には信じられなかった。「彼女、それで何も言わなかったのか？」

「ええ、何も」

「お前はやることをやってしまっているのに一悶着もなく、ぼくは何もしていないのにいざこざが絶えないなんて」

　あの寝られなかった夜を境に、建平は飲み薬を拒否していた。これ以上、彼女の言いなりになっていると、自分の体が完全にだめになると感じるようになっていた。十分な睡眠が妨げられるのだから、健康でいられるはずがない。小楓（シャオフォン）は何も言わなかった。言われた方がむしろましだったが、彼女は薬のことだけでなく、あらゆることに沈黙してしまった。彼女の必殺法である沈黙の殺傷力は口喧嘩など子どもだましと言えた。

「兄さんは自分に何が足りないか、わかっていますか？　智慧ですよ。結婚には愛情が必要ですが、智慧はもっと必要です。ぼくは家政婦に娘さんも連れてこさせて我が家の風呂に入ってもらいましたよ……」

　建平はとたんに目を丸くした。「おまえが仕組んだってわけか？」

「そうですよ。災いを未然に防ぐためにね。髪の毛が火種になった事例は、歴史上、数え切れないほどですから」

　建平は何度も深く頷くうちに、頭をよぎるものがあった。肖莉（シャオリー）のことだった。「お前は実に用心深いね」

「これはテクニックですよ」

「女の子はどうするつもりなんだ？」

「彼女の方はどうということないですよ。二人とも最初から納得した上でつき合い始めたんですから。彼女は一人で上京してきたフリーターで、北京には親戚は誰もいなくて、何人かと地下室の一部屋を借りて住んでいます。ぼくらのつき合いは、いわば互助関係で、自分にないものを求め、必要なものを得るという関係です」東北（ドンベイ）が急に話の矛先を変えて、「兄さん、兄さんは不能ではないのですから、自分の幸せを求めていいんじゃないのですか。今の状態は確実に時間と命を無駄にしていますよ。かつて毛沢東（モウタクトウ）主席は我々に教えてますよ。浪費こそ最大の犯罪だと」

建平（ジェンピン）は首が折れんばかりに横に振って「だめだめ、私にはできない」と言った。

「なぜなんですか？」

東北はしばらく思案していたが、やがて頷きながら言った。「確かに兄さんはそういう人間ですよ。まあ仕方ないか。でも人間はやはり自分の心の赴くままに動くべきで、そうでないと、もっと辛くなりますよ」

「そのあと、おまえにはうしろめたさはないのかね？」

「自分に有益で、他人を傷つけていませんから、うしろめたさなんてありませんよ」

「娟子（ジュアンツ）には隠し通すつもりなのか？」

「当然です。自分の気持ちを楽にするために懺悔して、すべての悩みを相手に押しつけてしまうようなまね、ぼくは絶対しません。それは不道徳ですよ」

東北の話にも一理あって、反発しようがなかった。建平は人生の先輩として、また保護監督者の立場で東北（ドンベイ）を諭し、教育しようと思っていたが、自分の道理がこの若者にはまったく無力なのを教えられた。

そのとき東北の携帯電話が鳴った。例の女性からで、母親が入院して実家に戻らなければならず、少なくとも二カ月は北京を離れるので、その前に東北に会うつもりらしい。

妊娠月数では娟子（ジュアンツ）はもうセックスができたが、胎児に悪い影響を与えるのを恐れて東北を拒否していた。東北の方も納得していて、欲求もそれほど強くなかった。気を遣いながらのセックスには気乗り薄なのと、欲望を発散できる別の相手がいたからでもあった。娟子が戻ってきてからも、その女性との関係は切れず、昼間の時間帯を利用していた。娟子は出勤すると夕方まで帰宅しなかったし、たまに帰るにしても、必ず東北に車で迎えに来るよう電話があった。東北は安全を考えて、バイクを売却して車に換えていた。事故では決心できなかったのに、子どもがバイクをやめさせていた。

東北は娟子のスケジュールや行動をすべて把握しながら、その女性と過ごすときは細心の注意を払い、セックスのあとも厳しいチェックを怠らなかった。その女性にもわざわざ長い髪を切らせて娟子と同じ短髪にさせていた。たとえ髪の毛が落ちていても、娟子は自分のものと思うはずだったから。東北ができるだけ会えるようにすると応えている。

「東北、火遊びはまずいぞ。危険だ」建平（ジエンピン）が忠告した。

「心配ご無用です。すべて計算通りですから」

だが智者にも思い及ばぬことは起きる。

その日は雨だった。昼間に帰る場合、晴れていても東北に迎えを頼む電話があり、まして雨の日は当然、連絡が入るはずという油断があった。

雨のためか、しばらく会えないためか、それとも安全と思い込んだためか、二人は特別に激しく燃えていて、娟子（ジュアンツ）がドアを開けて部屋に入ってきたのにも気がつかなかった。娟子の目に飛び込んだのは絡まり合う二人の姿だった。

娟子の予期せぬ帰宅はジェリー院長のはからいだった。ジェリー院長の車で物を受け取りに出かけた娟子に、天気が悪く、彼女の体調も思わしくないのを考慮して、受け取った物は運転手に預け、そのまま車で家に帰るよう指示したのだった。

娟子の出現に二人とも呆然とし、しばらく身体が固まってしまっていた。娟子は何も言わずに家を飛び出して行った。

東北（ドンベイ）はベッドから飛び降りると、二三歩追いかけたが、裸なのに気がついた。ズボンを履こうとしても足が入らず、それがズボンではなくコートだとようやく気がつくありさまだった。いつも冷静沈着な東北が、今まで体験したことのない強い恐怖感に襲われていた。

小雨はいつまでも降り続き、悲しい涙のようだった。

東北は車の窓を全開にさせて、娟子を探し続けて車を走らせていた。雨が容赦なく車内に吹き込み、人のいない座席を濡らし、東北の身体も濡らしていたが彼は気づいていない。

娟子の姿はなかった。

建平（ジェンピン）が帰宅してくると、当当（ダンダン）を迎えてきた小楓（シャオフォン）とちょうど一緒になった。車の所から三人が急いでマンションへ走った。玄関前の階段に座り込んでいる者がいても、雨やどりかと気にもかけずに通り過ぎようとして、ようやく娟子（ジュアンツ）だと気がついた。

「娟子じゃないの？」二人が同時に意外そうな声を上げた。

娟子が涙で濡れた顔を上げると、いきなり小楓（シャオフォン）の足に手を回し、顔をその足に埋めて大声で泣き始め、その場から動こうとしない。理由を訊いても泣くばかりだった。

「さあ落ち着いて、お腹の赤ちゃんに気をつけないと」

小楓のこの言葉を聞いた娟子が口を開いた、「私、私、この子をもう産みたくない」涙でぐしょぐしょの顔を上げて言った。顔が青白かった。

「変なこと、言わないの」

「ううん、本気よ。私、本当にこの子を要らないの。私が産もうと思ったのは、全部、東北（ドンベイ）のためだったのに、それなのに……」

娟子はそれ以上言葉が続かない。建平（ジエンピン）は事態をすぐに察知した。娟子を小楓に任せると、建平は当当（ダンダン）と家に入り、すぐ東北に電話をかけた。東北は娟子を引き止めてくれるよう懇願し、浮気が知られたことを話した。

その間、小楓はずっと娟子を慰め続けていたが、家に入ろうとせず、繰り返し実家に帰るので駅まで送って欲しいと頼んでいた。小楓はそれに応じながらも今日は遅いから、うちに泊まって明日にしなさいと説得している。

娟子はしばらく呆けたように小楓を見ていたが、やがて彼女の胸に顔を埋めて、また泣き始めた。

「前は私、何もわからなかった、お姉さんの苦しみが。お姉さんの話を聞いたとき、私、馬鹿にしていた。お姉さん、ごめんなさい……」

曖昧な言い方だったが小楓（シャオフォン）には理解できた。今回の騒ぎは東北（ドンベイ）と関係があって、しかも男女の問題だと。

東北が駆けつけてきたとき、建平（ジエンピン）はマンションの入り口で待っていた。「おまえを入れるわけにいかないぞ。彼女は精神状態がえらく不安定で会うのは無理だ……今晩、彼女をうちに泊まらせるから」と言った。

東北が長い溜め息を漏らした。「結局、ぼくは兄さんに及ばないようです。この前、三種類の裏切の話をしたけれど、ぼくのはいちばん罪が軽くて、生理的な欲求による一時的な裏切りでしょう?」

建平がすぐ話を断ち切った。「そんな話を私に言っても意味がない。裁判官は娟子（ジュアンツ）さ」

「彼女、まだ子どもなんです。特に心理的に。こんな話、理解できないでしょうね」

建平は頷きながらなじるように語気を強めた。「その通りさ。彼女はまだまだ幼い。子どもを妊娠している子どもさ。だからこそ彼女にはあまりにも残酷過ぎる」

東北は初めて言葉につまった。彼の髪の毛と身体の片側がぐっしょり濡れているのを見た建平が嘆いた。「東北、おまえでも落ち着かず不安になることがあるのか?」

「そんなもんじゃないですよ。まるで世界の終末です」東北は苦しげな笑いを浮かべ、自分を嘲り、激しい苦渋の中にいた。「兄さん、両親を除いてこれほど強く人を愛したのは初めてです。全身全霊の愛です。大げさじゃなくてね……あの何という詩でしたっけ、あったじゃないですか。生命は貴く、自由は更に高いが、もし愛情のためならば、二つとも捨ててもいい」

「その詩だったら、もし自由のためならば、二つとも……だ」

「もともとの詩はそうかもしれませんが、ぼくなりに言い換えたんです」

「ならば私にはもっとわからないな。彼女のために命や自由を捨ててもいいのに、なぜ性欲を抑えられなかったんだ?」

東北（ドンベイ）は言葉を句切るように言った。「だって彼女にどんな損害を与えますか? 彼女とはできない状態だったし、食欲と性欲は人間の本性じゃないですか」

「だが人間には自制力が求められる。欲望のまま行動するわけにはいかない。今の社会は一夫一妻制なのだから、おまえのやったことは違法なんだよ」

「違法じゃないですよ、言うなら非法です」

「大差ないだろう?」

「いや、本質的に違います。違法とは法律という手段で反対。非法とは提唱でもなく、反対でもないという意味です」

「それならおまえの理屈を娟子（ジュアンツ）に言ってみたらどうかね」

「女に理屈は通じませんよ。女はこの世でいちばん理解不能の動物です。女には感情だけで話さないと。この危機はいつか過ぎ去って行くと思いますよ、ぼくらの愛情はそれほど弱くないと考えていますから……」


病院の食堂の隅で娟子が人目を避けるようにして昼食を食べている。建平（ジェンピン）が歩み寄ってきて、トレーを娟子の向かい側に置いて声をかけた。

娟子は片方の手の平を建平に向けた。「宋（ソン）さん、何も言わないで下さい。お願いします」

「私が言いたいのは、あの件じゃなくて、もうしばらく休んだらどうかということなんだよ。君の身体が心配でね。君が妊娠中なのは誰もが承知しているから、休んでも理解されると思うよ」

「これ以上、もう休めませんよ。首になってしまうかもしれないし。病院での競争は結構、激しいですから。私はもともと実家に帰るつもりでした。小楓（シャオフォン）お姉さんに切符を買ってもらって、送ってもらおうと考えたけれど、そうしてはいけないと気がつきました。こんなにいい働き口を失ったら、これから私一人でどう生きていけます?」

建平（ジェンピン）は娟子（ジュアンツ）の物言いが気になり「そんな心配は余計さ。私からジェリー院長に話は通しておくから。まあ今の私の立場なら問題ないさ。それに娟子が考えるような最悪事態はあり得ないと思う。万に一つ、そうなっても東北（ドンベイ）の収入があるから……」と言った。

その言葉を聞いた娟子は薄い笑いを浮かべて、また食べ始めた。もうそれ以上の会話を拒否しているように。建平は気分がふさいでいった。やがて娟子が顔を上げ、困ったような笑みを見せた。

「宋（ソン）さん、今晩もまた泊めていただかないと……。なるべく早く不動産屋へ行って、部屋を探しますので」

「遠慮なく泊まって。是非……狭くて、申し訳ないけど」

「すみません。家族三人を一つのベッドに追いやってしまって、本当にすみません」

「いや、そういう意味じゃないんだ。うちはまったく構わないから。普段でも当当（ダンダン）はよくこっちのベッドにやってくるし。君が居づらいのではと心配しているだけだから。小楓に当当と一緒に実家に帰らせるという手もあるしね……」すぐこの提案のまずさに気づいた建平は、ばつ悪そうに笑って手を振った。「いやいや、これはダメだ。それなら私が彼女の実家に行こう。いや、それもダメだね。どちらも居心地悪くなる」彼は少し考え込んでいたが、パッと顔を明るくして言った。「そうか、君が小楓(シャオフォン)の実家に行けばいいんだ」

娟子(ジュアンツ)は建平(ジェンピン)を見つめて、思うところあるように口を開いた。「小楓お姉さんも、宋(ソン)さんもとてもいい人です。なのにお二人はなぜよく喧嘩するのですか?……」

建平はここぞとばかりに説得を試みた。「夫婦なんてそういうものだよ。喧嘩しない夫婦なんてないはず。いい人といい人が結婚しても、いい夫婦になるとは限らないさ」

「そうですね。いい人といい人でもいい夫婦になれる保証がないのに、いい人と悪い人ではね……」

「東北(ドンベイ)は悪い人ではないと思うけれど……」

娟子の表情が険しくなった。「宋さん、彼の話はしないと約束しましたよ」


午後から建平は手術があるため娟子はタクシーで帰るしかなく、病院を出た所でタクシーを拾おうとしていた。すると病院の玄関脇にずっと停まっていた車が静かに近づいてきて、娟子の前で停車した。娟子がそれを無視して歩き出すと、車が彼女の後について来た。彼女は足を速めたが、六カ月を過ぎた身重のためすぐ喘ぎ始めた。すると車がいきなりスピードを上げて娟子を追い越して止まり、東北が降りてきた。

あの事件以来だった。東北は泣いていた。娟子にとって東北の涙は初めてのことで、思わず彼女も涙が溢れてきた。二人は向き合ったまま涙を流している。髪や裾が風に吹かれて乱れたままに、もの悲しく、無力感だけがあたりを包んでいた。

夜、東北（ドンベイ）がキッチンから最後の料理をテーブルに置くと声をかけた。

「娟子（ジュアンツ）、ご飯だよ」

「食べたくない。お腹がすいていない」

「すいてなくても食べないと。赤ちゃんのためにもね」

「あなたの気がかりは赤ちゃんだけみたいね」

「娟子、君が信じなくてもいいけれど、そんなことはない。君が何よりも大切さ、次が子ども。正直言って、子どもを産んでくれる女を捜すのはそれほど難しくない……」

「じゃ彼女は？　あなたのために子どもを産むの？」

東北は絶望的になった。「娟子、ぼくを信じて。彼女には愛情なんて少しもない」

「愛情がないのによくセックスができるわね。あなたは人間、それとも動物？」

娟子が布団を抱いてソファーに向かった。

「娟子、ぼくがソファーで寝るから君はベッドで……」

娟子が東北に投げつけた言葉は刃物のように鋭く、的確に、容赦なく彼の心に突き刺さった。

「もうそのベッドで寝たくない。汚いから」


娟子は身体を折るようにしてリビングのソファーで眠り、夢を見ていた。

大学での新入生初登校日。大きな横断幕には「新入生の皆さん、入学おめでとうございます」とあり、新入生を先輩たちが出迎え、荷物を持ってあげたり、言葉を交わしたり大にぎわいだ。

新入生の娟子（ジュアンツ）は山のような荷物のそばで、緊張し、落ち着かない様子であたりを見回している。

やがて彼女は恥ずかしそうに小声で「お母さん、お母さん」と呼び始めた。

四年生の東北（ドンベイ）がこの清楚な女の子に気づいた。近づくとからかうように「へー、お母さんを見失って迷子になったのかい、坊や？」

娟子は恥ずかしくて「いえ、母が私を見失って、困っているのではないかと気がかりで」

東北はにこやかにそれ以上からかうのを止めると、助け船を出した。「お母さんに電話したらどうですか？　君は電話を持っていますか？」

娟子が小さい声で「持っていません」と言うと、東北は自分の携帯を差し出した。電話が繋がった娟子は母親に嬉しさのあまり恨み言をしきりにぶつけて甘えている……そんな様子が東北をすっかり酔わせ、早くもこの清楚な女の子に惹かれていった。

女の子は携帯を東北に返すと、甘い笑顔を見せながら、「母はここから動かないで待つようにですって」と言った。

東北は早速、自己紹介を始めた。「ぼくは四年生で、劉東北（リウドンベイ）と言うけれど、君は？」

「私は新入生です」

「それはわかっているさ。名前は？」

「娟子です」

「娟子さんか。苗字は？」

「必ずそう聞かれるの。すべて両親のせいなんです」そう言って説明を始めた。「父の苗字は紀（ジイ）です。母は袁（ユアン）です。私が生まれると、母は私の苗字は自分の方にする、女の子に紀は良くないって」

東北（ドンベイ）は理解できない。すると娟子（ジュアンヅ）が「紀（ジイ）――鶏（ジイ）と同じ発音でしょう」と言った。

なるほど、「鶏」は「売春婦」という意味の隠語になり、東北は思わず大笑いした。

「でも父は絶対に同意せず、折衷案として紀と袁（ユアン）の発音の母音と子音を合わせた発音の娟（ジュアン）という苗字にしたわけなんです」

「ご両親がどちらも譲歩しなかった理由はなぜだと思う?」東北が笑いながら娟子に訊いた。「君が可愛くて、お二人とも自分の苗字をつけたかったからだよ」

娟子はこんな経験がまったくなかったため、顔を赤らめて笑っているだけだった。輝く太陽の下で、娟子の笑顔も輝いていて、東北は一瞬、我を忘れていた。

秋の北京郊外の香山。山全体が燃えるような紅葉に覆われている。二人が頂上までやってきた。見上げれば青い空、下は目の届く限り紅葉の波。娟子が興奮して大きな声で呼んだ。しかし、振り返ると東北がいない。いくら探してもいない。彼女は怖くなって「東北、東北」と叫び続けた。


東北は娟子の叫び声に眼を醒まし、慌ててベッドから飛び降りると靴も履かずにリビングへ向かった。ソファーの娟子はまだ夢の中で泣きながら東北の名を呼んでいる。

東北がきつく彼女を抱きしめ、「娟子、どうした?」と呼びかけた。

娟子は夢から醒めたようで、泣きながら「夢を見たの。二人で香山に行って頂上に着くと、あなたが急に姿を消してしまって、どこを探しても見つからないの……」と話した。

東北が泣いている娟子をもっときつく抱きしめた。それがかえって娟子の意識をはっきり現実に戻させ、彼女の目が「憤怒」と「嫌悪」に変わり、思いっきり東北を突きとばし、身体を起こした。

東北（ドンベイ）は娟子（ジュアンツ）の予想外の行動に面食らって、後ろにひっくり返ってしまった。起き上がった東北が娟子に近づこうとすると、「来ないで」と娟子が叫んだ。それでも東北が寄ってくると、娟子は素早く後に下がり、ソファーの隅に身体を縮めて、さらに鋭い声で叫んだ。「触るな！」

東北は諦めて娟子の間近で足を止めた。そして、一つのことに思い当たった。彼女は征服され、強要されるのを望むタイプの女性だが、彼を愛しているか、嫌いでないのかが前提条件となるわけで、今の自分は蛇どころか、ゴキブリ程度かもしれないのだと。

月光がリビングの幅広い窓から白い光となって冷たく、物寂しく流れ込んできていた。

娟子がパソコンに向かっていると、医務部の女性補佐が入ってきた。「娟子、私のパソコンが故障したらしく、インターネットにつながらないの、ちょっとお願いしていい？　中華心臓内科のホームページに入ってもらえるかしら。心臓治療の最新技術を紹介していると聞いたもので」

「わかりました」快諾した娟子が「ダウンロードして、プリントアウトしますから」と伝えると、女性補佐は軽く娟子の頬を撫でて嬉しそうに言った。「娟子、なんだかすごく大人になったみたい。そろそろお母さんになるせいかな」

娟子はただ口の端に笑みを浮かべただけだった。

娟子の変化は東北を不安にさせていた。以前のように子ども扱いできなくなり、何を考えているのかまったく摑めなくなっていた。彼女はもう泣くこともなく、口数も少ない。食事が終わると、すぐソファーに行ってしまい静かに本を読んでいる。ときたまテレビの方に目をやるが、彼女がまったくテレビを見ていないのは明らかだった。ただテレビの方を向いて何かを考え込んでいるだけなのだ。

「娟子（ジュアンツ）、何を考えているんだい？」ある日、東北（ドンベイ）が耐えられずに思い切って聞いた。

彼女は淡々とした口調で「何も」と答えただけだった。

東北はなんとか話のきっかけを作ろうと「明日は病院の定期検診だよね……ぼく、付き添っていくよ。休みを取るから」と言って、娟子の反応を注意深く観察した。

何も言わない娟子は黙認したらしく、東北は少しホッとした。建平（ジェンピン）からは娟子が中絶するかもしれないと言われていたからだった。

翌日、東北は娟子に付き添って産婦人科に行き、「男性立入禁止」と書かれたガラスドアの前で彼女が中に入っていった。東北は大勢の夫たちがいる外の待合室では座ろうともせず、行ったり来たりしていた。一組の夫婦がやってきた。妊婦は出産間近なのか、お腹が大きくせり出し、ずっと夫の身体に身を寄せている。東北の目から急に涙が溢れてきた。何かわからない嫌な予感に襲われ、不安が覆いかぶさってきていた。

彼の予感は的中していた。診察室で娟子は医者に中絶したいと訴えていたからである。「中絶ですって？　なぜなんです？　お子さんは健康ですよ。順調に育っていて、すべての検査数値が正常ですよ」

「家にちょっと問題が持ち上がって……先生、今ならまだ中絶できますか？」

「できることはできますが。分娩誘発という方法です。でもよく考えてくださいね。すでに七カ月なので、分娩誘発と言うけれど、子どもはもうしっかり生きているかもしれないですから……かなり残酷です」

「中絶します。私、この子を産みたくないんです」

「あなた、本心なんですね」

「はい」

医者はノートらしきものにすばやく走り書きしながら言った。「今日はできません。予約をして下さい」

「どれほど待たなければいけませんか？　入院しなければいけませんか？」

医者は筆を止め、いかめしい態度で「もちろん入院が必要です。胎児はすでにかなり大きくなっていますので通常分娩とほぼ同じです。ですからもう一度、お考え下さい」

「お願いします」

診察室から出ると、東北（ドンベイ）がすぐ近づいてきた。

「どうだった？」

「まあまあ」

東北は慎重に彼女の顔を伺いながら言った。「なんか心配でさ。最近、君の情緒、安定していないからね。もちろんぼくのせいだけれど。問題なければ、それが一番」

しばらくすると、東北が媚びるように訊いた。「胎児の脈はどれくらいだった？」

娟子（ジュアンツ）は煩わしく感じ始め「変わりがないわ」と突き放すように言った。

東北は慌てて口をつぐんだ。時間が傷を治す最良の薬だと信じて、根気良く待つと自分に言い聞かせていたからである。

入院の日だった。娟子（ジュアンツ）は体調不良を理由に一週間の休暇願をあらかじめ取っていたが、妊娠中であるため誰からもその理由を訊かれることはなかった。

東北（ドンベイ）にはあれこれ言われたくなかったので、当日の朝になってようやく伝えた。それでも彼は出勤する前に、心配して訊いた。

「大丈夫なの？」「大丈夫」

「何か食べたい物は？　仕事が終わったら買いに行くから」「ないわ」

彼の哀しげな表情に娟子は痛みを覚え、自分の酷な態度を少し軟化させた。今でこの調子だと、自分がこれからしようとしている行動を知ったら、どうなってしまうのだろう？　娟子が「任せるわ」と言い足したため、東北の気分が明るくなった。

「わかった。任せて。キウイと豚の脛骨を買おう。ビタミンCとカルシウム補給にね」

彼が出かけ、ドアが閉まる音を聞くと、娟子はすぐ立ち上がって窓辺に行き、東北の出勤を確認しようとした。外は出勤の人波で埋まっている。やがて東北の車が視野に入り、車の流れに乗ったのを見届けると、娟子の目に涙が浮かんだ。

娟子が入院のための必要品を準備しているところに小楓（シャオフォン）がやって来た。東北が出かけた直後、娟子は面倒を避けるため、用件を一切言わずに、ただ少し助けて欲しいと小楓に電話をかけていた。小楓も何も聞かずに当当（ダンダン）を学校まで送ったその足で駆けつけてきた。

娟子から手術するので病院まで送って欲しいと頼まれた小楓は、ただ驚くばかりだった。気分が優れないので気晴らしに話でもしたいのだろうと気楽に考えていたからだった。確かに娟子は子どもは要らないと喚いていたが、怒りにまかせた一時の過剰な反応と見ていた。中絶するにしても、すでに七カ月に入っていて、生存できる可能性があった。罪のない子どもにはあまりにも理不尽だった。しかし、娟子(ジュアンツ)は生まれて父親がおらず、苦しむより、まだましだと考えていた。

小楓(シャオフォン)はすぐにも東北(ドンベイ)に連絡したかったが、事態がさらに悪化するだけだと思い直し、何よりも娟子を説得して、中絶を思いとどまらせるのが先決だと判断した。小楓は入院の準備をしている娟子のあとを追うようにして言った。

「娟子、それは軽率過ぎるわ」

「……」

「娟子、こんな一大事、東北と相談しないとね。彼は赤ちゃんの父親なんだから」

娟子は鼻で笑って侮蔑の気持を示した。

「娟子、もっと冷静になって。東北はただ一時の……」適当な言葉が見つからないまま「一時的な遊び心よ」と言ってしまった。

娟子がすぐさま身を固くして言った。「彼のは一時的な遊び心なんかじゃないわ。そういう人間よ。原則なしの人間で、思いのままに行動して、いつでも楽しみを最優先。特に肉体的欲望の満足を何よりも大事だと思っている人間です」

実は東北に対して同じように見ていた小楓は的確な反論ができない。それでもと無理に反論するのだが、新味も説得力もなかった。娟子にはただ煩わしいだけだろう。

「娟子、彼って、その……若いじゃない。結婚は一生のこと、トラブルがあって当たり前よ。東北も今は後悔しているし……建平(ジェンピン)から全部聞いたわ」

娟子は寂しげに笑っただけで、何も言わずに勢いよくスーツケースの蓋を閉めて「お願いします、お姉さん」と言った。

「だめよ！」

「それなら、タクシーを拾って行きます」出かけようとする娟子(ジュアンツ)を見て、小楓(シャオフォン)は諦め、彼女からスーツケースを受け取って、あとからついて行った。病院へ向かう車の中で娟子は無言だった。

「中絶」の決心は衝動的なものではなく、熟考の結果だった。この経験は娟子を成長させ、急に「大人の目」を備えさせたようだ。その冷静な目が東北(ドンベイ)との別れを決意させ、彼女は中絶という、長い痛みより短い痛みを選んだのだ。

　娟子はもはや東北の肉体的な愛撫をどんな形でも受け入れられなくなっていた。彼が他の女と関係を持ったとしても、自分への愛があるならばその裏切を許せもした。「許す」とは主観的で、そう望むのであれば可能だった。しかし、今回の事件は娟子の主観的な認識範囲を超えてしまっていた。この裏切は徹底的に娟子の性に対する認識を崩壊させた。彼女は夫婦としての二人の性が愛の形、愛の結晶、愛の表れだと思っていたが、事実は異なっていたのだ。東北は肉体的な欲求から性を求めていたのであり、相手として自分でも他の女でもよかったのだ。そう考えるたびに彼女は利用された、侮辱されたと感じるのだった。東北の肉体的愛撫など受け入れられるはずがなかった。かりにセックス抜きでしばらくは我慢できても、長びけば、まだ三十歳にならず、しかも肉欲至上主義者の彼には耐えられないだろう。だが彼とのセックスが受け入れられないなら、別れるしかないのだ。

　娟子の携帯が鳴った。彼女は相手の番号を見て出ようとしない。しばらくすると、また携帯が鳴った。娟子はやはり出ない。小楓は東北からの電話だと気づいた。止まった呼び出し音がまたもや鳴り出した。今度は小楓（シャオフォン）の携帯だった。着信番号を見ると、案の定、東北（ドンベイ）だった。彼女が迷っていると、娟子（ジュアンツ）の声が聞こえた。「お姉さん、私の決意は変わらないわ。彼に教えても皆の気分がもっと悪くなるだけ」

小楓が電話に出た。「東北?」ちょっと娟子を見やってから「娟子? 私も知らないけれど……」と気のない返事をしている。

娟子は無表情のままだった。

いろいろな検査があるため、手術は二日後だとわかり、今日中に結果を東北に教え、長期の所在不明を避けようともくろんでいたのが狂ってしまった。別れる決心をしたからには彼を苦しめたくなかった。とはいえ所在を教えたら、必ず中絶を止めに飛んでくるにちがいない。考えあぐねた末に、彼女は東北の携帯に連絡を入れた。

東北は仕事を終えて、スーパーで買い物をしていた。手にキウイがたくさん入っている袋を持ち、骨の陳列棚で品定めをしているところに娟子の電話が入った。着信番号を見た東北は喜びを超えて感動に近かった。嬉しさのあまり早口で、言葉が飛び跳ねている。

「娟子、娟子、今どこ? 一日中電話したけど、全然出なかった。すごく心配したよ。昼に家に帰ってみたけれど、いなかった。どこへ行ったの?」

「今、まだ病院。心配させたくないから電話をしたの。子どもを堕ろしたわ」

袋が東北の手から落ち、キウイがあたりに転がっていった。身体が硬直し、すべての感覚が失われ、その場に呆然と立ちつくしていた。

永遠に娟子を失ってしまったのだ。

第十三章

「今度の事では娟子（ジュアンツ）を責められないわ。責められるのは東北（ドンベイ）の方よ。とっくに彼がまともな人じゃないとわかっていたけれど、ごろつきね！」

「そうだとしても、東北はやはり娟子を愛しているよ」

「娟子を愛してるですって？　それならなぜ他の女とセックスなんかするのかしら？」

「そりゃ別の話さ。客観的に言って、彼にも弁解の余地がまったくないとは言えない」

「弁解？　何を弁解するの？　彼にまだ弁解する余地なんかあるの？」

「若さ、一時的な欲求、ふとした衝動、魔が差したなど、どれでもうまく説明できないけれど」

「そんな言い方なら白黒の区別もなくなるわ。へえー、彼が必要なら何をしてもいいわけ？　その論法だと、ごろつき、こそ泥、強盗も間違っていないってことね。だって本人が必要なんだから。これからは東北とのつき合いは控えてね。まともな人じゃないから」

建平（ジェンピン）はこれ以上、東北のために弁護するのをやめた。さらに弁護すれば建平に矛先が向いて、責められないとも限らない。おかしな事に東北と娟子の事件後、窒息しそうだった建平と小楓（シャオフォン）の無言状態が一気に緩和されていた。二人は同じ目的のために協力し合う必要があり、夫婦の結びつきが固くなるのは、ごく自然の成り行きとも言えた。静かな日々の訪れはなま易しくないだけに、建平(ジェンピン)はこの平穏を失いたくなかった。

小楓(シャオフォン)の実家から娟子(ジュアンツ)が電話を寄こした。娟子は退院後、小楓の実家に厄介になっていた。娟子は青島の実家に帰るつもりでいたが、小楓に強く反対されたのだった。

娟子は出産と同じなのだから、中国の習慣通りに「坐月子」を守って、一カ月の食事制限とベッドからもあまり降りずに静養して、長旅どころかできるだけ動かず、安静にしているようにと小楓から言われたのだった。

小楓自身、かつては迷信か、迷信でなくとも長い間の習慣に過ぎないと考えていた。外国の女性などは出産後、すぐ仕事を始めているのだからと、当当(ダンダン)の出産後、すぐに外国の女性に倣おうとした。ちょうど期末テストを間近にして、仕事が多忙を極めていた時期でもあった。だが、母親は断固たる主張と監督のもとで、小楓に「坐月子」を実行させた。それでも母親の目を盗んで宿題のチェックや作文の添削をして、かなり多量の文字を書いたことがあり、翌日には右手が痺れてペンが持てなくなってしまった。それからは二度と無理をしなくなったが、後遺症が残って、多量の文字を書いてから自転車に乗って長くハンドルを握ると、右手が痺れるようになってしまった。こうして長い間の習慣を無視する怖さを実体験していた。風土はそこに生きる人間を育てるもので、中国の大地で育った女性は出産後は「坐月子」をしなければならないことを学んだのだった。

娟子は小楓たちの南向き部屋をあてがわれていた。キングサイズのダブルベッドには一日中、太陽が当っている。娟子のためにパートのお手伝いさんまで雇ってくれていて、一日二回、一回二時間で買物、昼食と夕食の準備、そしてあと片付けをしてもらっていた。小楓(シャオフォン)の両親だけなら、また実際の仕事量からも、お手伝いさんは一日一時間で十分だった。たいていの家事は老夫婦で十分できるし、運動にもなった。娟子(ジュアンツ)の気持ちを安定させようという心配りからで、小楓も時間を見つけては、実家に顔を出し、あれこれ手伝いをし、娟子の話し相手になったりもしていた。

ある晩、老夫婦が出演した舞台がはねたあと、主催者側が出演した老人たちを広東レストランでの夜食に招待したため、いつもの帰宅時間よりずっと遅く、すでに十一時になっていた。家の中は真っ暗で、老夫婦はマンションの階段を足音を忍ばせて上がり、静かにドアを開け、そっと家に入った。すると娟子が真っ暗な中で誰かと話をしているらしく、老夫婦は思わず足を止めてしまった。耳をすますと、それが電話だとわかり、さらに聞いていると、母親と話しているようだった。

「なんでもないの。本当になんでもないから……」娟子はそれでも楽しそうに話していたが、やがて弾んだ声が消えて、

「私、お母さんに会いたい……」と言ったとたん、娟子が泣き出してしまい、泣きながら叫ぶように言った。「お母さんに会いたい！　家に帰りたい！　お父さんに会いたい！　お母さん！……」咳き込むように泣き続け、ようやく息をついて言った。「お母さん、私はもう北京にいたくない。帰りたい。家に帰りたい……北京が嫌い、全部嫌い……嫌いになったの！」

老夫婦は手探りで自分たちの部屋に入った。娟子を驚かせないようにと就寝前の洗面もしないまま部屋に入った。電気をつけたとたん、妻が目に涙を浮かべているのに気がついた。「玉潔(ユージェ)、どうした？」

妻は涙を拭きながら「あの子が泣いているのを聞いたら悲しくなってしまって」

夫は妻の片手を両手で包みながらベッドの縁に座って「玉潔（ユージェ）、あのとき、君はどうやって耐えたんだい？」と訊いた。

「……」

「娟子（ジュアンツ）には母親がいるから、ああして辛い思いを母親に訴えられるけれど、あのとき、君には母親はいなかった。私があれほど辛い思いをさせて、君は一人でどうやって耐えていたんだい？」

妻はやはり黙っている。夫もそれ以上言わず、もっと強く妻の手を握りしめた。

翌日、娟子が小楓（シャオフォン）の実家を出ると申し出た。老夫婦は彼女の気持ちがわかっていたので、敢えて引き止めなかった。しょせん他人は彼女の両親の代わりにはなり得ない。

娟子が小楓に電話をかけた。小楓と小楓の家族が彼女に暖かい心配りをしてくれたことに深く感謝していると伝えた。さらに青島に帰るので、いったん家に戻って荷物をまとめるから、小楓に車で運んでもらいたい、と翌日の午前十時に会うことにした。

建平（ジェンピン）夫婦はすっかり気が抜けてしまい、互いに相手を責め、愚痴を言い始めた。建平は小楓が娟子への説得が足りなかったと言い、小楓は建平が東北（ドンベイ）の監督が行届かなかったと言った。

夜、電気を消して寝ようとすると、小楓がいきなり建平の背中から抱き締めて、顔をその背中に埋めたまま、押し黙っている。建平は彼女が何を考えているかわかった。それは自分が今、考えていることと同じだった。

建平が漢方薬の服用を拒否して、すでにかなり経っていたし、小楓も漢方薬を煎じるのを止めていた。最後に買ってきた七服の漢方薬はキッチンの低くて四角いテーブルの上に置かれたままで誰も触ろうとしない。毎日、目にしながら二人はその話には触れなかった。言い争いはたくさんだったし、二人とも疲れて嫌気がさし、怖くもなっていた。東北と娟子の事件は、自分を抑える大切さを教えていた。

翌日、建平は病院から娟子が実家に帰るので、まだ娟子を愛しているなら、これを逃すと永遠に彼女を失うだろうと東北に伝えた。翌日、時間を見計らって東北が会社から家に戻って来ると、マンションの入口で手伝いに来ていた小楓と顔を合わせた。

「あらっ、仕事じゃなかったの？」小楓が訊いた。そして東北の答えを待たずに「そうか、建平ね！」と納得したように言った。

「お兄さんは好意からなんです。俗によく言われる、十軒のお寺を壊しても、一つの結婚は壊してはならないって、あれですよ」

その言葉を聞くや、小楓は眉をつり上げるようにして「あのね、そんな話を私に聞かせる必要なんてないの。私のことじゃないんだから。それから言っておくけれど、この結婚がダメになったのは、全部あなたのせいで、間違っても人のせいなんかにしないでね」

「そうです。まったくその通りです。ぼくはそういう意味で言ったのではないんです」東北は声をひそめ、小さくなって言った。「姉さん、誤解をしないでください。ぼくは姉さんに娟子を説得して欲しかったんです。彼女、姉さんの言葉しか耳貸さないので」

小楓があきれたように「そんなこと私にできないわ。誰にもできないのよ。あなたがやったことって、それくらいひどいのよ」

「今回の件は、ぼくから娟子においおい説明します。それよりも今なんです。どうか娟子を引き留めてください」

東北（ドンベイ）の態度があまりにも弱気なので、つい哀れみを覚えて同情心が湧いてきた。小楓（シャオフォン）はそれ以上言わず、深いため息をついて階段を上がっていった。東北が慌てて小楓のあとについて上がり始め、しきりに話しかけてきた。娟子（ジュアンツ）を愛しています。これまで知り合った女性の中で一緒に生活して、共白髪までいたいのは娟子だけなんです……と。

玄関まで来ると、東北は鍵を取り出してドアを開けようとして、小楓に止められた。「ちょっと待ちなさい。二人が一緒に入るわけにいかないわ。示し合わせているように見られるから」

小楓の態度が少し軟化しているので、東北はややホッとした。結局、東北が先に入って、娟子と二人だけで話し合って、五分後に小楓が入ることにした。小楓の心づもりでは、もう少し長く二人だけで話し合わせるつもりだったが、東北が「必要なし」と言った。それは「必要なし」ではなく、「効果なし」を恐れていたからで、東北は娟子にまったく自信を失っていた。

娟子の中絶後、二人が顔を合わせるのはこれが初めてだった。二人は互いに軽く頷いただけで、そのあとはそれぞれが自分のことをやり始めた。娟子は荷物を片付け、東北は物を片付ける振りをして、娟子に熱い思いをぶつけようとはしなかった。

娟子が中絶したと聞かされたときの彼女に対するうしろめたさは、急に薄らいでいて、それに代わって怨みが湧き起こってきていた。そこまでするのか、そんなに絶望的で憎悪に満ち、考え直す余地もないのか、と。東北の両親は娟子の妊娠を知ったその日から、早速、物質的、精神的、そして時間的な準備まで始めていた。母親は繰上げ定年退職の申請までし、専業祖母になるつもりでいた。ところが彼女は子どもは二人のものではなく、彼女一人のものでもあるかのように、勝手に中絶してしまうのはあまりにも非常識で、ひどい話だった。東北がいくら聡明でも娟子の考え方や感受性を理解するのは不可能だった。男はやはり男で、女はやはり女だった。

娟子（ジュアンヅ）が無言のままタンス周りを静かに片付けていて、東北（ドンベイ）の方を見ようともしない。東北は耐えられずにそっと彼女を盗み見ると、妊娠する前よりも痩せてしまっていて、腰をかがめると服を隔てて背骨まで浮き出て見える。不憫でいたたまれなくなった。娟子は彼のために子どもを作る気になった。ところが懐妊すると一変して、特に胎動を感じるようになると、母性本能が急激に呼び醒まされ、取り憑かれたように起居飲食は言うに及ばず、すべてが胎児中心となり、しかも、すべてが書物からの知識だった。以前はチョコレートが大好物だったが、胎児によくないと聞くと、見向きもしなくなった。魚が、特に海魚が幼い頃、実家で食べ過ぎて嫌になったようで、好きではなかったのに、胎児の大脳発育によいと聞くと、毎日どころか、毎回の食事のたびに食べるようになって、おやつも小魚の干物に改めた。それだけではなく、ある日、街に出かけたとき、山ほどの本を買って来たことがあった。妊娠、出産に関する本は家にすでに氾濫していて、そのとき買ったのは『成功育児の道』、『小、中学生心理学』、『天才伝略』などで、東北を大いに笑わせたが、彼女は楽しそうに言ったものだった。「何よ、子どもの出世を願うのはみっともないかもしれないけれど、みっともなくたっていいじゃない」その上、東北に反発して「母親は民族のゆりかごだって、知ってた?」と訊いたのだった。すべて〝往事煙の如し〟だった。

玄関の外で小楓（シャオフォン）が待っていた。東北が入ってからまだ三分もたってないうちに、ドアがいきなり開いて、スーツケースを持った娟子が飛び出してきた。小楓はとっさに今、着いた振りをして娟子に笑顔を向けた。

娟子はすぐに小楓の腕を引っ張り「お姉さん！　ちょうどいいわ、行きましょう！」と言って階段を下りて行こうとした。

後ろにいた東北が慌てて言った。「姉さん、ちょうどいいところに来てくれました。娟子をなんとか説得して下さい」

小楓は仕方なく一芝居打つしかなかった。「あら、東北も家にいたの?」

「えっ、ええ、そうなんです。ちょっと娟子と話したくて」

小楓が娟子に「話したいっていうなら話しましょう。それとも何か心配事でも? 話し合ってから出かけても遅くないわ」と言いながら、娟子のスーツケースを奪うように持つと、まっすぐ家の奥に入って行った。娟子もあとに従うしかなく、東北も慌てて追うようにドアを閉めると密かに鍵をかけた。娟子がまた飛び出そうとしたときの時間稼ぎのためだった。

小楓は娟子を説得する側に回った。「和解を勧める」か「別れを勧める」かの間で、彼女は本能的に、あるいは習慣的に前者を選んだ。部屋に入ると、娟子をソファーまで引っ張って行って座らせ、話し始めた。すべて東北を非難、叱責する内容だったが、娟子のたった一言が小楓のいつ終わるともしれない本音でない話を止めさせた。「お姉さん、もし宋さんが同じことをしたら、お姉さんはどうする?」

小楓が言葉を呑み込んだ。女だけに内心では娟子に同情し、理解し、あらゆる思いがわかっていた。それだけに、黙らざるを得なくなっても腹は立たなかった。今までの話も娟子よりも東北に聞かせていたわけで、小楓なりに何とかしようとしているのを東北に示したかっただけだった。そのため娟子から言われると、渡りに舟とばかりに引き下がり、東北には苦笑いしながら処置なしといったように、その場から立ち上がった。

この断裂した家は足の置き場もないほどに物が散乱していた。戸棚の扉は大きく開かれたままで、抽斗も開けっ放し。床には物が幾つもの山になっていて、アルバムの写真は全部引っぱりだされて、引き裂かれたものもあり、そこらじゅうに散らばっていた。誰も気にとめようともしなかったが、その中に建平（ジエンピン）と肖莉（シャオリー）が東北（ドンベイ）と娟子（ジュアンツ）の結婚式で撮影された何枚もの「ツーショット」も混じっていた。

窓辺から外を眺めるふりをしていた小楓（シャオフォン）は気がつかない。東北の声が背中から聞こえてくる。

「娟子、ぼくは自分のやったことは罪深く、許し難いとわかっている。ただ、自分のために弁明したい。だから頼む、最後まで話を聞いて欲しい。終わったら出て行くから」

「私が出て行くわ！」

「わかった、そう、君が出て行く。……話していいかな？」

「どうぞ」

「娟子、男女の間の裏切にはだいたい三つのタイプがあるんだ。肉体的裏切、精神的裏切、そして両面での裏切。普通、気にするのはタイプ一と三で、タイプ二はほとんど見逃されるけれど、これこそ本当の悲劇、結婚の悲劇、男女関係の悲劇、人類の悲劇なのさ。精神的裏切の残酷さは肉体的裏切より遥かに罪が重い。その場限りの浮気なんか、それに比べたら大したことない。一時的に魔が差したり、ふとした火遊びを一生涯、一度もしないと言い切れる人間などいるだろうか？　特に男はね。ただ黙っているか、うまくごまかしているだけなんだと思う」東北は自分の危機を脱するために、すべての男たちを裏切ることもこの際仕方ないと思っていた。

外を見ている振りをしていた小楓が、思わず振り向いて東北の言葉に耳を傾けた。

東北が話し続けている。「精神的裏切はまったく違う。ぼくに言わせるなら、両面での裏切より悪質さ。だって精神的裏切は偽善的だし、人間として真っ当じゃないよ。心はすっかり離れているのに、肉体だけは相手と一緒だなんて、自分に不誠実だし、相手にも一種の詐欺だし、侮辱だよ。だから精神的裏切は正真正銘の裏切なんだ。でも人はなぜかこの点の判断は、いつもあやふやで、ときには本末を転倒してしまいがち。なぜなら精神的裏切は明確じゃないし、見極めが難しいからさ。人間は表面ばかり見がちで、あらぬ方向に行ってしまうことになり、その結果、あっさり人間の心の奥を見落としてしまうんだ……娟子（ジュアンツ）、こんな話をするのは、ぼくの心はずっと変わっていないと言いたいからさ」

娟子が口を開く前に小楓（シャオフォン）が手を振ってさえぎった。「娟子、ちょっと待って。東北（ドンベイ）の今の話、一理あるわ」

東北がここぞとばかりに「絶対、そうですよ」と言った。

娟子は目を丸くして東北を見つめ、思うところがあるようだったが黙っている。

小楓は娟子が納得したようだと思い、もう自分は必要ないと判断し、帰ることにした。娟子に気を遣わせないように、さも急な用事を思い出したように「あら、いけない！」と、あたふたと玄関の方へ向かったまではよかったが、床に放り出されていた写真の山を蹴飛ばしてしまった。小楓が慌てて拾い集めようとしゃがんで拾った一枚が、なんとあの瞬間の写真だった。最初、彼女は自分の目が信じられずに、ほかの写真もひっくり返して見始めた。焦りのためか、いつの間にかひざまづいていて、その姿勢で移動しながら、散乱している写真を手に取って見ている。彼女の歪んだ表情とその姿は、それぞれ自分の考えに深く沈んでいた二人の若者の目を引きつけた。

そばに寄って行った娟子は、小楓が手にしている写真をはっきり確認する前に、頭に猛烈な一撃をくらったように感じ、何が起きたのか悟った。「お姉さん……」

「これはどういうことなの？」小楓（シャオフォン）は顔を上げずにひざまづいたまま聞いた。

娟子（ジュアンツ）は一瞬、言葉に詰まった。説明できないわけではない。ただ説明するにはタイミングというものがある。小楓がこれらの写真に気がつくもっと早い時期、つまり写真が出来上がったばかりの頃に、娟子か、建平（ジェンピン）がさっさと小楓に見せていたら、笑い話であっさりすんでしまったにちがいない。小楓が気分を害したとしても、彼女の教養の高さを考えれば、きっと自分を納得させただろう。しかし、今になって説明するとなると、結果は確実に悪い方向に向かい、説明すればするほど疑惑が増すように思われた。


娟子が黙っているのを見て、小楓がそれ以上訊かなかったのは、説明できないのが当然だと判断したからだった。鉄壁の証拠がこれだけあって、何か言えるはずもない。彼女は自分のやるべきことを続けた。ひざまづいて膝で歩くようにして、床に散らばっている写真を一枚ずつ丹念に、ほかにはないと納得するまで探し続けた。やがて立ち上がろうとして、しばらくひざまづいていたせいか身体がふらついた。彼女はかき集めた写真を慎重に自分の小さいハンドバッグに入れると、ドアに向かった。


娟子は呆然と立ちつくしていたが、焦る東北（ドンベイ）につつかれてやっと正気に戻り、小楓に駆け寄って行って引きとめた。「お姉さん、私の話を聞いて」

「ええ、いいわよ」

そう言われた娟子はかえってどぎまぎしてしまい、そんな彼女を見つめながら、小楓は胸に言いしれぬ痛みを感じていた。ほかの人間なら、たとえば東北だったら許せる。でも娟子は許せなかった。娟子（ジュアンヅ）が好きで、信用もしていたし、肉親のように接していたのに、グルになって自分を小馬鹿にしてきたのだ。お見事と言うしかない。世間がすべて知ってから、ようやく当事者が知ることになるという、よくあるパターンそのものだったから。永遠に知らなかったら、もっと惨めだろう。いや、それは惨めではなく幸せだったかもしれない。

娟子は小楓（シャオフォン）が今、何を思っているのかわかったと言うより、二人が女だけに相手の身になって言った。「お姉さん、だってそうでしょう、私、あのとき、お姉さんを知らなかったわ。私、彼女が本当に宋（ソン）さんの……」

「そのあと、私たちは知り合いになったわ」

娟子が答えに窮した。東北（ドンベイ）が口を挟んだ。「娟子はとにかく良かれと思って……」

小楓は完全に東北を無視して、無言で玄関に足を向けた。東北に慚愧の念が湧き上がり、弱気にさせた。娟子も小楓を引き留めようにも、その勇気がなく、彼女の背後から「お姉さん」と何度も声をかけるぐらいしかできなかった。小楓がこれから何をするつもりか、その事の重大さに気づいた東北は、身を挺して小楓のそばに行き、「姉さん、この件について娟子はあまり知らないんです。詳しいことはいずれお話しますが、一つだけ断言できます。宋さんと肖莉（シャオリー）さんの間には絶対、何もありません！」

娟子はようやく何を話せばいいのかわかり、東北の話を引き継ぐように「そうよ、そうです。宋さんと肖莉さんは絶対に何もないの！」

小楓はまったく耳を貸さず、ドアを開けて出て行った。ドアの前に残された若い二人は顔を見合わせていたが、やるべき事があるのに気がついた。建平（ジエンピン）への電話だった。

娟子（ジュアンヅ）が言った。「姉さん、思い詰めて変なこと……」

東北（ドンベイ）は身震いして「早く！　姉さんを追うんだ！」と言った。

小楓（シャオフォン）は車のスピードをあげていた。しばらくしてどこへ行こうとしているのか、自分でもわかっていないのに気がついた。団地を出て習慣的に右へ曲がり、そのまま走り出していた。小楓はようやく自分がどこへ行くべきか理解した。この時間、建平（ジェンピン）は病院にいる。病院は南の方向なのに、北に車を走らせている。彼女はすぐさま車をUターンさせたが、Uターン禁止区域だった。警察に見つかったら減点制限を越え、拘留されることになっただろう。だが小楓にそう考える余裕などなく、たとえあったとしても思考が錯乱して、精神が不安定な状態だった。

建平は手術中だった。順調なら三時間で終わるが、そうでないと終了時間はわからず、夜まで、あるいは明日にずれ込む可能性もあった。だが小楓はすぐにも答えが欲しかった。そうでなければ頭がおかしくなってしまうかもしれない。建平以外に答えを知っている人間は肖莉（シャオリー）しかいない。小楓は建平の病院から車を家に向かわせた。すべてが謎で、すべてが混乱しきっていたが、ようやく順序だてて考えられるようになり、一つの合理的な解釈と一つの答えが見えてきた。今の彼女に必要なのは実証のみだった。だが、小楓が本当に求めているのは何か、彼女自身にもよくわかっていない。たとえ求めているものがはっきりしても、自分からそれを認めるはずはなかった。今の彼女には建平と肖莉が必要だった。彼女にもたらされた絶望的な重荷を一人で背負うのは耐え難かった。

午前の回診中に、肖莉は同僚から彼女が科の副主任に抜擢されるかもしれず、病院上層部がここ数日中に視察に来るという情報を聞かされた。これは医務部に行った折り、たまたま耳にしたものだけに信憑性が高かった。肖莉(シャオリー)は急に胸が高鳴り始め、喜びをかみ殺し、平静さを装うのにかなり苦労しなければならなかった。ずっとこの日が来るのを待ち望んでいたが、敢えて軽口を叩くように、自分はそんな器ではないなどと言った。ところが相手は笑うどころか、ここ数日間はできるだけ時間を作って、同僚と意思疎通を図っておくようにとアドバイスまでした。しかも別れ際には、さらに強い調子で、泥縄式でもそれなりの効果はあるのだからと言い添えた。肖莉は感謝の気持で胸が熱くなり、真摯に受け止め、小さく頷いた。

終業時、肖莉はロッカールームで着替えるのに手間取り、最後になったようだ。少し前を同じ科の二人の若い医師、丁小華(ディンシャオホワ)と李南(リーナン)が歩いている。「若い」とは、彼女たちの職業からで、一般的には決して若くない。二人は二十八歳と二十九歳で、ともに独身、恋人なしだった。有名医科大学修士終了後、すぐ大病院の医療科に就職した彼女たちの条件が高すぎ、容姿も申し分なかったのに、年齢的に相応な男たちはいろいろな意味で彼女たちを妻として迎える力を備えていなかった。彼女たちに相応しい力を持っている男は中年の域に達していて、多くがすでに妻帯者だった。彼女たちが選択基準を下げないとすれば、事業に成功した男が離婚するか、あるいは彼らの妻が消えるのを待つしかない。彼女たちは基準を下げるのを潔しとせず、今に至っている。病院の規則では、未婚者である限り家を割り当てないので、二人一部屋の独身寮に住むしかなく、火が使えないため、食堂で食べるしかなかった。

「小華！　李南！」肖莉が声をかけた。二人が振り返ったので、肖莉は小走りに近づいて、一緒に歩き始めた。

「母から腸詰が届いているの。母の手作りよ。私の故郷の成都では肉の脂身と赤身の割合や塩加減なども自分で調整できるので、手作り腸詰が流行っているの。うちは私と娘の二人だけで、そんなに食べられないから少しでいいと言ったのに、母ったらこんなにたくさん送ってきたの」と肖莉は両手でバスケットボールよりも大きな円を作って見せた。「あなたたち、少し持っていってくれないかしら、うちでは食べきれないわ」

二人は大喜びして、何度も礼を言った。

「とんでもない、こっちこそお礼を言わなきゃ。うちの悩みを解決してくれたんですもの。食堂でご飯を買ったらうちへ行きましょう、ついでにうちで食べていかない？　私、スープぐらい作るから。一日三食、食堂では本当に気の毒」

「嬉しいわ、肖先生。私たちを理解してくれるの、先生だけです！」二人は先を争って言った。「あ～あ、院長、副院長も選挙で選べればなあ。その時が来たら、覚えていて下さいね、私たち、肖先生を選びますから！」

「わかったわ！　私がもし院長になったら、就任初日の最初の仕事は二人に家を配給することね。二LDKね。それにしてもやはり理由が必要だわね？　でも二人が私に投票したので、私が二人に家を配給するなんてできないわよ。職権濫用で融通するなんて、そんなにあからさまにはね」と言いながら、ちょっと考えてから「あるわよ、国の要請に応じて、晩婚晩養育を守ったというのは、どう？」皆が笑った。

三人はすでに入院病棟から医療区域を通って、居住生活区域まで来ていた。ちょうど昼前上がりと昼休みの時間帯がぶつかり、病院のスタッフのほとんどが食堂で食べるため、人で溢れかえっていた。肖莉と二人の女医はご飯を買い、楽しそうにおしゃべりしながら肖莉の家へ向かっていた。

小楓（シャオフォン）が着いたのはそのときだった。肖莉（シャオリー）のそばを一台の車がスピードを落とさず通り過ぎ、少し先で急停車した。ブレーキが大きな音を立てたので、近くの人びとの目が車に集まった。それでも肖莉はまだ何も気づかず、その車の方に目をやっただけで、相変わらず若い二人とおしゃべりをしていた。すると急停止したその車が急に猛スピードでバックしてきて、彼女たちの近くで停車した。車から降りてきた小楓がまっすぐ肖莉に近づいてくる。肖莉は何かが起きたと気づいたが、まったく心当たりがなく、思わず立ち止まってしまった。若い二人もつられて足を止めた。その間に小楓が肖莉の前に立つや、いきなり「肖莉、あなたと建平（ジェンピン）はどうなっているの？」と問い詰めた。

　他人の面前で肖莉を困らせるつもりはなかったが、そのときの小楓は自分のことで精一杯だった。ただやっと相手を見つけ、逃がすわけにはいかないという切迫感が自分勝手な行動となっていた。

「何のことかしら？」肖莉にとっては藪から棒だった。小楓は無言のままバッグから写真の束を摑み出すと、肖莉に突きつけた。肖莉はそのまま受け取り、見たとたん凍りついた。その反応は娟子（ジュアンツ）や東北（ドンベイ）が見せたのと同じだった。今このような場では説明のしようもなく、どんな説明も意味がないのを本能的に悟ったからだった。娟子と東北と違うのは彼女は当事者であるのと、他人と一緒にいることだった。

「言って下さい、どういうことなの？」小楓が迫った。

「これについては、ご主人に訊くべきだわ」肖莉が少し落ち着きを取り戻している。

　小楓はすかさず建平は手術中だと言った。二人は無言で向き合ったまま吹きつける風で彼女たちの髪が顔にかかっているのにも気がつかないようだった。肖莉が手にしていた写真はいつの間にか集まってきていた人の手に渡って見られていたが、二人は気がつかない。理由は違っていたが、二人とも極度に緊張していた。すっかり回し見をしてしまった野次馬たちは、何かを期待するかのようにじっと二人を見ている。まるで早くクライマックスになるのを期待する観客のように。

小楓(シャオフォン)がまた口を開いたが、声が小さい。「なぜなの？　肖莉(シャオリー)？」

「これは誤解です……宋(ソン)さんはあのとき、飲み過ぎていたわ……」

「あなたは？　やはり酔ってたのかしら？」

肖莉は返答に困った。最初からとことんすべてを説明するには、今このとき、この場ではほとんど不可能に近かった。そのとき、小楓の携帯電話が鳴った。手術後に東北(ドンベイ)から知らされた建平(ジェンピン)からだった。居場所を訊かれたらしい小楓が病院の住宅区域で肖莉もいると答えている。

ようやく小楓をつかまえられてほっとした建平は、胸を撫で下ろす間もなく、たちまち緊張感に襲われ始め、慌てて小楓に言った。「小楓、とにかく落ち着くんだ。ぼくがすぐ行くから。着いたら説明する！」電話を切ると一目散に外へ飛び出した。途中で娟子(ジュアンツ)に電話をして、彼女にもすぐそっちへ向かってくれるように頼んだ。事態がここまで来ると、彼一人ではどうにもならず、助太刀が必要だと建平の本能が教えていた。

建平が駆けつけると、幾重もの人垣ができていた。車を降りた建平がすぐさま人垣をかき分けて入ろうとしたそのとき、かつて建平の部下だった一人に引き止められた。彼は自分のサングラスをはずすと、有無を言わせず建平にかけさせた。サングラスをかけなければいけないほど事態はひどくなっているらしい。建平に緊張が走った。彼の耳に人垣の奥から声が聞こえてきた。

「あなたが無視して好意も示さなかったら、彼もこんなことをしないでしょ。他に優秀で、若くて、綺麗で、もっと魅力的な女はいくらでもいるのに、それでもあなたなのはなぜ？」小楓の声だった。

「ねえ、言って。肖莉（シャオリー）、なんで黙ってるの？」

「今のその精神状態では私が何を言っても信じないでしょう。ただ一つだけ言うと、私、あなたの言ったような好意を彼に示したことなんてありませんから」肖莉の声だった。

「ないですって？　なのに昇進審査論文に手を入れてあげるの？　昇進は一人だけ、しかもライバル同士だとわかっていて、あなたを助けるなんて、彼は馬鹿よ」

建平（ジェンピン）は二人の言い争いを絶望的な思いで聞いていた。これ以上、聞きたくなかったが、どうにもできず、顔を上げることができなかった。

野次馬の目が痛いほど突き刺さり、小楓（シャオフォン）は必死に涙をこらえていた。心の中では思いっきり泣き、訴えたいほどとっくに心のつっかい棒は外れてしまっていたが、ここで弱みを見せるわけにいかなかった。

「肖莉、あなたって、本当によく計算しているわね。男を利用するのが実にうまいわ。男を利用して喜んで尽くさせるようにしむけて、自分は知らん顔……」

「そんなことをしていないわ！」

「してないですって？　してなくてあなたのレベルで高級職に昇格できるの？……あなたの昇格には大馬鹿の建平の援助だけじゃダメで、何人かの馬鹿審査委員も関係していて、この審査委員たちにも下工作したんでしょう？」

小楓がベッドで建平から聞いた話を野次馬の前でぶちまけてしまった。建平はいたたまれなくなり、なぜここに来たのかも考えられなくなって、こっそりとその場から逃げだした。

小楓の声は大きくはないが、破壊力は強烈だった。その言葉は手厳しく、核心を突いていた。肖莉は完全に押されて言葉を失っている。だが物事は極点に達すると、必ず反動が起こるもので、追いつめられた肖莉(シャオリー)が反撃に転じた。彼女が口ごもり気味で、なかなか反論できなかったのは建平(ジェンピン)を気遣っていたからだった。でもその必要は建平の裏切りを知って、なくなっていた。肖莉の反論は明瞭だった。「あなた、よく聞きなさいよ。三つよ、いいわね。一つ、あの結婚式での出来事は、あなたのご主人の酔ったうえでの失態よ。ご主人は私を妻だと言ったわ。私が我慢したのはあの場を考えて、ご主人の上司や同僚の前で彼に恥をかかせないためだった。信じないなら、ご主人を呼んできたらどう。どっちが正しいかはっきりさせるから。二つ、私はあなたが言うような好意をご主人にこれっぽっちも持ってないわ。もしご主人にそんな気持ちがあるなら、それはご主人の問題よ。三つ、あなたこそ、この件についてじっくり反省しなさいよ。なぜあなたのご主人がお酒を飲んで他の女に本音を漏らしたのかしら？」

言葉は刃のように鋭く、核心に斬り込んできた。小楓(シャオフォン)は言葉を失い、切り返すことができない。溜まった激情のせいか、小楓はもののみごとに肖莉の顔に稲妻のような鋭い音を立てて、平手打ちを食らわせていた。

風が木の葉をさらさらさらと揺らしている……

娟子(ジュアンヅ)があたふたと駆けつけてくると、強引に小楓を引っ張って行ってしまった。野次馬の中に肖莉だけが残された。肖莉を慰めようとする人もいたが、彼女の氷のような冷ややかな表情からは誰も寄せつけない意思が明瞭に読み取れた。

第十四章

すでに夜の十時を回っていて、肖莉(シャオリー)はもうベッドに入っていた。今夜、一人でこんな広いダブルベッドに寝るのかと思うと、やけに寂しさと孤独感を覚えた。それで寝ついていなければ聞こえる程度の声で「妞妞(ニュウニュウ)」と、呼んでみた。もし寝てしまっているなら、目を醒まさせるほどの声ではない。

妞妞の「はい」とはっきりとした返事が返ってきた。

「まだ寝てなかったの?」

「眠ってたのに、ママに起こされてしまったの」母親に起きていたのを咎められるのではないかと、甘えるようにとぼけている。

肖莉は沈んだ気分のまま小さく笑って「ママのところで寝る?」と訊いた。

妞妞の嬉しそうな声が聞こえたかと思うや、もう自分の枕を抱いて素足で走ってきて、枕を母親の枕の横にきちんと並べてベッドに這い上がってきた。母親にぴったりくっついて横になり、母親の温もりを感じ、匂いを吸い込み、何とも言えない幸福感に浸っている。肖莉が溢れ出てくる涙を娘に見られまいとして、慌てて手を伸ばして電気を消した。娘の満ち足りた様子が肖莉(シャオリー)をせつなく、暗い気持にさせた。彼女は娘の幸福を保証する存在だった。しかし、今の肖莉は娘の保証となっているのだろうか？　肖莉は腕を伸ばし、娘を抱き締めた。娘の香しい匂いのする髪の毛に顔をつけると、こらえきれずに声を殺して涙を流し始めた。

妞妞(ニュウニュウ)は何かを感じたようで、母親の様子を見ようとしたが、肖莉がきつく抱き締めて、身じろぎさせないので、小さい手を出して母親の顔を触った。その顔は水で洗ったばかりのようだった。びっくりした妞妞がすぐに小さい手で涙を拭こうとしながら、慌てて訊いた。「ママ、どうしたの？　ママ、泣かないで！」しかし、肖莉の涙はとめどなく流れ落ちている。すると妞妞も泣き出し、泣きながら大きな声で言った。「ママ、泣かないで。妞妞、怖い！」

肖莉はずっと子どもの前で涙だけは見せまいとしてきていた。夫の不倫に気づいたときでも、離婚したときでも泣いたことはなかった。親が背負うべき重荷を幼い子どもに背負わせるべきではないし、またそんな能力などあるはずもなかった。

その夜、肖莉は一睡もしなかった。娘にはパパがママを怒らせたので泣いたと言うと、すぐ安心してしまった。それならどの家でもパパとママは喧嘩するもので、お向かいの当当(ダンダン)の家のパパとママはよく喧嘩しているというのがその理由だった。肖莉は妞妞を寝つかせるために「あなただけ」という歌を歌った。あなただけがこの世界を正しく変えられる。あなただけが暗闇を明るく変えられる……」という意味の歌で、肖莉はいつもママの「あなた」は妞妞よ、と言っていた。

Only you can make all this word seem right

Only you can make the darkness bright
Only you and you alone can thrill me like you do
And fill my heart with love for only you
……　……

歌い終わらないうちに妞妞（ニュウニュウ）は眠ってしまった。

午前の回診後、肖莉（シャオリー）は事務机に腰をおろして長い間、物思いに耽けっていたが、やがて意を決したように部屋を出て行った。廊下ですれ違う人たちは誰もが何事もなかったように彼女に挨拶をし、彼女も会釈と笑顔で応じている。しかし、彼女が通り過ぎると、そうした人たちが振り返って見たり、彼女の背中に向けて陰口を言いあったりしていた。肖莉はその場の情景が感じられ、振り返ろうともしない。彼女にはためらいも戸惑いもなく、その表情は毅然とし、歩き方も堂々としていた。まっすぐ「院長室」の部屋まで来ると、その場にほんのしばらく立ちどまってから奮い立つようにノックした。「どうぞ！」院長の声だった。肖莉は部屋に入ると、いきなり本題に入った。「院長、院長に直接、ちょっと報告したいことがあります。五分で結構です！」

肖莉が科の副主任に抜擢され、公表された夜、肖莉は妞妞とマクドナルドにいた。もう少しまともなところへと考えたのだが、妞妞のたっての望みだった。

鉄板焼き、チキンナゲット、パイナップルパイ、ポテトフライを食べながら、肖莉は娘に副主任に昇格したことを告げた。前回の高級職昇進では妞妞がいろいろ質問したのに、今回は案に相違して、「へえー」と言っただけで肖莉の方が肩すかしを食った感じになった。「副主任ってどういう意味か、わかる？」

「わかるよ」

「じゃ、どういう意味？」

「どうせすごくいい、すばらしいことでしょう」

肖莉は思わず吹き出してしまい、嬉しさと同時に大いに慰められもした。


自分が強くなり、がむしゃらに前へ進み、地位を得ていけば娘が傷つけられることはないと考えていたが、この事件の後遺症は自分だけの範囲に留まらなかった。

ある日、妞妞を迎えて帰宅すると、そのまま外に遊びに行ったので肖莉は食事に取りかかった。ところが、料理の下準備も終わらないうちに、妞妞が帰って来てしまった。いつもなら料理ができて、冷たくなっても呼ばない限り戻らない妞妞の目には涙が溢れていた。

肖莉は驚いて食事の支度の手を止めて「妞妞、どうしたの？」と訊いた。

「みんなが私と遊んでくれないの」

「みんなって？」

「いつものみんな」

「なんでなの？」

「遊んでいたボールが当当のボールで、当当が私と遊ばないって言ったら、ほかの子たちも当当についちゃったの」

「当当はどうして妞妞と遊ばないっていうの？」

「ママのせいで、当当（ダンダン）のパパとママが喧嘩したから私と遊ばないって……」

肖莉（シャオリー）は息が詰まるほどに重苦しい気分に陥った。妞妞（ニュウニュウ）の涙を慌てて拭いてやりながら「妞妞、明日、ボールを買いに行こう。当当よりもっといいボールをね」と慰めた。

しかし、子どもとはいえ、すでに自分なりの思考力を持っている。

「ママ、当当はなんで私と遊ばないの？　私はいい子だよ、悪い子じゃないもん」

いつまでもすすり泣いて深く傷ついた娘を胸に包み込みながら、肖莉も涙が溢れてきていた。

「妞妞はもちろんいい子よ。一番いい子！　いい子だから泣かないで、ね？」

こうしてその晩、妞妞はまた肖莉と一緒で、「あなただけ」を聞きながら寝入ってしまった。それでも時たま、すすり泣きを漏らしている娘の幼い顔を見ているうちに、肖莉に一つの決心をさせた。彼女は服を着込んで玄関を出ると、向かいの家の玄関に立った。しかし、ドアの前に立つと、勇気がたちまち萎えてしまい、薄暗い電灯の下でしばらくどうしたものかと躊躇し、何度かベルを鳴らそうとしたが、どうしてもできない。最後にはどうにでもなれと目をつぶって人差し指が丸い呼び鈴ボタンに触れようとしたその瞬間、小楓（シャオフォン）の声がドアを通して聞こえてきた。「当当、何時だかわかっているの？　早く寝なさい！」

肖莉の勇気は小楓の声でたちまちしぼんでしまっていた。彼女は手を引っ込めると、その場から逃げるように家に戻り、ドアをしっかりと閉めた。

以前と同じように、公園の湖に面した茶館のしだれ柳が今日も風に静かに揺れて、湖面がきらきら光っている。肖莉は椅子に腰を下ろし、しきりにあたりを見回し、落ち着かない。約束の時間にまだ間がありながら建平（ジェンピン）が現れるか不安に襲われていた。

昨日、勤務から帰宅する時、マンションの入り口で肖莉（シャオリー）は建平とばったり顔を合わせた。向かい同士だけに、こうした事態は避けられない。あれ以来、二人は顔を合わせても挨拶せず、まるで赤の他人のように表情一つ変えず、無言のまま行き過ぎるようになっていた。この日も建平は同じように素知らぬ振りして建物のなかに入ろうとした。

「宋（ソン）さん」、彼女の声が飛び込んできて建平は少なからず緊張を覚えた。声が大きかったわけでも、声にとげが含まれていたわけでもない。ただ意外で、まったく考えもしなかったからだった。無意識に振り返ると、そこに肖莉の柔らかくて親しげな微笑みがあった。彼は一瞬、多少のくすぐったさを覚えながら、暖かみを感じ取っていた。しかし、すぐさま何を企んでいるのかという警戒心が起きていた。

明日の土曜日、前に行ったことのある茶館で建平に話を聞いて欲しいというのだった。言うことがあるなら、ここで話すようにとの建平の求めに、忙しいのは承知しているが、とても重要なことなので、申し訳ないが日を改めてじっくり話したいという。卑屈なほど下手の姿勢に建平としても断り切れなくなっていた。重要なこと？　言うべきことだけでなく、言ってはならないことまでも白昼、衆人環視の下で歯に衣着せずに洗いざらいぶちまけたではないか。それなのにまだ重要なことがあるというのか？

建平と向き合っている肖莉の態度は、穏和ながら決然としていた。結局、明日の午後三時、あの公園の茶館で会うことになった。

正確に三時、建平の姿が肖莉の視野に入ったとたん、待ちに待っていただけに心が躍り、嬉しさのあまり目頭が熱くなった。すぐさま建平（ジェンピン）に高々と手を振って「宋（ソン）さん」と呼び、ウエートレスにも声をかけた。

「宋さん、来てくださってありがとう。あんなことがあったのに……」

「肖莉（シャオリー）さん、社交辞令はなしにして、ストレートに話して下さい」

「宋さん、いろいろあなたに申し訳ないことをしてしまいました。でも……」

「でも、ぼくも申し訳ないことをしてしまった。あなたから聞いた話を女房に言うべきではなかった、そうでしょう?」建平の語気にはかなりとげがあり、挑発的でさえあった。

「いえ、そんなつもりで言ったのではないんです」肖莉が慌てて言った。「私のために秘密を守る義務なんてないわ。私のせいで宋さんがどれだけ辛い思いをしたのかは別にしても、そちらはご夫婦、彼女に何を言おうと当然ですよ。むしろその方が夫婦としてのあるべき姿だと思います……」

「もうたくさんだ、肖莉さん」建平が乱暴に彼女の言葉をさえぎり「遠回しな言い方はやめて欲しい。どうせまた、私に助けてほしいというわけでしょう。はっきり言ってほしい。できることはやるので」

肖莉が持ち出したのは、妞妞（ニュウニュウ）のことだった。

建平には思いがけず、肖莉の要求はもっともで、大人のいざこざに子どもを巻き込んではならない。子どもには何の罪もないし、肖莉が言うように単純で、ひ弱であるだけに、こうしたことに耐えるのは難しい。

建平は「ぼくは当当（ダンダン）に余計な入れ知恵をしたこともないし、妞妞とはこれまでと同じように接していたけれど」と言った。

「あなたでなければ小楓(シャオフォン)かもしれないわ……」建平(ジエンピン)は黙ってしまった。しばらくすると肖莉(シャオリー)が口を開いた。「妞妞(ニュウニュウ)、とても辛かったようで、夜、寝ているのに急に泣き始めて目を覚まし、自分はいい子で、悪い子ではないと訴えるの……まだ八つにもなっていない子どもに大人のいざこざなど、わかれという方が無理というものでしょう？」

建平が渋々ながら「女房と話してみます。できるだけやってみますよ」と言ったが、彼にはわかっていた。今の肖莉の存在は彼と小楓の間に横たわる爆弾にほかならない。避けるのさえ難しいというのに、こんな約束をして敢えて火中に飛び込むというのか？

騒動のあった日、建平はわざと少し遅く帰宅した。家に入るや目に飛び込んできたのは、肖莉とのツーショット写真を一枚一枚、ソファーの前のテーブルに並べ、小楓がソファーに座って、まばたき一つせず、穴のあくほどじっと見つめている自虐的な姿だった。建平は恐怖に襲われ、その場から一気に逃げ出したくなり、このときほど透明人間になりたいと思わずにいられなかった。

小楓が言葉を口にしたが建平には目もくれない。ひたすら写真を見つめて独り言のように話している。「どうりで私をずっと職場に来させなかったのよね……あの日、守衛がどうしても入れてくれなくて、おかしいと思ったのよ。だって病院って、公共の建物じゃない。それなのになんで？今、考えれば、事前にちゃんと話をつけていたのよね……わかるわ。誰かさんの奥さんはこちらですものね」あごで写真の肖莉を指しながら「急に別人になってしまうと、他人様にはそりゃ説明しにくいわよね……」それから顔を上げて、かすれた声で「宋建平(ソンジエンピン)さん、私を大事にしてなんて頼まないけれど、お願いですから私を馬鹿にしないで下さいな。他人の前では多少なりとも私の立場も考えていただき、尊重していただけません？」小楓（シャオフォン）がさらに続けた。「あなたにとって彼女の存在は大きいようだけれど、彼女が見向きもしないので、仕方なくわたしと一緒にいるんでしょう？」

建平（ジェンピン）はとうとう堪えられなくなり、外に出て行こうと玄関のところまで来たが、小楓が気になってそっと振り返った。

ソファーに座っている小楓は髪が乱れ、両手をだらりと下げて、うつろな目でテーブルを見つめ、身じろぎ一つしない。建平は深いため息をつくと小楓のそばに戻り、腰を下ろして釈明を始めた。娟子（ジュアンツ）の結婚式前に小楓が結婚式への欠席を言い出したのであり、したがって肖莉（シャオリー）と事前に約束するはずがなく、ただ成り行きだったに過ぎないと、時間をかけて話した。小楓はその間、押し黙ったままだった。建平は自分の説明に次第に虚しさを覚えて口をつぐむと、小楓が突然、なんの脈絡もなくいきなり訊いた。「建平、彼女とでも勃起不能症なの？」

この日の午後、小楓は建平のカルテを持って男性科の専門医に説明を求めて病院へ出かけていた。この件について彼女はずっと疑問を抱いていたからで、専門医の話を聞いて彼女はようやく納得していた。ホルモン値が正常の場合、ＥＤの八割は心理的原因による、いわゆる「功能性」で、残りの二割が器官性病変であること。心理的原因は多様で複雑であること。もっともよく見られる症例は、一つは仕事が忙しくストレスが大きいこと。二つ目は妻に興味が持てないこと。今、世間でよく言われる「審美疲労」で、さらに言えば熟知しすぎた場所には見るべき風景がないということ……それを知った小楓は背筋に冷たいものが走った。医者である建平がすべてを承知しているのは間違いなかった。たとえ医者でなくても彼自身のことなのだから、わかっているはずだ。小楓は自分のあまりの愚かさ、あまりにも建平を過信していた自分を怨まずにいられなかった。彼女は最後に、ある質問を医師にした。それは彼女がずっと聞きたくても聞けなかった、妻に愛情や興味が持てなくなっても別の女性とだったらどうか、という質問だった。「もしご主人が好きな女性でしたら、なんら問題ないでしょう」それが医師の返事だった。

肖莉(シャオリー)こそ、その女性だ。

建平(ジェンピン)が外見からは想像できないほどおどおどしながら小声で言った。「もう言ったはずだよ。彼女とは何もないって」

「何もないってことはないでしょ」

「でも、君が考えているような事は絶対ないよ」

「私が考えている事って?」

「君自身、はっきりわかっているだろう」

「あなたは間違っているわ。私の気持ちを誤解している。夫婦間の三種類の裏切りについて聞いたことがある?」建平が絶望的な気分で目を閉じた。小楓(シャオフォン)は薄い笑いを浮かべ「あなたは聞いたことがあるはずよ。あのチンピラ劉東北(リウドンベイ)から学んだこと、あなたは結構あるみたいね。正直言って、あのチンピラは信用できないけれど、この話だけはその通りよ! 真理だわ! 絶対の真理よ! あいつの論理からすると、私は法律上の妻で、肖莉こそ貴方の心にいる奥さんなのよ。彼女と一緒なら、あなたは絶対、EDになんかならないわ」

その日からというもの、小楓は毎晩、「ベッド」を見ると「寝る」を連想し、連想が起きると建平への尋問となった。尋問の内容はそのつど変わったが、本質は同じだった。最初のうち建平は自己弁護をしていたが、やがて彼女の言うように任せるようになっていった。

「建平（ジエンピン）、なんで黙っているの？」

「何を言わせたいのだ？」

「肖莉（シャオリー）とのときもＥＤになるのか教えて」

「小楓（シャオフォン）、いいかい、あれはかなり以前のことだし、その経緯も君にちゃんと話したはず。それにぼくらの関係は良くなってきているじゃないか」

「それなのになぜ私とだとできないのかしら？」

「何事にも順序ってものがあるだろう……焦らずに試していけば……この種の治療には夫婦の協力が必要なんだよ……」

「さすがなんでもわかっていらっしゃるのね。なのになぜ今まで言わなかったの？　ほかにまだご存じのことは？　好きな女となら治療しなくたって大丈夫なのよね？」

「さあ！　試したことなんかないから」

「そう、だったら試してみれば？」

「わかった、君がそう言うならぼくは構わないよ」ある日、建平はどうにも堪えられず、とうとうこう言った。建平がこんな大胆な言い方をするとは考えもしなかった小楓は一瞬、言葉に詰まり、相手を見つめるばかりで、その目からは怒りの火花が飛び散っているかのようだった。やがて彼女は猛烈な勢いで立ち上がり、外に出て行こうとした。

　建平が慌ててあとを追い「何をしようというんだ？」と訊いた。

　小楓が皮肉っぽく笑うと「こういう話は私とあなたが同意してもダメで、相手の同意を確かめなくてはね！　あなた、恥ずかしいでしょうから私が訊いてあげようっていうわけ」

建平(ジェンピン)が素早く彼女の前に回り込み、ドアを塞いだ。二人はにらみ合い、やがて小楓(シャオフォン)が泣き始めた。

公園の茶館で建平は家の事情を奥歯に物が挟まったような言い方で少し肖莉(シャオリー)に漏らした。肖莉にあまり大きな期待を抱かせないためで、彼女はしばらく黙ってしまった。

しだれ柳が静かに揺れ、湖面はきらきらと光を反射している。

肖莉がようやく口を開いたが、声がいつもと少し違っている。「宋(ソン)さん、どうしても理解できないのですが、なぜ宋さんがこんなに堪えなければいけないのですか？」

建平がさっと顔をそむけた。肖莉はじっと湖を見つめたままで、湖面から跳ねた光が彼女の顔に当たって、その輪郭を際だたせて美しかった。

肖莉が出張した。仕事だったが身を隠す意味あいもあった。通常、シングルマザーの彼女に遠方の出張はなかった。でも今回は彼女の申し出で、妞妞(ニュウニュウ)は別れた夫に預けた。

だが小楓は警戒を緩めようとはしなかった。二十一世紀の現在、居場所など関係なく、連絡はいくらでも取れた。話すことは無論、文章も、顔を見ることだって少し機能のよい携帯ならすべて可能だったし、パソコンもあったからである。

小楓は建平の携帯の監視に全精力を注いだ。だが建平が小楓への警戒を怠らず、記録の削除をすれば証拠は残らず、彼女の成功率はゼロに近い。しかし、ひょっとしていつも川辺を歩いていれば靴を濡らすことだってあるかもしれない。

この「ひょっとして」のために小楓はあらゆる手を打った。毎晩、建平が眠ると通勤用カバンをトイレへ持ち込んで、携帯電話を入念にチェックした。彼のアドレス帳には肖莉（シャオリー）の情報はまったく記されてなかった。二人の間に何もなければ、隣人同士、しかも元同僚であるだけに互いに電話番号を記録していない方が不自然で、これこそ一つの事実を示しているように思えた。おそらく彼女の電話番号は、建平（ジェンピン）の頭に刻み込まれているにちがいない。深夜、パンティとキャミソールだけの小楓（シャオフォン）が便座に座って、膝に夫のカバンを載せ、手に夫の携帯を持つ図は、トイレの薄暗いライトの下では滑稽で、哀れでもあった。感情的には建平を信じたかったが、理性的には信じてはいけないと教えていた。感情と理性は別物だったが、夫の不倫証拠を掴みたいという感情と、そのような証拠を見つけたくないという二つの異なる感情が交錯していた。

ある日、ついにカバンの中に一枚の大きな金文字入りの真っ赤な招待状が入っているのを見つけた。開けてみると、

「宋建平（ソンジエンピン）殿　奥様ご同伴で病院主催の感謝祭にご出席くださいますようご案内申し上げます。時間：今月23日午後四時。場所：シャングリラホテル二階宴会場」

とあった。

招待状は建平が勤務を終えて、事務室を出たところで、娟子（ジュアンツ）から病院設立五周年を祝う会だと渡されたものだった。建平はそのままカバンの中に放り込んでしまったが、招待状を開いて「奥様ご同伴」を目にしていたら、おそらく事務室に置いてきただろう。

トイレで小楓は招待状を繰り返し読んで、頭にたたき込むと招待状を元に戻した。

建平は翌日、退勤時にカバンの中を片付けていて招待状に気がついた。何気なく開けて読むと、さっさと抽斗の奥に突っ込んでしまった。安堵する一方で、もし小楓に見られたらと考えると、改

めて恐ろしくもなった。もし出席したら病院の関係者に自分と肖莉（シャオリー）の関係をどう説明すればよいのだろうか？　彼女が祝賀会のことを知っているのに出席させなければ、彼女がどう荒れるか想像もつかなかった。

　最善にして唯一の方法は、彼女には行かせず、知らせないことだった。二人の関係が今のように険悪なら言うに及ばず、たとえそうでなくても慎重に対応しなければならない厄介な問題だった。肖莉が出張に出かけて、小楓（シャオフォン）はかなり落ち着いたようだった。小楓が落ち着くと家庭の波風も和らいでいた。ずっと精神的に苦しめられてきた建平（ジェンピン）には貴重で、敢えて自分から面倒を起こす要因を作りたくなかったし、二度とごめんだった。

　ある夜、家族三人が食事をしていると、小楓がふと「今日は何日かしら？」と訊いた。当当（ダンダン）がすかさず「二十二日、木曜日だよ！」と答えた。

　その話し方、表情には明らかに母親への媚びが見て取れて、建平をいたたまれなくした。夫婦喧嘩以来、当当は一晩のうちにすっかり成長したかのようで、言いつけた事はきちんとやり、言いつけなくても自分がやるべきだと判断すると進んでやるようになった。食後のテーブルの片付けや皿洗いも背が低いので、水が腕に回って袖まで濡らしてもやっていた。日曜日でも外へ遊びに行かず、自分の部屋に閉じこもり、ひっそりとしていた。ある日、建平が心配になってドアから覗いてみると、漫画を読んでいて、建平の顔を見ると宿題は全部やってしまったよ、とすかさず言った。学校からは最近、当当の成績が明らかに落ちていて、授業中居眠りをしたり、集中しなかったり、宿題をしてなかったりしていると言われていた。建平は当当を叱らなかった。息子の今の状態は間違いなく親の責任だと十分承知していたからだった。それでも、集中して授業を聞き、きちんと宿題をするようにと言って聞かせると、当当(ダンダン)の表情が怯える子兎のようになっていた。

小楓(シャオフォン)もそのような当当を承知していて、息子の返事を聞くと、にこやかに頷きながら、手を伸ばして小さい頭を撫で、骨付き肉を一つ、当当の茶碗に乗せた。

建平(ジェンピン)は非常に辛く、気づかれないようにうつむいてスープを飲んでいたが、小楓の視線を感じて、顔を上げたとたん、目が合ってしまった。その目にはゾッとする冷たさが宿っていた。それは建平の主観的な感覚に過ぎないのだろうが、自分から進んで空気を和ませる姿勢を示すのは悪くないはずだ。

「このスープ、なかなか美味いね」

「そう?」彼女の顔には何の表情も現れていない。

建平は思考する余裕もないまま、当当に「ほら、ママが作った骨付き肉の蓮根スープを飲んでごらんよ、すごくおいしいから!」と言うと、小楓にもスープを入れて世話を焼き始めた。そんな彼の世話焼きぶりを見ながら、多分に演技でもあったが、小楓の顔は能面のようだった。

翌日の朝食後、三人は自分のことに追われていた。建平は鏡に向かってネクタイを結び、当当は愛国シンボルの赤いネッカチーフを襟に結び、小楓は髪を梳かしている。そのとき彼女がそれとなく「えーと、今日は何日?」と訊いた。それは彼女が建平に与えた最後のチャンスだった。建平に一縷の望みを繋いでいたとも言えるだろう。

「二十三日だよ。あっ、そうだ。今晩、夕食いらないから。病院で行事があるんだ」

「何の行事?」

「何かの感謝祭だって。何か口実を作って食べたり飲んだり賑やかにして、人間関係がうまくいくようにするというわけ。外資系企業経営者の常套手段だよ」

「どんな人が出席するの？」小楓（シャオフォン）は絶望的になりながらも、建平（ジェンピン）が忘れたのかもしれないと、もう一度だけ訊いてみた。

「あまり詳しく知らない……病院の人はみんな出席するだろうけれど」

話はそこまでで、小楓もそれ以上、訊かなかった。小楓は当当（ダンダン）を学校まで送り届けると、母親に電話で今晩、用事があるからと当当の迎えを頼んだ。子どもの段取りがつくと、彼女は自分が考えていたことの実行に取りかかった。

まず美容室へ行って、たっぷりヘアアレンジ剤を吹き付けてもらい、なまめかしいが、いかにもいじくり回した人工的な髪型にしてもらった。そのあと、その大きな貝殻ヘアーでブティックへ行き、ハリウッドの授賞式でよく見かける、胸も背中も大胆に開いた黒いロングドレスを一着買った。さらに大きくて、真っ赤なショールをこれに合わせ、靴は先端が細長く尖っているメタ銀色で、ヒールは箸のように細かった。それらを買い込むと車の中で着替えと化粧をしたが、なんともど派手だった。彼女は車で建平の病院へ向かい、病院の正門で建平をつかまえ、自分を〝同伴〟させて一緒にシャングリラへ行くつもりでいた。

娟子（ジュアンツ）が祝賀会に出席するため病院から出てきた。彼女はあの日、小楓を探していて列車に乗り遅れ、後日、帰るつもりでいた。ところが「後日」になると「もう少し待ってから」となり、現在になってみると、それほど帰りたくはなくなっていた。人間の思いなど、わずか一日でも何回となく変わり得るのだから、不自然とは言えないだろう。

病院の門を出ると、向こうから見慣れた車が近づいて来るのが目に入った。小楓の車だった。今しがた建平と顔を合わせたとき、小楓と一緒かと訊くと、建平は否定していた。娟子は前回の教訓をお忘れなく、嘘をつくと代償を払わなければいけなくなりますよ、と注意していた。確かに彼は小楓に事実も告げない代わりにデタラメも言わなかった。何も伝えなかったのだから。

娟子がそんな思いを巡らしているうちに、車が停まり、小楓が降りてきた。もし彼女の車だと気づかず、いきなり出遭ったら当人だとはわからなかったにちがいない。まるで別人だった。清潔で上品な知識人の雰囲気は完全に消えて、全身から低俗さをまき散らしていながら、それに気がつかないのか、得意にさえなっているようだった。娟子は呆気にとられ、言葉を失っていた。かえって小楓から親しげに声をかけてきた。

「ここで誰を待っているの？　娟子」

「お姉さん、お姉さんこそ何か用事でも？」

「まあ、用事ですって？　あなた、知らないの？」

娟子にもわかったので、ぎこちなく「ええ、知っています……」と答えた。

「それなら、あなたから言ってみて。私が何でここに来たのかをね」

「お姉さん、話を聞いて下さい……」

「ええ、いいわよ」

娟子は言葉に詰まった。どうしたものか迷った末にありのまま話すことにした。「お姉さん、前のあの事だけど、宋さんのやった事は決して正しくないけれど、すでにやってしまった事で、彼も間違った事をしたと気がついていて……」

「間違った事をしたと気がついたのに、なぜ直さないのかしら？」

「ここであまり感情的になって軽はずみなことはしないで、どうしたらいいかよく考えて下さい。お二人は夫婦です。利害は同じはずです。宋(ソン)さんにも説明のチャンスをあげないと。お姉さんがこんなふうに突然現れたら、病院の人たち、特に院長がどう思われるか？　宋さんの信用が台無しになってしまいます。そんなことになったら姉さんにも、当当(ダンダン)にも、家庭にもいいことなんかないじゃないですか」

　娟子(ジュアンツ)の誠実な物言いが小楓(シャオフォン)の気持ちを和らげたようだ。「娟子、夫が辞職するまで追いつめたのは私のせいよ。それは私も認めるわ。不甲斐ない夫と一生暮らしたいなんて誰が思う？　妻なら夫の出世を望むんじゃないかしら？　でも夫が出世して、夫から見向きもされない妻になるんだったら、たいていの女は貧乏夫婦時代に戻りたいと思うんじゃないの」小楓が口をつぐんだ。以前のことが思い出されて、それ以上話せなくなっていた。以前は車もなく、お金もなかったけれど、自分らしい自分がいた。今はそんな自分は存在しないし、自分を見失うと生活の主導権も失ってしまうらしい。小楓の喜怒哀楽はすべて相手次第で、それをありがたく受け入れなければならないという思いが小楓を窒息させるほど追い詰めていた。

「待って、お姉さん！　待って！……それじゃあ、お姉さんは、今日は宋さんに……」その先の適当な言葉が見つからず、身振りの方が先に出て「カードを全部見せてしまうつもり？」

「カードを見せるって？　決闘すること？　相打ちになること？　それとも共倒れ？」

　娟子はこの一連の疑問に考えを巡らす余裕もないままに慌てて言った。「とにかく話を聞いて、お姉さん。宋さん、病院でとてもよくやっています。将来はものすごく有望で、経営パートナーになる可能性だってあります。だから宋さんのために……」

「何が宋（ソン）さんよ！　娟子（ジュアンツ）、あなた女でしょう、私の立場にちょっと立ってみてよ、彼のためにすべてを犠牲にしてきたら、私をボロ雑巾のように捨てて、自分に釣り合う女と堂々と腕を組んでいるときの私の気持を……ええ、確かに私には今、仕事もないし、社会的な地位もないわ。彼は私の説明書だし、私の参照物だし、彼がいなければ、私は吹けば飛ぶような存在よ。でもお生憎さま、私自身はまだ自分が誰だか忘れていないわ。まだ多少とも自分を必要とする自尊心が残っているの」

　小楓（シャオフォン）の話には一理あると娟子は認めないわけにいかなかった。そのとき小楓の携帯電話が鳴った。オフィスにいる建平（ジェンピン）からだった。彼は少し前に病院正門近くまで来たのだが、たまたま目線を伸ばすと、正門脇に立っている小楓と娟子に気がつき、慌ててオフィスに戻ってしまったのだった。小楓が自分の行動をすべて摑んでいる。どのように知り得たのか見当つかなかったが、知っているのは疑いなかった。

　次の手を打つために建平は小楓に電話をかけた。「ぼく、うっかりしていて今日の病院の行事は妻同伴でということだった。君、出席する気ある？　ぼくはちょっと無理だ。頭が割れそうに痛いんだよ」

「あら、そう」小楓は顔色ひとつも変えずに「それなら、あなた出ないで」

「それでも君は行くの？」

「ええ、出るわ。前からあなたの同僚たちと会ってみたかったの……ご心配無用よ」娟子にチラッと目をやって「娟子も出るでしょう？　会場で娟子に紹介してもらうわ」

　電話を切った建平は両手で頭を抱えてしばらく動けなかった。本当に頭痛が始まり、痛みがひどくなってきて、血管が激しく脈打っているのがわかった。どれほどの時間、そこにいたのかわからないが、彼は奮い立つように携帯を手にして、小楓（シャオフォン）にもう一度かけた。

小楓は娟子（ジュアンツ）について宴会場に向かっていた。歩きながら周囲の関心を引きつけようと、誰にでも笑みを振り撒いていたので、振り返らない者はいない。やがてイベントホールが間近になり、洋食での立食パーティーのようで、食べ物を載せた小皿を持つ人やグラスを持つ人の姿が見え始め、オーナーのジェリー院長と夫人の顔もかいま見える。小楓の携帯が鳴ったのはそのときだった。彼女は相手を確認してから「建平（ジェンピン）、何？」と訊いた。その声には笑いが帯びていた。

「待ってて欲しい。ぼくが今すぐ行くから」

「すぐ来る？……あなた、頭が割れそうに痛いんでしょう？」

「うん、頭は痛い、嘘なんてついてないさ。それに決めたんだ。もうこれからは君に嘘をつかないってね。いや、今からだ！「今すぐ行く」と言ったのはそのためなんだ。君と出席して、ぼくから君を病院の人たちに紹介するよ……」

小楓の顔から笑みがサッと消えると、そそくさと人目を避けるように隅に行き、少し声を震わせながら「それなら……肖莉（シャオリー）のことは？　どう説明するつもり？　皆に？」

「正直に言うつもりだよ」きっぱりとした言い方で、そこには誠実さが込められていた。

「わかったわ。あなたを待ってる」電話を切った小楓は、やや離れた所で待っていた娟子に「娟子、あなた先に行って。建平がすぐ来るから」

行かざるを得なくなった娟子は、不安で何度も振り返りながら宴会場へ向かった。娟子が会場に入るのを見届けた小楓はその場を離れ、ロビーを通って外に出た。

風が彼女の黒いドレスやショールを吹き上げても、彼女はじっと立っていた。

一台の見慣れた車が彼女の視野に入ってきた。建平（ジェンピン）の車だった。駐車場に車を入れてきた建平が近づいて来る。小楓（シャオフォン）が黙って建平を見つめていると、そばまでやって来た建平が自分の腕を取るようにと彼女に促した。小楓が建平の腕に自分の腕を絡ませ、二人でホテルに入って行った……。

第十五章

小楓（シャオフォン）は建平（ジェンピン）の腕を引っ張るように会場の入り口近くまで行き、出席者の顔がはっきり見え始めると、小楓が急に足を止めた。どうしたと建平が声をかけると、黙ってまた歩き始めたが、すぐ立ち止まってしまった。「本当に私に出てもらいたいの？」

建平が当然だというように深く頷いた。小楓は穴の開くほど相手の目を見つめながら「私があなたに恥をかかせるかもしれないのよ？」

「何を言っているんだ！」建平は彼女の耳のあたりに下がっている硬くてキラキラした髪巻に触れながら「今日のヘアスタイル、少しやり過ぎだけれどもね。化粧もちょっと濃過ぎるかな。やはりいつもの君の方がいいな」

「これはわざとよ。あなたに恥をかかせたかったから、うんと目立とうとしたの。私に恥をかかせたから、その仕返しをするつもりだったの」

建平は呆気に取られた。彼女はさらに続けた。「今日、私を同伴させたくなくて、あなたが悩んでいるのわかっていたわ……忘れたなんて言えないし、もう私を騙さないって言ったてまえ、肖莉（シャオリー）とのこと、誰にも申し開きできないのだから」

「……」

「建平（ジェンピン）、なぜ急に考えを変えたの？」

「今日からもう一度やり直そうと思ったんだ。ぼくが間違っていたのだから、直すべきだし、今日から直すつもりだ」

「でも、上司や同僚たちの目はどうするの？」

　建平はもう一度、いいのだというようにきっぱりと頷いた。呆然と建平を見つめる小楓（シャオフォン）の目が次第に潤み始め、急に背中を向けると外に向かい始めた。意外な行動に驚いた建平があとを追った。

　足早に離れていく小楓は、靴のサイズが合っていないのか二回ほど足をひねった。ヒールが箸のように細長い靴を履くのは初めての小楓は二回目はかなりひどくひねったようだが、それでも足を引きずりながら速度が落ちない。建平は走りたかったが、きちんとしたスーツを着込んだ中年男が五つ星高級ホテルの中では、できなかった。そのため小楓を危うく見失いそうになり、人がいない片隅にいるのにようやく気がつくほどだった。彼女は片手で口を押さえながらむせび泣いていた。建平はすっかり狼狽して、筋の通らないような慰めの言葉を掛けていたが、彼女が何をするつもりか窺い知れず、不安に襲われていた。

　小楓はしばらく泣き続け、手の甲で涙を数回ぬぐうと「私、帰る」と言った。

「帰る？」建平がオウム返しに訊いた。小楓の濃い化粧は涙ではげ落ち、さまざまな色が無惨にも混ざりあって、目にするのも堪えられない状態だった。建平は慎重に言葉を選びながら言った。

「どこかで化粧を直さないと」

小楓が首を左右に振って「家に帰るわ。私がパーティーに出席したいと思っているの？　病院のパーティーなんか私とは何の関係ないもの。私、病院の誰も知らないし……建平、私、病院の誰のことも気になんかしていないの。誰のこともね。気になるのはたった一人だけ、あなただけ。あなたの心の中にある私、あなたが私をどう見ているかだけなの！」と言うと、さっさと歩き出した。

小楓に追いついた建平が「小楓、まず顔を洗ってから行こう！　パーティーに一緒に出よう」と言った。

「なぜ行くの？　もういいの。だってあなたは病院でしっかりやっているし、私が一悶着起こしてあなたを困らせるなんてできないもの。病院の人たちが私を知っていようがいまいが、私には何の影響もないわ。ただわかって、私があなたの妻だということをあなたが認めてくれさえすれば、それでもう十分なの」

建平は呆けたように小楓を見つめていたが、いきなり彼女を強く抱きしめた……。

その後、夫婦は結婚後の第二の蜜月期を迎えたように、一緒に行動し、支えあい、話し合い、尊敬し合い、愛し合うようになった……。

十月一日、国慶節の連休の一日、建平は小楓と彼の大学時代の友人たちと会った。卒業以来、音信不通だった三人が連休に夫婦で北京へ出てきていた。三人は珠海、桂林、大慶に住んでいた。三人は北京に着くと、情報をかき集めて、ようやく建平の電話番号を尋ねあて、連絡してきたらしい。最初の連絡は大慶に住む級友からで、建平を大いに喜ばせた。現在の建平は身分的、経済的、家庭的、それに情緒的にもすべて申し分なかった。このようなときの接待は何も苦にならない。そのため即座に食事の約束をし、時間と場所も決めた。ところがその日の夜、珠海と桂林の級友からも相前後にして電話が入った。二番目となった珠海の級友にも、建平（ジェンピン）は食事に誘った。ところが三番目からの電話には彼は食事に触れず、改めて連絡すると伝えるに留め、小楓（シャオフォン）に相談を持ちかけた。三人の級友とその奥さんたち六人が訪ねて来るとなると、単純に食事に招くというのではあまりにも能がなさ過ぎると思い始めたからだった。

しばらく思案していた小楓が「皆さん、今は何をしているの？」と訊いた。

「珠海と桂林の二人は転職して、今は会社を経営している。社長だよ。大慶のはまだ医者で、どこかの会社の専従医師さ」

「会社専従の友人も珠海と桂林の二人も、経済的には必ずしも裕福とは言えないのではないかな。本当に景気が良かったら、北京くんだりまで出てこないよ」建平が確信ありげに深く頷いた。小楓が言った。「招待するからには、食べるのも遊ぶのもきちんとしないと！」

建平夫婦は『北京生活完全ガイド』を引っ張り出してきて、本の左右をそれぞれが持ち、顔をつけるようにして調べ始めた。こうして北京郊外、順義県にある乗馬場に決めた。車二台を使えば足の問題も解決だった。

当日、天気まで味方したのか、雲一つない秋の空は高く爽やかだった。建平と小楓がそれぞれ車を運転し、建平の車には三人の友だち、小楓の車には三人の奥さんが乗り、車窓を大きく開けて、賑やかにおしゃべりしながら爽やかな風の中を走った。

乗馬場に着くと、建平と小楓はせっかく来たのだから思う存分、飽きるまでたっぷり馬に乗ってみてと誘った。乗馬場は非常に広くて、一周で二十元だった。

珠海の級友はさすがに発展している経済特区から来たので、すぐさま馬に乗って、行ってしまった。あとの二人はそうはいかず、特に大慶の級友はその気はあるが、乗るのが怖いというような様子で、しかも初めてで何もわからず、恥をかくのを恐れ、建平（ジェンピン）に散財させてしまうと済まなさそうにしていた。

それでもなんとか馬に乗せることができたが、三人の夫人は口をそろえて怖いと、どう勧めても乗らず、建平が三人の級友に付きあい、小楓（シャオフォン）は三人の夫人の相手をすることになった。四人は乗馬場に隣接するパラソルの下に腰を下ろし、夫たちの乗馬を見ながら食べ物を口に運び、雑談をしていた。馬が近くを駆け抜けていくたびに、まるで若い女の子のように一斉に歓声を上げ、男たちも血気盛んな若者のように勇ましい姿を見せようとして、誰もが学生時代に戻ったようだった。

乗馬は建平がいちばん上手く、それは東北（ドンベイ）のおかげだった。東北は乗馬場の五万元もする個人メンバーカードを持っているほどで、建平をよく連れて行っていた。それだけに東北とは比べものにならないが、友人たちやその奥さんたちの目には建平が名人のように映っていたのだろう。建平がそばを走り去っていくたびに女性たちから賞賛の声があがった。特に「大慶」と「桂林」夫人がそうで、小楓も誇らしく思っていたが、他人の前で夫を褒めるようなことはしなかった。ただ「珠海」夫人だけは終始、突き放したような面持ちの笑みを浮かべ、時として軽く頷く程度で小楓はなんとなく嫌な気分だった。

二人の夫人の様子から、小楓は自分たちに感謝しているのを汲み取っていた。彼らはパッケージツアーで来ていたが、旅行会社はコストを抑えて宿泊ホテルを郊外にしたため、市内への時間がかかり、食事は戦争のようで一テーブル、十人で八品の料理とスープ、数字的には案内通りだったが、ほんの数回、一皿の料理に箸を伸ばせば料理がなくなってしまった。観光スポットへの参観もすべて案内通りだが、到着までの時間に取られて、どの観光スポットも「サッと通る」だけで、ゆっくり見物する時間などなかった。しかし、旅行内容通りだったため、旅行会社にクレームはつけられなかった。自由行動にすると別途料金が掛かり、支払った代金が払い戻されるわけではなかった。どうやらこうした団体ツアーに参加した人たちは、料金を払ってしまった以上、たとえ不満があっても、いくら辛くても最後まで頑張り通そうと思うものらしい。それだけに建平（ジェンピン）夫妻の招きは、実にタイミングがよく、彼女たちには今回の北京旅行の最高の思い出となった。専用の車で移動し、人と触れ合い、見たことのない情景や、体験したことのない生活様式に触れて、単に身体を動かしたいという欲求だけでなく、精神的発散にもなった。これだけの接待をすれば、当然それなりに費用がかかり、だからこそ彼女たちは大いに建平を褒めるわけで、二人とも純朴で温厚な人たちと言えた。

ただ「珠海」夫人は違っていて、最初は遠慮していたようだが、次第に自分の考えをはっきり言うようになり、小楓（シャオフォン）に媚びへつらうような姿勢を見せる二人と一線を画すようになっていた。

「大慶」夫人が褒める相手を間違えたときがそうだった。かっこうよく疾駆してくるのが建平だと思って、「桂林」夫人に「見て、林（リン）さんのご主人はさすがうまいわね」と言いながら、小楓には「うちの主人ときたら、全然ダメ……」と言っているうちに馬が近づいてみると、それは「大慶」夫人の夫だった。褒める相手を間違えたわけで、笑って済んだはずなのに「珠海」夫人がすかさず「まあ、あなたって、ちゃんとよく見てからだって遅くなかったのに。ご機嫌を取る相手が違ってしまったようね」と皮肉っぽく言ったために、その場がしらけてしまった。

男たちが揃って戻ってきて、夫人たちの隣のテーブルに腰を下ろした。

「大慶」の級友が感心したように建平を褒めた。「いやー、驚いたね。宋がこんなにうまいとは。プロ並だよ」

「桂林」の級友も同じ思いで「金さえあれば、君だってうまくなるよ！」と言った。

「大慶」がそれを受けて「そうだな。行き着くところは金か……どうやら大学寮での同室4人組のなかで建平が出世頭だな！」

「桂林」は心底そう思い、建平夫妻の心のこもったもてなしに感激し、ありがたいというように頷いた。彼の夫人も同感だった。ただ「珠海」の級友だけは寡黙で終始、突き放したような笑みをたたえているところは彼の妻と同じだった。

男たちのテーブルの声は隣のテーブルにもはっきり届いていた。こちら側はしらけた後の短い沈黙の中にあったが、やがて「珠海」夫人が「ねえ、あなたはまだお若いのになぜお仕事をなさらないの？」と小楓に訊いた。

この話は車の中ですでに話題になっていて、小楓は仕事を持っていない理由についてもありのままに話していた。「珠海」夫人は助手席に乗っていたのだから、他の二人にははっきり聞こえなくても、彼女には聞こえていたはずだった。

彼女は故意にしているのだ。彼女の一連の言動は心理的不安定から来ていて、そのバランスを取りたいがために、他人に敢えて突っかかってしまうらしい。小楓にすれば、それなりに金と時間を使って、できるだけの接待をしているつもりなのに、かえって罪作りなことをしているようだと、かなり気分は沈んでいた。だが内心の思いとは別に、彼女は笑いながら口で建平を指しながら言った。「彼のためでした。結婚当初は生活が苦しくて、二人とも薄給なので美味しい物なんて口にはできなくて、餓死はしませんでしたけれどもね。それで私、彼にこのままではダメだって。あっという間に十年間が過ぎ、そしてまたあっという間に十年が過ぎてしまうって。だってそうでしょう、人生、いくつの十年があるのかを考えたら、もう無駄になんかできないんですもの。最初は彼、それでも何もしないの。前の国立病院の身分をどうしても放したくなくって、そのためよく喧嘩もしました……そうでしょう、あなた?」級友と話していた建平（ジェンピン）が頷いた。小楓（シャオフォン）はさらに「やっと彼を説得して、転職しましたが、新しい問題も出てきて、外資系は国営企業とまったく違って、報酬の分だけ仕事もきちんとしなければいけなくて、いい加減にしようものなら、すぐ窓際にされてしまう可能性があって……私も以前は教員としてそれなりに順調で、収入も彼より多かったし、「高級教員」も目の前でした。「副高」としてかなりの年数も経っていましたから。でもこの家で仕事をする者を一人に絞るとなれば、それは彼に決まっています。それで私は仕事を辞めたっていうわけです」と言った。

「大慶」夫人と「桂林」夫人はしきりに頷き、「珠海」夫人も頷いていたが、その意味はまったく違っていた。二人はなぜ仕事を辞めたのかに理解を示したのだが、一人は小楓の説明の仕方を理解したわけで、思惑ありげな表情を浮かべていて小楓を不快にさせていた。小楓は自分の言葉を補うように言った。

「彼、外資系病院に勤め始めた頃、不慣れといろいろ難しいことも重なって、一度なんか辞めようと思ったんですよ。彼についていては、皆さんの方がよくおわかりでしょう」と小楓は笑いながら建平に目をやり「気が小さく、優柔不断で、考え込むばかりで実行性に乏しい人なの。そのとき私、言いました。今こそ我慢、じっと耐えて。我慢こそ勝利なのだから、私は全力であなたを支えて、絶対、あなたの後盾になるからって」

男たちの耳にも小楓(シャオフォン)の話が入っていた。

「珠海」が言った。「建平(ジェンピン)、なるほど君の力は半分ってとこか?」

「珠海」夫人が「半分ですって?」と言いながら小楓の肩を叩いて「とんでもない、私に言わせるなら、こちらが大部分よ」皆が一斉に笑った。

このとき「珠海」の携帯電話が鳴った。彼が電話に出ると、他の者は電話の邪魔にならないように笑うのを止めた。

「私です……ええ……私の考えでは、アメリカのバーミュラー島を手に入れるつもりです。将来、住んでもいいいし、観光業をやってもいいので……」と言いながら立ち上がると、離れて行った。

「桂林」が「珠海」を指して笑いながら言った。「やはり法螺吹きは治らないな。まあ、いくら法螺を吹いても税金はかからないけれど。あいつはやくざ組織から五十万元の借金があって、利息が高くて、月々の利息返済にも困っているというのに、アメリカのバーミュラー島を買うだとさ、よく言うよ……」

小声とはいえ、夫人たちのテーブルにも聞こえたため、「珠海」夫人が顔を曇らせたのがわかった。「桂林」夫人がどぎまぎして男たちのテーブルに首を伸ばし、夫に言った。「あなた、なぜ買えないなんてわかるの? 借金があったってそれがどうしたの? 今はね、お金を借りて物を買うのが流行よ。力がなければ借りたくたって借りられないわ」誰もがその言葉に同調した。なかでも小楓の声が大きく、動きも鷹揚で優越感がにじみ出ていた。

日暮れまで遊び、一緒に夕食を食べてから互いに電話番号を教えあい、自分の家への招待を約束し合ってようやく名残り惜しそうにして分かれたのだった。

だが帰宅したとたん、小楓が血相を変えて喚いた。「この次からはこんな礼儀知らずな集まりに私は出ませんからね！」

「またどうしたの？」

「あの女よ。旦那がアメリカの島を買うとかなんとか言っていた女、嫌になっちゃう。しつっこくなぜ仕事をしないのかって私に訊いて、二回もよ。仕事をしているのが何だというの。せいぜい銀行で他人のお金を数えるくらいじゃない。何さっ、やくざから莫大な借金しながら毎日他人のお金を数えているなんて、相当神経図太くないとやってられないわね。私ならそんな仕事、頼まれたってやらないわ。もっと許せないのは、私に大卒かって訊くのよ。私がそうだって答えたら、彼女、何も言わなかったけれど、あの顔つきではまったく信じてないわ。たぶん人間というのは、すべて自分の夫と同じようにいつも法螺ばかり吹いて、本当の話など一つもないと思い込んでいるじゃないの……あの夫婦は実にお似合いね。無教養で下劣よ！」

「無教養で下劣ってわかったなら、もうまともに相手しなくてもよかったのに」

「私がまともに相手したってどういうこと？」

建平が黙っているので小楓は建平の言った意味を考えていたらしく「あ、そうなのね。私が喋り過ぎて、あなたの面目をつぶしてイメージを台無しにしたから、それがいやなのね……」

「小楓、正直言って、ぼくは君とどっちが上か下かなんかで張り合いたくない。こんなことで争ってどんな意味がある？　もし今日が君の級友の集まりで、ぼくが夫として出席したら、ぼくはきっと君をうんと持ち上げると思うよ……」

「わかったわ。これからはあなたの同窓や同僚や友だちの前ではあなたを高く持ち上げて、私はまったく役立たない寄生虫、無職、無教養、飯炊き女で、夫なしでは生きられないって言うことにするわ！」

　こうしてハネムーンは突如として終わりを告げた。

　しかし、関係を修復し、なんとか以前に戻したかった二人は、今回は小楓（シャオフォン）が先に折れて、積極的に建平（ジェンピン）に話しかけていった。建平もいち早くそれに応じ、こうして一緒に行動し、支えあい、話し合い、尊敬し合い、愛し合う関係が復活した。二人は相手を立て、自分が譲歩するよう心がけ、喧嘩の火種になりそうな話題を避けて、この得難い安定と平和を共同して守ろうとしていた。しかし、かさぶたになった傷はちょっとした外力で、すぐ切れて血が噴き出てしまうのだ。

　建平の元同僚がアフリカ支援から帰国して、その歓迎パーティーに建平が招かれた。この人物は六年間、アフリカに滞在し、食事、気候、仕事の厳しさから、かつての垢抜けた若いエリートが色黒で痩せて、すっかり老けてしまっていた。もちろん収入は以前の病院よりかなり多かったが、彼の持ち出し分には遠く及ばなかった。パーティには夫人も出席するので、世話人からは、夫婦同伴での要請が来ていた。小楓が快諾したため、もう二度と礼儀知らずな集まりには呼ばないでと言われていただけに建平を安心させた。

　その日、二人は出かける準備をしながらとりとめのない話をしていて、アフリカから戻ってきた同僚の話になった。彼の歓迎パーティーへ出席するのだから、彼が話題になるのは当然だったが、話しているうちに触れてはならない所に踏み込んでしまった。

「アフリカへ六年も行ったのにあまり蓄えられなかったなんて。私があなたを転職させたのは正解だったでしょ」

「明日の宴会ではこの話を御法度だよ、まずいからね」

建平（ジェンピン）の本意は自分の幸福で他人の不幸を比べるのはよくないと、それだけを小楓（シャオフォン）に伝えたかったのだが、小楓はそうは理解しなかった。「前のことをまだ心配しているの？　安心して。明日はきっとあなたの面目がつぶれないように、うんと持ち上げるつもりよ」

「何もそんなに気を遣わなくても……」

「えっ、それってどういう意味？」

「ぼくの気持ちは……ただその……褒めるとか褒めないとかの問題ではなく……夫婦は他人の前ではやはりごく自然に、和やかにしていればそれでいいんだと思うよ」

「どういうのが自然で、和やかなの？」

「そう言われても」

「あなたにもわからないのだから、ほかの人ができっこないじゃない！」

「素朴で、飾ることのない、要するに自然体でってことなんだけれど。他人の前ではどっちが上だの、主導権を握っているだの言ったり、ことさら仲が悪そうにしたり、反対にべたべたするのはよくなくて、かえって低俗だと笑われたり、軽薄に見られたりするってことなんだ」

「あなたの級友たちが何か言ったのね？」

「それはなかったよ。これはものの道理で、常識だよ！」

「道理で、常識ね。それなら今になってなぜ言い出すの？　私が恥をかかせてしまったので、やはり引っかかっていたのね。ねえ、そんなに遠回しな言い方やめて、はっきり言って」

「小楓、屁理屈こねないでほしいな！」

「屁理屈？　あなたの言うことに従わなければ、もう屁理屈なの？」

「もういい、わかったよ。明日はもう行くのやめた！」

「行かないなら好都合よ！　私が行きたいとでも思っていたわけ？　自分を紹介するとき、無職で地位もなく、身分もなし。あ、違うか、身分くらいはまだあるわね。そう、宋建平の妻ですってね」

「わかった、わかったよ。話も三度繰り返せば、水の如しってね」

「こんなに話しても、あなたが覚えないくせに！」

「覚えたよ！　肝に銘じて、もう一生忘れない。これでいいかな？」

「だめ！」

「一体、どうすればいいんだ？」

「私をもっと大事にして！」

「君を大事にしているじゃないか」

「大事にしているですって？　それでよくもほかの女に目が向くわね」

結局、建平一人が出席することになったパーティーは十時に終わったが、彼は帰宅したくなく、人や車がまばらになってきている路上をあてもなく車を走らせていた。車内には「シークレット・ガーデン」のメロディが流れ、沈んだ気分をさらに落ち込ませている。ふと気づくと十一時になっていたが、気分は相変わらず沈鬱で誰か話し相手が欲しくなり、建平(ジェンピン)は東北(ドンベイ)に電話をかけた。

東北も建平と同じように家にいたくなく、一人でバーにいた。東北の向かい側の若い女性は娟子(ジュアンツ)ほど美人ではなかったが、すっきりとした体型で知性も豊かそうだった。東北が電話に出たとき、彼女がひっそりと彼を見ていた。

建平の求めに応じた東北はすぐに来るように言い、電話を切るとその女性に笑いかけながら「もう一人、家があるのに帰れないのが来る。女房もちだけれど」

若い女性はそそくさと立ち上がった。「なら、帰るわ。そちらの話の邪魔になるから」

東北は彼女を押し止めて、懇願するように「いや、頼むからもうちょっとだけここにいて、二十分でいい！　彼は二十分で着くから……ぼく一人じゃ、孤独すぎる。君は生物学を学んだはずで、しかも頭が切れそうだからわかるはず。男は女よりずっと孤独を恐れるってことをね。君がそばにいると、ぼくは非常に愉快だし、この気分はかなり久しぶりなんだ」

若い女性はほんのわずか彼を見つめて、座りなおした……。

第十六章

劉東北（リウドンベイ）と娟子（ジュアンツ）が正式に離婚した。

その日、役所から出てくると、二人は期せずして同時に立ち止まった。気が抜けたように周囲を見渡し、言いしれぬ淋しさにとらわれていた。東北の手には二枚の離婚証明書が握られていた。内心をみすかされないようにと東北はカバンを開けて、二枚の離婚証明書を中に突っ込んだが、自分の間違いに気づき、一枚を取り出して娟子に渡した。「一枚ずつだった。これは君のだ」と意味のない笑いを浮かべた。

娟子も引きずられて笑うと、その離婚証明書を受け取って「これで二人はもう他人なのね」

「そういうことだな」

「あっさりしたものね。二言三言しゃべって、それぞれ判をついて……」

「相思相愛だったぼくらは、これからは別々の道を行くことになったというわけ」

ずっと無理に笑顔を作っていた娟子の顔が急にゆがんだ。二人から言葉が消えた。東北がそっと「申し訳ない」と言った。娟子は顔を左右に振ってそんなこと言う必要はないというそぶりを見せた。東北（ドンベイ）は顔を西の方角に振って「行こう。車で病院まで送るよ」と言った。彼の車が西側に留めてあった。

娟子（ジュアンツ）は首を横に振ると「今日は病院へは行かないの。休みを取ったから。だから先に行って。私はちょっとあそこのスーパーに寄るから」と顔をそちらに向けた。スーパーは東側にあった。

「ぼくも休みを取ったから、行かなくていいんだ」

二人はまた黙ってしまった。そのまま別れるに忍びず、しかし、どのように自分の気持ちを言い表せばいいのかわからなかったからで、あるいは口に出したくなかったのかもしれない。先に口を開いたのは東北で、まるで思いつくまま何も考えずに言った感じだった。「よかったら一緒にスーパーに行くよ。どうせやることないから」

キラキラした娟子の目が彼を見つめた。それは涙だったかもしれない。「いつもお店を見て歩くのなんて、いちばん嫌いだったじゃない」

東北は笑わせるつもりで「今はいつもじゃないからね」と言った。

娟子はにこりともせず、彼を見つめたままそっと訊いた。「それって、最後にもう一回だけ私の買い物につき合ってくれるという意味？」

東北が慌てて否定した。「そうじゃないよ。ぼくらは離婚したけれど、まだ友達だよ。そうだろう、いちばんの友達さ……」ぎこちなく笑いながら東北が「君は違うかもしれないけれど、少なくともぼくはそう思っている……」

娟子が慌てて顔を左右に振った。「私もよ」

東北は娟子から目を離さず「それならいいじゃない。行こう」

娟子（ジュアンヅ）は呆然と東北（ドンベイ）を見ていたが、いきなり彼の首に抱きつくと、わっと泣き出した。東北は言葉を失い「娟子、娟子」と声をかけるしかなかった。娟子は息がつまるほど泣き続けていた。東北は慈しむように彼女の髪を撫でて、その耳元でささやいた。「娟子、君にはわからない。ぼくがどれほど君を愛しているかをね……」

「私、私……だって」

「それだったら、娟子、ぼくたちやり直そうか？」

「東北、結婚って愛だけじゃダメだわ……」

東北の顔が一気に寂しさと落胆の表情に変わった。あの浮気事件以降、東北は女性とのつき合いをどのような形にしろまったく断っていた。「浮気」のもう一人の当事者からは、その後も三回、電話があったが彼は無視していた。娟子の愛に応えるために、東北は心も肉体も自分を「縛り」始めていた。彼は「魂を込めて鉄の棒を研磨すれば針にも成り」「うまずたゆまず努力を続ければ何事もいつかは成就する」と誠心誠意、心を込めればきっと許してくれるにちがいないと信じていた。だが彼は間違っていた。彼が心底信じなければならないのは、割れた鏡はもう元に戻らないということだった。愛し合いながら共に暮らせない、共に暮らしたいのに別れなければならないということだった。

東北の強い主張で娟子は一ＬＤＫの新居をローンで手に入れ、頭金だけ支払った。内装もすっかり終わり、あとは掃除をすればすぐにでも入居できるようになっていた。引越しには東北が丸一日手伝いに来た。こまねずみのように動き回り、窓拭きも床掃除も、夜までかかって手伝った。夜、娟子はその新居で東北のためにたくさんの料理を作った。

娟子（ジュアンツ）は主婦経験者だけあって料理の腕前はそれなりのものだった。以前、彼女は何も作れず、ギョーザの具作りでさえ、母親にたびたび長距離電話をかけて訊かなければならないほどだった。いつだったか東北（ドンベイ）がたまたま「おふくろの豚肉、玉葱、シイタケ入り餃子は掛け値なしに美味いんだ」と言ったのを娟子はしっかり覚えていて、それならお義母さんに負けない餃子を作ってみせると決心して玉葱を買い、シイタケも買ってきたが、その食べ方がわからず、母親に電話をするしかなかった。彼女は教えられた通りシイタケを膨らむまで水にたっぷりつけてから、玉葱と一緒に細かく切って、ほかの具に入れて混ぜ、ギョーザを一個作って茹でて食べてみると、口中が砂だらけの感じでとても食べられない。慌てて母親に電話すると、水戻ししたシイタケは洗わなければいけないのを初めて知るありさまだった。

　引越しの日の夜、娟子が東北に作った主食は具が豚肉、シイタケ、玉葱の餃子だった。赤ワインも一本開けた。二人はよく食べ、飲み、そして口の回りもよかった。

「ごめんねー、私のためにすっかり時間を使わせてしまったみたいね」

「どうってことないよ。なにせ独身だから、休日はどうせぶらぶらしているんだから」

「あなたのガールフレンドはどうするの？」娟子が笑いながら訊いた。

「それについては君が心配しなくても大丈夫」東北も笑いながら答えた。

「どう、彼女はちゃんと言うことを聞くの？」

「まあね。だいたいはそう言えるかな」

「要するに、私よりいいっていうわけね？」

「それは見方にもよるけれど、言うことを聞くかどうかの面で言えば、彼女は君よりいいね。娟子は若い女性としては、時として頑固過ぎるところがあるもの」

「これから気をつけます」

「直して下さい」

「うん、きっとね」二人は見つめ合って笑った。

東北(ドンベイ)はギョーザを箸で一つ、つまんで口に入れた。その味は母親が作ったのと遜色なかった。この餃子が作れるようにと彼女が注いだ努力、心遣いはすべて自分のためだったのに、その彼女を傷つけ、失ってしまったのだ。東北はたまらなく心が痛み、思わず涙がこぼれ落ちそうになった。慌ててもう一つ、ギョーザを口に入れると唐突に笑って言った。「娟子(ジュアンツ)、料理の腕はたいしたもんだよ。これはぼくの薫陶があったからだと認めてほしいな」

「そう、その通りよ。あなたが……育ててくれたのよ」

「あ～ぁ、やっと育てあげて、賢い奥さんの基本的技術を身につけさせたと思ったら、さっさと「辞職」してしまって」

「ご……ごめんなさい」

娟子はちょっと飲みすぎたようで、話し方がやや怪しくなっている。顔はピンク色に染まり、両目が潤んだようになっている。東北も飲みすぎて身振りが大きくなり、ろれつが回らなくなっている。「いいんだよ……娟子、これからぼくが暇な時、もちろん君も暇でないとだめだけれど、ぼく、いいかな……ここへ来ても?」

「もちろん、いいわ」

「君の作った餃子を食べにだよ?」娟子が頷いた。東北はつけ加えた。「シイタケ、玉葱、豚肉入りの餃子だよ？」娟子（ジュアンツ）がまた頷いた。そこまで言った東北（ドンベイ）は黙ってしまったが、やがて「でも、もし君が結婚しちゃったら、きっとぼくはもう来られないね？」

「もし貴方が結婚したら、きっと来なくなるわよ」

「君はきっとぼくより先に結婚するよ」

「貴方の方が先よ」

「君が先さ！」

「貴方が先よ！」

「君さ！」

「貴方よ‼」

喧嘩のようだった。そして急に会話が途切れ、部屋に静寂が訪れた……

東北の離婚までのすべてを聞いた建平（ジェンピン）は悔やまれて仕方なかった。

「なあ、東北。おまえのような緻密な思考をする奴がなぜあんなことをしでかしたんだ？　たとえ「した」としても、彼女には絶対、知られてはいけなかったんだ」

「ぼくが結婚には向かない人間だと話したことがあるのを覚えていますか？　というのは、ぼくっていう人間は一人の女性だけでは我慢できない、つまり浮気をするに決まっているんです。それが一回や二回ならバレなくて済むかもしれませんが、一生となるとごまかしきれないですよ。だから娟子は正しかったんです。ぼくが変えられないなら、彼女の方が変えないと……」

「しかし、彼女は間違っていないぞ。どうやって、何を変えるんだ？」

「彼女の観念です。だって人間の本性から言えば、ぼくだって間違っていないですよ」

「東北、お前は正真正銘の詭弁家だよ」

「どうして詭弁なんですか」

「わかった、わかった、もういい。詭弁じゃない、だがやはりおまえには間違いがある。それは生まれて来る時代を間違えたのさ」

東北は最初、呑みこめなかったようだが、やがてその晩、会ってから初めての笑顔を見せた。

「そうですよ！　この一夫一妻制の時代ではなく、もっと早く生まれていればね」

「うん、皇帝にでもなっていたら、そりゃ何でもお望み通りさ。お妃だって敢えて何も言わないだろうし、むしろ積極的に皇帝に別の女性をあてがうようにするだろうさ。お妃がやるべき本来の仕事だから！」

東北はちょっと笑って「皇帝は御免こうむりますよ。とてもじゃないけれど耐えられないですよ。えらく疲れるし」

「それなら資産家とか地主とかになったらいい！」と言いながら、今度はまじめくさって首を横に振って「でもやっぱり遅すぎたよ。そうだ、アラブの国へ行ってみたらどうだ！　あそこならまだできるだろう」

「二人で一緒に行きましょうか？……アラビア語、できます？」

「ごめんだね。できたとしても行かないよ。そっちに関しては、お互いの志や趣味が違うんだから。我が家の一人にだって手を焼いているというのに、あっちにもこっちにも持ったら、私は間違いなく死ぬまで苦しまなければならないよ」

東北（ドンベイ）は酔って朦朧とした目をじっと建平（ジェンピン）に注ぎながら「兄さん、兄さんはぼくよりもっとひどいですよ。ぼくはとにかく、それでも……なんと言ったらいいか……そう、罰を受けたんだから。でも、兄さん、兄さんのはどうなんです？」

建平は黙ってしまった。


娟子（ジュアンツ）の新居を出たあの夜、東北は一人でバーに寄り、それからというもの、日を空けずにあの店この店とバー通いを始めた。そして、この若い女と出遭ったのだった。あのとき彼はこのバーに来てかなりの時間、隅に腰掛け、一人で黙然と酒を飲んでいた。明らかに飲み過ぎていて、目は虚ろで、酒をグラスに注ごうとする手が震えていて、うまく注げないほどだった。そんな東北を一人の女がずっと見ているのにもまったく気がつかない。東北の若さと整った顔と、孤独と沈黙とがあまりにも不釣り合いで、却って謎めいていて「ドラマ」が隠されているように見え、バーの猥雑な騒々しさの中で格別目立っていた。しかし、その女は決して東北のそばに近づかなかった。他人に邪魔されたくないにちがいないと思っていたからで、グラスに酒がうまく注げないのを見て、やっと立ち上がった。

「大丈夫ですか？」彼女が訊いた。

「運転できますか？」彼が訊いた。女が頷いた。彼が言った。「それなら、行こうか？」

女が躊躇ったのはほんの数秒で、自分のカバンを掴むと東北を支えて歩き出した。東北は支えてもらいたくなかったが、身体が思いどおりにならず、立つのもおぼつかない。

女が運転して東北をマンションの入り口まで送った。東北が自分の部屋の窓を見上げると、明かりがついている。しどろもどろに「今日は……ダメだ。部屋に上がってもらうわけにいかないや。ぼくの、女房がいる。うまくいかないもんだ」と言った。

若い女は月光に映えた黒い瞳をキラキラさせながら「私をどんな人間だと思っているの?」

「君が、どんな人間かって、君は君なりの人間だと思うけれど」

「私って、どんな人間なの?」

「えっ、君は自分がどんな人間かわからなくて、他人に訊くの?」

「自分がどんな人間かくらい、もちろんわかってるわ。今、私が知りたいのは、あなたの中で、私はどんな人間かっていうこと」

東北(ドンベイ)は笑った。「ぼくの中で君はまさにそういう人さ」

「それって、どういう人?」

東北はこの「ゲーム」に嫌気がさし、財布から紙幣をつまみ出しながら「いくら? 二百元で足りるだろう?」

女の賢そうな目が一瞬鋭く光り、すぐに笑みをふうっと浮かべると、突き出された二百元から一枚を抜き取り「帰りのタクシー代よ。これはあなたが出すべきだから」と言った。

東北に驚きが走った。「君って、一体どういう人なんだ?」

「いずれにしてもあなたが思っているような、その類の人間じゃないわ。あなたも私が思ったような人じゃなかったわ」

「どういう人間だと思っていたの?」

女は小馬鹿にした笑みを浮かべながら「あなたがぽつねんとしていて、どこか憂鬱そうで、清潔で自制心があって、垢抜けしていて、深みのある男だと思ったわ」と言うと、背中を向けて去って行った。東北(ドンベイ)は月光を踏んで行く後ろ姿を不思議なものを見るように見ていた。

その日を境に東北は一軒のバーにこだわって通い始めた。あの頭の回転が早い女と出遭ったバーだった。だが、はかない期待を抱きながらも女はずっと現れなかった。ある深夜、東北は絶望的な気分で帰ろうとしたとき、東北の目に生気が蘇った。あの女が店に入ってきたのだ。東北は素早く立ち上がり彼女の方に近づいた。

女も東北に気がつき「あなただったの？」

「そう、ぼくさ」

「偶然ね」

「偶然なんかじゃないさ。あの日から毎日、ずっとここに来ていたんだ」

女はちょっと計算して「一カ月ね。毎日来ていたですって？」東北が頷いた。

女は疑わしそうに　目を細めて「なんで？」

「君を待っていた」

女は相変わらず目を細めて見つめている。その賢そうな目には親しみがないまぜになった嘲笑が浮かんでいる。「あなたの奥さんは？」

「君を待っていたのは女房のことを話したかったからなんだ」思いがけない返事に女は黙ってしまった。東北がちょっと笑って「話そうか？」と訊いた。

女はちょっとためらってから、頷いた。二人がテーブルの椅子に座る前に東北は女に片手を出して「劉東北(リウドンベイ)です」と自己紹介した。女は東北の手を握りながら「絶望の刺身です」と返した。

「……ネットユーザー名？」

女は屈託なく大笑いし、すっかりうち解けた雰囲気に変わった。東北（ドンベイ）は女に悩みを包み隠さず一通り話した。黙って聞いていた女が言った。「と言うことは、彼女の初恋も初めての体験も全部、あなたと？」東北は頷いた。「えらく純情でしょう」

「今になってわかったけれど、純情は言い換えれば、幼稚で偏執的っていうこと。なんで彼女、わからないのかな、時には「情」と「欲」はまったく繋がらないってことが」

女はにこやかに「立場が変わったら、どうかしらね？」

「立場が変わる？……それって何？」

「あなたが彼女だったらということ」

「そんなのあり得ないさ。男と女は違うんだから」

「問題はそこよ。男の「情」と「欲」は分けられるけれど、女は十人中九人までが「情」と「欲」は一体で分けられないのよ」東北が目を大きく見開くと、女が余裕の笑みを浮かべて「説明して欲しい？」と訊いた。

「是非」

「考えてみて、どの時代どの王朝でも女性の風俗業は不況知らずで商売繁盛。でも「売春婦」たちは単独行動なので一定規模の業種になれなかった。まさに需要と供給の関係よ」東北は笑って何度も頷いている。女も笑って「だから私が思うに、男女関係でのたくさんの矛盾や悲劇の元凶は男と女の違いによるのよ」

東北は女を見つめながら納得したように「君は大学での専攻は何だった？」

女は目を細めて笑いながら「生……物！」と言った。

東北（ドンベイ）は一瞬、飲み込めなかったが、すぐ腹を抱えて笑い出した。こんなに思いっきり笑ったのは久しぶりだった……。

それから二人はしょっちゅうここで会うようになり、いつも彼が喋り、彼女は聞き役だった。二人とも気づいていないようだが、彼らはすでに恋愛の初期段階の典型的な男が喋り、女が聞くという形になっていた。

建平（ジェンピン）を待つ二十分間に東北は建平の人となりや仕事について彼女に話した。建平が店の入り口に現れたのはそのときだった。東北はすかさず建平に手を上げて、声をかけた。

女が笑った。近づいてくる建平を見ながら東北に囁いた。「想像していた通りの人だわ」

東北が彼女に注意した。「知らない振りをして！　彼って、案外、体面を気にするから」

女は小さく笑うと立ち上がり「待ち人が来たから私は帰るわ」と言った。

「今、帰らないでよ。君はもう彼の目に触れている。こんなタイミングで帰ったら、ぼくらに何かあったと思われるよ。せめて挨拶くらいして！」

その間にも建平が二人のテーブルにやって来ていた。東北はそれぞれを紹介した。「こちらは宋建平（ソンジェンピン）。そしてこちらは絶望の刺身」

建平は女と軽く握手したが、紹介した彼女の名前にまったく関心を示さないことに東北は意外な感じがした。そのとき東北の携帯が鳴り、相手を確認せずに出ると小楓（シャオフォン）からだった。彼女は建平に数え切れないほど電話をかけたが、まったく出ないので業を煮やして東北にかけたのだった。建平と一緒かと聞かれた東北は違うと答えると、さっさと切ってしまった。すると建平の電話がまた鳴り始めた。彼は携帯を取り出してちょっと目をやるとテーブルに置いて、マナーモードの振動が切れるまでそのままにしていた。

「兄さん。またですか？　この前はすごくいい線、行ってたじゃないですか」

建平（ジェンピン）は手を横に振って何も言わず、憂鬱そうにしている。東北（ドンベイ）がため息をつきながら建平に酒を注ぐと、それを一気にあおった。酒がそれほど強くないだけに、東北はいくぶん心配そうに建平を見つめた。

女が口を開いた。「奥さん、寂しいのよ。彼女を充たしてあげないと」

東北が彼女を睨んだ。約束を破ったからだが、意外にも建平本人は少しも意に介さず、女の言葉を受けて「無駄さ。すべて無駄なんだ」とつぶやいた。

「表面的な充実や忙しさではダメよ。奥さん、ほかの男性を好きになる可能性がありますか？」

「わからないな」

「試させてみたらどうですか？」

「冗談はやめて欲しい！　試させるって、どうやって、誰がさせるの？」

東北も女の考えがかなり突飛だと思った。

女が続けた。「ネット恋愛というのを考えたことがありますか？　奥さん、インターネットを利用してますよね？」

建平は無意識に頷いていた。小楓（シャオフォン）にとってインターネットは切り離せなかったからである。以前は授業でインターネットを使っていて、ウェブ上で作文の授業を担当していた。教師を辞めてもネット利用の頻度は、おそらく時間が充分あるからだろう、以前よりも増えていた。彼女がネットを利用しているのは建平（ジェンピン）も知っていたが、具体的にはまったくわからなかったし、気にしたこともなかった。考えてみれば、おそらくチャットしているのだろう、明けても暮れてもキーを叩いていた。一昨日も彼女は深夜までパソコンに向かい続け、建平は彼女がキーを叩く音を耳にしながら眠りについていた。女の声がまた聞こえてきた。「お二人の問題、つまり彼女に握られたあなたの弱みとは、あなたが一回彼女を裏切ったこと……」と言いながら東北（ドンベイ）に笑いかけた。「それは〝心の裏切〟で」と言うと、また建平を見て「もし彼女にもそうした裏切をさせたら、もちろん証拠を摑める裏切ですけれど、お二人はもうお互い様で相手を責められなくなるのでは」

東北がテーブルを叩いて「うまい。おみごと。急所をついてるよ！　夫婦間に必要なのはまさにバランスだからね」と褒めちぎった。

女は男二人に白い歯を見せて笑い「さようなら」と言い残すと、風のように帰ってしまった。建平は女の姿が完全に消えるのを見とどけてから「東北、おまえってヤツは性懲りもなく」と咎めるように言った。

「違いますよ。絶対、彼女とは誓って変な関係じゃないですよ。だって、見てたじゃないですか。彼女の名前さえ知らないんですから」

建平はせせら笑うように「知らないって？　何が絶望の刺身だ」

東北が笑い出した。「ねえ、兄さん。ぼくにはわからなくて、ちょうど聞こうと思っていたんです。さっきはどうして何も反応しなかったんですか？」

「何の反応？　驚いて好奇心にかられて新大陸を発見したとでも？　ただの「絶望の刺身」だろう。別にどうということないさ。彼女が「靴べら」「洗剤」と言っても、私は少しも驚かないよ。……

見たところ娟子(ジュアンツ)より幾つか年下のようだけれど、私とは十才以上の開きがある。この世代の共通した悪い癖は、他人とは違うと思われたくて異様なことをし、目立とうとしておかしなことをする。要するに、他人との違いをきわだたせるために目立てば目立つほどいいってわけさ。うちの病院にも一人いるよ。冬は薄着で、夏に綿入れを着て、真夏に大きなマフラーを首に巻いて来たこともあった――ご苦労なことさ」

「もうわかりました。もういいです。彼女は新新人類で、お話にならなくても、彼女のあの提案はやはり試してみる手だと思います」

建平(ジェンピン)は驚いたように目を見開き、何の話か思い出せないようだ。

「小楓(シャオフォン)姉さんに兄さんを一回裏切らせる話ですよ。もちろんぼくが言うのは「心の裏切」です」

建平は馬鹿にしたように東北(ドンベイ)の話に乗ってこない。東北はそれでも「姉さんのチャット名を教えてください」と言った。

建平はそれでも無視していた。しかし、建平を救おうと決心した東北はめげない。罰が当たっても当然の自分と、建平では状況はあまりにも違っていて、純粋無辜な建平がなぜ小楓にこれほど責められ、苦しめられなければならないのか理解できなかった。

第十七章

小楓（シャオフォン）が軽快にキーを叩いている。

「私は彼のために、甘んじて家事のすべてを引き受けました。あなたの具体的な状況はわかりませんが、お幾つですか。「家事のすべて」の意味をあなたが理解できるでしょうか。ただ一つだけあなたにお教えします。結果として、私は自分の人生を諦め、自分の大好きな仕事も辞めました。今、正真正銘の主婦になってしまい、社会的な地位もなく、彼が私の「説明書」あるいは「参考書」になってくれなければ、もはや自分が存在しない家庭の主婦になってしまいました。もちろんすべて私自身の選択で、誰からも強制されたわけではありませんので、みずから責任を負わなければいけません。私は誰も怨む理由などありません。ただ私がどうしても納得できないのは、今のこの状況ではなく、彼の態度です。詳しく話すのはやめますが、要するにあの古典的で、もっとも俗っぽい結果、名を成した男が皮膚の黄ばんだ女房を捨てたのです……」

ここまで読んだ建平（ジェンピン）が怒りをぶちまけた。「言いがかりだ！　まったくの言いがかりだ！　一方的で独断的過ぎる！」

「言いがかりじゃないですよ。姉さんは本当にそう思っているんです」東北（ドンベイ）が教えた。

建平（ジェンピン）が口を開きかけたところにパソコンの画面に質問が流れてきた。「兵臨城下さん、あなたはどう思われますか?」

怒りが収まらない建平は東北を押しのけて、キーを打ち始めた。「恨んでいるなら、なぜ離婚しないのですか?」

「恨んでいるからこそ離婚しないのです」

「それはどんなロジックなのですか?」

「それは彼のために私の愛をすべて捧げてしまったからです!」

建平は目を大きく見開き、口をあんぐりさせていたが、怒りはさらにふくらんで、またも入力を始めた。キーが激しく叩かれ、高い音を立てている。「私の見るところ……」彼の言いたいことが入力し終わらないうちに、東北がタイミングよく建平をどかした。

「姉さんに何を言うつもりですか?」

「私の態度を教えるのさ。向こうは向こうの態度を言ったんだから!」

「相手が兄さんだとわかってもいいのですか?……その結果がどうなるか? 彼女の怒りが爆発して絶望のどん底に落ちてしまうだけですよ。そうなったら、兄さんの人生もおしまいです。絶望的になった女は何をやらかしても不思議じゃないですから」

その時、小楓（シャオフォン）が催促してきた。「あなたは何が言いたいのですか?」

「私が言いたいのは」東北がキーを叩き始めた。「私にはあなたの気持がよくわかります。ただし理解は賛成とは限りません。私はあなたの考え方に賛成できません。でもあなたの心情は非常によくわかります、と同時にあなたのやり方には賛成できません。そんな人間に対して自分の人生を葬るまで報復する価値がありますか？」

よく言った。建平(ジエンピン)は文章を見ながら、ひそかに快哉をあげ、東北(ドンベイ)に親指を突き立てて見せた。褒められた東北は一気に調子に乗り、文章が泉のように涌いてきて、十本の指はキーボードの上を飛び跳ねるように快調で、キーを叩く音は馬の群れが地響きをたてて走っているようだった。

「私の同僚は夫が浮気をしていました。彼女は離婚を望んでいました。そうでもしなければ気持が晴れなかったからです。でも離婚したくない気持もありました。なんと言っても十数年、共に暮らし、子どもも一人いましたから。彼女は私に相談してきました。夫婦の今現在の状態を訊くと、彼を家に入れさせないとのことで、それを続けると本当に彼をたたき出すことになってしまうと私は忠告しました。彼女は彼が家に戻るためには、条件があるとして、一、過去のことを洗いざらい白状する。二、心底から反省する。三、謝罪する。この三つをあげました。私はどれも意味がないと思い、考え方を変えるようにアドバイスしました。要するに、どう相手に対応するかではなく、自分をどうするかに重きを置くべきだと。例えば、彼にすべてを白状させてメリットがあるのか？厳しくすべきは厳しくし、大目に見るときは大目に見て、そのいずれにするかに、これという基準はありません。結婚は間違いなく一種の芸術です。ですから、あなた自身以外のことを変えるのが不可能なら、せめて自分をきちんと理解し、うまく自己調整すべきです。自分を大切にする、これは結婚という芸術のもっとも重要な要素の一つです。最後に私からあなたに一言。どうぞご自分を大切にしてください。あなた自身が何よりも大切です。さようなら」

ところが小楓(シャオフォン)は「さようなら」で終わらなかった。追いかけるように送られてきたメッセージは、男二人を驚かせるものだった。「あなたの電話番号を教えてください」

建平のとっさの反応は「ダメだ」だった。

しかし、東北は「これは遅いか、早いかの問題だけですよ」と言った。

「遅いか、早いかって、どういうことなんだ？」

「それはつまり、事態は正に常なる発展法則に従っているということです。何事にもそれなりの発展法則があるわけで、ネット恋愛だって同じです。簡単に言えば、ネット上で会話する、電話で会話する、実際に会って会話する、の三段階です」

「その後は？」

「ネット恋愛は終わりです」

「なぜ？」

「なぜって、実際に会って互いに好印象を持ったら、そのまま続けるでしょう。でもそれは、もうネット上の擬似世界での恋愛では彼らの身心の欲求をもはや満たすことができなくなっています。また互いに気に入らなければ、これまたネット恋愛は終わりです。想像中の「美」が現実の「醜」に破壊されたのですから」

返事が待ちきれなかったらしく、新しいメッセージが届いた。「返事がいただけないのはなぜでしょうか？　私の要求があなたを困らせてしまいましたか？」

「そうです。具体的な理由はいずれ説明させていただきます。さようなら」東北はこう打ち込むと、強引に画面を消してしまった。

他の男と本音で会話をする妻を自分の目で確かめた建平は名状しがたい精神状態に陥っていた。

驚愕、激怒、悲惨、失意、落胆、悲哀……彼女が自分の前で潔白無辜の被害者面を臆面もなく見せる資格がいったいどこにあるのか？　それに比べれば自分のあの事など、あまりにも取るに足りないではないか。よくよく考えてみれば、彼女に咎められる自分の唯一の落ち度は酒による失態だけ。あの失態がたとえ酒による本音の露呈、「心の裏切」だったとしても、自分が自分を裏切りたかったからだった。そんな自分を自分でコントロールできないのだから、両親だろうと、法律だろうと、婦人保護聯合会だろうと、警察だろうとできないのだ。それなのになぜおまえに糾弾する資格があるのか？　なぜ自分自身に原因や問題点を求めず、こちらばかりを責め、あれこれ咎めだてするのか？　しかも繰り返し繰り返し終わりがなく、ますます陰険、凶悪になり、口実を見つけるや、すぐ騒ぎ出し、家だけでは物足りなくて病院にまで来て騒ぎ立てる。それでもまだ足りなくて、病院の社宅で騒ぎまくり、おかげで近所の人たちとまともに顔を合わせることもできず、サングラスをして出かける始末だ。もう考えるのはやめよう。考えれば考えるほど腹が立ってくる。

「兄さん、なんで黙っているのですか？　怒りました？　そんな必要ないですよ。今日こんなことをしたのは、兄さんに客観的にあなた方を見てもらいたかったからです。ここでの「客観」は兄さん夫婦がお互い良いも悪いもない、どっちもどっちだということですよ」建平（ジェンピン）の気分がいっぺんに明るくなった。東北（ドンベイ）は建平が理解したと見て取り、この話題にはもう触れないようにした。彼はしたり顔で笑い「そういうわけですから兄さん、ゆったり構えて姉さんにネット上のおしゃべりをさせておいたらいいですよ。現実では落ち込んでいて、架空の世界での満足と発散も許されないのではあんまりですから。兄さん、心配無用です。実際には何も起こるはずないですから。毎日インターネットにしがみついている男なんて、どいつもこいつも何もやれないつまらない男ばかりですから。姉さんがそんな男たちと何か間違いを起こすなんてあり得ないですよ。安心していいです」

ネット上での交際相手が見つかり、心情をぶつけることができるようになった小楓（シャオフォン）の情緒はかなり改善されてきていた。美容院にも足を向け、ファッションにも関心を持つようになり、さらに室内プールの年間会員カードを作って、毎日一、二時間ほど水泳にも通い始めた。近間の外出には車を使わず歩いていくようになり、そうした効果はまもなく現れ始めた。ある日、スーパーへ買物に行くので、途中の陸橋を一段抜きで登る小楓の動きはしなやかで弾力に満ちていた。陸橋を登り切ると背後から「お嬢さん」という声が耳に届いた。彼女はもう長い間、そのように声をかけられたことなどなく、まさか自分とは思わず振り返らなかった。「お嬢さん！」その声がまた聞こえてきた。もう間違いではない。小楓に声をかけているのだ。あたりを見ると男性が何人かいるだけで、小楓が怪訝に思っていると、「お嬢さん」という声が今度はほんの耳元近くで響いた。五十歳代の女性がそこにはいた。

「お嬢さん」、その女性はうしろ姿だけから勘違いしたわけではないようで、小楓の顔を見ながら言っている。「お嬢さん、漢方医薬研究院へはどう行ったらいいのですか？」

小楓は小躍りしたくなるような喜びを感じながら道を教えている。「前の信号がわかりますか？あの信号を右に曲がって行けば、百メートルぐらいで着きますよ」

礼を述べて去っていく女性を、小楓はその場に立ったまま見つめていた。心にはキャンディーが口の中でゆっくりと解けていくように、甘い幸せが広がっていった……。

ある日、建平（ジェンピン）はこの間の小楓の態度や気分が良くなって、優しく、しっとりとして、道理も通じるようになって、外形もすっかり変わったと東北に伝えた。とっさにその変化を形容するピッタリの言葉が見つからず、思いつこうと手を顔のそばで振っていると、東北が代わりに言った。「若くなった？」

「それだ、ピチピチとして輝いているよ」

「そりゃそうですよ。女は男よりずっと愛情の栄養分を必要としていますから」

建平が眉を顰めて「わかったよ。「愛情」って言われるたびに虫酸が走るんだ！」

東北はいたずらっぽく笑った。「ヤキモチですか？　姉さんが兄さん一筋じゃなくて、それなりにモテて、浮気もするのだとわかって気分が悪いんじゃないですか？」

建平が意地を張るように言った。「それこそ私が望んだことさ」

東北がここぞとばかりに痛いところをついてきた。「望んだと言えばそうでしょうけれど、一旦、現実になってみると、話は別ですよ」建平はすぐさま言い返せなかった。

小楓が沈んだ顔で寝る支度をしている。ベッドを整え、当当の着替えを出して、牛乳を容器に入れ、温めている。テレビを見ている建平が足を長く伸ばしていたので、小楓の動きに邪魔となっていて、彼女は顔を上げようともせず「どけて！」と鋭く言った。

建平は彼女に素早く目をやってから、黙って足を引っこめた。彼女の機嫌が悪い理由はわかっていた。ネットの相手が彼女を失望させたにちがいない。東北の言う通り、まともな男ならネットで相手を求めないし、ネットで相手を探す男などにろくな奴はいないのだ。

小楓は牛乳を温め終わると、当当に声をかけた。当当が向こうの部屋から走ってきた。

「牛乳を飲みなさいね」

「飲みたくないよ。さっきいっぱい食べたから、お腹が破れそうなんだもの」

「飲みなさい！」

母親の機嫌に気を回すことなく当当（ダンダン）は「要らないもん」と言って部屋に戻ろうとした。

小楓（シャオフォン）が命令口調で言った。「飲みなさいと言ったら飲むの！」

当当は母親の顔つきを盗み見るや、慌てて牛乳を一口ずつ啜り始めた。

「さっさと飲みなさい！　何をぐずぐずしているの！」

建平（ジェンピン）が見かねて「無理に飲ませることないよ。当当は確かにちょっと食べ過ぎた感じだし。ハンバーガー二つ、ポテト一袋、それにマックシェイク……」

「何よ、さも自分だけ物わかりがよさそうに口挟んで！　普段は子どものことなんかほったらかしのくせに、こんなときだけしゃしゃり出てきて……」こうして数えられないほど聞かされた話がまた最初から始まってしまった。「あなたのため、家庭のために私の全部を出し尽くしてしまった」「私は無教養な家庭主婦じゃなくて、あなたと同じように十数年間、教師としての努力を積み重ねてきたのだから、私の理想、抱負、目標があるわ」「あなたは出世してそれなりに地位も得たというのに……」

たっぷり十五分、建平はついに我慢できなくなって、外に出て行こうとした。ところが小楓はすでに彼のその手を予想していたかのように、素早く建平より先に外に飛び出して行った。そんな彼女を見て、建平はどっかと腰を下ろしてしまい動かずにいた。やがて小楓が部屋に戻って来てみると、建平が悠然と座っているのが目に入り、思わず腹を立てて喚きながら建平に飛びかかった。

この間、当当（ダンダン）は固唾をのんで不安げに両親を見ていた。母親がまたもや父親に飛びかかって行くのを目にすると、その場から逃げ出そうとした。だが「ママ、怒らないで、言うこと聞くから、牛乳を飲むよ！」と言うや、部屋に走って行き、小さい両手に牛乳を包むように持ってきて、小楓（シャオフォン）の目の前で一気に飲み干した。

二人の大人は子どもの予想もしない思考や反応に呆然となり、するに任せていた。当当は小楓に空になったグラスを見せ「ママ、全部飲んだよ。これからはちゃんと言うこと聞いてママを怒らせないから……」という言葉が終わらないうちに、牛乳を一気に飲み込み、夕食の食べ過ぎと精神的な緊張からだろう、飲んだばかりの牛乳を吐いてしまった。いったん吐き始めると、夕食に食べた物も吐いて、床は吐瀉物まみれとなった。胃の中の物をすべて吐いても、小さい口を開けたまま、細い首を伸ばして空吐きが続いた。

小楓に捕まれていた手が解放されると、建平（ジェンピン）は当当をきつく抱きしめて、当当の痙攣をなんとか止めようとした。小楓は涙を溢れさせ、建平も同じだった。その夜、二人ともベッドで転々として一睡もできなかった。

翌日、娟子（ジュアンツ）は出勤してきた建平の様子を見るや、様子がただならないことに気がついた。顔から血の気が失せ、無精ひげのままで大儀そうだった。娟子は病院からの書類を建平の机に置いてから、心配そうに訊いた。「宋（ソン）さん、一日会わなかっただけなのに、どうしてこんなに疲れ切った様子なんですか？　またお姉さんと喧嘩？　本当にもう一緒にやっていけないなら、離婚したらどうですか？　その方がお二人にはいいかもしれないです。私と東北（ドンベイ）だって、離婚前は仇同士のようで、少なくとも私は恨み過ぎるほど恨んでいました。ところが分かれたら、かえって良い友達になりました。私の部屋探しも、マンション購入も、引越しも、彼、全部手伝ってくれました。そうそう、それに私たち、約束したんですよ。突発的なことがない限り週末には一緒に食事をするって……」

建平（ジェンピン）は黙って聞いていたが、ついにこらえきれずに「娟子（ジュアンツ）、ほかに何かある？　ないならもう……」と手振りで「帰るように」と示し「君には関係ないよ。独りにさせて欲しい！」と言った。

娟子は不服そうにしながら、部屋を出て行った。

建平は身じろぎもせず椅子に座っていたが、いきなり受話器を取ると電話番号案内サービスの「114」にかけた。「弁護士事務所の電話番号を……どこのでも構いません。あっ、いえっ、婚姻関係です」建平は番号を書きとめると、教えられた番号にかけた。「××弁護士事務所ですか？　離婚に関して、ちょっとお伺いしたいのですが……」

第十八章

建平（ジェンピン）が弁護士に相談している。その男の弁護士は、見たところ、まだ三十前のようで、指が細長くつややかで、肉体労働などしたことのない手をしている。その手からだけでも彼が辿ってきた人生がわかるようだった。小学校から大学まで順調に進学し、そのあと同じように肉体をこき使うことなどないこの職業に就いたのだろう。おそらく彼はまだ独り者だろうが、たとえ既婚者だとしても、彼には家事など無縁で、彼を尊敬、もしくは寵愛している妻がいるにちがいない。こんな若くて幸運な人に結婚生活での複雑にもつれ合った紆余曲折など理解できるのだろうか？　法律や規則がわかりさえすれば、彼には人生のさまざまな紆余曲折などわかる必要がまったくないようだった。

「……お二人の状況は今、私が担当している離婚案件の中で一番多いケースです。中年になりますと、男性は出世の速度をあげますが、女性は……」彼はちょっと言い淀んでから、当たり障りのない言葉を見つけたようだった。「……女性はそれに引き替え、下降線をたどり始めます。それに生物学的な原因、下世話な言い方だと「アレ」ですが、中年の男は花、それに引き換え女はオカラ、とか言うのでもおわかりのように、女性はそう簡単に婚姻関係を解消しません。なぜって、この時期の女性になると、何一つ手にしているものがなくなって、残るのは婚姻関係だけなんです。ですからどんな犠牲を払っても、全力で自分に残されたこのわずかな権益を守ろうとするんです」

「ちょっと教えて欲しいのですが、先生の経験では「どんな犠牲を払っても惜しくないもの」とはどういうものでしょうか？」

「具体例を、ということですか？」

建平（ジェンピン）が頷いた。「夫殺しも、子ども殺しもあります。子どもを殺すのは夫への復讐です。夫と子どもを殺して自殺した女性もいます」

建平は身の毛がよだち「その人たちは、あまり教養を持ち合わせていないのでは？　一般的に言ってですが……」

「あなたがおっしゃる「教養」とは、学歴ですね。学歴と教養は完全に一致するとは限りません。こう申し上げておきましょう。彼女たちの中には、優れて教養の高い人が少なくありません」

建平は自分を慰めるように「彼女についてはよく知っているつもりで、そこまでは……。教養も高い方だし……あのう、私のような状況で離婚を望むとすれば……」

「難しいですね。たとえ裁判に持ち込んでも、女性の方がまったく離婚に同意しなければ、裁判所はまず離婚を認めないでしょう。お子さんはまだ小さいですし、お二人の状況から言っても、奥さんの方に同情が集まるでしょうね」

「つまり、彼女が同意しない限り、お手上げということですか？」

「いえ、そうとも限りません。法律では別居二年以上なら婚姻関係を解消できることになっています」

建平（ジェンピン）はほっと胸をなで下ろし「それなら話は簡単です。私たちは事実上、別居してすでに一年になりますから……」

「何か証明するものがありますか？」建平は言葉に詰まった。「ここがこの規定の難しいところです。あなたが家を出て、離れた土地で暮らしていても、奥さんがあなたと肉体関係があると主張したら、あなたはどうすることもできません。なぜなら、奥さんとは肉体関係がないという証人や証拠を突きつけるのは不可能だからです！」

建平は目の前が暗くなったが、ふとあることを思い出し「もし彼女に愛人がいたら？」と訊いた。

「それなら問題ないでしょう。しかし、やはり証拠が必要です」

建平は苦々しそうに言った。「証拠なら摑んでいます」


夜のない街は、きらめくネオンと現代センスを身につけた男と女で溢れている。悩みを幾重にも抱え込んだ男二人が、明るく輝くショーウインドーを背にして並んで座っている。そのショーウインドーのはめ込み部分は狭くて、尻が半分ほどしか乗せられず、無理やり詰めて腰を下ろしている二人の姿は、いかにも哀れで淋しい。建平と東北（ドンベイ）だった。

東北の眼は前を行き交う男女に注がれ、若くて綺麗な女性が目に留まると、その一点にしばらく注がれるのだが、結局、ため息まじりに「これだけ見ているけれど、娟子（ジュアンツ）よりいい女はいない」とつぶやいた。

「娟子の言い方からすると、おまえたちは二度目の恋愛を始めたんだって？」

東北（ドンベイ）は一瞬、意味がわからなかったようだが、やがてため息をついた。「わかってないんだな、あいつ」

「そうじゃないのか？　おまえにそのつもりがないなら、相手に勘違いさせるな。娟子（ジュアンツ）は根が真面目なんだから」

東北はちょっと口をつぐんでから、「ぼく、わかったんです。男と女の数え切れない悲劇の原因は、この感覚面での違いからだってね。なぜ娟子はぼくのこのやり方がわからないのかな。完全拒否の決別方式じゃない、最高の終わり方なのに！」

「彼女が言うには、おまえたちはよい友だちだと……」

「男と女の間で友だち関係など成立しないですよ。彼女だってわかっているはずで、ただ自分を騙しているだけです。この話、もうやめましょう。兄さん、兄さんの話をしましょうよ」時計にちらっと目をやってから「もう少しで彼女、出てきますから」と言った。

彼女とは〝絶望の刺身〟で、なるべくして恋人同士となったが、誰にも隠す必要のない恋愛で、感情がある限り当然のことだった。食べ物がのどにつかえるからといって食べないわけにいかず、愛する人間を失ったからといって、出家するわけにはいかないだろう。しかし、東北に結婚するつもりはなかった。この日、東北は夜のデート中、店に入っているときに建平（ジェンピン）から「話」があるという電話があったので、彼女一人を店内のショッピングに残して外に出てきたのだった。

建平の「話」とは、小楓（シャオフォン）のことだった。建平は家での出来事を話しはしたが、東北に助けを求めたわけではない。しかし、勘のいい東北は建平が助けを求めているのを知りながら「兄さん、悪いけれどこの件、ぼくにはできません。前はよくわかっていなかったけれど、中年の女性が誰かを愛し始めたら、取り返しがつかないことになります。だって時間はたっぷりあるし、幅広い楽しみ方を知ってますからね。なのにこっちときたら、時間はないわ、楽しみはないわですから。いや、楽しみがないどころか、むしろ苦しみじゃないですか。まったく！」と言って東北（ドンベイ）が断わった。

建平（ジェンピン）の予想していた返事だったが、それでも、

「頼むから、彼女に何でもいいから、ちょっと書いてやってくれないか？　ネット上では、これはと思える男が少ないから、彼女をその気にさせられないのは確かだ。今は離婚に向けて相談に行っていて、適当な時期に彼女に話すつもりでいる。このところ病院での仕事が特に忙しいうえに子どもも入試を控えているというのに、彼女はしょっちゅうわめき散らしている。私はまだ耐えられるが子どもには無理だ。お前は彼女のそんな姿を見てないだろうが、子どもにはあまりにも酷だよ。心身ともにぼろぼろになってしまう」

　東北は建平を横目で見やりながら「兄さんはいったい何を求めているんですか？」

「彼女の「心の裏切」の証拠さ」

「それだったら、姉さんがぼくとチャットで交わした内容をプリントアウトすれば十分じゃないですか」

　弁護士が「証拠」を読んでいる。小楓（シャオフォン）が書いたラブレターだった。目を通し終わった弁護士が顔をあげ「これは証拠になりませんね」と言った。

「こんなにはっきりしているのに？」建平はつっと手を伸ばして弁護士から「ラブレター」を奪うようにして読み上げようとした。すると弁護士が手で制止し「この手紙を彼女が確かに書いたものだとどうやって証明できますか？」と言った。

建平（ジェンピン）は一瞬、言葉に詰まったが「彼女自身が書いたものなんだから、認めないわけがないでしょう」と言った。

「奥さんはまったく認めないことだってできるんですよ」

建平はやっとそこに潜む大きな落とし穴に気づき、独りごちた。「確かに。彼女、まったく認めないことだってできるわけだ。それにぼくがこれらの手紙をどうやって手に入れたのかって、考えますね」

弁護士は頷き、追い詰められて行き場を失った中年男を見つめながら、その目には同情が溢れている。「あなたのお気持ち、よくわかります。しかし、すべてがあなたに不利です。出世し、ゆとりができて、妻との間に溝ができたからといって離婚を望めば、誰の目からも出世のために妻を捨てた「陳世美」（京劇『秦香蓮』中の登場人物―訳者注）になりますからね」

「まったく違いますよ！」

「私はわかっていますよ。もちろんあなたも。でも、他人にわからせないと」

建平はうなだれ、適当な言葉が見つからずに黙ってしまった。

「唯一の方法は、奥さんと話し合うことです。彼女が「うん」と言うかどうか」若い弁護士はいつものいかめしくて、杓子定規な姿勢から、ちょっとからかうような口調で「あなたを自由にしてくれるかどうかですけれど」と言った。

「それは無理ですね」

「もちろんまだ方法はありますよ。確か、お話ししたと思いますが。しかし、実際にはなかなか難しいですね」

「別居？」

「そうです。ただし前にも言いましたが、あなたには証明する方法がありませんね。お二人が一緒に住んでいれば当然ですが、分かれて生活していても奥さんがあなたの所に顔を出し、具体的にどう過ごしたかを申し立てたら、あなたはもうお手上げです」

建平（ジェンピン）はチベットへの転勤願いを病院に出した。チベットに分院を建てたからで、主任医師が三年以上行くと、病院の共同経営者としての地位が約束されていた。つまりトップの一人になれるのである。ジェリー院長は建平のチベット行きに同意しなかった。分院の重要さが本院を上回るはずがなかったからである。建平は今や世間的にも知られる医師となっていて、病院の顔になっていた。ジェリー院長はチベット行きがなくても建平が病院の共同経営者にかなり早めになれると真剣に伝えたが、建平の意志は固かった。

「当当（ダンダン）、一つ聞くけれど、……離婚ってわかるかな？」

「うん」

「それじゃ、ちょっと説明してみて」

「離婚っていうのはね、パパがいなくなってしまうことでしょう」

「そうとは限らないよ、当当。これは仮の話だけれど、パパとママが離婚したら、どっちと一緒になりたい？」

「どっちもいやだ。お婆ちゃんとお爺ちゃんのところに行く」

建平は帰宅途中の人の流れの中で、息子とのこの会話が何度も蘇るたびに、哀しく切ない思いに襲われていた。彼は車にも乗らず、足は家に向かうのを拒否しながら行くあてもなく、ただ足の向くまま歩いていた。そんな彼のそばを人びとが足早に通り過ぎて行く。急に彼の目が輝いた。向こうから東北（ドンベイ）と「絶望の刺身」が楽しそうに話しながら近づいて来る。人混みのなかでも二人は目立って、なかなかしっくりしている。二人は潮州料理レストランへ入ろうとしているらしく、建平（ジェンピン）はあまり深く考えもせずに手を振ってしまった。建平に気がついた二人はすぐに走ってきて、夕食を一緒にしようと口をそろえて誘った。東北の誠意ある誘いと違って、女性のそれは明らかに形だけだった。かりに自分が熱烈な恋の真っ只中にあったら、落ちぶれて寂寥感がまとわりつく中年男に邪魔されたくないだろうと今さらながら後悔した。そのため今日は用事が終わったら真っ直ぐ帰るつもりだからと断わった。ところが東北は相手に「先に行って注文しておいてよ。ぼくは兄さんとちょっと話があるから」と言って建平を引き止めた。女性への話しぶりや顔つきには済まなさそうにしているのがありありとわかった。

　相手は仕方なさそうに頷くとレストランに向かい、物わかりの良さを演じて見せた。

「兄さん、どうしたんですか？」東北は建平の顔を覗きながら、心配そうに訊いた。

「どうしたって？」

「一人で、車にも乗っていないで、顔色も悪く、それに痩せたし……」

　建平はかぶりを振って「何もない」ことを示した。それから補足するように「すべて元のままさ。何事もなし」

「うまくいってないし、離婚もできないってことですか？」建平は少し躊躇してから頷いた。すると東北が「ぼくもご覧の通りなんです」と言った。

建平（ジェンピン）はその意味がわからず「おまえ「も」どう「ご覧の通り」なんだ？」

東北（ドンベイ）は言葉を区切るようにして「彼女、結婚、したがっている」と言った。

建平は笑い出し、東北はむっつりしたまま、行き過ぎる男と女を見ながら何か思うところがあるように言った。「離婚と結婚って、男と女の間の永遠のテーマですよ」しばらくの沈黙のあと「ついでにお伝えしますが、ぼくたちの結婚式が二十六日になりました」

建平が驚いて振り向くと、東北は前を向いたまま自嘲的に薄く笑って「結婚式なんて大袈裟なものではなく、友だち何人かを呼んで一緒に食事をするだけですよ。ぼくらが「同棲」ではなく「合法の夫婦」になったお披露目をするだけです。姉さんにも声をかけますから一緒に来てください」

建平はかぶりを振った。だが東北は承伏せず、重ねて言った。

「なぜなんだ？」建平には東北の意図が理解できない。

「姉さんを通して、ぼくの結婚を娟子（ジュアンツ）に知らせたいんです。彼女にこれ以上思い違いをさせたくないし、傷つけたくないんです」

建平から東北が結婚するのを伝えられた小楓（シャオフォン）が驚いたことは言うまでもない。日頃から娟子とはよく会っているので、娟子が東北との離婚をそれほど重大には受け止めていないことがわかっていた。それどころか主導権は自分が握っていて、離婚も復縁もすべて自分の一存で決められると思っている節があった。離婚はただの形だけで、心理的にも感情的にも東北とはずっと繋がっているから、いつか恨みつらみは薄れていって希望がますます膨らんでいくはずだと、昨日も小楓に東北を許してあげられるときが来ると言ったばかりだった。小楓は思わず娟子がかわいそうになり、東北を口汚く罵り始めていた。建平は黙っていられず、彼はすでに娟子と分かれたのだからと東北をかばった。小楓（シャオフォン）がきつい口調で「それにしても早すぎるわ。離婚する前から二人は関係があったのよ！」と言った。建平（ジェンピン）は言い争いを避けるため、それ以上言わなかった。小楓が建平を見やり、口調を少し柔らげて「出席者は多いの？」と訊いた。

「多くない。こぢんまりと食事するだけ。なにせ二度目だから」

週末、一人で心細いだろうと小楓が娟子（ジュアンヅ）を食事に呼んだ。これまでは東北（ドンベイ）がそばにいるから生活環境は悪くないと考えていたが、すべて彼女の勝手な思い込み、片思いだったことがはっきりした今は、もっと同情されてよかった。娟子が海辺育ちなので、小楓は海の幸をふんだんに使った料理を作った。食事をしている間、娟子から何かというと東北の名前が出てきた。たとえば魚の半身を食べ終えて、小楓が魚をひっくり返そうとすると、娟子がそれを止め、不吉だと東北が教えてくれたというのである。そのたびに小楓は必ず建平の方を見やるのだが、建平は知らんぷりして、ひたすら食事に専念しているようにしていた。娟子が再び東北を話題にしたとき　小楓は目を料理に向けたまま、さりげなく「娟子、東北とはまだ連絡しあっているの？」と訊いた。

娟子はすぐに頷いて「連絡しています。私たち、まだいい友だち同士なんですから。これまでの関係じゃないけれど、もっと親しくなったみたい。少なくとも前より気軽に何でも話せるようになっています。たとえば誰かが彼に好意を持つと、彼って、必ず私の意見を聞くんですよ。私のほうも何かあったら、彼に話します。こんなこと、前は絶対なかったわ。なかなか面白いですね、こうした関係って」彼女が屈託なく笑った。

小楓がまた建平を見やってから、たまらず訊いた。「東北の方に何か新しい変化は？」

「彼を追いかける女性は結構いるようだけれど、これまでのところ彼のハートを捕まえた女性はいないみたい」と答えながら「私には前よりもっと優しく、もっと気に掛けてくれてますよ。彼ったら、私がいつなんどき、どんな困難にぶつかっても、いつでも声をかけてくれれば、すぐ駆けつけるって言ってくれたの。彼は私の永遠の一一〇番ですって。一一〇番って、実にうまいわね、面白いでしょう?」

小楓(シャオフォン)と建平(ジエンピン)はもはや聞いていられなくなり、話の接ぎ穂を失ってしまっていた。事実を伝える勇気もなければ、嘘もつきたくない二人は追従笑いをして、この話に終止符を打つしかなかった。

食後、娟子(ジュアンツ)が小楓の後片づけを手伝っていた。

「お姉さん、宋(ソン)さんと仲直りしたみたいですね」

「仲直りするもしないも、生活を続けているだけよ」

「お互い努力した結果です」娟子は感慨深げに「この前、宋さんから三年間チベットへいくつもりだと聞かされたときには、もう二人は終わりだと思ったの」と漏らした。

小楓は建平のチベット行きを初めて知って愕然とした。小楓のそんな様子を見て娟子が慌てた。

「知らなかったの? ごめんなさい。……具体的なことは私も知らないの。お姉さんに言ってないということは行かないことにしたのよ。宋さんから持ち出さなかったら、お姉さんの方からは訊かないでね、ねっ、お姉さん!」

小楓は沈鬱な表情で押し黙ってしまい、建平にも訊こうとはしなかった。だが彼女の怒りは東北(ドンベイ)の結婚祝いの席で爆発した。

その日、建平が言いまちがいをして罰杯を飲まされる羽目になったが、胃の調子が悪く、あまり飲めないと渋って座がしらけそうになった。すると小楓がやにわに建平のグラスを奪うと「私が代わりに飲むわ！」と言って、一気に飲み干してしまった。そして建平（ジェンピン）に「もうすぐチベットへ行くんでしょうから、せいぜいお身体を大切に！」と捨て台詞を吐くと、さっさと帰ってしまった。誰もが呆気にとられ、その場の雰囲気はすっかりぶちこわしとなった。暗澹たる気持ちと怒りが建平を襲った。「この女はもう救いようがない、離婚するしかない」彼はもはや法律上、必要とされる二年間どころか、一日たりとも待ちたくなかった。だがその方法は……。

ある夕方、建平は仕事が終わっても帰宅する気になれず、行くところもないため、オフィスでぐずぐずしていた。結局、東北（ドンベイ）に電話をして食事に誘い、新婚なので奥さんも一緒にと言った。だが東北は意外にも一人でのっそり現れたので、その理由を訊くと、東北はかなり酒が入ってから、その理由を言った。「兄さん、ぼくからの忠告です。もし離婚できても再婚はだめですよ。これを繰り返していたら、ぼろぼろになってしまいますからね」

「娟子（ジュアンツ）が忘れられないのか、それとも今の奥さんに不満でもあるのか？」

「両方でしょう。ぼく、ようやくわかりましたよ。女性が賢いのはいいけれど、あけすけというのはいただけないです。度が過ぎると兄さんだって、きっとレントゲンと向き合っている感じがすると思います。つき合い始めた頃は楽しくても、それが長くなると、実につまらなくなるんです。それだけじゃなくて、兄さんにはあの感覚、理解できないかもしれませんが、例えば、彼女もすべての女性と同じように甘えます。でもだんだんわかってきました。彼女の甘えは、こざかしい計算からなんです。兄さんはどう思います、こんな女性って。やはり娟子のほうがいい。腹に一物もないし、天真爛漫だし、利口だし……」建平を見つめる東北の目からは涙がこぼれ落ちそうになっている。

建平（ジェンピン）は東北（ドンベイ）の腕を叩きながら「わかったからもう言うな。覆水盆に返らず。できるだけプラス思考でいくしかない。考え過ぎは良くないし、求めすぎはもっと良くないぞ」

「兄さん、ぼくらのように優秀な男は結婚に向いていないですよ。かりにもっと優秀だったら、国際的な視野で大きな抱負を胸に、ひたすら功成り、名を遂げようとするでしょう。このような人間には結婚や家庭は生命という樹の一本の小枝、あるいは一枚の葉、あるいは一つの飾りに過ぎず、まったく顧みられないでしょう。それが偉人なんです。偉人でもないし、凡人俗人でもないぼくらのような人間は、結婚などしてはいけないんです。結婚はいたずらに苦痛を増すだけです。二人には独身生活がいちばんなんですよ。年を取って、男の機能がもう役立たなくなったら、伴侶を探して洗濯や食事、その他の面倒を見てもらうんです」東北がまた酒をつごうとして建平に止められた。

東北は酔った目を大きく見開いて「兄さん、娟子（ジュアンヅ）はどうしてますか？　もうぼくのことなんか忘れちゃったかなぁ？」建平は返事に窮した。「ぼくが再婚したこと、彼女、知っていますか？」建平が首を左右に振った。「彼女には教えないで下さい。彼女が知ったら完全に彼女はいなくなってしまう。このままなら一縷の望みが残るし、いちばんいい形です」

結局あの日、建平はずっと東北の話につき合い、彼の苦しみを聞かされて自分のことは言い出せなかった。

娟子がすべてのオフィスのドアが閉じられている静まりかえった無人の廊下を歩いている。今日は仕事が多く、この時間までかかってしまった。建平のオフィスの前ではドアが閉められていないのに気づき、隙間から覗いてみると、デスクの前に寂しそうに座って、ぼんやりとしている建平が目に入った。理由は娟子（ジュアンツ）にはよくわかっていた。彼女は少しためらってから、ドアをノックして声を掛けた。「宋（ソン）さん、まだ帰らないのですか？」

「いま帰ろうとしていたところさ」

娟子にはそれが嘘であることはわかっていたが、素知らぬふりをして「今夜、予定がなければ私につき合ってください」と言った。

娟子は建平（ジェンピン）をディスコに連れて行った。建平には初めての場所だったが、その喧噪と狂気、そして何でもありといった雰囲気は、意外にも建平に不思議な安らぎと痛快さをもたらした。その夜、建平は娟子が何度も止めなければ、徹夜で遊ぶ勢いだった。

翌日、二人は病院の廊下で顔を合わせた。

「宋さん、昨夜、帰ってから小楓（シャオフォン）お姉さんから何か言われましたか？」

「いや、何も！」

「あんなに遅く帰って……」

「どうってことないさ。あれぐらいの自由がなかったら、私はどうするの？」

「無理言ってますね」

「無理？……じゃ、こうしよう。今晩もくりだそうじゃないか。どこへ行くか、何時までにするか、すべて君にまかせるよ」

「今晩はだめです。今晩は、この私めにはものすごく重要な用事がありますので」娟子はいわくありげに笑うと、身を翻して行ってしまった。

退勤後、娟子はケーキ屋に向かった。彼女が予約したケーキが静かに彼女を待っていたからで、ケーキにはピンクの文字で「東北（ドンベイ）、誕生日おめでとう」とあった。

今日は東北の誕生日だったのである。

娟子（ジュアンツ）はケーキを受け取ると、タクシーで東北の家へ向かった。驚かせるつもりだったので、前もって知らせずにいた。たとえ留守でも、むしろその方がよかった。東北の家の鍵はまだ持っているし、ケーキを置いて帰るつもりだった。東北が帰宅して、ケーキを見たら……これから起こるだろうことを考えると、娟子の顔から笑みがこぼれた。

娟子がドアに鍵を差し込むと鍵が合わない。不審に思っていると、ドアが開き、見知らぬ若い女性が顔を出した。予想外のことに娟子は思わず「ここは劉東北（リウドンベイ）さんのお宅ですか?」と訊いてしまった。そうだと答える相手に娟子はまた「あなたは?」と訊いた。

相手の答えは簡潔、明瞭だった。「劉東北の家内です」

娟子の手からケーキが落ち、頭の中が真っ白になった。あとから思い返しても、あのときの記憶はやはり白紙のままだった。次に記憶にあるのは、走って疲れて動けなくなって、歩道と車道を分ける路肩に座り込んで、どれだけそうしていたのか、夜中に寒さを感じたときだった。どこへ行ったらいいのか、自分だけの家へは帰りたくなかった。これまでも一人だったけれど、心の奥には確実に東北がいたのに、今は完全に一人になってしまった。結局、彼女は病院へ戻り、建平（ジェンピン）のオフィスの前を通ったときに、にわかに一つの疑問にぶつかった。東北の再婚を宋（ソン）さんが知らないはずがない。なのになぜ教えてくれなかったのか?　娟子の全身におこりのような震えが走った。悲哀、絶望に代わって噴き出したのは激しい憤りだった。すぐさま携帯電話を取り出した。彼女は潜在的に建平に強い親しみを抱いていただけに、このような裏切り行為は断じて許せなかった。

娟子（ジュアンヅ）からの電話は建平（ジェンピン）が「当代ショッピングモール」前の広場に座って、鳩に餌をやっているときだった。昨日、彼は離婚協議書を作成し、今朝、小楓（シャオフォン）が当当（ダンダン）を連れて出た後、彼女のパソコンのキーボードの上に置いてきたのだった。彼女が見ていないはずはなかったが、電話もなければ、訪ねてくることもなかった。退勤後、様子を探るため、用事があって帰宅は遅くなるという短いメールを出した。だがやはり連絡はなく、彼はオフィスで時間をつぶして、かなり遅くなって、ようやく家路についた。しかし、家に近づくほどますます動揺が激しくなり、とうとう途中で「当代ショッピングモール」に車を入れ、「スターバックス」に入ってから広場に出ていたのだった。

娟子は感情をかなり高ぶらせて用件も言わずに、命令口調ですぐオフィスに来るように言った。建平は急遽、車を病院に向けて走らせた。

一方、小楓は建平の離婚協議書をカバンに入れて建平の病院に向かっていた。今日一日、彼女の動静が見えなかったのは、まさに夜のこの行動のためだった。彼女は何よりも当当の面倒をしっかり見るつもりでいた。子どもの心をもうこれ以上傷つけるわけにはいかなかったからである。午後、当当を迎えて、その足で母親の所に行き、一緒に食事をして、あと片づけをして建平に電話をかけようとしたところへ、病院にいるとのメールが入ったのだった。

建平と娟子が病院の執務室区域のがらんとした廊下の突き当たりで話している。

「こんな重大事を私には何も言わなかったのは、彼の中に私はもういないってことですね。でも宋（ソン）さん、あなたはひどい人です。ずっと友だち、兄さんと思っていたのに考えもしなかった、あなたが……」泣きじゃくる娟子は言葉が続かない。

「とにかく悪かった、謝るよ。私のせいさ。実はずっと君に伝えるつもりではいたんだ。でもどう話せばいいかわからなくて……」

「……ケーキを家まで届けて、最高の予期しない喜びをあげようと思っていたのに、再婚していたなんて。玄関の鍵も変えてたし！　なぜそんなことするわけ？　私を閉め出したいからよ。……本当に馬鹿みたい。本当に馬鹿よ、阿呆、まぬけよ……」

建平(ジェンピン)が娟子(ジュアンツ)の腕をとった。「さあ、帰ろう。家まで送るから」

娟子は動こうとせず、涙でかすんだ目で建平を見つめている。「離婚は別れではないわ。でもどちらかが再婚したら本当の別れよ」すると突然、あまりにも突然、彼女が建平の胸に飛び込んできた。「宋(ソン)さん、私をさらって！」

二人は小楓(シャオフォン)がすぐそこまで来ていることにまったく気がついていなかった。小楓は大きく目を見開いて言葉を失い、呆然と立ちつくしたまま、その光景に見入っている。娟子は建平の胸に顔を埋め、建平は小楓に背中を向けた姿勢でいた。

「私、宋さんがあまり幸せでないってことわかっています。でなければチベット行きなんて希望するはずないし、毎晩、たいして用事もないのにオフィスにぎりぎりの時間までいて……なぜそんなに我慢するの。宋さん、お互いに苦しんでいて、なぜ一緒にいなければいけないのですか？」

「娟子、娟子、話を聞いて欲しい……」

「イヤ、もう何も聞かない」

「君が考えているほど事は簡単じゃないんだ……」

娟子は涙に濡れた顔を上げた。「何が複雑なんですか。私と東北(ドンベイ)だって、別れると言って、それで離婚してしまいました」

「娟子（ジュアンツ）、君の今の精神状態はすごく不安定だから、この話は君が落ち着いてからにしよう。もう遅いから家まで送るよ」

建平（ジェンピン）が娟子を抱き寄せながら歩き出そうと向きを変えたそのとき、ほんの数歩先に小楓（シャオフォン）が立っているのに初めて気がついた。彼女がもの静かに訊いた。「お二人、今度また話し合いをするそうだけれど、何についてなの？」

建平はどぎまぎして言葉がすぐに出てこない。「君は、君は見てたよね。彼女はたった今、東北（ドンベイ）の再婚を知ったばかりで……ぼくは……」

小楓の声は恐ろしいほど物静かだった。「ええ、私は確かにすべて見せてもらいましたよ。はっきりとね。見ただけではなく聞きましたよ。同じくはっきりとね」

二人のこの姿では建平にはまったく弁解の余地はなかった。しかも考えてもみなかったし、あまりの衝撃に娟子は建平の胸に顔を寄せ、彼は片方の手で娟子の肩を抱き寄せたままでいた。小楓は二人を見つめながら軽く首を振った。「カメラがなくて本当に残念だわ。お二人に差し上げなくちゃね……」小楓は「さあ、撮るわよ。記念にね」と写真を撮るまねをした。

建平と娟子がようやく気づいて、慌てて身体を離した。小楓はただ二人を見つめて首を振るだけで、何も言わない。

「小楓、少し冷静になって……」

驚愕のあまり、娟子がいきなり後ろを向いてしまった。小楓は自分が泣き出すのを恐れるように抑えた声で「娟子、何を逃げるの？……こっちに来なさい。どういうことなのか、何か要求があるならちょうどいいわ、三人揃っているのだから、直接話そうじゃないの。こっちに来なさいよ」と言いながら娟子（ジュアンツ）を捕まえようとして、建平（ジェンピン）に止められた。こうなると小楓（シャオフォン）のすべての怒りが建平に向かって一気に爆発し、胸を押したり、小突き始めた。建平は防御しながら決してやり返さず、小楓を娟子に近づかせないようにしていた。娟子は恐ろしさのあまり背中を向けて、手で顔をおおっている。

小楓は建平の肩越しに娟子を罵倒した。「よくも騙してくれてたわね。何よ、いい子ぶっちゃって。お姉さん、お姉さんって口もうまいし。それが裏ではこれなんだから」

建平は小楓を押さえながら言った。「彼女は何もしてない！　君も彼女の気持ちを理解してあげなくては。一時的に落ち込んで、悲しくて悲観し、絶望している……」

「そうね！　一時的に落ち込んで、悲しくて悲観し、絶望するわね！　それなら逆にあなたに聞きたいわ」と娟子の口ぶりを真似て「私にはよくわかっているの、あなたがあまり幸せでないってことが。二人の和解は実は上っ面だけで、長続きは無理よ。なぜそんなに我慢するの。お互いに苦しんでいて、なぜ一緒にいなければいけないの？」

「これも一時的に落ち込んで、悲しくて悲観し、絶望しているのかしら？　建平、まさか責任を娟子に全部なすりつけて、それで逃げようと思っているんじゃないでしょうね？　あなたも同罪よ！　娟子に自分のこと、あれこれ話したじゃない。家庭生活が不幸だと彼女に訴えたじゃない。若い女性にこんな話をするってどういうこと？　完全に一種のサインじゃない、誘惑よ。こんなやり方、見え見えで、低俗よ！」

娟子は二人の方に向き直ると、血の気が失せた顔で小楓に言った。「お姉さん、何もかもすべて私が悪いんです。宋（ソン）さんとは関係ありません……」

小楓（シャオフォン）は苦しみの中に怒りを滲ませている。「気持ちはもうそんなに深いところで繋がっているの？　互いにすっかり庇い合ったりして！　一日、二日のつき合いじゃないわね」

建平（ジェンピン）が叱責するように厳しい口調で小楓の言葉をさえぎった。「小楓！　言葉に気をつけるんだ」

「言葉に気をつけろですって？　やったのはそっちじゃない。こっちはちょっと言っただけよ？」

建平がすこし口調を和らげた。「小楓、話を聞いて欲しい。私と娟子（ジュアンツ）との間には何もない。自分で自分を苦しめないで」

小楓は辛そうにしながら、まだ怒りは収まっていない。「あなたの話は聞かないことにしたの。今みたいになったのも、あなたの話を聞いて信用しすぎたせいよ。わたしは目も耳も不自由じゃないので、これからは自分の目と耳だけを信じることにしたの」

足音が響いてくる。ガードマンが物音を聞きつけて駆けつけてきたのだ。

建平が慌てて「人が来る。娟子、君は先に行って！」ためらっている娟子に建平が厳しい口調で「行くんだ。病院中に知れわたっていいのか？」と言った。

娟子がうつむいたまま、小走りに建平と小楓のそばを通り過ぎようとすると、不意に小楓の手が伸びてきた。「何もやましいことをしているわけじゃないわ。人が来るからって何を恐れているの、そうでしょう？　逃げないでよ！　ちょうどいいわ、他人にも意見を聞いて、判断してもらいましょうよ！」

足音と話し声がますます近づいてくる。建平が力一杯、娟子を摑んでいる小楓の手を引き離すと、小楓が後ろに振り回されるかたちとなり、その隙に娟子が出て行った。一方、小楓は後ろへよろめいたはずみで左腕を窓枠にぶつけ、その支えで倒れずにすんだが、左腕に激痛が走った。

建平（ジェンピン）は娟子（ジュアンヅ）を彼女のマンションまで送った。車を降りた娟子が、

「宋（ソン）さん、ごめんなさい」彼女の瞳が夜のとばりの中で濡れているのがわかった。

「君とは関係ないことさ。早く熱いお風呂に入って、ぐっすり寝て。何も考えずにね。明日になればきっとよくなるよ」

彼女の瞳に不安がよぎった。「それじゃ、宋さんは？　どこへ行くの？」

「……家に帰るさ」

「それだとまた喧嘩じゃないの？」

「こっちのことには君はもう口を挟まなくていいから、ね。……さあ、部屋に入って。私も帰らなきゃ」建平が車のドアを閉めようとした。

娟子がいきなり建平の腕を押えた。「無理に帰らなくたっていいのに、宋さん！」

「だめ」

「なぜ？」建平は何も言わなかった。

「宋さんは行くところがないし、私は一人ぼっちだし……」

「このやり方では君の寂しさは解決しないよ……いいね、娟子、少し冷静になって。今日のことでは絶対……」小さく笑うと「一時の激情で動いてはいけないんだ」と言った。

建平の車が遠く走り去って消えるまで娟子はそこに立っていた……。

第十九章

小楓（シャオフォン）の実家のキッチンには豊富な食材が所狭しと並べられている。肉、卵、魚、海老など食材によってそれぞれ切るべきもの、下味をつけたものと分けられている。きれいに洗った野菜は料理に合わせて、千切り、ぶつ切り、薄切り、みじん切りにされ、それぞれ入れ物に入れられている。炒め物用の中華なべも用意され、いつでも調理できるようになっている。

林小軍（リンシャオジュン）が今日、家に帰ってくる。軍隊の人員削減で彼が所属していた部隊がなくなって除隊したからだった。小楓は家にいてもほとんど何もできなかったので、当当（ダンダン）と駅まで小軍を迎えに出て、小楓の両親が家で息子を迎える食事の準備をしていた。

小楓の腕はあの夜、ぶつけて動かせなくなっていた。建平（ジェンピン）と娟子（ジュアンヅ）が去ったあと彼女はそのまま病院へ直行し、レントゲンの結果は尺骨断裂骨折だった。すぐに腕を固定して、包帯で首から下げる処置が取られ、実家に向かい、それ以来ずっと留まっていた。手が使えなかったのと、建平の顔を見たくないという最大の理由があった。これからのことは何も考えていなかった。考えたくなかった。母親にも話したくなかったし、母親も何も聞かなかったのだが、ある日、母親が問いただすきっかけが生じた。

それは母親が当当(ダンダン)の宿題を見ているときで、与えられた単語を使って文章を書く宿題だった。目を通し始めたとき母親には余裕があって、面白い描写があると夫に読んで聞かせていた。「あなた、聞いて。「困難」で書いた文章よ——ぼくは野菜を食べるのが困難ですって。なんだか野菜を食べさせていないみたいね」父親も笑って「そういえばその文章、私たちの幼い頃ならぴったりじゃないか、野菜がなかったから。でも当当の時代じゃ、野菜があるのに食べようとしないってことか。同じ書き方でも時代が違うと意味も違ってしまうんだな」ところがそのあとからは母親の声が聞こえなくなり、小楓(シャオフォン)が母親を見やると、当当の宿題に目を注いだまま考え込み、顔から柔和さが消えている。小楓が近づいて覗いてみると、「と」で書いた文章には——「ぼくとお父さん、お母さんは家族です」とあった。そのとき母親が建平(ジェンピン)とはどうなっているのか、どうするつもりなのか、と小楓に問いかけてきた。小楓は建平のため、家庭のために専業主婦になるべきではなかった、専業主婦の労働を評価する人はいないし、いくら頑張っても何もしていないのと同じで残るものなどない。仕事をしていれば、それなりに収入があり、地位や名誉にもつながって、きちんと見える形になる。夫の出世が妻の名誉になるはずもなく、しょせんは別々の人間で、結婚したら一心同体なんてあり得ない、とひたすら自分の悔しさを並べたてた。母親は小楓の考え方には賛成せず、職業を持つ女性でも失敗する人はいるし、専業主婦でも生き生きとしている人もいる、と諭した。結局、二人の意見は噛み合わず、気まずくそのままとなり、それからはこの話題には触れようとしなくなった。

小楓と当当がプラットホームで小軍(シャオジュン)を待っていた。列車はとっくに到着して、乗客のほとんどがすでに降りていたが、小軍（シャオジュン）の姿はまだ見えない。二人があたりを見回していると、突然「当当（ダンダン）」という声がした。

当当が声のする方を見ると、大好きなおじちゃんが目に入り、大はしゃぎで走っていき、その胸に飛び込むと、たくましいおじちゃんに高く持ち上げられた。当当は小さな両手でおじちゃんの顔を叩いて「うあー、おじちゃん、おじちゃん」と言い続けている。

小軍も「おー、坊主、いい子だ、いい子だ」と言いながらも、その愛おしさをどう表現していいのかわからない感じだった。そんな様子を静かに見ている小楓（シャオフォン）からは笑みがこぼれている。二人の興奮が収まってくると、小軍が当当を抱いたまま姉の方に目を向け、初めてその腕に気がついた。胸の前で吊られた腕の包帯の白さが目を射るようで「どうしたの？　姉さん？」と訊いた。

小楓の唇が少し動いたが、言葉が出るまえに目が早くも赤くなっている。

食後、両親は散歩に出かけ、小楓が片手で食卓を片づけながら小軍に声をかけた。「ねえ小軍、食器を洗って！」返事がない。「ねえ小軍……」

リビングでテレビを見ていた当当が応えた。「おじちゃん、出かけたよ」

「どこへ？」

「何も言わなかった」

小楓は小首をかしげていたが、突如、ぎょっとなった。慌てて携帯にかけるとつながったが、その着信音はこの家で鳴っている。小軍は携帯を置きっぱなしにしていた。小楓は不安になり、家の中を歩き回っていたが、「ママは一度、家に帰るから、お爺ちゃんとお婆ちゃんが戻ったら、そう言ってね」と当当（ダンダン）に言うと脱兎の如く出て行った。

小楓（シャオフォン）の予感は的中し、小軍（シャオジュン）は彼女の家に向かっていた。かつて建平（ジェンピン）が小楓の手をドアでけがをさせたとき「もう一回こんな事があれば、絶対に許しません」と伝えてあった。

建平が帰宅するのを家の前で待っていた小軍は、建平の挨拶も無視し、ドアが開くといきなり建平を家の中に押し込み、後ろ手でドアを閉めた。建平は面食らったように「小軍、少し冷静になったらどうか」と言った。

「ご心配なく。冷静ですから。義兄さん、前に北京駅で言ったこと忘れてないですよね？」

「今回のは偶然の事故で、わざとではない」

「前回も偶然で、わざとではなかったですよ」

何を言っても無駄だと判断した建平はそれ以上、何も言わず黙って小軍の前に立ち、どうにでもなれという開き直った気持ちになっている。

小軍は我慢ならないというように「女を殴るなんて、いったいどういうつもりなんだ。あんたも男だったら男を相手にしたらどうだ。さあ、俺を殴ってみろ！」やにわに建平の胸ぐらを掴むと「さあ、こい、かかってこい、殴ってみろ、やれよ！」と喚いた。

首が締まって建平は息もできない。「小、小軍、待って……」

「黙れ！　言うことは言った。今日は口を出さない、手を出す。貴様も俺を殴れ、どこだっていいから殴れ。姉を殴ったじゃないか」それから命令するように「かかってこい……こないのか、折角チャンスを与えたのに。それなら俺が十、数える。それでも貴様がかかってこなければ、もうチャンスはないぞ」建平を後ろへ押しやって手を離したはずみで、後ろへよろめいた建平はなんとか踏ん張って倒れ込むことはなかった。小軍がカウントダウンするにつれて建平の目に恐怖の色が増していった。小軍は憎々しげに見つめ、最後の「一」を数え終わると、建平に近づき始めた。建平は無意識に後ずさりしようとするものの、玄関の狭い空間にさほどの余地などなく、恐怖の目で小軍を見つめるしかなかった……。

ちょうどそのとき、小楓が飛び込んできた。小軍と建平の間に割って入ると、小軍に向かって「小軍、変な真似をしないで」と叫んだ。

「どいて、姉さん！　これは姉さんとは関係ない。男と男の問題なんだ」

「小軍、いいから私の言うこと聞いて……」

「姉さん、こいつをこんなふうにしたのは姉さんがいけないんだ。今日こそ徹底的に思い知らせないと、我が家はなめられっぱなしになる。姉さん、ちょっとどいて！」

小楓は必死に止めている。「私の話を聞いて、小軍……」

「言っても無駄だよ。たとえ姉さんでも」小楓を横に押しやると、荒々しく建平に摑みかかった。小楓は懸命に間に割り込んだ。「手を放して、小軍、早く放して！」

小軍は建平の胸ぐらを摑んで持ち上げると自分の体をこともなげに回転させて、背中を小楓に向けるや、建平のほおに一発食らわせた。建平は後ろに殴り飛ばされ、床に倒れ込んだ。口から血が噴き出している。小軍はそれでも建平を立たせると、もう一回殴ろうとした。そのとき小楓がなんのためらいもなく、小軍の顔に思いっきり平手打ちを加えた。

小軍は頬を押さえながら不思議そうに小楓を見て「なんでぼくをぶつの？」と訊いた。

小楓は荒い息をしながら「ぶたなきゃわからないからよ！　言うことを聞かないからよ！　いい

加減いい年なんだから、もっと頭を使いなさいよ。なんで殴るの？　面白い？　意味あるの？　殴り殺すまで殴って私と当当に何のメリットがあるの？　下手すれば刑務所行きよ。そうなったら私と当当はどうなる？　両親は？」言いつのるほどに怒りが増してきて、涙がこぼれている。「ねえ、言ってみてよ」

小軍が弁解した。「そこまでやらないよ……」

「やらないですって？　あなたはきっとやるわよ！　殴り始めたら見境がなくなるんだから。考えてみてよ、彼のような男、どれだけ耐えられるっていうの？」

向こう側に倒れ込んだ建平がよろよろとなんとか立ち上がったが、小楓は徹底して建平を無視している。弟だけに話しかけている。「行きましょう、小軍」

「それじゃ、こいつを許してしまうのか？」

そのときになって小楓は初めて建平に軽蔑の色をたたえた目で睨み、絞り出すように「もちろん、許、さ、ない」と言って弟と出て行った。

建平は口から一筋の血を流し、失意にたたきのめされて、その場に立ちつくしていた。

放課後、小軍が小楓の車で当当を迎えに出かけた。

「おじちゃん、ぼくとママ、お婆ちゃんちに泊って、なんで自分の家に帰らないの？」

「ママが骨折して何もできなくなったからだよ。お婆ちゃんちには人が多いので、助けられるじゃないか」

当当はそうじゃないと首を振ると「おじちゃんは知らないんだ。ぼく、ずっと言わなかったし、お爺ちゃんとお婆ちゃんにも言っちゃダメって言われてたし」

「何のことだい？」

「二人、きっとまた喧嘩したんだよ。いつも喧嘩するんだ。ぼくはもう嫌なんだ」

「ああ、そういうことか」と言ったきり、小軍（シャオジュン）はそれ以上、言葉が続かない。喋ろうにも言葉が見つからず、悲しさが無性にこみあがってきた。

「おじちゃん、二人にもう喧嘩しないでって言ってちょうだい、いい？」

「わかった。当当（ダンダン）、おじちゃんから言ってあげるよ」

「二人が喧嘩すると、ぼく、すごく怖いんだ」

小軍は懸命に涙を抑えて「怖がらなくて大丈夫、当当。おじちゃんがいるから、何も怖がらなくてもいいよ……」と言いながら、その言葉の無力さを痛感していた。

当当はおじちゃんでもどうにもならないとわかっているだけに、それ以上は言わず、ただ大人びた深い溜め息を漏らした。小軍の目は涙で曇っていた。

夜、小軍が再び建平（ジェンピン）の家に向かった。今回は暴力を振るうつもりはなく、行ってみると、建平が荷造りをしていた。ジェリー院長が彼のチベット行きを認めたからで、そうなれば長居は無用だった。小軍は単刀直入に当当のために小楓（シャオフォン）との和解を申し入れた。建平はしばらく黙り込んでいたが、やがて自分にはできないと言った。「なぜ？」小軍がにわかに血相を変えた。

「二人にはもう一緒に生活する基盤がないよ。こんな状態で無理に一緒にいるのは子どもにとって、君にもわかるはずで、別れるよりもっとまずいでしょう」小軍が口をつぐんだ。確かに建平の言う通りだった。「思うに、彼女が離婚したくない理由に私を恨んでいることがあると思う。でも経済的な理由もあるはず。だからもし離婚したら、この身体だけで、あとはすべて置いていくつもり。そして私の収入の50パーセントは彼女に渡す」

小軍（シャオジュン）はしばらく考え込んでいたが「当当（ダンダン）の親権は渡せない」と呻くように言った。

建平（ジェンピン）は話の糸口が見えたように感じ、その態度もより真剣味を帯びてきている。「具体的な細部についてはこれから話し合えばいい……」

「ほかのことは相談できるとして、当当の親権だけは渡せない」

建平は頷き「当当はママとお爺ちゃん、お婆ちゃん、それにおじちゃんと一緒の方が、一人の私と一緒よりきっといい……小軍、小楓（シャオフォン）に話してみてよ」

そのとき、大きなノックの音が響いた。二人は訝しげに顔を向け、小軍がドアを開けた。小楓だった。当当から小軍が建平を訪ねて行ったと知り、慌てて駆けつけてきたのだった。無鉄砲な弟だけに何をしでかすかわからなかったからで、玄関に入るや小軍の肩越しに奥を見ながら「建平は？」と訊いた。

「部屋だよ」

小楓はすぐさま部屋に向かい、どこにも傷一つない建平を確認して、彼女はようやく胸をなで下ろした。建平ができるだけ優しく話しかけた。「ああ小楓、ちょうどいいところに来てくれた。いま小軍に少し話していて、いや正確には、小軍が私に話したんだけれど、わかってもらえたと思っているんだ」

小楓はそれには耳を貸さず、床やベッドの上に無造作に置かれている箱や衣類にしきりに目を注いで「ねえ、これって、どこかへ行くの？」と訊いた。

建平（ジェンピン）が物静かに答えた。「チベットだよ、知っているじゃないか」

小楓（シャオフォン）は驚いたように「こんなに早く？……なぜ？」と訊いた。

「仕事だからね」

「仕事だからって？……私から逃げるためでしょう？　彼女からもう待ちきれないとせっつかれてるわけね？……ねっ、そうなんでしょ！」

「前に言ったけれど、娟子（ジュアンツ）とは何もない」

「へえ、「何もない」の？　それじゃ教えて下さらない、「何かある」っていうのはどういうのを言うの？」

「この前のこと、どう思おうと君の勝手だけれど、あんな事がなくても、いまの二人の状態で無理に一緒にいたら、ぼくらにも子どもにも、苦痛だし、傷つくだけだ」

「私たちの状態って？　ずっと前からこうした状態じゃない。何よ、今さら」

「いま持ち出したって、遅くないさ」

「遅かったわね。だって私に尻尾を捕まえられたからよ。浮気の尻尾をね。ということは、私が離婚に同意しない限り、あなたはできない。つまり思惑通りにはいかないってこと」

「浮気はしていない！」

「している！」

「証拠は？」

小楓がたじろいだ。結婚生活とは無縁の小軍（シャオジュン）は驚いたように二人のやりとりを聞いていたが、とてもその複雑さについていけなかった。それだけに一方の話だけに乗りやすかったのだが、二人が同時にその場で言い合うと、彼は混乱するばかりだった。

小楓（シャオフォン）が弁護士事務所を訪れている。応対した弁護士は女性で、四十歳近くだろうか、縁なし眼鏡をかけていて、鋭く光る目は眼鏡の奥に隠されている。小楓の話を聞き終わると、弁護士はひとまず小楓の説明に理解を示したうえで、建平（ジェンピン）のチベット行きが婚姻関係解除のためだとしても、仕事でもあるため、止める理由はないこと。もし本当に浮気をしているなら、訴えも可能だが証拠が必要だと言った。

またもや証拠だ！　小楓はデジタルカメラを買いに出かけた。宣伝では動画撮影、写真、録音機能すべてが揃っているというしろものだった。彼女はこれで建平と娟子（ジュアンツ）の決定的瞬間を撮るつもりでいた。というのも、彼女がたまたま目撃した二人は、あの時が最初でも最後でもなく、油断せず見張れば「望むものが手に入る」はずだと睨んでいたからだった。

彼女は建平を尾行し始めた。深夜でも密かに家にまで行き、在宅を確かめるのは、それなりに辛さが伴った。だがそれはまだ耐えられた。耐えられないのは収穫がないことで、失望、苦悩のあげく、彼女は当初の方針、計画を練り直すことにした。

病院の退勤時間で病院関係者が建物から続々出てきていて、娟子は前を歩いている建平を追いかけてきた。「宋（ソン）さん、ちょっと車に乗せてもらえます？　国際レストランに行きたいの。ちょうど帰り道でしょう」

「ああ――デートね？」

「そうなの」

「またネットの出会い系でかい？」

娟子（ジュアンツ）は笑いながら建平（ジェンピン）の口調を真似た。「ええ、またです」

娟子には前にインターネットで知り合ったチャット友人がいた。通信を重ねて、かなり意気投合したようで、相手も離婚歴があり、いわば娟子とは「共有する傷と痛みを抱えていた」。その後、二人は次のステップともいえる電話で話をするようになると、より親しみが湧き、心を通じさせるようになった。こうしてごく自然に第三のステップに進んで会ったその日、建平は偶然、そんな二人に出くわしたことがあった。建平が食事を終えてレストランから出てくるのと、娟子が背の低い男と店内に入ろうとしているのが同時だった。建平が娟子に声をかけると、彼女は救いの神にでも会ったかのように、えらく親しげに、いつもは「宋（ソン）さん」と呼んでいるのに、そのときは「まあ、宋主任！」と声を上げ、そばの男に「私の上司です」と紹介した。ところがその男を建平に紹介しないまま、「宋主任、午前中、私の報告書に目を通していただけましたか？」と訊いてきた。建平はわけがわからず、娟子を見つめていると、そんな建平を無視するように「まだですか？　それならちょうどよかったです。少し補足したいと思っていたんです」と言い、男に向かって「あなた、食べに行って下さい。私、行きませんから。悪しからず」と一方的に告げた。男は「そんな」という表情で娟子を見つめていたが、彼女はまったく相手にせず、さっさと歩き出して、建平に一緒に行こうというそぶりをみせた。建平が促されるままに彼女のあとに従ってしばらく歩くと、娟子が振り返って、男がレストランの中に消えたのを確認するや、ようやくホッとしたように長い息をついた。

「誰なんだい？」

「まだわかりませんか？」

建平（ジェンピン）が可笑しそうに「君の例の「傷と痛みを共有する」チャット友人？」と訊くと、娟子（ジュアンツ）も笑って頷き、いかにも悟ったように「インターネットというのは、本当のところ信じちゃダメですね。誰かが言ってたように、九十九パーセントは嘘ですね」

「わかった、わかった、娟子。気に入らないんだってはっきり言えばいいじゃないか。九十九パーセントは嘘だ、相手は嘘ついているなんて言わずにね。彼は少なくとも性別では嘘ついていないよ。君も嘘ついていないよ、女性で、離婚したばかりで……」

娟子が可笑しそうに「そう、その通り。ネットでは結構いい感じだったし、電話も良かったんだけれど、でも会ってみたら……」

「ビビッとこなかった」と建平が言葉を継いだ。

娟子も「ビビッとこなかった」と笑いながら言った。

建平はうしろを振り向いて「私の見るところ、さっきの若者は悪くないよ。清潔だし、眼鏡が知性を感じさせていたし。外見だけれど」娟子が大笑いしたので建平もつり込まれて可笑しそうに「ちょっと背が低いだけじゃないか？　女性も案外、外見で判断するんだな」と言った。

「それは当然ですよ。まず一目見て、はっとするようじゃないとね。志と信念の有無はその次。男も女も同じですよ」

建平は小さく笑っただけで、それ以上何もいわないので、娟子が不審そうに彼を見た。すると建平が言った。「娟子、君はやはり東北（ドンベイ）のことが忘れられないようだ。彼は君の精神的座標、参考基準なんだな」一瞬、虚を突かれた娟子（ジュアンツ）の目に涙が溢れてきた。

建平（ジェンピン）はやれやれというように「食事に行くかい、それとも帰る？　帰るなら送るよ。これからはネットで知り合った人と簡単に会わないようにしないと。がっかりするだけならいいけれど、危険だからね。特に君のような若い女性は」

あれから数日しか経っていないのに彼女はまた「付き合い」を始めたらしい。気持はわからないわけではないが、賛成できなかった。

「娟子、たとえ急病でも医者は選ばないと」

「私、さっと相手を見つけて、さっと結婚したいんです」娟子は笑顔を引っ込め、悲しげな表情を滲ませた。「私がまだ彼を忘れられなくて、いつまでも思い続けていると彼に思われたくないんです」

「娟子、人生で一番大事な結婚で、依怙地になっちゃいけない」

「もういいです。宋（ソン）さんから母と同じようなことを言われるなんて」娟子はいたたまれなくなって「車に乗せたくないんですか？　それとも用事があるんだったら、あるとはっきり言って下さい、遠回しに言わないで」

建平は自分の気遣いが通じなかったことに苦笑いして「用事なんて何もないさ。車に乗りたければ喜んで乗せるよ」と言っている間に娟子はもう車のそばに来ていたので、建平はドアを開けると「どうぞ、娟子様」と手振りもまじえた。

娟子が車に乗り込み、建平もドアを閉め、走り出して行った……このすべてを木の陰から小楓（シャオフォン）が撮っていた。

弁護士事務所で小楓（シャオフォン）の話を聞き終わった女性弁護士は、にわかに信じられずに訊いた。「つまりこの間、あなたは毎日、夜になると、ご自宅に帰っていたのですか？」

「ええ、ほぼ毎日」小楓は自嘲的に薄く笑って「寝ているのを確かめるためにです」

女性弁護士は呆れつつ、小楓が撮った建平（ジェンピン）と娟子（ジュアンツ）の写真を一枚ずつ見ながら「これらの写真はまったく役に立ちませんよ」と言った。

「少なくとも二人の関係の親密さはわかるでしょう」

「無理ですね」

小楓は疑わしげに「私の行動が摑まれて、二人で何か工作をしたとか？」

女性弁護士は目の前の中年女性を見つめ、身体を椅子の背もたれに倒しながら、メガネの奥の目が鋭く光っている。「前回のお話ですと、彼らは抱擁していたということですが、実際に目撃されたのですか？」

「もちろんです」

女性弁護士がおもむろに「時として、人間はある一つのことばかり考え続けていると、幻覚が現れることも……」

小楓が怒り出し、いきなり立ち上がるや「幻覚ですって？　私がこの目で見たことを幻覚だとおしゃるのですか？　私が精神異常者とでも？」

女性弁護士はできるだけ婉曲に「実際、精神異常者と健常者との間は明確に線引きできないこともありますよ……」

小楓の目が大きく見開かれた。「あんた、あんたっていう人は……自分がお手上げなもんだから依頼人を精神異常者にしてしまうのね。あんたなんて弁護士失格よ。こんな人を選ぶなんて私も馬鹿だったわ」と大きな音を立てて椅子を押しやると、床を踏みつけるようにしてドアに向かった。

女性弁護士は冷静に、かえって憐れみの気持ちから「林(リン)さん、なんでしたら精神科医をご紹介します……」話がまだ終わらないうちに小楓(シャオフォン)の姿は消えていた。

絶望感と怒りは小楓から冷静さを失わせ、より執拗に証拠探しを続けさせることになった。激しい雨の夜、各種の道具ですっかり「武装」した小楓が出かけようとしている。小軍(シャオジュン)が止めても、このような天候こそ敵は警戒心を緩めがちになると聞かなかった。

彼女が自宅に行くと、深夜一時過ぎだというのに建平(ジェンピン)はまだ帰宅していなかった。手術室に電話をすると手術はなく、病室に問い合わせると救急患者なしとのことだった。突然、彼女は一気にドアを開け、階段を下り、車を発進させて娟子(ジュアンツ)の家へまっしぐらに向かった。

娟子は家にいて、しかも男と一緒だった。国際ホテルで彼女とデートした青年で年齢、ルックスとも東北(ドンベイ)によく似ていた。娟子はすぐさま次回のデートを約束するほど相手に好感を抱き、相手はそれ以上に娟子を気に入った。その夜、二人は食事をし、娟子は少し酒も口にして、大いに語り、東北の話になると泣き出したが、それでも話し、飲み続けていた。男はただ黙って話に耳を傾け、娟子のグラスが空になると、せっせと注いで自分はセーブしていた。とうとう娟子がテーブルに突っ伏して大泣きし始め、客たちの目もあって男がなかば抱くように、なかば引きずるようにして彼女を家まで送って行った。

男が娟子を寝室まで連れて行った。明かりの下でベッドに横たわる娟子は実に魅力的で、男は見下ろすように眺めていたが、やがて娟子に覆いかぶさって、その顔に何度もキスをし始めた。ようやく意識が戻ってきた娟子（ジュアンヅ）が「やめて！」と男を押しのけた。

男は無言のまま優しく娟子を落ち着かせようとしながら、手の動きはさらにエスカレートさせている。娟子は必死に男を押しやった。「やめてったら！」

男はやはり無言のまま、手を伸ばしてベッドのサイドランプを消した。

ちょうどそのときだった。小楓（シャオフォン）が車を止め、娟子の窓に目をやると明かりが映っていて、車から降りて見ると消えていた。彼女は脱兎のごとく部屋に向かって走った。

娟子は必死に抵抗するものの、男の力にはどうにもならず、服はあっという間に剝ぎ取られ、男は片手で娟子を押さえつけながら、片手で自分の服を脱ごうとしている。そのときノックの音がした。男は動きを止め、同時に娟子の口を手で塞ぐと音を立てずに立ち上がった。ドアの外の人間が立ち去るのを待つつもりらしい。だが来訪者はノックしても応答がないとみるや、大声で怒鳴り始めた。「娟子！　開けなさい！　いるのはわかっている！　開けなさい！」

その声の主がわかった娟子はドアの向こうに知らせようとあらん限りの力で男の手から逃れようともがいた。男は娟子を押さえつけて、じっと外の様子を窺っている。一方、小楓の怒りはもはや自己抑制がきかなくなっていて、大声で怒鳴った。「娟子、三つを数えるうちにドアを開けなければ、一一〇番する。はったりじゃないわよ。一、二……」

「三」が口から出る前にドアが開き、娟子が転がり出てきた。髪は乱れ、服も乱れて、ただ羽織っているだけだった。「お姉さん……」

小楓はそんな娟子に目もくれず、彼女を押し退けると、ずかずかと中に入って、部屋、浴室、台所、ベランダを隅から隅まで捜し回った。小楓が冷たく詰問した。「あいつはどこなの？」

驚愕のあまり事態が呑み込めない娟子（ジュアンツ）は、小楓（シャオフォン）の精神状態に神経が回らず、なぜ深夜に来たのかを考える余裕さえなく、ただ「……逃げたわ」とだけ言った。

風が吹き抜け、テーブルに無造作に置かれた紙が吹き飛ばされるのを見て、小楓がいきなり開いている窓辺に寄って身を乗り出すようにして外を見た。地面まで届いている排水管に気がついた。娟子も無意識に小楓のあとについて覗き、小楓と同時に窓から首を引っ込め、顔を上げると小楓の目とぶつかった。娟子が小楓に話そうとしたとたん、小楓の平手打ちが彼女の顔に飛んできた。娟子はわけがわからず自分の顔を触りながら呆けたように小楓を見つめている。思考が停止した娟子を残して小楓はもうドアに向かいながら、悔しそうに「逃げられると思ってるの？　今日逃げられても明日は逃げられないわよ！」激しいドアの閉まる音を聞きながら、娟子は怖ろしさのあまり震えていた。

建平（ジェンピン）が深い眠りに落ちていた。退勤直前、他の病院から緊急手術を頼まれ、深夜一時までかかって、それから少し夜食を摂って、家に着くと二時近くになっていた。風呂にも入らずそのままベッドに横になってしまったのだった。八時間近く立ちっぱなしで、身体は動かせないほど疲れ切っていた。

小楓は猫のように足音を立てずにベッドまで来ると、やはり猫のように闇の中で目を見開いて建平を瞬きもせずにじっと見据えている。建平は「注視されている」気配に眠りから引き戻され始め、霞んだ目を開けると、そこに人が立っているのに気づき、驚愕のあまり一気に身を起こした。「誰だ？」

相手は黙ったままじっと動かない。

恐る恐るサイドランプをつけた建平（ジェンピン）は、それが小楓（シャオフォン）だと気づいた。

「君だったのか！……何しに来たの？　こんな夜中に？」

「あなたがケガしてないか確かめに来たのよ」

「どういう意味？」

「本当、考えもしなかったわ、もうすぐ四十歳になるっていうのに。普段は運動なんてしてないようだったけれど、いざとなると結構、やるものなのね。あんな高いところから下に逃げられるんですもの」

　建平は彼女が何を言っているのかさっぱり理解できないというように目をしばたたいている。そんな彼の仕草、表情を見て、小楓は憎々しげに「演技もますます上手くなっているみたい。役者になるべきだったわね、宋建平（ソンジエンピン）さん。あなたが役者になったら、中国の男優はすべてお払い箱よ」

「君はいったい何が言いたいんだ？」

「わからないの？」

「わからない」

「わからなくても結構よ」小楓がさっさとドアに向かって歩きながら「こうなっても白状しないのね。まあ、いいわ、いつか言い逃れできないようにしてやるから」と言葉を投げつけると、ドアを強く閉めて出て行った。建平は完全に眠気が飛んでしまい、訝しく思いながらも、その理由がわからず、微かな不安に襲われていた。

　小楓は証拠をもはや受動的に「探す」のではなく、積極的に「手中に収め」ようと心に決めていた。それは二人を敢えて一緒にベッドインさせ、二人の写真を撮るというものだった。もちろんまともなやり方では二人が指示に従うはずがないため、小楓は知人を通じて睡眠薬を二瓶手に入れた。一人に半瓶ずつ飲ませれば万端整う。どうやって飲ませるかについても詳細に検討し、二人を食事に招き、飲み物に混ぜることにした。

小軍は反対した。

「姉さん、よく考えてよ。このやり方、証拠偽造で罠にはめることだよ」

「違うわ！」小楓は感情を高ぶらせて「二人がやったことを再現させるだけよ。私が手を貸してね」と反論した。

「万が一、死んでしまったら……」

「睡眠薬で死ぬなんてないわよ。せいぜい一日、二日眠るくらいだわ。二人のためじゃない、一緒に寝させてあげるんだから！」

小軍はいたたまれないほど不安になり、姉の顔を見つめながら「姉さん、言い方まずかったら許してほしいけれど、ぼくはもうやめた方がいいと思う」と言った。

「「やめる」って、どういうこと？」

「二人がこんなふうになっていて、これ以上何かやっても意味ないよ。彼の不倫の証拠を摑んでも、姉さんの言い方にならえば、姉さんと当当にとって何のメリットがある？　一般的には相手の浮気を探るのは、離婚のとき賠償金を多く手にするためだけれど、この点はもう問題にならないじゃない。相手は離婚したら何もいらない、身一つで出て行く、しかも収入の半分は渡すと言っているんだから。もし彼を信用できないなら、誓約書を書かせることだってできるし、それでもダメなら公正証書を作る手だってあるしね」

小楓（シャオフォン）がすかさず喚いた。「小軍（シャオジュン）！　誰がわからなくても、なんであなたがわかってくれないの？　十数年間の青春、十数年間の愛を「お金」だけでおしまいにできるっていうの？　生涯に十数年がいったいいくつあると思っているの？　しかも私の最高にまぶしいほどの十数年間よ。こんなわけのわからない決着の付け方なんて、あっさりと気持ちがなくなったからと、それで終わりするなんて……絶対にダメ。許せない。この鬱憤を晴らさないとずっとここに溜まり続けてしまって」と自分の胸を指しながら「私のこれからの人生、うまくいくはずない……」と涙も涸れてしまったかのようで、呼吸さえも息苦しそうになっている。

小軍が慌てて言った。「姉さん、姉さん！……好きなようにしていいよ。何があろうと姉さんの味方だから」

小楓の目から涙が溢れ始め、呆然と弟を見つめていたが、急に弟の肩に顔を埋めて「私、悔しい。ものすごく……」と泣きじゃくり始めた。

第二十章

その日、小楓（シャオフォン）から電話があった。娟子（ジュアンツ）への謝罪と、建平（ジェンピン）がチベットへ転勤するので、家で送別会を開きたいから、是非出席して欲しい、謝罪の会と送別会を兼ねれば一度で済むというのである。小楓が自分たちの関係を誤解していたのがわかり、娟子は無性に嬉しかった。今回の件では、娟子の言動にも確かに理性を欠いた点がなかったわけではない。もし建平がしっかりとした姿勢を押し通さなければ、その結果は考えただけでも恐ろしかった。建平との間がぎくしゃくしたのは目に見え、小楓や彼女のご両親には恩があっただけに、合わせる顔がなくなってしまっただろう。電話のあと、娟子はすぐに建平の執務室へ小走りで向かい、感心したように言った。「驚いたわ。小楓姉さんったら、結構、心が広いですね。これまでのいろんな事、誤解なんですから、ちゃんと話し合えば水に流せますね」

だが建平は娟子ほど楽観的でなかった。「表面的に見れば、ぼくと彼女の間のいろんなもめ事は誤解で、偶然的なものばかりさ。でも実は偶然の中に必然性が隠されているんだよ。二人には基本的な信頼が失われているからね。とんでもない誤解があれこれ生まれて、どうってことない事でも、トラブルが生まれてしまった。今度もこれまで繰り返してきたことの、せいぜい一回に過ぎないと思うよ。いずれまた元の木阿弥さ。彼女については知り尽くしたつもりだからね。もうこんな繰り返しはたくさんだよ」

「だったら私はどうすればいいんですか？　私、行くって返事してしまいました」

「それなのに、なぜぼくに訊くんだい？」

「宋（ソン）さんはどうします？」

「彼女から求められれば、今のぼくは何でも受け入れるつもりだよ。だって……」建平（ジェンピン）が辛そうに言った。「もうすぐチベットに行くからね。夫婦としてはやっていけなくとも、敵になる必要はないから」

　建平の家の食卓には前菜がすでに並べられ、小楓（シャオフォン）は台所で忙しく動いている。彼女は睡眠薬をすり鉢で粉になるまでつぶした。それを紙に移し、二つ折りにして、酒瓶の口に当て、紙を少し斜めにすると、粉末が中に落ちていった。彼女は粉末が完全に溶けるまで酒瓶を振り続けた。

　とうとうやった。二人が並んで横たわっているのを目にしながら、しかし、小楓にはまったく達成感がなかった。かえって心臓が飛び出すのではないかと思えるほどうろたえ、落ち着くようにと自分に言い聞かせながらデジカメを取り出した。さっきよりは多少、落ち着きを取り戻している。ベッドにきちんと服を着たまま横たわっている二人を見て、何か違和感を感じた小楓は、何がおかしいのかしきりに考えている。

　彼女は慎重にベッド近づくと、まず建平の方へ行って、しばらく様子を窺っていたが、安心できずに軽くその身体を押してみた。建平は死人のようにまったく反応がなく、ようやく彼の服を脱がせ始めた。まず上着、それからシャツのボタンを一つずつはずし、残るは下着のシャツ一枚となったが、頭からかぶるボタンなしタイプのため、下からめくり上げて脱がせるしかない。彼女が四苦八苦してようやくシャツを彼の頭から脱がせたそのとき、持ち上げられた建平（ジェンピン）の両腕がシャツの束縛から解かれ、ぐんにゃりと落ちてきて、小楓（シャオフォン）の頭を直撃した。予想もしなかっただけに、建平が気がついたのではないかと勘違いして、小楓が裂けるような叫び声をあげ、思わず後ろへ跳びすさった。それでも彼女はまじろぎもせずにベッドからは目を離そうとはしない。

――上半身裸にされた建平と娟子（ジュアンツ）が横たわっている。明らかに二人の様子がおかしい。彼女は穴のあくほど見ていたが、突然、もはや正常な自分を保つ限界を超え、精神が崩壊していた。尖った声をあげると、彼女の全身が激しく震え始め、歯も嚙み合わず、まるで凍えきった身体のようになっている。彼女は震える手で弟の携帯に電話をかけた。

救急車がサイレンを鳴らしながら建平と娟子を病院へ搬送して行った。

この騒ぎによって、建平の小楓に対する贖罪感とわずかに残されていた愛情は、完璧にかき消えていた。二人は家の中で別居し、赤の他人のような生活を始めたが、建平のチベット行き直前に一つの思わぬ出来事が、その出発を遅らせることになった。

当当（ダンダン）がケガをしたのだ。

たわいもないことが、その原因だった。就寝前、当当に牛乳を飲むよう言ったのに、それを拒否したことが小楓の怒りにつながった。建平との関係が決定的に崩れてしまったあと、小楓は絶望のどん底に突き落とされ、彼女を日ごとに怒りっぽくさせていた。小楓が怒ったので、当当が慌てて牛乳を飲もうとした。でも子どもの不安定な情緒で牛乳を飲ませたくなかったのと、前のように嘔吐されるのが心配で小楓（シャオフォン）は、やにわに牛乳を奪うと力まかせに向こうの部屋の床に投げ捨ててしまった。そして「飲まなくていい！　寝なさい！」と言いつけ、さっさと部屋を出て行ってしまった。慌ててベッドから飛び降りて小楓を引き止めようとした当当（ダンダン）が、小楓に押された拍子に床の牛乳に足を取られて、前のめりに倒れ込み、目の上が切れて、ぱっくりと開いてしまったのだ。

　深夜、当当を病院へ運び込み、二人は外科救急診察室の外で不安と焦燥の中で待ち続けた。傷口が縫合され、医師から「大丈夫です」という言葉を聞いた小楓は、息子の前にうずくまるように片膝ついた。失ったものをもう一度、手に入れたように息子の小さい身体を強く抱きしめ、顔を息子の身体に埋めて長い間、動こうとしなかった。建平（ジェンピン）は無言でそれを見ながら、名状しがたい複雑な気持ちに襲われていた。そして息子の抜糸が済むまで、出発を延ばそうと決めた。

　抜糸の日、天気は上々で青い空には雲一つない。親子三人で当当は片手はパパと、もう片方はママと繋いで外来診療の建物の階段を下りてきた。小楓が足を止め「当当、ちょっとこの明るい所でママに見せて、傷あと目立つかな？」と、しゃがんで息子の小さい顔を上げて丹念に見ている。

　建平もしゃがんでのぞき込んだ。目の上に一本、細い線が残っている。気にしなければまったくわからないほどで、心配しなくて良さそうだった。しばらく子どもを見ていた二人は、互いに顔を見合わせ、胸をなで下ろしていた。

「気にしなければまったくわからないわね」

「気にしてもほとんどわからないよ」

「もう少し大人になったら完全に治るわ」

「そうさ、当当はまだ小さいんだから」

小楓（シャオフォン）は嬉しさのあまり当当（ダンダン）を抱き締め、何度もキスをしている。建平（ジェンピン）は息子の片方の手を握ったまま、さまざまな感情が交錯するのに任せている。

両親に挟まれている当当は幸福感にひたり、戸惑いながらも決心したように「ママ、ぼく自分のお家に帰りたい」と言った。

夫婦は言葉を失い、期せずして相手を見やりながら、無言の中で同じ思いを抱いている。建平の運転で家族三人、病院から出て、夕食はマクドナルドになった。家には食べる物がなかったし、当当の希望でもあった。その帰り、道ばたの露店でスイカを買った。小楓がスイカを洗い、包丁を軽く入れると完熟していてきれいに切れた。父と息子は大きめの一切れをそれぞれ抱えるようにして持って、スプーンで食べながらテレビを見ている。テレビからは大人の男性の渋い声と、子どもの高く繊細な声がハーモニーとなって、うっとりするような音色になっている。建平がたまたま振り返ると、食卓の前に腰掛け、ぼんやりしている小楓がいた。「なんで食べないの？　甘いよ！　当たりだね！」

小楓が慌てて返事しながら自分が食べるスイカを切った。細長く鋭いスイカ包丁は、軽い音を立てて切れ、小楓は一切れを手に取ったが、まだ大きいのか、さらに二つに切って、小さい方を歯の先で少しずつ食べ始めた。確かに甘く、サクサクして、水分もたっぷりで新鮮だった。でも彼女は食欲がなく、建平があまり言うので、無理に口に運んでいるだけだった。ふと見ると、大きいのと小さいのがソファーに並んで座ってテレビを見ながら食べている。スイカの食べ方も同じ。二人とも種を出さない。面倒くさがって種も一緒に食べてしまう……建平が急に立ち上がって、こちらに向かってくる。突然すぎて小楓は慌ててうつむいてスイカを口にしたが、涙のせいか少ししょっぱかった。でも建平（ジェンピン）はスイカを取りに来ただけだった。
当当（ダンダン）が眠っている。小楓（シャオフォン）のそばで満ち足りた寝息が聞こえる。父親がいなかったら、彼の寝息はこれほど満ち足りたものになるのだろうか。そして彼女自身は？　もしも夫がいなかったら、これからの生活はどうなるのだろうか？　もう考えたくないし、考えられなかった。彼女はそっと身を起こし、ベッドから下りて小さい部屋に向かった。なぜ行くのかわからないままに。食卓を通りかかったとき、たまたま食卓の縁からはみだしていたスイカ包丁の柄に触れて、包丁が軽い音を立てて床に落ちた。小楓がすぐさま中腰になって包丁を拾うと、ベッドの方を振り向いた。当当が熟睡したままなので、素足でそっと小部屋に向かった……。

建平が熟睡している。仰向けなので彼の顔の皺が伸びていて、まるで大きな当当のようだ。彼が寝返りをした拍子に片方の腕が掛布団を鼻の所に押し上げたため、鼻からの呼吸が苦しそうな荒い息になっている。耳にしているのが辛くなった小楓が片手を伸ばして掛け布団を下げてやった。ところが建平が目を覚ましてしまい、そのとたんに驚愕の目を向け、猛烈な勢いで起き上がった。

「何をするつもりなんだ？」

小楓は意味がわからず、下を向いて初めて自分がさっき落としたスイカ包丁を持ったままでいることに気がついた。建平の異常な反応の理由がわかった彼女は、惨めな笑いを浮かべ「私が何をすると思ったの？」と訊いた。

「君、君ね、ばかなことしないで！」

建平の目に宿るせっぱ詰まった驚愕、恐怖は小楓の気持ちを一気に暗闇に突き落とした。これが自分に対する捉え方なのだ。無理もなかった。これまでの彼女の言動を考えれば、相手にこうした大げさな反応を起こさせるのも当然だった。自分のような人間に耐えられる者などいるはずないし、自分自身でも耐えられないだろう。このとき彼女は自分の身体から脱け出して、遥か遠くから冷静、冷酷にもう一人の自分が見つめているような錯覚に陥っていた。建平（ジェンピン）の反応は彼女に厳然と一つのことを教えていた。もはや彼を失って、あとは一つの手続きだけで、頑として応じなくても、建平はもう彼女のものではないということだった。

建平の目は小楓（シャオフォン）に釘づけになっていて、彼女が突き出した包丁を防ぐか、彼女の手から奪い取るか、いつでも次の行動が取れる態勢を整えている。

彼女は笑ってスイカ包丁を持ち上げ、じっと見つめている。そして彼の思考が小楓の次の行動を明確に教えていた。突如、建平が喚きながら小楓に飛びかかった。小楓は本能的に後ずさった勢いで当当（ダンダン）の学習デスクの椅子にぶつかり、椅子に載っていた当当の組み立て式おもちゃが派手な音を立てて床に落ちた。小楓がたじろいだ隙に建平が獰猛なトラが獲物に飛びかかるように、もう一度、飛びかかった。小楓も本能的に逃げたが、床に転がっているおもちゃはあたり一面に飛び散り、踏みつけられ、それらの派手な音で大きい部屋で寝ていた当当まで目を覚ましてしまった。当当はすぐに小さい部屋へ走ってきて、そこでの様子を見て、呆然と立ちすくんだ。

母親が包丁を振り回し、父親はそれを奪おうとしている。二人は当当がそこに立っていることにも気がつかない。すると当当がキッチンへ走った。

包丁をめぐる力のぶつかり合いが膠着状態もたらしているとき、突然、当当の鋭い叫び声がした。

「ママ！」

振り向いた二人の目に入ってきたのは、自分たちをじっと見ながらフルーツナイフを手にして、自分の小さい手の甲を切っている当当（ダンダン）の姿だった。手には幾筋もの傷が口をあけている。建平（ジェンピン）は呆然とし、小楓（シャオフォン）が悲鳴のような声を上げると包丁を放り出して当当に飛びついて行った。

建平が猛スピードで車を走らせている。小楓と当当は後部座席で小楓は止血しようと片手で当当の腕を握り締めながら、ノドが張り裂けるように叫び続けている。「早く！　早く！　何をグズグズしているのよ、早く！」車が無人の大通りを突っ走って行く。

小楓と建平が治療室の外で座りこんでいる。当当が転んでけがをしたときと違って、二人は目を合わせようとも、言葉を交わそうともしない。

いくつかの乱れた足音が近づいてくる。小楓の両親と小軍（シャオジュン）が事態を知って駆けつけてきたのだ。

建平と小楓が無言のまま立ち上がった。

母親は小楓に「当当は？」と訊いたが、建平などそこにいないかのようで、建平もそれを承知しているのか黙っている。

「傷を縫っている……」

そのとき治療室のドアが開き、医者に付き添われて当当が出てきた。小楓が急いで歩み寄り、医者に話を聞こうとしている。祖母はうずくまるようにして当当を抱きしめ「当当、ねえ、どうしてこんなことをしたの？」と痛ましそうに訊いた。

「パパとママの喧嘩をやめさせるため……」当当の小さい顔は出血で蒼白だった。

「それにしても、ここまでやらなくてもいいのに！」

当当はそうじゃないというように「前もそうだったけれど、ぼくが転んだのを見たら喧嘩をやめたから……」と、目の上の傷痕を小さい手で指した。

小軍（シャオジュン）は切なそうに当当（ダンダン）を抱き上げて、強く抱きしめた。

小楓（シャオフォン）の母親は急に立ち上がろうとしたためか、少し眩暈を起こし、しばらくしてようやく立つことができた。それからまっすぐ小楓の方に近づいて行ったが、相変わらず建平（ジェンピン）など目に入らないようだ。小楓の前まで来ると、唇をふるわせながら、しばらくは何も言葉が出てこない。

小楓は不安になって「お母さん、どうしたの?」と母親の手を取ろうとした。

母親はその手を振り払うと、いきなり小楓の顔を平手で打ちすえた。小楓は片手で自分の顔を押さえながら、もう片方の手で建平を指した。「お母さん、彼が……」

「あの人のことなど関係ないの。私にはおまえだけよ！　私の子どもだけ……小楓、おまえを大事にしてきたのに、全部、無駄だった。おまえはまるで……まるで私の娘らしくない……」と言いながら母親がその場に倒れ込んだ。

母親が心臓病で入院してから、小楓は当当と実家に居ついてしまった。多くの家事が彼女に降りかかることになった。病院への母親の見舞い、家では気弱になった父親の面倒を見て、傷が癒えない当当にも手がかかった。小軍がいたが、そこは男なので重い物などを運ぶ力仕事はまだしも、食事の準備や老人と当当の面倒など神経を使う仕事は大雑把すぎて、かえって二重手間になった。

建平も父親として、婿として、そして夫として多少なりとも義務を果たし、小楓を手伝いたかった。しかし、それをなかなか言い出せないまま、チベット行きの日を再三、延期していた。出発予定日はとっくに過ぎていたが、たとえ手伝えなくても、自分が必要とされなくても、出かける気持ちにはなれなかった。

そんなある日、退勤しようとしていた建平（ジェンピン）に突然、肖莉（シャオリー）から電話があった。指定した日時に、指定したホテルのロビーで待っていてくれというのだ。彼女の言う用事が建平には思いつかなかった。彼女とはそれっきりになっていたが、チベット行きが建平に彼女と会う気持ちにさせたようだった。その日、肖莉はすでに待っていて、建平が現れるや、有無を言わせず一緒に歩き出した。二人は厚い絨毯が敷きつめられた長い廊下を無言のまま歩き、建平が目で肖莉に訊いても答えようとはしない。とうとう耐えられなくなり「肖莉、いったい何事？　こんな秘密めいたことをして」と訊いた。

　肖莉は微かに笑みを浮かべるだけで、やはり黙っている。

　一つの部屋まで来ると、肖莉が磁気カードをドアに差し込んでドアを開け、訝しそうに見ている建平に「どうぞ」という仕草をして見せた。建平が言われるままに入ってみると、かなりゆったりとした部屋で、壁面すべてと言えるほどの大きな窓からは陽光が部屋中にたっぷり差し込んでいる。建平は当惑気味にその場に立ちつくしている。肖莉の思惑は理解できても、とても信じられないといった方がより正確かもしれない。肖莉は落ち着き払っていて、ドアに鍵を掛け、チェーンも掛けると、今度は迷うことなく窓辺に向かい、カーテンを閉めた。部屋には一気に暗闇が訪れた。肖莉が建平の前に立つと、二人の目が交差し合い、彼女がいきなり彼を抱きしめ、ためらっていた建平も彼女の身体に腕を回した。

「愛しているの。わかってるでしょう」肖莉が囁きかけた。

　建平は黙ったまま、彼女の肩に顔を埋めている。

「でも愛してはいけないのよ。小楓（シャオフォン）を傷つけるのが恐い。私自身にも同じ経験があるから自分が嫌なことを他人にもしたくないの。わかるでしょ？」建平は黙って頷いている。

「……私、結婚してくれなんて言わない。何か求めるつもりもないわ。ただあなたを愛しているだけ。あなたがこのまま枯れていくのを見ていられないの。二人とも、もう中年よ、残された時間、そんなに多くないわ……」

建平(ジェンピン)は押し黙ったまま、より強く肖莉(シャオリー)を抱き締めた。自分にわずかに残されている一条の光、一縷の希望、そして忘れかけていた激情の高まりを愛おしむように。

肖莉が手で建平の顔を上向かせると、大事そうにその顔に優しく触れながら「あなたは健康よ。EDなんかじゃないわ」と静かに微笑んだ。「私、あなたが欲しい」

とたんに建平は子どものように恥ずかしさを覚え、赤くなった。肖莉が笑いかけながら「来て」と奥の寝室に引っ張っていった。寝室のカーテンも閉めて建平の方に振り返った肖莉の目は暗がりの中で潤んだように光り、彼を見つめている。

肖莉が浴室を指して「あなたが先？　それとも私？」建平が言葉に窮していると、いたずらっぽく笑って「それとも一緒？」と訊いた。どぎまぎして困った表情を浮かべている建平を見つめる肖莉の胸の奥からふと母性愛のような感情が湧き上がってきていた。手を添えて彼をソファーに座らせると「わかったわ、あなたを困らせない。やはり私が先ね」と彼の顔を優しく叩いた。

服を脱ぎ始めた肖莉をソファーに座っている建平は直視できず、服が一枚ずつベッドに落とされていくのが俯いた視界に飛び込んでくる……。

だが肖莉がシャワーを浴びて浴室から出てきたとき、建平の姿は消えていた。彼女は小さくため息をついたが、意外とも感じなかった。ただ残念だった。彼を愛しているだけでなく、理解をしているつもりでもいた。建平とはこのような人間なのだ。人間にとって最大の敵は自分自身にほかならない。

家に戻った建平（ジェンピン）がドアを開けると、しばらく閉めきっていたため、淀んでいた室内の空気が鼻についた。彼の家のにおいだった。それぞれの家にはそれぞれのにおいがあり、家人たちのにおいが混ざったもので、彼の家は建平、小楓（シャオフォン）、そして当当（ダンダン）のにおいだった。

ドアホーンがあるにもかかわらず、遠慮がちにドアがノックされた。

娟子（ジュアンツ）だった。退勤前に顔を合わせたばかりなのに。用事はなく、来たいから来たと言った。用事もないのにと言うと、用事がないと来てはいけないのかと言い返され、折れるしかなかった。建平は自分を見失わないために娟子を玄関に立たせ、ドアも少し開けたままにした。この隙間は自分が冷静でいられるよう、自分のためにしたものだった。娟子は二十歳過ぎで、若者の過ちは神でも許すと言われるように、まだ何でも許されるし、その権利もあった。だが中年の過ちは、特に過ちを自覚しながらの過ちは許されないのだ。神どころか自分でも許さないだろう。娟子の自分への気持ちはわかっているつもりだった。あれは失意が建平を求めさせただけに過ぎないし、やけにもなっていたのだろう。さらに他の感情も入り混じっていたのかもしれないが、はっきりしているのは愛情などではなかった。建平が彼女の求めに応じていたら、彼女はきっと後悔したはずで、ひょっとすると怨んだかもしれない。だからこそ今、自分は彼女の言いなりになってはいけないし、成り行きに任せてはならないのだ。帰り道のない道に紛れ込まないように、きちんと筋を通さなければならないのだ。

娟子はドアの内側に立ったまま、控えめに「やはりチベットへ行くのですか」と訊いた。

建平が頷いた。

「連れていってください」

建平がかぶりを振った。

「なぜ？」

「娟子、ぼくには妻がいる……」

「私のこと愛していないのね。私を愛したことなんて一度もなかったのね」

小楓が背中を向けて階段を下りていく。

彼女は荷物を取りに帰ってきて、車を降りる前に娟子が一足早くタクシーでマンションまで乗りつけ、マンションに入って行くのが目にとまった。小楓は何かを探りに来たのではなかった。もはやそんな気持ちにもならないし、精根尽き果てていた。母親の病状はかなり重いし、息子の傷は順調に回復しているが、心に受けた傷がどれほど深いのか、回復までにどれほどの時が必要なのか見当もつかない。この間、彼女は目が回るほど忙しくて、なぜこんな事になってしまったのか、考える余裕さえもなかった。娟子が自分たちのマンションに足を向けることに意外感もなかったし、怒りもなかった。あの夜、包丁を持つ自分が建平を殺そうとしていると誤解されたとき、彼女の心はすでにずたずたになっていた。二人の夫婦としての関係はもう終わっていたと言える。あのとき、建平は小楓の恨みが彼が思っていた以上に大きく、彼女自身が考えているよりも大きいと判断したのだ。娟子が自分の家に向かっていくのを目にして小楓もそのあとを追ったのは、子どもの服を取りたかったからに過ぎない。相手に気を遣って別の日に来るわけにいかなかったし、どこかで娟子が出てくるのを待つつもりもなかった。それに娟子（ジュアンツ）が出てこないからといって、明日まで外で待ち続けるわけにもいかなかったからである。小楓（シャオフォン）が家に近づくと、ドアの隙間から建平（ジェンピン）と娟子の話し声が聞こえてきた。娟子の「私のこと愛していないのね。私を愛したことなんて一度もなかったのね」という言葉を聞いた小楓は階段を下り始めた。二人に気づかれないよう細心の注意を払って、足音をたてまいとそっと下りていき、車に乗り込んで安心した途端、ハンドルに突っ伏して思いっきり泣いた。

　今頃になって建平が娟子を愛していないし、愛したこともなく、二人には何もなかったことがわかるとは。しかし、ある人を愛していないことが自分を愛していることに繋がらないし、ある人を愛していないし自分をも愛していない、というのは、それに輪をかけて気持ちを沈鬱にさせる、痛ましい現実だった。

　小楓の母親が就寝中に静かに息を引き取った。眠りにつく前、彼女はわりにしっかりしていた。夫との会話は気にかかっている小楓のことがほとんどだった。「ねえ、小楓は生まれてからずっと私と一緒だったのに、どうして性格がまったく似てないんでしょうね？」

「もしあんたに似ていたら、いや、あんたの良いところの半分でも持ってくれていたら、こんなことにはならなかったよ」

「所詮、自分の腹を痛めた子じゃないから、あんたに似るっていうのは無理なんだ」夫の表情から怒りが依然として消えておらず、それが不安になって、思わず「あなた、約束したはずよ。このことは小楓には話さないって……」

「あんたが言わないから、あの子はいつまでもだめなんだ！」

「話すなんて、何がどうあってもいけません……あの子はずっと私を実の母だと思ってます。実母はもう亡くなっているのだし、教える必要なんてないわ。彼女を混乱させるだけ……家庭のことも、気持ちのことも、そうあっさり答えなんて出せないはず。穏便、寛容、曖昧に収めるのが何よりでしょう」ちょっと口を閉じてから、「疲れたわ。ちょっと眠ります。あなたも少し眠って下さいな」

「そうだな。……ずっと眠ってはいけないと思っていたよ。目を醒ましたら、あんたがいなくなってるんじゃないかってね。……玉傑（ユージェ）、私を一人にしないでくれよ。あんたがいないと私はどうやって生きていけばいいんだ」

「わかったわ。さあ、口を閉じて、眠りましょう」まるで子どもをあやすようだった。

妻が目を閉じ、眠りにつき、夫もベッドの縁に顔を伏せてまどろみ始めた。そして夫が目を覚ましたとき、妻は逝ってしまっていた。

母親の葬儀を終えた夜、主を失った寝室で父親は娘と息子に結婚したあと、一人の女性と恋愛関係に陥った話を聞かせ始めた。

「ある人民公社に毛沢東（モウタクトウ）思想文芸宣伝隊があってね、その指導のため、私は所属する劇団から派遣されたんだ。そして一人の女性と恋に落ちてしまった……」

「そのこと、お母さんは知っていたの？」

父親はあまりの辛さに耐えられず言葉を失い、やがて口を開いたときには、「その女性との間に子どもが一人生まれた……」質問の答えになっていなかった。

小楓（シャオフォン）と小軍（シャオジュン）は身体が震えるほど驚き、思わず互いに顔を見合わせていた。部屋は恐ろしいほどの静寂に包まれている。どれほどの時間がたってからだろうか、小楓（シャオフォン）が怯えるように訊いた。

「その子どもは？」

　父親はその質問を無視するかのように話を続けた。「……若い男がたった一人、知らない土地へ行かされて、一時的な衝動にかられて、一時的に理性を失ってしまった。その結果は……どこにでも転がっている話さ、そうだろう？」自嘲的に苦い笑いを浮かべて、「でも結果は、どこにも転がっているものではなかった。なぜか、おまえたちのお母さんができた人だったからさ。おまえたちはお母さんをしっかり見習うべきだ。お母さんの聡明さ、寛容さ、そして包容力をだ……」

　その日の夜、小楓は一睡もせず、翌朝早く、建平（ジェンピン）に話したいことがあると電話をしたが、断られてしまった。今日は病院で集会があって、院長から必ず出席するよう言われている。それというのも明日、チベットに向かうので、この機会に仲間たちに別れを告げるつもりだというのである。小楓は建平からは断られても仕方ないと思いながら、集会の場所と時間を聞くと、建平は存外、あっさりと教えてくれた。受話器をおいた小楓はしばらく動こうとしなかったが突然、奮い立つようにして、自分から会いに行こうと身支度を始めた。

　イベントホールではジェリー院長がマイクを前にしてスピーチをしているところだった。「……皆さんの努力、真摯な協力のお陰をもって、ここ数年、我が病院は超速の発展を遂げました。本日、私が特にお名前を挙げたいのは、外科主任の宋建平（ソンジェンピン）氏です……」

　誰もが建平のほうをふりかえって見た。建平は満面に笑みを浮かべながらも、内心では身の置き所がない心境だった。彼は「中心的人間」になりたくなく、心理的に圧迫感を感じ、耐え難い気分になっていた。彼は「中心的人間」としてのプレッシャーに耐える術を持たず、風格を保つこともできないでいた。ジェリー院長の声がホールに響き渡り、建平(ジェンピン)は逃げたくても逃げられなくなっていた。

「一人の優れた人材はまさに旗印です。しかし、残念ながら宋(ソン)さんは明日、チベットへ行かれます。これは我が病院にとって間違いなく大きな打撃です。それでも病院は個人の意思を尊重しなければなりません。ここで宋さんからお話をいただきたいと思います。どうしたら優れた医師になれるのかを伺いたいと思います」

ジェリー院長のまったく予想外の出方に建平が呆然としている間にも、参会者の目は揃って彼に注がれ、彼を壇上に向かえるよう出席者たちが譲り合って通り道が作られ始めている。

建平はその道の端に立ったが、何も話したくなかった。ホールは静まりかえっている。彼とジェリー院長はその道の両端に立つ形で互いに見つめ合い、ジェリー院長の目は病院が建平を必要としているだけに、最後の最後で意思を変えてくれる期待に満ちている。急にジェリー院長がマイクに向かうと、道の向こう側に立つ建平に、「宋さん、もう一度考え直していただけませんか。行かないことも可能でしょうか?」と呼びかけた。

建平が何も答えないため、彼への視線がより強まっている。そのとき、小楓(シャオフォン)が目立たないように会場に入ってきた。きちんとした服装だが、ほとんど化粧っ気はなく、わずかに肌色の口紅をつけているだけだった。こうした場に立ち会う形になった小楓も同じように緊張しながら期待を持って静かに建平を見つめている。

建平は参会者たちが作ってくれた道を歩いて壇上に上がり、マイクの前に立ち、顔見知りの同僚たちを見て、思わず目が潤んできた。咳払いをして、いつもの声で話そうとした。

「私は……すみません……」

会場がざわつき、そこかしこからひそひそ話す声が聞こえてくる。

小楓（シャオフォン）がいつ壇上に上がったのか誰も気づかないまま、彼女はまっすぐマイクの前に歩み寄り、建平（ジェンピン）を押しやるようにして「ちょっとだけ私に話をさせて下さい」と呼びかけた。

この言葉が流れるや、会場から驚きの声が上がり、そして静まりかえった。建平も驚き、やがてそれは怒りに変わったが、こうなってしまった以上、彼女に任せるしかなかった。

「おそらくここにいる大多数の方は私が何者なのかご存じないと思います。ですから、先ず自己紹介をさせていただきます。私は林小楓（リンシャオフォン）と申します。宋建平（ソンジェンピン）の妻です……」

会場は一瞬、騒然となったが、やがて水を打ったように、前にも増して静まりかえった。あまりにも前代未聞のことに、参会者たちは成り行きを見守るしかないという表情を浮かべている。

小楓はまるで誰もいないかのように落ち着き払っている。「先ほどジェリー院長がおっしゃっていましたように、宋建平は間違いなく優秀な医師です。そしてやはり院長のおっしゃる通り、一人の優れた人材はまさに旗印です。しかし彼はここを去ろうとしています。私は知っています。彼は行きたくはないのです、でも行かざるを得ないのです。皆さんはその理由をご存じでしょうか？

……」

誰もが息をのむようにしている。

「理由は私にあります……私と離婚できるようにするためです」

またもや会場が騒然となった。そして前よりもいっそう静まりかえった。

小楓は建平の方に向き直り、二人の目が交錯した。建平はすでに彼女が言い争いをするために来たわけでないらしいことを感じ取っていたが、何のために来たのかわからなかった。彼女の目を見つめることで、そこから何か答えを探ろうとしていると、小楓（シャオフォン）が静かに微笑みかけながら声を低めて「私、あなたとだけで話をするつもりだったの。でも私と会う時間がないらしいので、ここに来るしかなかったの」と言った。小楓はもう一度、参会者の方に向き直り「この場で私がお約束します。宋建平（ソンジエンピン）には残ってもらうようにします」それから建平に顔を向けて、「建平、私は離婚に同意します」と言った。会場がまたもや騒然となり、しかも今度はいつまでも収まりそうになかった。

　騒然とした中で小楓が声を高めた。「私はまだ彼のことを愛しています。でも離婚に同意します……これまで私は愛は所有であり、独占だと勘違いしてきました。でも私は今、ようやくわかってきました。そうではないのです、まったく違うのです」ここまで話したとき、優しかった母の姿が目の前に浮かび、ずっと耐えてきた涙がどっと溢れてきた。彼女が今、参会者に向かって話していることは、亡くなる直前までひたすら小楓のことだけを気にかけていた母親が言った言葉だった。

小楓の声が会場に響いている。

「愛は寛容であり、包容力があり、慈愛に満ちています。そうです、愛には能力が必要なのです。私にはこの能力が欠けていたために失敗しました。私が愛している人がすべてを捨てて、私から離れて行ってしまうのもそのためです」彼女は涙ですっかり濡れた顔を上げると、「愛には能力が必要です。その能力とは自分が愛している人が自分を愛してくれるようにすることです」と繰り返した。

　会場は水を打ったように静まりかえっている。聞こえるのは小楓の声だけだった。

建平が喫茶店で小楓を待っていた。その表情には不安の色が浮かんでいる。すでに約束の時間が過ぎていて、彼女が本当に来るのか確信がなかったからである。これまでの繰り返しの一つに過ぎないのか、本当に気がついたのか、建平（ジェンピン）には見当がつかなかった。そのとき建平の目が動いた。

二人は向き合って腰を下ろしたが、目を合わせようとしない。そこへウェートレスが来たので、二人は同時にそちらの方へ顔を向け、コーヒー、ミルク、おつまみを一つ一つ置くのを見ていた。ウェートレスが行ってしまうと、建平はすぐにミルクポットを手にして、小楓（シャオフォン）のカップにミルクを入れようとした。すると小楓が慌てて建平の方が先だというように、手を伸ばして遮ろうとしたため、彼の手とぶつかってしまった。二人は期せずして手を引っ込め、照れ臭くさそうにちょっと笑った。いっときして小楓がポットを取ろうとすると、間の悪いことに建平も同じようにして、ミルクポットを手にした小楓の手を摑んでいた。彼はとっさに自分の手を引込めて、無意識に「ごめん」と声を上げた。

小楓が笑って、「「ごめん？」ねぇ、私たちって夫婦に見えるんじゃないの？」どう返事したらよいのかわからない建平は、ばつが悪そうに笑った。小楓が悲しげに沈んだ目で建平を見つめ「私たちは紙の上だけの夫婦になってしまったのね……建平、ねえ、あなたはもうずいぶん長い間、私の身体にぶつかることだってしていないでしょう」

建平は黙っている。小楓は彼を見つめながら片手をテーブルの上に置かれた建平の片手に重ねた。すると建平は下にある自分の手を素早く上にして、強く小楓の手を握りしめた。手の触れあいをきっかけに、やがて二人は唇を重ね合わせていた。それは長く濃密で、若者でもこのような場違いなところで、このようなキスをすれば顔をしかめられるところだろう。しかし、二人は二人だけの世界に浸っているようだった……。

小楓（シャオフォン）が建平（ジェンピン）の肩に顔を伏せながら耳元で囁いた。「やはり行ってしまうの？」

建平は少しためらうようにしてから頷いた。

「私を怨んでいる？」

建平は少しもためらわずにかぶりを振った。

「それなら、まだ私を愛している？」

建平はかぶりも振らず、頷きもしなかった。

小楓はすべてがわかったような気がした。彼女は建平から身体を離すと、ハンドバックから離婚届けを出した。

「目を通してみて」ハンドバックからペンを取り出して建平に渡し、「もし何も意見がなければ、サインして」ちょっと笑って、「私の考えが変わらないうちにね」と言った。

建平は離婚届けには目もくれず、渡された目の前のペンを一心不乱に研究するかのように見つめている。これはサインペンで透明の胴体、黒いキャップ、黒い芯、細身のもの……。


〈完〉

訳者あとがき

南　雲　智

『中国式離婚』の著者・王海鴒（Wang hai ling、おうかいれい）は、中国では〝婚姻関係を描く第一人者〟と高く評価されている女性作家である。それは彼女が一連の作品で、結婚という多くの男女が経験するであろう人生の〝終身大事〟で、男と女の立場の違いや感性の違いから、多くの夫婦、あるいはその家族に生じる、さまざまな問題を巧みに描いているからである。

たとえば、『牽手』（「伴侶になる」一九九八年）は、平穏な家庭に波乱を呼ぶことになる夫の「恋人」に作者自身が寄り添いながら、不倫をテーマとして描いている。作者の言葉に従えば「女性は自分を見失わず、一人でもしっかり生きていく」ことを強調したかったという。

この作品に続くのが『中国式離婚』（二〇〇三年）である。本訳書を読んでいただければわかるように、離婚に至る直接的な原因に配偶者以外の人間は介在しない。夫婦間に生じる人生観や生活スタイル、子育てなどの考え方の違いから、妻に生じた焦燥、葛藤、矛盾といった感情に焦点が当てられていく。複雑に絡み合った感情が彼女を苦しめ、やがてそれは夫への不満、難詰、不信となって夫に襲いかかり、ついには修復しがたい断裂が生じてしまうのである。

この作品の三年後に発表されたのが『新結婚時代』（二〇〇六年　陳建遠・加納安實共訳で、二〇一三年七月に日本僑報社から出版）で、いくつかのそれぞれ異なる形態の男女の結びつきが描かれている。

恵まれた知識人としての家庭環境で育った女性主人公と、貧しい山間部で育った夫を中心に、彼らを取り巻く主人公の弟、友人、父親たちのまったく異なる男女間の恋愛の形態が描かれる。たとえば主人公の父親が妻を亡くしたあと、家政婦との関係を深める物語などは、主人公の物語と同様に家よりも個人の生活を大切にする傾向が強くなった中国人の意識の変化をうまく抽出している。しかし、果たして自由で、平等な男女の結婚観だけで結びついた人びとに幸福は訪れるのかという問題を、この作家が中国人に突きつけていることを忘れてはならないだろう。

王海鴒は、一九五二年十二月に山東で生まれた。中華人民共和国が建国された三年後のことである。父親が軍人だったことが大きく関わっていると推測されるが、彼女は若くして軍関係の仕事に就くことになる。ただ日本人の感覚からすると、なぜ軍隊などに入ったのかという思いを強くする人もいることだろう。

そこで、当時の時代を謡い込んだ、次のような戯れ歌を一つ紹介しておく。一九九〇年代の中国に生まれたものだが、時代ごとに憧れの職業が謡い込まれている。

五〇年代　解放軍。　六〇年代　紅衛兵。　七〇年代　運転手。
八〇年代　大学生。　九〇年代　商売人。

新中国誕生間もない一九五〇年代は「人民に奉仕する」人民解放軍の兵士は、中国人からは尊敬されていた。人格、体格とも優れていると認められた者だけが軍人になれると見なされ、大変名誉な職業だったのである。六〇年代後半には紅衛兵が登場する。これは職業とは言えず、毛沢東主義の忠実な実践者と見られていたためで、軍人の社会的地位は相変わらず極めて高かった。

したがって、彼女がわずか十六歳で、済南軍区の通信兵となったのには、一九六八年という時代が、彼女を軍人になるよう動かしたと言えるのかもしれない。

彼女が軍人となったとき、それより二年前に始まった文化大革命は、紅衛兵運動がますます勢いを増してきていた。六八年には大学入試が実施されず、新たな雇用も行われないまま、「上山下郷運動」（文字通り訳せば〝山に入り、田舎に行く運動〟の意）が導入されたのだった。これは都市に住む中学生、高校生を主な対象として、〝若者は農村地域に入って、貧しい農民から学べ〟という毛沢東の指示が出されたからだった。およそ一六〇〇万人の若者が雲南、貴州、湖南、内モンゴル自治区、黒竜江省など、当時は開発が遅れ、貧困地域と見なされていた辺境地域に、半ば強制的に送り込まれたのである。

まさに「上山下郷運動」の対象年代だった王海鴒が農村部に送り込まれることなく、軍人になったことは、当時としては、極めて恵まれた環境にあったと言えるだろう。

その後、彼女は長く軍と関わる位置にいたようである。衛生兵、業余文芸宣伝隊隊員などを務めたのち、文化大革命収束から七年後の一九八三年に総政話劇団（中国人民解放軍総政治部話劇団）に転出して、脚本などを執筆しながら、一九八六年に解放軍芸術学院文学系を卒業している。

彼女は一九八〇年から作品を書き始めたようだが、最初の短編と中編小説は父親を題材にした作品だったらしい。その作品内容はわからない。確実に言えるのは、文化大革命が四人組の打倒で終わりを告げた翌年、つまり一九七七年から数年間、続々と登場した「傷痕文学」と呼ばれる一連の作品群とは、異なっていただろうということである。

「傷痕文学」とは、文化大革命という時代に受けた悲惨な経験や境遇を描いた作品群を指す。「上山下郷運動」で辺境地域に移住させられた若者や知識人、都市や農村の一般の人びとの苦悩や悲劇を綴った作品が多数を占めた。

思うに、王海鴒という作家は、当時、世に強い問題性を投げかた「傷痕文学」のような作品は書き得なかったにちがいない。言うまでもなく、多くの若者が経験し、辛酸をなめた「上山下郷運動」での実体験を持っていなかったからにほかならない。

それは彼女の経歴がいみじくも教えてくれている。文学を本格的に学ぶために解放軍芸術学院文学系に入学するのは、作品を書き始めたあとで、卒業するのが一九八六年だからである。

彼女が解放軍芸術学院文学系を卒業した一九八〇年代になると、八四年に発表した「赤い高粱」で、その作家的地位を確実にした莫言に代表される「尋根文学」がもてはやされるようになっていた。

莫言は文化大革命中、八年間にわたって農村で生活し、飢餓状況にまで至った経験を持っていた。その経験こそが郷土色を濃厚に描き込み、故郷の伝説や昔話などを織り込んだ「尋根文学」作品を可能にしたのである。

「傷痕文学」が極めて一時期の時代と、中国人の生き様が描かれたのに比べて、「尋根文学」

は長く民衆に語り伝えられてきた伝説や昔話を意識しながら、中国人が現在に至るまで、どのような歴史を歩んできたのかを深くえぐり出そうとしていた。

もっとも「尋根文学」も文化大革命が生み出した産物と言えるかもしれない。個々の人間性すら否定した文化大革命を発動したのは、ほかならぬ中国民族だった。それならば、この中国民族を、この国を、あらためて問い直そうとする試みが起きるのは当然だったからである。


このように見るなら、王海鴒という作家は、一九八〇年代という時代の土壌にも、やはりまだしっかりと根を張るまでには至っていなかったと言えるだろう。

彼女は一九九七年になって、ようやく中国作家協会の協会員になっている。四十五歳だった。中国作家協会への加入は作家として自立する自信が彼女に芽生えていたことを窺わせる。

九〇年代の中国は、先述した戯れ歌にもあったように「九〇年代　商売人」と、憧れの職業として、経済的豊かさを直接、手に入れることが可能となる「商売人」に変化していた。中国が経済的にも、中国人の意識においても、大きく変貌を遂げ始めていく時代に突入していたのである。

つまり、時代が王海鴒を必要とし始めたのが一九九〇年代になってからだったと言えるかもしれない。言い換えるなら、この作家の個人的経験、問題意識が時代の感覚、意識とみごとに合致し始めたのが、一九九〇年代になってからだったのである。ようやく王海鴒という作家を時代が求め始めたのである。

しかも〝婚姻関係を描く第一人者〟と呼ばれるようになる作家が生み出されるには、〝時代の要請〟ばかりではなかった。彼女自身の結婚という経験が作品に大きくその影を投げかけていったであろうことは想像に難くない。

彼女は自分の人生について、あまり多くを語っていないようである。だが、愛情に包まれた結婚生活の期間は短かったようで、離婚後は息子を引き取り、彼女の手一つで育てあげた。みずからの短い結婚生活という経験は、彼女に誰かを責めるのではなく、むしろ事実から目を背けず、結果に至る原因を真摯に見つめ直す時間と沈思黙考の機会を与えたようである。

そのためだろうか、作品の中で、彼女は決して常に女性の立場に立つわけではない。たとえば本書に登場する、小楓の夫の建平や、娟子と離婚してしまう劉東北など、男の心理描写では、かなり細部にまで及んで描き込んでいる。妻という女を前にした男の心の揺れ動きや戸惑い、苦悩などは、男の側に寄り添い、踏み込まないと描けないような分析を見せ、実に巧みである。

また「環境が変われば、その人間が変わらないという保証はない。人間は環境や時の移ろいの中で変わるものなのだ」（本文一九〇頁）、「感情は流動的なものです。すべての愛は一つ一つの瞬間にしか存在しません。瞬間的な永遠に過ぎません」（本文九〇頁）といった、〝人間なるもの〟の心の移ろいやすさ、危うさを冷静に、淡々と語ってもいる。無論、結婚という形で結びついた男と女がその死まで添い遂げることが、難しくなってきている中国の現実を、この作家が見据えていることは言うまでもない。

鄧小平が一九九二年一月から二月にかけて、武漢、深圳、珠海、上海など中国南方沿海地域を視察した際におこなった、いわゆる「南巡講話」が、一九九〇年代を象徴的に示している。

改革開放路線の守護者と見られていた鄧小平は、「発展才是硬道理」（発展こそ堅固な道理）という言葉を残した。つまり、経済建設を最優先にするというもので、有名な「豊かになれる者から先に豊かになれ」という号令は、国民を一気に金儲け主義へと向かわせることになったのである。

やがて、次のような戯れ歌が人びとの間で歌われるようになっていった。

出国はまだですか？
商売はまだですか？
株はまだですか？
離婚はまだですか？

中国人の生き方、思考、そして精神もすっかり変わってきていることをよく反映した戯れ歌だと言えるだろう。金儲け主義と個人主義が中国を覆い始めてきていた。

さらに金儲け主義の氾濫は、モラルだけでなく、人間関係にまで影響を及ぼす。価値観の変化は人びとの生活にも及び、人情味が失われ、個人主義を超えて利己主義がはびこり始めるのである。

いま引用した戯れ歌にあった「離婚はまだですか？」は、まさに王海鴒が〝婚姻関係を描く第一人者〟と評価されるような作家を生み出す、時代の必然性を示しているのではないだろうか。

本書の書名『中国式離婚』は、テレビドラマ化された二〇〇四年以降、中国人には書名やテレビドラマの題名としてだけでなく、一般名詞のように、社会で広く受け入れられ、使われるようになっている。

テレビドラマとして茶の間に入り、高い視聴率をあげた背景には、まさに中国での離婚が急激に増加し始めるという「時代」とも重なってきていたからにほかならない。

それでは「日本式」でも「韓国式」でもない、「中国式」の離婚とはいかなるものを指しているのだろうか。

文化大革命が収束し、改革開放へと政策の転換がなされた一九七八年の離婚率は、まだわずかに四・八%だった。しかし『中国式離婚』が刊行された二〇〇三年には十六・四%となり、二十五年間で実に、十一・六ポイントも上昇しているのである。これを具体的な数字で示すと、一九七八年の離婚件数は二十八万五千件、二〇〇三年では百三十三万一千件に達し、その増加率は三六七%という驚くべき数字となっている（馬憶南著、國谷知史訳「中国法における裁判離婚原因の理論と実践」新潟大学『法制理論』第三十九巻第一号参照）。

このように一九七〇年代末からの離婚率は上昇の一途で、統計によると、二〇一〇年の結婚件数一二〇〇万組に対して、離婚件数は一九六万組に昇った。こうした離婚率の持続的な上昇の理由には、いくつか考えられるだろう。

（一）文化大革命期の厳しい倫理観が弱まった。

（二）個人財産の所有が認められ、計画経済から市場経済への転換が図られた。

（三）私有制が定着したことで、人びとの生活スタイルや価値観が大きく変わり、多様化してきた。
（四）結婚に対する思いに変化が生じ、より個人の自由意思を反映させた婚姻関係を求め始めた。
（五）社会の発展により生活の選択肢が増え、行動範囲が広がり、倫理観が変化して個人を重んじる傾向が強まった。
（六）生理的欲求や子孫を残すというレベルでの婚姻関係を求めなくなった。
（七）女性の社会的、経済的地位の向上により、女性の自主・独立心が養われ、強まった。
（八）一人っ子政策が家族の構造を縮小させ、親族関係が弱まってきている。
（九）一九八〇年の中国婚姻法では「夫婦の感情が破綻している」ことが判決離婚の法定基準となった。さらに二〇〇三年の婚姻登記条例で協議離婚登記手続きが簡略化された。自由意志による離婚の場合、本人の所属組織が発行する紹介状が不要となり、審査期間を経ることなく、その場で離婚手続きを処理することになった。

これらの要因こそ、〝「中国式」離婚〟の「中国式」たる特徴として指摘できるだろう。そして最大の理由は急激な経済的発展がもたらした人びとの意識の変化にほかならない。次に引用する作品中の描写からは、文革までの中国といかに時代が異なってしまったかがわかるだろう。

「妻のいる男と未婚の女、この二人の関係が露見したら、あの社会主義建設初期の倫理道徳がいちばん重視された時代だけに、空恐ろしい災厄から逃れられないことは誰の目にも明らかだ

った」（本文四五頁）

本書の主人公「小楓」の出生の秘密を描いた箇所だが、一九五〇年代から六〇年代には、男女の関係については倫理観が強く、社会の監視がついて回り、〝不倫〟は重大な犯罪であったことがわかる。

私が挙げた中国での離婚急増の要因を、王海鴒は『中国式離婚』中に巧みに描き込んでいる。言い換えれば、それだけ現在の中国の社会状況や人びとの心理を、この作家が的確に捉えている証左ともなるだろう。

たとえば、私が挙げた離婚急増要因の（二）、（三）、（四）、（五）は、第一章で早くも読み手に示されている。特に冒頭部分には鄧小平の「南巡講話」以降の中国社会の大きな変貌と人びとの経済的欲求の高まりが明確に語られている。また（五）、（六）、（七）については、娟子と結婚し、浮気が露見して離婚する劉東北の男女間の捉え方や結婚観、さらには彼の前に登場してくる女性たちの生き方に反映されている。さらには、シングルマザーで耳鼻咽喉科医の肖莉の考え方や行動にも示されている。

（九）については、本文中に次のような会話が交わされている。

「結婚証明書、戸籍手帳、二人の身分証明書、書類はすべて揃っていた。あとは出かけるだけだった。（中略）建平はふとあることを思い出し、動こうとしない。「職場から何か証明書のようなものをもらわなくても大丈夫なのかい？」「要らないと思うわ。新婚姻法では、離婚に職場は関与しないことになっているから」」（本文一一四頁）

もうこれ以上説明する必要はないだろう。

『中国式離婚』が多くの読者、そして視聴者を獲得し、「中国式離婚」が〝中国版現代用語〟となった観があるのは、多くの中国人にとって、他人事でなかったからにほかならない。誰もが自分のことを描いているのではないか、ひょっとすると自分（たち）がそうなるのではないかと感じさせる、中国の現実をみごとに示し得ているからである。

しかし、最後に夫・建平との離婚に同意した小楓が、建平が勤務する病院での集会に飛び込み、参会者に向かって言う次の言葉は、決して「中国式」の離婚だけに当てはまるものではないはずである。

「私はまだ彼のことを愛しています。でも離婚に同意します……これまで私は愛は所有であり、独占だと勘違いしてきました。でも私は今、ようやくわかってきました。そうではないのです。まったく違うのです」「愛は寛容であり、包容力があり、慈愛に満ちています。そうです、愛には能力が必要なのです。私にはこの能力が欠けていたために失敗しました。私が愛している人がすべてを捨てて、私から離れて行ってしまうのもそのためです」「愛には能力が必要です。その能力とは自分が愛している人が自分を愛してくれるようにすることです」（本文四〇二頁）

最後になったが、本書の出版を快諾してくださった論創社社長・森下紀夫氏には、いつもながらお礼の言葉もありません。また本書の編集を担当してくださった編集者の松永裕衣子氏には出版にこぎつけるまでいろいろお世話になりました。厚くお礼を申し上げます。

二〇一四年二月十五日

〈著者〉

王 海鴒（おう・かいれい）

1952年12月山東生まれ。16歳で済南軍区の軍人となり通信兵、衛生兵、業余宣伝隊員などを務める。
1983年に中国人民解放軍総政治部話劇団で脚本などを執筆。小説のほか、映画、テレビなど多くの脚本を手がける。邦訳書に『新結婚時代』（日本僑報社、2013年）がある。

〈訳者〉

南雲 智（なぐも・さとる）

1947年新潟県生まれ。東京都立大学人文学部教授を経て、2005年辞職。東京都立大学名誉教授。現在は大妻女子大学副学長。
主な著訳書に『『魯迅日記』の謎』（TBSブリタニカ）『田中英光評伝』（論創社）『戯れ歌が謡う現代中国』（はる書房）『ラスト、コーション　色・戒』（張愛玲原作　集英社）『内モンゴル民話集』（オ・スチンバートル他原作　論創社）などがある。

徳泉方庵（とくいずみ・ほうあん）

1970年中国吉林生まれ。北京大学中文科卒業。新聞記者・編集者を経て、現在、大妻女子大学准教授。教育学修士、文学博士。
著書に『唐宋茶詩輯注』『日中茶道逸話』『茶詩に見える中国茶文化の変遷』『中国文化講座』、その他翻訳・論文など多数あり。

中国式離婚

2014年5月10日　初版第1刷印刷
2014年5月20日　初版第1刷発行

著　者　王 海鴒

訳　者　南雲 智・徳泉方庵

発行者　森下紀夫

発行所　論創社

東京都千代田区神田神保町2-23　北井ビル
tel. 03（3264）5254　fax. 03（3264）5232
web. http://www.ronso.co.jp/
振替口座　00160-1-155266

装幀／野村 浩
組版／フレックスアート
印刷・製本／中央精版印刷
ISBN978-4-8460-1316-5　©2014　Printed in Japan